魏留勤

山东微山人。山东省作家协会会员、济宁市作家协会理事、微山县作家协会主席。1998 年开始发表作品，先后在《雨花》《山东文学》《时代文学》《当代小说》《青海湖》《前卫文学》《陕西文学》《青年文学》等文学杂志发表长篇、中篇、短篇小说 100 余万字。著有长篇小说《柳梢青》和小说集《魏留勤中短篇小说集》《四月还乡》。曾获济宁市第一届、第三届、第四届“乔羽文学奖”最佳小说创作奖。短篇小说《东洼村的歇后语》获 2016 年《陕西文学》优秀小说奖。长篇小说《柳梢青》获济宁市第十二届“文艺精品工程奖”。

山东省作家协会定点生活签约作品

『大边』前纪

魏留勤 著

陕西新华出版
陕西旅游出版社

图书在版编目(CIP)数据

“大边”前纪 / 魏留勤著. — 西安 : 陕西旅游出版社, 2020.12（2024.1重印）

ISBN 978-7-5418-4027-2

Ⅰ. ①大… Ⅱ. ①魏… Ⅲ. ①长篇小说 – 中国 – 当代 Ⅳ. ①I247.5

中国版本图书馆 CIP 数据核字(2020)第 242883 号

“大边”前纪　　魏留勤 著

责任编辑:贺　姗

出版发行:陕西新华出版传媒集团 陕西旅游出版社

（西安市曲江新区登高路 1388 号　邮编:710061）

电　　话:029-85252285

经　　销:全国新华书店

印　　刷:盛大（天津）印刷有限公司

开　　本:787mm × 1092mm　1/16

印　　张:20

字　　数:320 千字

版　　次:2020 年 12 月　第 1 版

印　　次:2024 年 1 月　第 2 次印刷

书　　号:ISBN 978-7-5418-4027-2

定　　价:80.00 元

序

魏留勤先生的新作《"大边"前纪》,讲述了微山湖西岸"大边"内外鲁西南客民与江苏省沛县原著民近百年的恩怨情仇,语言生动有趣,情节感人至深,拜读之后,心情久久难以平静。该书虽是小说,但以史事为背景,折射出近代鲁西南、苏北人民的灾荒史、苦难史、抗争史、奋斗史,是迄今我见到的第一部描写微山湖西岸移民的长篇小说。

微山湖是我国十大淡水湖之一, 位于山东和江苏交界处。在微山湖西岸,有一处鲜为人知的移民区,它北起山东鱼台,中经江苏沛县,南到江苏铜山,南北长达200余里,东西宽三四十里或二三十里,被当地人称为"边里"。这些"边里人"的祖籍是鲁西南的郓城、巨野和嘉祥等地,他们的祖辈在清朝咸丰年间为躲避黄河泛滥迁到了这里。历史上,黄河常常泛滥成灾,特别是中下游, 动辄决堤改道, 整个华北地区无处不受其害。金明昌五年(1194年),黄河在今河南原阳决口,其中一支水流直冲徐州而来,徐州下属的丰县、沛县、铜山县从此饱受黄患之苦。翻开地方志,书中常有这样的记载:"黄河暴溢,决白茅堤,丰沛大水""平地水高一丈,民居尽圮""历年沛丰均罹水患,民不聊生""沛大水,舟行入市,平地沙淤数尺"等等[①]。由于水患不断,沛

①《沛县志》(民国)卷二《沿革纪事表》。

县一带的社会经济逐渐凋敝,人民大量逃亡,特别是濒临微山湖西岸的狭长地带,更是一片荒凉。

清朝咸丰元年(1851年)闰八月,黄河又在丰县决口,滔滔的黄河水很快席卷了下游的沛县,沛县县治只得从栖山迁往微山湖东岸的夏镇[②]。第二年,微山湖西岸一带仍是洪水滔天,又遇上地震,饥荒严重,广大的穷苦百姓只好背井离乡,移居他方。几年后,大水退走,微山湖西岸已成为一片淤土,野草遍地,荆棘丛生。不要说民田,就连孔府在沛县境内的两处祀田也荡然无存,无迹可寻。咸丰五年(1855年)夏天,黄河又在河南仪封铜瓦厢决口,徐州各县虽从此摆脱了水患,可鲁西南的郓城、巨野、嘉祥又成汪洋。一些贫苦农民无以为生,便朝沛县方向逃来。他们在微山湖西岸荒地上搭起了一个个草棚,垦荒种田,渐渐定居下来。当时的徐州道道员王梦龄认为这些人形迹可疑,便命令沛县县令把他们一律押送回原籍。没想到这样做不但没能把客民赶走,反而扩大了影响。郓城、巨野、嘉祥几县的贫苦百姓听说微山湖边有大片荒地,易于谋生,遂扶老携幼,大批涌来。沛县知县看到这些人确实都是受灾的穷苦百姓,而且大片荒地无人垦种实在可惜,就向上禀告,经南河河道总督批准后,允许他们在这里开垦荒地,但要缴纳租税,至于原有的民田,则一律退还原主。沛县官府便派人丈量湖边荒地,将其分为上、中、下三等,要人们按土地的等级缴纳租税,又设立湖田局,招民垦荒。为了防止沛县原著民与客民发生纠纷,沛县官府还在土客民居住的交界处筑起了一道长堤,称为"大边",作为双方的分界线。"大边"遗迹到20世纪70年代犹存,当地

②当时,夏镇分属江苏沛县和山东滕县,故有"一步两省三座庙,一条大街两县分"之说。自1851年开始,夏镇成为沛县县治,历时11年。1953年,为解决微山湖边界纠纷,经政务院批准以南四湖(南四湖是微山湖、昭阳湖、独山湖、南阳湖等四个相连湖的总称,由于微山湖面积比其他三湖大,习惯上统称微山湖)湖区为基础,将湖内纯渔及沿湖半渔半农区域设立为微山县,由山东省管理,夏镇成为微山县县政府驻地,从此全部归入山东省。

百姓还能指出大致走向。

湖田局招民垦荒的告示一出，曹州（今菏泽地区）、济宁等地的百姓来沛者就更多了。起初他们多定居在沛县境内，后来逐渐向南向北扩展，于是，沿着昭阳湖、微山湖的西岸，北起鱼台，南到铜山，出现了一个个移民村落，总人口达数万之多。受地域观念的影响，同时也是一种历史传统[3]，这些移民组织性很强，他们往往十几个村落结成一个团体，叫做“团”（音 tuàn）。每一个“团”都由一个有名望、有势力的人做首领，叫“团董”，并以他的姓为号，称“某团”。如唐团就是因其团董唐守忠[4]而得名的。从北到南共有魏团、任团、北王团、唐团、北赵团、南王团、南赵团、于团、睢团、侯团10个团。除魏团、任团在鱼台县境外，其他8个团都在沛县、铜山境内，其中沛县境内最多。在所有的团中，沛县境内的唐团迁来得最早、人口最多、面积最大。若一村有事，往往一夜之间，十几个村庄尽知，数百个青壮年云集。也正是这个原因，在其后长达半个多世纪的沛团争斗中，沛县原著民始终难占上风，团民们终于在微山湖西岸站稳了脚跟。

一、沛团之争

团民在昭阳湖、微山湖西岸定居，自然引起原著民的不满。鱼台县隶属山东济宁，与团民有同省同乡之谊，矛盾容易解决，而沛县、铜山隶属江苏徐州，原著民与团民不仅异省，而且在语言、服饰、风俗习惯上都有较大差异，矛盾便较为尖锐。沛县境内团民最多，原著民与团民双方的斗争也最激烈，

---

③《郓城县乡土志》（毕炳炎编纂，光绪十九年抄本）说：“（郓城人）坚忍耐劳，果敢有为，富于联络性。”

④据《唐氏族谱》所录《清国史馆传》：“唐守忠，山东巨野人。咸丰初，保荐为平阳屯屯官。……五年，河决铜瓦厢，郓城、巨野、嘉祥等县首当其冲，守忠闻丰工黄水下游淤涸成滩，官已出示招垦，因率灾民数万人南下认种。仿屯田法，以教谕王孚、千总唐振海等分领之，名曰湖团，亘二百余里，浚沟筑圩，编保甲，严守望。徐州、萧、砀、丰、沛等地之人闻贼警，则相率投避。得免于难者数万。”

竟形成了长达半个多世纪的斗争。

沛团之争的焦点是土地。微山湖西岸，本来是一大片无人耕种的湖荒地,当地人叫做湖田。团民来到后,沛县官府把这些荒田分为上、中、下三等,让团民垦种,缴租纳税。经过团民的辛勤劳动,大片湖荒地很快成为肥沃的良田,年年丰收,这使长年生活在附近的沛民十分眼红,他们认为团民霸占了应属自己的田产。另外,原来的良田凡是其主人因黄河泛滥逃往他乡而抛荒的,也被团民垦种了。因为洪水过后,一片淤土,哪里曾是良田,哪里本为湖荒地,确实难以辨清,加上有些田地的主人在逃难时丢失了地契,空口无凭,沛县官府要求团民把原属良田之地归还原主的告示,便成为一纸空文。这不能不引起沛民的极大愤怒。更何况微山湖湖产十分丰富,不但有取之不尽的渔业资源,更有用之不竭的芦苇、莲藕等水生植物,有"日出斗金"之称。团民在微山湖岸边定居，就成了沛民下湖捕捞的一道屏障。那条长长的大堤,使得"边里""边外"势不两立。面对这种局势,沛民中不论有产业的还是无产业的，都希望把团民赶走。团民们则认为他们在此垦种湖荒地合理合法,既已落脚,焉肯再次迁徙。鲁西南一带"其民性刚健好武"⑤,向来民风强悍,又哪里把沛民放在眼里。这样,双方的摩擦便从无到有,从小到大,以致刀枪相见了。

咸丰九年(1859年),有原著民向官府报告,说侯团"窝匪",抢劫了铜山县的郑家集,徐州道道员立即派兵前去捉拿"窝匪之人",并把侯团团民一律驱逐出境。为安抚民心,官府又另外挑选团董,招民垦荒,成立了其后的刁团。这是团民遭受的第一次挫折。

同治元年(1862年),又有山东移民在唐团的西边开垦荒地,设立新团。新团屡次与沛民械斗。同治三年(1864年)六月,双方在械斗中沛民打死两个

---

⑤《续修巨野县志》(民国)卷五《人物志》。

团民，激起团民的强烈义愤，大批团民联合起来，一举攻破沛民的一个村寨——刘家寨，连杀沛民20余人。沛民立即上告官府，漕运总督吴棠得知后十分震惊，他不问青红皂白，马上命令徐州道派兵镇压。清军到沛县后，对团民进行大肆残杀，新团一带血流成河，团民被杀者达1000余人。清军临走时，把团民辛勤建设的家园平毁一空，把全部土地交给了沛民。这是历年来沛团争斗中团民伤亡最惨重的一次。

然而，沛民并不因新团被毁而善罢甘休，他们中的一些人欲尽逐团民而后快。贡生张其浦、张士举以及生员王献华等人企图趁此机会把所有的团民赶走，遂先后赴京到都察院诬告新团“民变”一事的主谋实为唐团团董唐守忠，并说唐守忠此举形同叛逆，要求清政府严加惩办，把微山湖西岸的团民一律剿除。这件事引起慈禧太后的重视，她下诏给都察院，要吴棠等人尽快密查，以防发生更大的叛乱。经过仔细调查，吴棠上奏朝廷，说唐团团董唐守忠来团最早，德高望重，沛民上诉诸事不仅查无实据，而且前后矛盾，不过是想尽逐团民以便夺其开垦之田。但沛民仍不肯罢休，继续上告。如果官府中有人替团民说句公道话，他们便说这人接受了团民的贿赂。正当这个时候，曾国藩为镇压捻军，来到了徐州。

二、曾国藩进驻徐州及其对沛团之争的处理

同治四年(1865年)五月，曾国藩被清政府任命为钦差大臣，北上围剿捻军，八月，抵达徐州。曾国藩素以心狠手辣著称，在镇压太平天国运动中，他起了决定性作用，被誉为“中兴第一名臣”。此次进驻徐州，清政府授予他处理一切军政事务的特权，并可节制直隶、山东、河南三省所有军政官员。

曾国藩一到徐州，沛县、铜山的不少官绅、平民便赶赴其行辕，“控告各

---

⑥《曾文正公全集·奏稿》卷二十九《查办湖团酌筹善后事宜折》。

团,呈词累数十纸"⑥。曾国藩感到此事关系一方安危,处理不当会激起民变,更何况捻军就在眼前,故未敢贸然行事。不久,捻军直逼徐州而来,"分布丰沛铜山境内,盘踞湖团"⑦。捻军退走后,不少人向清军禀告湖团"勾贼"。沛县生员王献华等人趁机兴风作浪,发动多人联名上告,指控团民全是"贼党",要求清政府一律剿除,就连为抵抗捻军进攻而"殉难甚烈"的唐团团董唐守忠也被他们说成"逆贼"。曾国藩认为,尽管团民"勾贼"一事并无实据,但既然很多人说南王团"勾贼",百口一词,且有名有姓,情实可信。况且,捻军首领赖文光率部驻沛时就住在刁团,捻军退走后刁团完好如初,未遭任何破坏,"其为纵容贼党亦无疑义"⑧。曾国藩对于农民起义一向恨之入骨,一旦认定南王团"勾贼",刁团"容贼",那自然要严加惩办。

不过,曾国藩毕竟是一个政治家,对于沛团相争这样大的纠纷,不会草率行事。他知道,当捻军进入湖团时,唐团团董唐守忠、其子唐锡彤、其叔唐振海曾率领团民抗击捻军六天六夜,力竭被俘后坚决不投降,其他各团也都凭借圩寨坚守,不与捻军往来,若说团民是"贼党",确属诬陷。在提审时,曾国藩发现沛民的状词漏洞百出,多是无中生有,目的在于赶走团民。他还了解到,当初一些原著民因田产被团民占去而上诉,可谓不得已而为之,可近年来凡上告之人,并非田产被占之户,"不过一二刁生劣监,设局敛钱,终岁恋讼"⑨,他们已把打官司作为职业,不但令团民感到痛苦,而且大多数沛民也因为被常年按户敛钱而感到负担沉重。对此,曾国藩十分恼怒,他愤愤地说:"各团岂无安分之民,讼者概指为通贼?初至有领地之价,后来有输地之租,而讼者不问案牍之原委,必欲尽逐此数万人而后快。"⑩曾国藩决定,为彻

⑦萧一山:《清代通史》卷下第二篇第十一章《捻乱之始末》。

⑧《曾文正公全集·奏稿》卷二十九《查办湖团酌筹善后事宜折》。

⑨《曾文正公全集·奏稿》卷二十九《查办湖团酌筹善后事宜折》。

⑩《曾文正公全集·奏稿》卷二十九《查办湖团酌筹善后事宜折》。

底解决沛团之争,必须对原著民和客民一视同仁,该奖者奖,该罚者罚。曾国藩遂于这年的腊月下旬发布命令,把“勾贼”“容贼”的南王团、刁团立即赶回山东原籍,限次年正月十五以前全部迁走,“如有抗拒迁延,即派兵剿办”[11],并派大将刘松山带兵前往弹压。其他各团,仍可留居徐州境内。对于抗击捻军而死的唐守忠、唐锡彤等三人,曾国藩表示一定要上奏朝廷“从优议恤,并建立专坊,以为草莽效忠者劝”[12]。对于多次带头闹事诬告团民的沛县生员王献华,则给予革除功名的处分。

此外,曾国藩又采取了几项善后措施:其一,酌情抚恤被逐走的南王团、刁团。在山东省郓城县设一临时办事处,将两团原缴地价照数发还。至于两团已种好的小麦,则派徐州镇官兵守护,等来年四月收割后进行估价,一半给镇守官兵,一半给两团之民。其二,设立专门官员以安抚和管理留居之团。两团被驱逐后,徐州境内尚有唐、赵等6团,为防止沛团再次争斗,在湖团中拟设立同知一员处理各项事务。待两三年后,大局一旦安定,仍把湖团归铜、沛两县。原先修筑的长堤酌量平毁,既可使水利通畅,也免得沛团之间界线太明显。从此以后,视团民如土著,“永不再言驱逐之说”[13],也不许沛民再行控告。其三,拨还田亩,以平沛民之心。团民刚来时,难免垦占一些民田,但数目不会太多。王、刁两团既被驱逐,所垦湖田650余顷(后查明,实为741顷)可以用来抵还沛民被占之田。沛民中凡被团民侵占良田的,只要有“印契粮票”,就可照数拨还;若无契票,概不拨给,以防冒充。这650余顷田地除退还沛民外,肯定还有剩余,一部分可用于教育,其余概充公田,派兵屯种。

曾国藩把沛团之争事宜处理完毕上报朝廷后,清政府于同治五年(1866年)二月十三日颁布诏书,认为“所办甚属允协”,并着重指出:“其余安分各

---

⑪《曾文正公全集·奏稿》卷二十九《近日军情并将湖团分别撤留片》。

⑫《曾文正公全集·奏稿》卷二十九《查办湖团酌筹善后事宜折》。

⑬《曾文正公全集·奏稿》卷二十九《查办湖团酌筹善后事宜折》。

良团，均不得概行驱逐，所垦地亩，均准其永为世业，该处土民，不得再行争控”[14]。至此，湖团在微山湖西岸的地位才正式确定下来。

三、清末民初时期的微山湖西岸移民

曾国藩对于沛团之争的处理，暂时缓和了双方的矛盾，但并没能从根本上解决问题。两千年的封建社会，形成了牢固的小农意识和狭隘的乡土观念，原著民和客民之间的争斗一时难以消除，更何况多年的争斗早已在人们的心中埋下了仇恨的种子。终清朝之世，沛团双方的摩擦一直不断。据当地的老人们说，同治年间以后，曹州、济宁各县仍年年有人往湖团迁徙，不但没地或少地的贫苦农民到这里谋求生路，有些人在家乡做生意亏了本或落下仇人，也乐于“下团”一走了事。团民年年增多，沛人大为不安。为阻止鲁西南人迁居湖团，沛民在沛县、鱼台交界处设置封锁线，严禁鲁西南人到湖团去，可仍然有人想方设法冲过封锁线，在“团里”（“边里”）安下家来。关于清末沛团争斗之事，史书上也不乏记载，如《沛县志》上曾说，光绪三十四年（1908年），“湖麦丰稔，人多争讼”[15]。直至民国年间，双方还是争斗不休。

由于团民组织性、自给自足性很强，加上与沛县原著民长期争斗不休，在相当长一段时间内，团民基本上不与沛县原著民通婚往来，始终保持着自己的生产生活方式和风俗习惯。民国九年（1920年）的《沛县志》称：“（沛县）全境风俗计分三部，微湖东岸，俗近滕峄……湖西岸自成风气……沿湖唐、王、赵三团以东民来沛，五十余年，其风俗习惯仍与山东无异。”

四、抗日战争时期的微山湖地区

沛团双方几十年的争斗，造成土客之间隔阂很深，“边里”“边外”势不两立。1938年台儿庄战役后，日军侵占微山湖地区，面对共同的敌人——穷凶极恶的日军和汉奸，“大边”内外的人们团结了起来，共同抗击日本侵略

---

[14]《清穆宗实录》卷一六九。

[15]《民国沛县志》卷二《沿革纪事表》。

者。

抗战初期,“边里人”冯子固担任国民党沛县县长。1938年冬,日军500余人、伪军数千人扫荡沛县游击区,冯子固败退到丰县北部。中共湖西地区党组织派八路军支援,一举击溃日伪部队,并乘势将日伪军赶出沛境,冯子固得以重建沛县国民党游击区。期间,冯子固邀请中共沛县党组织在龙固、杨屯(都属于“边里”)等地开办抗日青年训练班,为抗日战争培养了大批政工干部。1940年底,日伪调集重兵袭击小屯村(属“唐团”),冯子固部伤亡数百人,冯本人险遭不测,国民党军队在微山湖地区的抗战逐渐销声匿迹。

与此同时,中国共产党广泛发动群众,人民抗日力量从无到有,越战越强。湖区人民成立了第五战区人民抗日义勇总队。不久,共产党又在微山湖区的南部建立了沛滕边县委。1939年7月,沛滕边县委组建了沛滕边警卫营,随后,微山湖游击队(1942年8月,微山湖游击队在微山湖西岸的高楼进行整编,更名为微湖大队)、运河支队等抗日武装相继组建,进行抗日斗争和党的组织建设、地方政权建设,微山湖区成为著名的抗日根据地。

由于共产党、八路军深得人心,加上动员广泛,广大人民群众积极参军参战,出现了“母亲叫儿打东洋,妻子送郎上战场”的动人景象。1944年春节期间,沛滕边县各村各户门前都挂上了光荣灯、光荣牌,有的门前甚至挂两三个。1945年初,八路军在这里一次扩编了一个团,不久,又新成立了一个团,充分反映了人民群众的抗战热情和对共产党、八路军的支持。

中华人民共和国成立后,人民政府一方面统一区划,把沛团两方的村庄有意识地组建成一个乡(或人民公社),使双方加强了解;另一方面,进行广泛的思想文化教育,提高人民素质。此后,沛团双方再没有发生过大的摩擦,两边的隔阂与界线也渐渐消除。

我是“边里人”,自小生活在微山湖边,与留勤先生家相距不过十几里。上高中之前,一直生活在“边里”这个鲁西南移民区的狭小圈子里。后来到“边外”读高中,还有同学戏称我为“湖猫子”,因为我们的山东口音、生活习俗与沛县大不相同。20世纪90年代初期，我对微山湖西岸的移民问题产生了浓厚兴趣并进行了长时间的专题调研，调研成果被山东省历史学会评为史学优秀成果一等奖，获得了很好的社会反响。当时我就想，如果谁能把这段移民历史用报告文学或者小说的形式记录下来，功莫大焉！一晃三十年过去了，留勤先生成功地以小说的形式反映了那段移民历史，实在可喜可贺！

《“大边”前纪》大体可分成两个部分：前半部分，主要是沛团之争，是清末原著民与客民之争；后半部分，日军占领这一地区，烧杀抢掠，无恶不作，“边里”“边外”的人民不分原著民、客民，投入到了反抗日本侵略的斗争中。由于留勤先生是地地道道的乡土作家，十分熟悉“大边”里外的风土人情，所以他写的这部作品比较真实地反映了那个时代。

“百年沧桑聚眼底，万家忧欢到心头。”一部《“大边”前纪》，留给我们的不止是乡愁，更有建设家乡、打造微山湖区新生态的无尽动力！

侯仰军

2020年8月29日于京华

（侯仰军，中国民间文艺家协会分党组成员、副秘书长，历史学博士，编审）

目 录

DIRECTORY

引 子

"咸丰元年,黄河决口于丰县,铜、沛邑汇为大泽,居民均逃外地。咸丰五年,黄河决口于兰仪,山东郓城、嘉祥、巨野地沦为泽国。有灾民结伴至微山、昭阳两湖西,结棚立团,垦淤为田。时,铜、沛两地外逃之民归,见其田地为外民侵占,遂起争端,以致双方械斗击杀,斫伤人命,后经官府弹压,跑马立界方止。光绪三年,双方争端又起,且死伤多人,惊动朝野……"

——《沛县志》

公元一八五六年七月的一个晌午。

唐守忠一班人被眼前的大湖给镇住了。

唐守忠带着发小海央和侄子唐锡良一班人来到大湖边时,正是正午时分。此时,这班一路狂奔,又渴又饿的汉子,像是无意中闯进了一幅巨大的风景画中。映入他们眼帘的,是一汪放眼望不到头、蓝如锦缎似的大湖。湖边有几棵垂柳,绿展展的枝条随风飘散着,宛如青丝及腰的女子在湖边浣洗一般,时不时撩一下湖面,弄皱一汪湖水。湖中有一片片繁茂茁壮的芦苇,一蓬蓬绿茵茵的草滩,一丛丛挺立水中的荷叶。草滩上盛开着一垄垄黄的红的蓝的野花。密密得如同绿油伞一样的荷叶丛中,绽放着数不清的白的粉的荷花,摇摇曳曳,晃晃荡荡。碧澄澄的湖水里有成群的鱼儿互相追逐、嬉戏,不时在水面翻打着水花。几只水鸟鸣叫着从高处飞掠而下，用尾巴或翅膀在湖面拍下一个个小圆晕，这些圆晕就似金色的光环一般，一圈圈地荡漾开去。

唐守忠三十七八年纪，身躯高大，一张黝黑粗糙的脸上蓄着胡子。如炬的目光更显露出他强悍的气魄，让人一看，就知道他是一个有主见的农家汉子。海央虽然跟唐守忠年纪相仿，可他面庞白净，个子矮小，细胳膊瘦腿的，一副风一刮身子就歪的模样。面对眼前的景色，这班从没有见过大湖的人看呆了。等缓过神来，除了唐守忠和海央外，其余几个人都抻着脖子弯着腰，齐往湖边奔去。到了湖边，他们齐刷刷扑下身子，将头和脸埋在水里，咕咚咕咚就是一阵牛饮。一班人饮罢站起身，摊着双臂，瞪着眼睛，张着大嘴，扯着嗓子冲唐守忠和海央大喊：“甜，甜啊！这水真他妈的好喝啊！”

站在远处的唐守忠和海央，看着几个人在湖边咋咋呼呼，并没有急着去湖边。海央蹲下身，用手抓起一把脚下的泥土，在手里用劲攥了攥，凑近鼻子跟前嗅了嗅，抬眼看看大湖，又转身看看身后旷寥的、杂草丛生的荒野，对唐守忠说了句：“这地儿是宝地。”唐守忠听罢双膝跪地举起双臂，仰望天空，高声喊道：“天佑我巨野一族，赐俺如此风水宝地，俺唐守忠替巨野唐氏族众叩谢皇天了。”说罢，对天磕了三个响头。

第一章

咸丰五年，四月的巨野地，本应是“四月田家麦穗稠，桑枝生椹鸟啁啾”的景象，可天就像一个巨大的悬在空中兜不住水的烂盆，大雨“稀里哗啦”直往下泼洒，且一下就是十几天。巨野地的唐窑庄和周边的村庄一样，被雨水灌了个坑满壕平，房屋、树木、草垛、庄稼，都浸在了水中。村中长者嚷嚷说：“咸丰元年，徐、丰、铜、沛等地也是这样，先是连续多天的大雨，接着黄河在丰地决了口，人畜死亡众多，房屋坍塌无数。这样的雨水百年不遇，要是黄河兜不住水决了口，这一方可就遭大殃了。”教私塾的先生海央就建议让年轻人昼夜当值，在高树上或房顶上瞭望，防备大水来袭。

两天后，长者们担忧的话竟成为一句谶语。这夜，站在村外高高的杨树枝头，头戴斗笠，身披蓑衣远望的唐锡良，突然感到一股恶风迎面扑来，他紧紧抱住猛摇狂摆的树枝举目远望，就见西北方向白亮亮一片。瘆人的声响掺杂着牲畜的嚎叫和人的哀号传进他的耳朵。唐锡良惊叫了一声，猴一般溜下杨树，操起放在树下的大铜锣，一边猛敲一边朝村里疾跑，且用尽力气大喊：“黄河决口了，赶紧跑啊！”

一时间，村里大人叫，小孩子哭，牲畜嚎，左跑右奔乱成一片。在街筒子里敲锣喊叫的唐锡良碰上了叔唐守忠，唐守忠照侄子唐锡良腚上就是一脚，骂道：“娘的，光叫喊，水是从哪个方向来的？”唐锡良忙给叔唐守忠说：“水是从西北来的。”唐守忠听罢，夺过侄子手里的铜锣，边敲边朝慌乱的人群大喊:“往南跑,往南跑。”

黄河在咸丰元年,决口于徐州丰县。四年之后,又决口于兰仪,山东的郓城、嘉祥、巨野等地首当其冲,顿时,千顷良田成泽国,万间房舍变废墟。三地灾民哀鸿遍野,百姓扶老携幼一路往南逃往徐州境。

咸丰六年,山东黄患区郓城、嘉祥、巨野三地水退土现,三地灾民便纷纷归还故里。水劫后的故土一派惨象,多数良田被厚厚的淤沙覆盖,一幢幢的房屋全成了一坨坨的土丘,一棵棵半没在淤沙中的大树,变成了一堆堆的朽枝烂木,不少牲畜的枯骨朽脊和人的骨骸在淤地上横卧竖躺着。原先的村庄院落,被淤沙冲荡得支离破碎,模糊不清。房屋垮了可以再建,树木毁了可以再栽,让人们感到绝望的是,好多良田被淤沙覆盖,农人谁不知道沙地里种庄稼,那是白搭力气白搭种的事啊!严酷的现状告诉归来的人们,故里所剩不多的好田地,已经不足以养活众人了。

面对这样一种严峻的局势,唐窑庄的主事人,还有相邻几个村庄主事的人,便聚在一起商量该怎么办。一阵唉声叹气后,外村一个长者说:“眼前的这个局面,大家怕都看到了,咱们这里的地算是给毁了个大半,剩下的这点田地,即便年年是丰年,也难养活咱们这么些人了。现今天下这里起灾,那里起乱,乱糟糟的,不太平,官府顾不上咱们这帮草民了,咱们得自己想想法子自救,现今咱这地儿人多地少,咱们总不能都靠着一碗饭等着瘦死。”

有人说:“早知道家成了这个样子,还不如就在外边讨饭呢。”

有人说:“这样看来,还非得出外讨饭不可呢。”

一阵酌量计议,也没议出一个中意的计策。一阵沉默后,唐窑庄一老者扫了一下众人,说:“活人不能让尿憋死,等死啊讨饭啊,这话先甭说。大水没淹死咱们这些人,咱们就好好活。依俺看,既然咱这地儿人多地少了,咱不妨寻地儿外迁一些人。”见众人皆瞪着眼一副疑惑的样子瞧着自己,唐姓老者接着道:“天上不会掉金元宝,咱们干等不行,不妨派出几帮人去外地,寻寻看有没有荒地闲田,寻着的话,咱们就可外迁一些人,去那里安家事农。这样咱这一方人既能聚群安家不散团,又摆脱了咱地少人多的困境,还免了外出乞讨之苦。”

众人听罢,齐声称好,最后商定,派出四拨人去外地寻活路,这四拨人分别朝东、西、南、北四个方向走。唐窑庄的唐姓人唐守忠，带着从小就交情好的海央和侄子唐锡良几个人一路往南，寻来找去就来到了一眼望不到头的大湖边。

喝足了湖水，啃了干粮，唐守忠就带着几个人，蹚着杂草往旷野深处走。走了一阵，映入他们眼帘的是一堆堆的坍墙败壁、枯枝烂木。看得出这地儿也是遭过水劫，被泥水淤过的，只不过巨野过了水的地，是不长庄稼的淤沙，这里过了水的地，是壮庄稼的淤泥。走在唐守忠身旁的海央说："你瞧这里也是遭过水劫的，这些被大水毁了村庄外出逃难的人，迟早会返乡的，咱们即便从巨野地把人迁过来，也不能占人好田争人好地的。好在一溜湖沿尽是荒地，咱的人迁移过来，只这湖沿的荒地，也足以活命了。"于是，唐守忠带人返回湖边，弄了些枯树干枝，又打了些芦苇和湖草，搭起了两个草庵子。唐守忠吩咐侄子唐锡良几个人留下守看湖沿的荒地，以防别人再来进占，自己跟海央两人返回巨野，去告知家里人这边的情况。

唐守忠和海央两人一路大步紧赶，四天后回到巨野唐窑庄。唐守忠就把一班人寻到的好地方，说给唐窑庄及周边几个村庄的主事人听了。众人听罢，齐拍手称好。主事人先安排人去找回另三拨外出寻地的人，又一起商定，一个村庄先迁移七八户，毕竟迁移的地方荒芜一片，迁移过去垦荒拓地是要吃苦受累的，所以在挑选先迁移的家户时，要拣那些家里壮男多的家户先迁，等头一批人在新地立住脚跟，后边的人再迁。唐姓是唐窑庄一大姓，唐守忠正值壮年，长得人高马大，孔武有力，会武术，精技击，曾在济南府的镖局当过镖师，所以，几个村的主事一致推举他为这次外迁拓荒立团的团头。

海央也要随唐守忠一起外迁，唐守忠瞧着瘦瘦弱弱的海央劝道："尽管新地风水宜人，可这先去的是要吃苦垦荒的，咱们浩浩荡荡过去这么多外乡人圈地垦荒，到时候官府会不会为难咱们，也不好说。再说这几个庄的孩童们也离不了你这个教书先生啊！等那边落了脚扎下根，一切稳妥了，我来接你。"见唐守忠这样说，海央也就依了唐守忠。

尽管人们心里都难舍故土，可遭了水劫的家乡确实养不活众人了，再加上唐守忠说外迁地如何水清木秀，如何土肥地壮，这外迁立团的人头又是唐守忠，所以，请求外迁的庄民纷纷报名。经过一番甄选，从几个庄子选出了八十户人家，共三百多人，作为先期外迁的家户。几个村庄的主事人帮唐守忠一行人众备办下了农具犁、耧、锄、耙，灶具锅、碗、瓢、盆，以及拉犁拖耙的牛马牲口。一切备办齐整，主事人找到教私塾的先生海央，让他选了黄道吉日，择日起程。

启程那日，人们早早起身，齐聚在唐窑庄刚刚重建起的唐家祠堂。待一切收拾停当，一老者带着众人举行了庄重的祭天仪式，祈求上天庇佑这支巨野土民能在外迁之地落地生根，安居乐业。尽管外迁的家户都是自愿的，可是，对即将离开的故土，大家还是满怀眷恋和不舍。人们就像离别故土亲人远赴边关的壮士一样，依依不舍，洒泪揖别。

第二章

众人在唐守忠的带领下，一路马嘶牛叫，风餐露宿，五天后来到大湖边，和留守此处的唐锡良几人会合。人们卸下一应农具家什，马不停蹄地动手搭棚建舍。此处大湖，满是芦苇蒲草、野柳树木，两天的工夫，一排排茅草房错落有致地营立在了大湖边。

嘉祥、郓城两地灾民听说巨野人在外寻了好地处并外迁的事，便也纷纷投奔唐守忠所结棚立团的大湖边。巨野、嘉祥、郓城三地毗邻，同是老乡又同遭水劫，先居大湖边的唐守忠，尽力给了后到的嘉祥、郓城两地民众方便和帮助。时间不长，长长的大湖沿畔，一片片草房结棚其间，袅袅升腾的炊烟伴着烧荒的烟火，掺杂着马鸣牛叫、鸡啼狗吠，俨然一派人间烟火景象。

经打问，此大湖从北到南百多里长，名微山湖。此处为微山湖西岸，属沛县辖治。巨野、嘉祥、郓城一应人众在微山湖边拓荒垦田，人多势壮，热火朝天。这么大的动静惊动了之前因水劫外逃他乡如今又零零散散回归故里的本地土民。本地土民见有很多外省人在湖边垦荒，忙奔往县衙禀报。沛县知县听闻所辖之地居然集结了很多外地人，一声招呼不打就在湖边结棚垦田，这还了得。于是，知县急忙召集县衙两支人马去了大湖边。

知县和他的两支人马来到聚集了山东人众的大湖边，官兵们一阵轰撵，把山东土民全都聚集在一处旷地上。知县骑在马上高声喊道："谁是头人？"面对这样的阵势，山东人众皆低头瑟瑟，无人敢应。知县又厉声喊道："谁是头人？"

这时，人群中走出一大汉，大汉在知县马前跪了，说："小民唐守忠叩见大老爷。"

知县扫了一眼地上的唐守忠，大声说："你们何方刁民，胆敢无视当地官府，聚结此处占地圈田，你们眼里这样没有王法，这不是在作死吗？"

唐守忠纳头叩拜，从咸丰五年巨野、嘉祥、郓城遭逢水灾，当地民众逃难外地说起，一直说到水退土现，外逃民众纷纷回归故里，发现故园良田被毁，田少人多不足以养活众人，后经几个主事老者计议，派人外地寻活路，最终选中此地，所以，为活命养家，众人才来到这里。唐守忠一边叩头一边声泪俱下，大声道："县官老爷，我等乡野陋夫，除了知道杀人放火、伤天害理有违王法，其他王律实在不甚明了。我等见此处荒芜之地，少有人烟，所以就过来拓荒自救，以图苟延活命，小民乞恳大老爷看在我等一班苦民的份上，救我等小民于水火，惠赐我等小民一席之地，养家糊口，大人恩德我等小民将结草衔环，铭心不忘，甘愿成为老爷治下子民，听其号令，服从遣役。"

唐守忠身后的人众见唐守忠如此说，呼啦啦全跪下身去，一齐涕泪高呼"老爷开恩"。

看到眼前这样一派光景，县令竟一时没了言语。见县令有些犯难，一旁的县丞就在县令耳边道："这荒芜之地，不妨先就让这一班外民在此拓荒耕种，咱们可给他们定规立据，让他们缴租纳粮，老爷既可送了顺水人情，又可增添县衙税赋，老爷可以斟酌。"

县令一阵沉吟，大声对一地的外民说："本县念你们是一班苦民，暂且允你们在此拓荒养命，不过王有王法，家有家规，既然你们要在此安身，就要登名造册，立下地契文书，按时缴纳公粮税赋，遵从王律法纪，如若发觉你们行不轨不义之事，立马轰走。"

跪在地上的众人一并高呼："谢大老爷恩泽，我等小民一定遵纪守法，好好做大老爷治下顺民。"

知县率一班人打道回府，立即安排主簿带人给棚居湖边的外民登名造册，勘量田地，写据立契。

在湖边结棚拓荒的一众山东土民，拿到官府的契书文据，心里有了踏实感，毕竟在这里拓荒垦田得到了官府的允准，合理合法了。唐守忠关键时刻挺身而出，应对官府沉着冷静，晓之以理，动之以情，最终官府准许众人在此安身，唐守忠功不可没，嘉祥、郓城人众对唐守忠由衷钦佩，一致推唐守忠为来自嘉祥、巨野、郓城三地沿湖而居的团民团总。为保家卫田，健身强体，田事之余，唐守忠组织年少青壮在湖边练拳耍棒，舞刀弄枪。

就在傍湖而居的山东土民耕田种地正忙时，对面因遭水劫外逃避难的本地庄户，陆陆续续归来了。见原本自家的田地，被外乡人进占，先是有两三个本地人来湖边叱咤："赶紧回你们老家，这是俺们的田地。"后来回归家园的人多了，便成群结队来湖边驱赶外来的山东人。山东土民就拿出县衙给立的地契文据，说在此拓荒种地是经了官府允准的。本地土民就说，这地儿是先人撇下来的祖业地，再怎么也不能让外人占了，我们这地儿没人，你们种就种了，如今我们回来了，你们就不能种了。双方争执不下，没个结果。团总唐守忠就双方中间站了，对本地人抱拳一揖道："俺们背井离乡来到此处拓荒实属无奈，天下土民一家人，这地儿地旷人稀，俺们所耕田地净是荒芜萧疏之地，还望贵地的老少爷们容我等在此活命养家。"

见唐守忠如此说，本地庄户，家园就在唐团对过儿的葛家庄庄主葛敬玉站了出来。葛庄主朝唐守忠一抱拳，说道："这位兄台，我们也曾遭了水祸，也曾离乡避灾，个中苦境难处深有体会，其间也有容身的好地方，可我们知道，外地无论好孬，那都是人家的，甭说占人地处了，就是人家开恩施舍一处田地，那也是要不得的。俗语'祖业地，寸厘不可弃'，我看你这位兄台也是个明事理的人，反过来想想，这事摊在你身上，怕也是不能应允的。"

唐守忠听得出来，葛家庄庄主葛敬玉的话绵里藏针，有板有理，无懈可击，他知道此人不是等闲之辈，便沉吟了一下说道："俺们一班人来此处时，这里荒芜人烟，俺们在此拓荒开地也是经了官府恩准，立了地契文书的，俺们即便走，也应官府允准，收回地契文书。咱们不妨明儿一起去县衙一趟，如若县府勒令俺回，俺自是没有话说。"

葛庄主葛敬玉呵呵一笑，说道："好，那咱们就明儿县衙见。"

本地庄户一班人回到庄上，就有人建言葛敬玉，说当下为官的都是见钱眼开的主，这样的事是不是派人到县衙打点一下。葛敬玉闻言，说道："好狗还护三村呢，何况人？他县衙再怎么着，胳膊肘还能朝外省人歪？他们外省人来咱家门口，占了咱们的地，这跟明火执仗有何区别？这样曲直立马可断的事情，咱们再向官府行贿，那岂不是显得咱们理亏了？"

唐守忠见本地人众远去，忙召集几个主事的人商议对策。最后，唐守忠拍板决定，立马敛集银两，连夜送往县衙。

第二天，葛家庄庄主葛敬玉和迁徙来此地的唐守忠各带了一班人来到沛县县衙。县令升堂审断，待双方各自陈情完，县令一阵沉思后方道："葛庄主所言确实合情在理，自家的土地被外人占了，放在谁身上都不会心甘。不过，当地民众因水患外逃多年未归，村落萧疏、田野荒芜也是实情。恰巧有巨野、嘉祥、郓城灾民来此拓荒开地，一因咱们当地民众外逃多年未归，是否还回归故里，还是已在外地安家，无人告知官府；二因巨野等地外民确属无家可归的苦民，且所拓垦的皆是湖边茅荒之地，所以，官府为繁衍生息，振兴农事，跟外民立了地契文书，准许他们拓荒种田，并令其按时纳粮赋税。如按葛庄主所说要外地土民还田走人，官府所立文书朝令夕改，岂非废纸一张？那样的话，官府官威何在？依本官看，你们双方各让一步，当地人慈善为怀，让巨野等外民暂且湖边拓荒养家。巨野等地外民手持的官府地契文书，所定合约三年期限，待文书合约期满，那时再议还田走人也不迟，本官这样论断，你们双方意下如何？"

唐团唐守忠一边跪拜一边高喊："老爷光明正大，我唐团众人服从老爷的理断。"

葛家庄葛庄主面对县官老爷风雨不透的话语，虽心怀百个不甘千个不愿，却是无话再申。

葛敬玉一班人怀着一肚子怨气回到葛家庄，相邻几个庄的主事人也随着来到葛家庄商议对策。本应胜券在握的官司，却让理屈的外地人占了上风，这样的审断，在葛敬玉一班人看来无疑是官府偏袒了外地人，有人说，昨晚见对面唐团有几匹快马驮着人，朝县城方向奔去，说不准是去官府行贿。听人这样一说，葛敬玉一声轻叹，说："那一定是那帮外民行贿官府了，怨我轻视了他们，过于信赖了狗官。"葛敬玉沉思了一下接着道："既然官府不为咱们做主，咱们也就不指望他了。咱们首先要做的事，就是赶紧建造家园，让还未还乡的人赶紧归乡，到时人都还归故里，咱们人多心齐，还怕挤不走这些个外乡人吗？"

就在外避水患的当地土民纷纷回归故里，各庄重整家园忙活得热火朝天时，县衙差役下到各个庄村及沿湖而居的山东外民驻地，张贴公告和鸣锣示民，说是有捻匪一部流窜此地，望各个庄村务必昼防夜巡，相邻的庄村要相互协防，一旦发现捻匪踪迹，在立马禀报县衙的同时，要同心同德，相互驰援共抗捻匪。如若通匪，诛杀九族，抗杀捻匪者，官府重赏。

官府知道逃难来此、依湖而居的山东土民唐团人与此地葛家庄人不睦，便专门召集唐团几个主事人和葛家庄几个主事人，恩威并施，在戒防捻匪这件大事上晓以利害，明以义理。告诫双方以家国大事为重，摈弃前嫌，同心协力抗御捻匪。并言明，如若遇到匪情，或知情不报，或私通捻匪，或惧怕退避，或互不打援者，本地土民杀无赦，留居此地的山东土民除杀无赦外，驱逐此地赶回老家。双方在官威面前唯唯诺诺，不敢有半点不恭。

作为外来土民，在关乎众团人生死去留这样的大事面前，唐守忠对待官府的威令哪敢有丝毫的怠慢。他回到湖边，便召集团内几个主事的人，商量布置巡御捻匪的事宜。经过一番筹议，决定四十人为一班，三班倒换，沿团周围昼夜巡察，为慎重起见，唐守忠指派侄子唐锡良总管监督巡察人员。

三天过去了，一切风平浪静，平安无事。

五天过去了，平安无事，一切风平浪静。

轮班巡值的人就有些懈怠了，私下议说，天地这么大，捻匪哪可能就非得奔着唐团地界走呢。这不，四五天了，连个外来的小鸟都不曾从唐团这里飞过。晚上轮值的四十个人就私自分成两班，轮着睡觉。

第六日晚，一轮金灿灿的圆月徐徐升起。月亮金黄金黄的，像一个金亮亮的铜镜挂在天边。月亮虽然毫无吝啬地把它那柔和的光亮洒向村庄和田野，可在这个各庄都走动着巡值人员的夜晚，却有着一种别样的不安与浮躁。

风清月皎，万物澄澈。

在十多里以外，一处远离庄村的柏树林里，匿伏着一班人马。这班人有男有女，他们或坐或躺在没膝深的荒草丛中，确切地说他们是一班捻军。这些人是捻军将领赖文光的属下，前几日，赖文光统领五千多人取道沛境北上欲与太平军会合。队伍行至大沙河一带，遭数倍清军的伏击，捻军将士边战边走，经过一天的激战，五千多人的队伍几乎被清军赶尽杀绝。混战中首领赖文光带一小部分人逃了出去。这二十几人的捻军，是随着头领皇甫河山杀出一条血路逃出来的，跟他们一起拼杀出来的还有皇甫河山的儿子皇甫章和儿媳栗红花。皇甫章不是一般的兵士，他是首领赖文光跟前的谋士，混战中因护着怀有身孕的妻子，和首领赖文光离散，后随父亲一道杀了出来。他们在暂时摆脱了清军后，一路急奔，来到了这处荒草遍地、满是坟茔的柏树林里。

他们已经两天没吃东西了，忍受着伤痛和饥饿，藏匿在荒草坟中，伺机而动。皇甫河山和儿子皇甫章坐在荒草中，商量如何走出眼下的困局。皇甫章对父亲说："我们已经没有了退路，只有北上奔投太平军。现在官府一定遍发了追缉咱们的公文告示，从沙河一役来看，清兵好像对咱们北上的意图及路线已然知晓，如若咱们按先前的行进路线北上，怕是凶多吉少。为躲避清兵追缉，咱们只能迂回北上。"

皇甫河山看着儿子，说："你的意思是为了躲避清兵，咱们绕个大圈子北上？"

皇甫章点了点头说："这样虽然会多费些时日，可危机相对少些。东边有个大湖叫微山湖，清兵不会料到咱们舍近求远过湖东去，咱们就反其道而行之。"皇甫章顿了下，接着说道："咱们藏匿在陵地两天了都没见动静，追缉咱们的清兵一定是往前追去了。咱们不能再待在这儿了。"

皇甫河山仰头看了看亮晃晃的天，一声哀叹，喃喃道："老天也不匡助咱们，这明晃晃的月亮天，放眼望去能看老远，咱这一班人，还有一匹马，很容易让人察觉，要是没有月亮的黑天就好了。"

皇甫章说："越是这样的月亮天人越容易放松大意，再说，咱们藏匿在这里已经两天了，要是白天有人来这林地走动，就会发现咱们，将咱们禀报官府，引来清兵，那时，咱们恐难脱身。咱们先东去湖边，寻船过湖，即便遇到急情，大湖中遍地野草，满湖芦荡，藏身匿迹也很便利，只要咱们过了大湖，自然就缓了眼下之危。"

皇甫河山沉思了一下，说："看来也只有这样了，不过红花已有九个月的身孕，随咱们一起奔走颠簸，一旦有点差池，如何是好呢？"

皇甫章轻叹一声说道："眼下情势危急，顾惜不了那么多了，只有走哪里说哪里了。"

于是，藏匿在柏树林地两天的一班落败的捻军，在头领皇甫河山的带领下，出了林地，头顶明晃晃的月亮，踩着遍地的月光，往东走去。作为捻军将领赖文光身边的谋士，素有“玉面狐狸”之称的皇甫章，通晓天文地理，他知道他们要去的是大湖的方向，他也知道这个大湖叫微山湖，但他不知道的是，他们要奔去的这个地方已有巨野、嘉祥、郓城而来的山东外民，在那里垦荒开地，落脚立团。

第三章

月光如水，亮如白昼。放眼望去二里开外都能看得很清楚，这样明晃晃的夜晚更让巡察的人们松懈了许多。唐团一班巡察的人员，围着自家地界转悠了一圈子后，便三人一伙、五人一群地或蹲或站，聚在一起胡拉闲扯起来。众人天南地北侃得正在兴头上，这时，团总唐守忠和几个主事的人来到他们跟前。众人见团总来了，蹲着的忙站起来，站着的忙噤了声。唐守忠见众人这副模样，就叫了侄子一声“锡良”，一旁的唐锡良应道“俺在呢叔”，说着站到唐守忠面前。唐守忠忍着怒气说：“你们就是这样巡察的？”

唐锡良说：“这些天大家都眼瞪得大大的，心提得紧紧的，大家都有些累了。今晚月亮明晃晃的如同大白天，甭说捻子净是些诡刁之辈，即便他们净是些傻子也不会选择在此时出来。”

唐守忠一声低喝：“混账，这样紧要的当口也敢懈怠？前几日官府的训示你忘了？不怕一万，就怕万一。一旦在咱们这里出了事，放走了捻子，官府那里可不是杀一个两个人的事，那可是关乎咱们众团老小生死去留的事。如若因为咱们巡察不力，出了篓子，咱们死不足惜，连累众团老小遭危难，怎对得起老家父老对咱们的重托。那时，咱们有何颜面见老家父老，遭难的人有何颜面见地下的先人。你以为捻子都是像你一样的人？那可都是些跟官府争杀了多年的兵匪，不只狠勇，还诡计多端。不要觉得月亮明晃晃就可以放松巡察了，说不定别人就猜摸了你的心思，就选这样的时机出来呢。”

唐锡良低头一阵嗫嚅，说：“叔，是俺不对，俺这就去巡察。”说罢，招呼众人排好队列巡察去了。

夜半光景，唐锡良一班人巡察到唐团南边，有人小声说了句“西南方好像有人啊”，人们停下脚步，朝西南方向望去，果然看到有一队人马朝唐团这边走来。唐锡良一边嘱咐大家沉住气，一边带着人朝来的那队人马迎了过去。

两队人在相隔不远处停下来。唐锡良见对方有二十几个人，其中一人骑在马上，便高声问道：“你们是何人？深更半夜来此处做甚？”

对方马上的人朝唐锡良抱了抱拳，说道：“回这位兄台，俺们是萧县单家庄的戏班，要过湖去混口饭吃。”

唐锡良问：“戏班子去唱戏，放着亮亮堂堂的白日不走，为甚选这不得眼目的黑夜行走？”

那马上的人就说：“这位兄台也知道，现今世道纷乱，官府处处设卡，官府的卡哨多是些打着缉凶查匪的名义对平民行勒索搜刮之事，俺们选夜天赶路，实在是不得已，如若俺们白天行走，一路过去，怕是被官府搜刮得连布条都不剩。”

唐锡良一阵思量后，说：“现今官府责令各庄村联防联查，查缉捻匪，在这紧要关头，俺一人不敢擅自放你们过去，等俺们把团总叫过来，让他来酌定吧。”见对方没言语，唐锡良便让人去禀告团总唐守忠。

不大一会，唐守忠随人来到。唐守忠举目打量了一阵对方，问道：“你们从哪里来？”

对方便把刚才对唐锡良说的一番话，对唐守忠又说了一遍。

唐守忠听罢，沉着声音说道：“请尊驾还是给俺说实话。”

那骑在马上的人就有些支吾，说：“这位兄台，此话何讲？”

唐守忠呵呵一笑，说道：“萧县离此地百多里地，你们一班人马衣衫褴褛，并有缠头吊膀的受伤之人，这有点不合乎情理吧？”见马上的人没说话，唐守忠接着说道：“你说你们是戏班，俺从反光上瞧得出你们手上的刀枪可都是能杀人的真家伙。谁家的戏班在唱戏台上会用真刀真枪？如果你们是戏班，怎么不见戏服衣箱？如果你们是戏班，可否亮一下锣鼓弦子、喇叭笙箫让俺看看？”

马上的人迟疑了一下，附身跟马前的一个人低声说了些什么，然后直起身来说道：“这位兄台，您不要妄加猜测，我们所持刀枪确是木制道具，尽管今晚月亮很亮，但辨物识货总比不得大白天。至于戏衣锣鼓，俺们一样不缺，既然兄台心有疑惑，不妨近前来验看一下。”

唐守忠听马上的人这样说，以他的阅世经验断定此人绝非善类。此人知道自己是众人之头，诱自己近前查看，到时或杀或绑，拿自己做挟持，众人顾忌自己团总，怕是真拿他们没法子。想至此，唐守忠暗中吩咐人快去团里唤青壮团民，又派人去对面葛家庄通报葛庄主，然后对对面马上的人说：“验查的事，俺就不必了。你们是真戏班还是假戏班，与俺无关，放不放你们过去，也不是俺能做主的事。官府有令，为了彻剿捻子，凡有外地人路过此地，都要禀告官府，为此，官府给每个庄和每个村都发了炮仗和火器，一旦发现情状，白天放炮仗，夜晚放火器，以召唤官兵。你们要想通过此地，也需待官府来人盘查问询后方可放行。”唐守忠说罢，就大声让人燃放火器。

对面马上的人听罢，忙说道：“这位兄台且慢。”

唐守忠便问道：“这位兄台，有什么不妥吗？”

那马上的人一阵沉默后方说道：“这位兄台，事已至此，俺也就不再相瞒了。”那人顿了一下，接着说道：“俺们是捻军，前两天俺们大队人马在西边沙河一带遭清兵伏击，死伤惨重，俺们这些个是死里逃生逃到这里来的。”

尽管唐守忠心里有种预感，但当他听闻对方亲口说自己是捻子时，还是吃惊不小。他一阵沉思后说：“你们不知道官府正在追缉你们吗？为了追缉你们，官府明诫各庄各村互协互防，昼防夜巡，这样亮堂堂的天，你们这班人如此招摇，不是自投罗网吗？”

那马上的人便说道：“这位兄台，你我都是土民，俗语说‘受苦受欺难翻身，天下土民一家人’，现在天下大乱，民不聊生，大清气数已尽。俺们捻军都是受苦受穷的土民，高举反清义旗是替天行道，是为天下穷人打天下。俺们是要北上与太平军会合，杀财主，打官府，灭大清，棒打一处，将打一家，兄台如若有意，就随俺们一道反清，共创大业，如若无心，还望兄台网开一面，高抬贵手，放俺们通过贵处，待功成业就时，俺们定当馈报放行之恩。”

尽管唐守忠从心里不喜见这个人，可听他这样说，一时竟沉默无语，内心一阵掂量慎思。的确，捻子都是些穷苦土民，也曾耳闻捻子们唱的反清歌谣：“亳州城子四方方，财主官府蹓下乡，穷人粮食被逼净，居家老幼哭上苍。

亳州城子四方方，捻子起手涡河旁，杀财主，打官府，大户小户都有粮……”这歌谣真是唱出了穷苦土民们的心里话。

从心里来讲，唐守忠是同情捻子的，可要让他起势造反，他没这个心思。以他的阅世经验，他深信鸡蛋永远碰不过石头，胳膊永远拧不过大腿，跟官府斗，终没有好下场。可眼下如若拦下他们，或者放火器报官，这班人的下场可想而知。唐守忠看着对面这些伤兵败卒，禁不住泛起恻隐之心。毕竟都是穷苦土民出身，现今又惶惶如丧家之犬，不如睁只眼闭只眼，脸一扭放走他们罢了。想至此，唐守忠举目四下望了望，就见葛家庄方向人影幢幢。唐守忠心头一凛，知道是葛家庄接到唐团人的通告打援来了。他想，葛家庄跟唐团本就互生嫌隙，这个时候要是放这一班人走，葛家庄人一定会在官府跟前狠狠告唐团通匪，到时官府治罪下来，自己一命死不足惜，只怕会牵扯到这沿湖一干团众，如若葛家庄借此蛊惑官府，对唐团赶尽杀绝，那事情可就没法收拾了。想到这儿，唐守忠说道："如若放你们过去，俺一命能担当的话，俺一定会让你们过去，可这牵连到整团民众的大事，俺实在不敢有半点的疏忽，恕在下无力相助。现在当地土民已来打援，你们怕是过不去了，兄台不如听俺劝告，投诚官府，也好求得官府宽宥，解甲归田，守老护小好好过日月，如若执意为之，怕是凶多吉少，难逃厄运。"见对方没有说话，唐守忠便接着道："事已至此，俺只有报官了。"说罢，让人立马燃放了三支火器，朝官府驻军的西南方向射了出去。

那马上的捻子见对面的人放了火器报了官，知道情势危急，料到官府看到信号会很快到来。他跳下马来，对先前跟自己耳语的那人说："章儿，一切都是天意，看来咱们今儿难逃这一劫了。你马上带红花骑上这匹马一起逃走，一切还来得及。"

那叫章的捻子语气坚硬地说："要生一起生，要死一起死，紧要关头要我舍弃父亲和同道，苟安逃命，这不是大逆不道、贪生怕死、不仁不义吗？"

父亲说："留得青山在，不怕没柴烧。红花身怀皇甫家血脉，你保住红花和孩子，能为皇甫一脉延香续火，就是对俺尽了最大的孝了。你正当壮年，智勇双全，捻军需要你这样的人才，如若今儿为父和同道们战死此地，你要记下此仇，勿忘雪恨。如若俺们侥幸得脱，日后父子自会有相见之时。马背褡裢里有些银子，够你们置物用度一段时间，事不宜迟，赶紧和红花上马快走。”

那叫章的捻子坚持不走,那人便一把把儿媳托上马去,又强将儿子推上马,然后调转马头举起枪杆,狠狠在马屁股上打了两下,那马一声长嘶,扬起四蹄朝前跑去。

这边唐锡良忙对唐守忠说:“叔,追不追?要追这跑了的捻子,咱们追得上。”

唐守忠说道:“有言道‘穷寇莫追’,何况还有一个怀了身孕的妇人,让他们去吧。”

捻子这边,那人大声对身边的人说:“兄弟们,眼下的情势大家也看到了,咱们毫无退路了,咱们能闯过去即生,闯不过去即亡。咱们捻军都是宁愿站着死,不愿跪着生的好汉,大家拿好手中的刀枪,随俺冲,挡我者死,拦我者亡。”说罢,挺着手中的红缨枪朝唐守忠冲了过来。

唐守忠见这班捻子冲了上来,忙从身后人群里要过一把关公刀,对身后人吩咐道:“传下去,尽量不要跟他们死拼硬碰,保全自己,拖住他们等待官兵。”说罢挺刀而立。

捻子二十几个人齐齐地喊着“破阵杀敌,法力附体,刀枪不入”,列队往唐团众人冲了过来。唐团人虽众,可哪见过这般阵势,胆怯的人开始往后出溜。唐守忠虽然见多识广,但也没见过这般不要命往前冲的,何况对方说他们是法力附体,刀枪不入。尽管他心中也有三分怯,但为稳住众人,不被捻子吓倒,唐守忠一声喊:“不想被官府撵回老家的就跟俺上。”说罢率先迎了上去。

众人见团总一马当先迎了上去,便都生出了胆气,一起叫喊着随团总往前冲去。

捻子们都是身经百战之士,实战经验丰富,又面临如此绝境,皆勇且狠,唐团虽然人多但并不占上风。那捻子头领武艺不凡,出枪又快又狠,尽管唐守忠也是武行中人,但在这个捻子头领的长枪跟前,丝毫不敢懈怠。斗杀中传来几个唐团人的号叫声,唐守忠知道,一定是自己的人挨枪或者挨刀了,要是这些个唐团人有个三长两短,自己咋跟他们的家人交代啊!唐守忠分神之间,被捻子头领一枪捅中了臂膀,在一边打斗的唐锡良,见叔被捻子戳了一枪,忙奔了过来给叔助战。挨了捻子一枪的唐守忠怒火中烧,忍住疼痛,抡起手中的关公刀,跟那捻子缠斗在一起。打斗中又传来几个唐团人的哀号,唐守忠一边打斗一边冲远处一众人群高喊:“葛庄主,这是一帮捻匪,快来打援。”

葛家庄人众,在距唐团人跟捻子打斗的方向约半里地的地方停了下来,在如此月光如洗的晚上,唐团方向的人分人拢,兵器的碰撞声以及人的号叫声可闻可见,特别是唐团团总唐守忠的一声喊“葛庄主,这是一帮捻匪,快来打援”,声音里透着急迫,葛家庄众人都听得清清楚楚。儿子葛心凯对父亲说:“父亲,看来唐团真是到了危急时刻,咱们何不趁势过去同他们一道杀捻子,以免在官府面前让他们独占了功劳。”

葛敬玉沉吟了一下说:“唐团这帮外民,侵占咱田地,自恃有官府文契,猖狂骄横,目无我等,他们侵吞的田地,咱们一定要让他们吐出来。咱们跟唐团迟早有闹僵的那一天。天赐良机,今晚捻子跟唐团缠上了,他们双方杀得越烈越狠越好,捻子可不是好惹的。咱暂且不动,待他们双方杀得两败俱伤时,咱们再出手,借此多杀唐团人,让他们日后没了跟咱们争斗的本钱,到时收回被占田地,逐出这帮外民,咱们就省事多了。”

听父亲如此说, 葛心凯就说:“过后要是唐团在官府面前告咱们协防不力,借打援泄私愤咋办?”

葛敬玉哼一声说道:“月光天虽明,可总比不得白天日头,且又混战成一团,谁是敌谁是友,谁能辨得那么清。”

葛心凯听罢,便说:“还是父亲虑事高远。”

唐守忠不见葛家庄那边人的动静,知道葛家庄人一定动了不仁之心,心里虽然愤恨,却也没有办法。既然葛家庄人靠不上,在官兵没来之前,只能靠自己了。唐守忠大喊:“捻子下手这般歹毒,葛家庄又不援手,咱们只有跟捻子拼了,也甭留情了。”侄子唐锡良的助战,稍缓了唐守忠的窘急,唐团众人听了团总的喊声,也抖擞了精神,平添了勇气,跟捻子斗作一团。毕竟两天没有吃东西,加上剧烈的打斗,一阵子下来,这帮捻军体力渐渐不支,见捻军气衰力弱,唐团人则愈战愈勇。这时,西南方向马嘶人叫,一队人马打着火把朝这边奔来,唐守忠知道是看到火器警信的官兵来了。唐守忠高喊一声:“官兵来了,杀啊!”

那捻子头领听唐守忠喊官兵将至,稍一走神,唐守忠的关公大刀一下砍在了他的左膀上。这一刀唐守忠使足了力气,那捻子头领的左膀被齐刷刷砍了下来,手中的长枪也随着臂膀落在地上。那捻子头领一声大叫,待要弯腰捡枪,唐锡良跃前一步,双手举起朴刀,狠狠朝那捻子头领的颈项砍去,霎那间,那捻子头领头颅落地,无头的身躯晃了两晃扑倒在地。

见捻子头领被侄子朴刀斩首,唐守忠责怪侄子说:"不该要他性命的,捉住他随官府处置去,这人命账咱不拉为好。"

见官府人马将到,葛敬玉便对众人一挥手说:"这抗击捻匪的功劳不能让唐团人独占,咱们上。"立时,葛家庄人众喊叫着:"杀捻匪啊!"齐往唐团这边冲来。

唐守忠对葛家庄人冷眼观斗、见危不救的做法心怀愤懑,见葛家庄人在官兵将至的时候冲过来争功,便大声对侄子唐锡良说:"你带人截住葛家庄人,哪怕是刀枪相见也不允他们一个人过来。"

唐锡良听罢叔叔的话,骂了声:"娘的,想过来轻轻松松摘桃子,门都没有。"便招呼一班人朝着葛家庄人迎了过去。唐锡良一班人在葛家庄人前面横枪立刀站住,唐锡良把手中那把沾满了血迹的朴刀往上一举,大声喊道:"葛家庄人停住。"

葛家庄庄主葛敬玉见唐团人拦在前面亮刀亮枪,行为不善,便打了个手势,让众人停下来。葛敬玉沉声说道:"抗击捻匪,人皆有责。况且官府有令,要相互协防,相互打援。如今捻匪就在你们唐团,俺们葛家庄接到你们唐团通报,便以大局为重,前来打援,你们这样做又是为何?"

唐锡良说:"俺们团总有话,这几个捻匪俺们唐团对付得了,就不劳贵庄施援了。"

葛庄主的儿子葛心凯站了出来骂道:"娘的,你们唐团侵俺田占俺地这本账还没找你们算呢,这抗捻的功劳你们唐团又想独吞,你们唐团也忒他娘的贪心了吧。"说罢一挥手,朝众人一声喊:"冲过去!"

见葛家庄人要硬闯,唐锡良举起手中的朴刀,大声说道:"俺们唐团血战捻匪,你们葛家庄却见危不救,现在见捻匪落败,官兵将至,你们倒想过来摘桃子了,你们硬要过来,先问问俺们手里的刀枪应不应。"

唐锡良举起的沾满了血的朴刀,在明晃晃的月光映照下,闪着冷森森、斑斑驳驳的光,透出一种瘆人的杀气。葛心凯十分恼怒,骂了声:"娘的,这货不是个好东西，冲过去先宰了他。”说罢就要往前冲，被父亲伸手拦住。葛敬玉咬了咬牙，小声道：“官兵即到，暂且忍下。”

双方僵持之间，官兵马队已经来到斗杀当场。唐团人、葛家庄人见官兵已到，便不再对峙，一起聚拢到官兵马队前。经过一番斗杀，捻军已死伤过半，人群中还有十来个捻军在顽强拼杀。官兵首领马上一声高喊：“唐团、葛家庄人退后，这几个捻匪交官兵处置。”

唐守忠听官兵这样喊，便大声招呼唐团人退出斗杀。待唐团人退后，官兵马队立马圈起一个圆圈，把十几个捻军围在当中。官兵首领打了个手势，马队便似一排排的浪头，轮番朝圈中的捻军踢过去。来来回回，一番铁蹄践踏，十几个捻军悉数倒地。见没了动静，官兵们下马，不管地上的捻军是死是活，在每个人脖颈上补了一刀。

唐守忠手提捻子头领的首级交给官兵首领，官兵首领令士兵将每个捻子的上衣剥开，查看背部是否有文身。一阵查看，兵勇们禀报首领这些个捻匪背上并无文身。官兵首领便说：“看来这个‘玉面狐狸’还真是不好逮呢，‘狐狸’二字也真没白叫。”

唐守忠对官兵首领说：“先前杀斗之中，有两个捻匪骑马跑了，隐约听他们说皇甫啥的。”

官兵首领听罢，便道：“那一定是官府重犯，捻匪谋士皇甫章了。”官兵首领见唐守忠臂膀处鲜血浸透了衣衫，一旁还有多个受伤的唐团人或躺或坐，便一边吩咐人送唐守忠及受伤的唐团人赶紧去医伤，一边安抚唐团人，说唐团抗捻有功，定会报请官府予以赏赉。

听官兵首领这样说，葛家庄庄主葛敬玉便上前一步，说：“还望大人甭忘给葛家庄报请协防打援之功。”

闻听此言，没等官兵首领搭话，唐团人唐锡良便站出来怒道：“协防？打援？你们葛家庄协啥防，打啥援了？俺们唐团跟捻匪生死相拼的时候，你们葛家庄人在干啥？俺们唐团危急时刻，叫喊你们，你们却充耳不闻，作壁上观，现今却来邀功请赏，你们还知不知廉耻？”

葛家庄庄主葛敬玉沉声说道：“你什么东西竟矢口猖言，什么充耳不闻，什么作壁上观，要似你这般胡说，俺们葛家庄人何至到此。”

见葛家庄庄主这样说，唐守忠就道：“请问葛庄主，俺们唐团发觉捻匪后，第一时间派人去通报庄主您，您虽然带人来了，却为何在不远处停下来？在俺们唐团多人受伤危急之时，俺曾高声呼喊您上前打援，可为甚你们无动于衷？不错，你们葛家庄人来了，请问葛庄主，你们葛家庄伤有几人，杀敌几许？"

葛家庄庄主还没搭话，儿子葛心凯就站出来说道："不错，你们唐团是有人负伤，可你们不能把过错赖在俺们葛家庄身上，分明是你们唐团人怕死怯战，让捻匪得了势，不然，你们唐团人众怎么会让区区几个残兵败匪伤成这样？你们唐团贪功心盛，有意晚报于俺们，以至于俺们晚到一步，你们却诬陷俺葛家庄打援不力，你们居心何在？"

一时间，唐团、葛家庄争执不休。捻匪已灭，官兵首领急着回去邀功请赏，哪有耐心听这帮人啰唆，便道："捻匪已被歼灭，何必再啰唆孰是孰非，既然都是为了抗捻，功大功小都有份，待俺回去禀报官府，官府自会论功行赏。"说罢，命士兵收拾起捻子尸首，返回兵营。

此役，葛家庄无一人受伤。唐团，包括团总唐守忠在内，重伤七人，轻伤十二人，可谓损伤惨重。

第四章

皇甫章和妻子栗红花被父亲强推上马，那马一声长嘶往前奔去。自沙河被官兵伏击，他和父亲一班人逃出重围，藏匿在一处柏树林地里，人虽然两天没有吃东西，可满地的荒草却使马吃饱了。老马似有灵性，张开四蹄一路狂奔，又返回了早先藏匿的柏树林里。

皇甫章跳下马，牵马到柏树林深处，把妻子栗红花抱下马来。皇甫章放下妻子栗红花，就见妻子双手抱腹，偎在地上。皇甫章知道身怀六甲的妻子在马背上一路颠簸一定是动了胎气。皇甫章拴好马，把妻子栗红花扶到一片荒草丛中，心系父亲及同道们安危的他，本想返回唐团地界探个究竟，无奈妻子栗红花一阵阵的疼痛声，如同一根根绳子束住了他的腿脚。栗红花痛苦地扭动着身子在草丛中开始分娩了。皇甫章本是一介书生，因两次科举不中，又见闻官府腐败，对功名心灰意冷，对官府失望之下遂投奔捻军。他饱读诗书，对医理也略知一二，所以，一阵忙活，顺利帮妻子生产下了孩子。

孩子是一男婴。初为人父的皇甫章欣喜激动过后，忧绪爬上心头。他担忧父亲和同道们的安危，料想这一回父亲和同道们怕是凶多吉少，本想返回去，可现有妻儿牵绊，让他无法两全。皇甫章脱掉自己的上衣，包裹好孩子，把马牵来让其卧在草丛中，让妻子栗红花偎在马腹旁得以取暖。望着天空明亮的圆月，皇甫章陷入了深深的忧愁之中：躲得过夜里，天明怎么办呢？妻子栗红花为一产妇，卧在这柏树林里总不是法子，再说，要是白天让人发觉报说给官府，那时即便是插翅也难逃了。如果带上妻儿骑马一起走，不说刚临产的妻子不能骑马，就是能骑，可层层是罗网处处是官兵，马匹又招摇，岂能一路安全？如若就此蛰隐乡间相伴妻儿，那又岂是自己所愿？现在反清大业未竟，父亲及同道们安危未知，守着妻儿苟活于世，岂又是一个胸怀大志的男儿所为？想想反清大业，看一眼妻儿，皇甫章一时之间陷入两难境地。

皇甫章瞧着当空的皓月由东向西，由亮转淡，最终隐没在天幕里。

天亮了，一种焦躁缠绕着皇甫章，这种焦躁不单单是他忧虑白天的到来而多了被人发觉的危险，更多的是来自自己的无计可施。妻子栗红花似乎看出了男人的心思，小声对皇甫章说：“你还是去追大队去吧，我跟孩子你不要管，我会照管好孩子和自己的。”

皇甫章听妻子这样说，便一声长叹说：“即便我自己先走，也要把你跟孩子安置好，不然我怎能安心舍你们而去？”

妻子栗红花说：“危难关头你就不要顾虑那么多了，现在咱们是能活一个是一个，我一个妇人，又怀揣一个幼儿，外人不会疑心我是捻军的。”

皇甫章轻轻摇了下手，说：“不行，不行，等我想个万全之策，我才能放心。”他一边喃喃着“天无绝人之路”，一边在林地里转悠。林地里堆着一座座坟丘，很多坟丘前立有或大或小、或高或低的石碑。从墓地占地规模和所立石碑不难看出这应是一户大族的墓地。皇甫章时不时停下脚步看一下碑文，从碑文上得知这是一处崔家庄崔姓人的墓地。从所撰碑文中，皇甫章知道此墓地也葬有几个有官位、有功名的人，还有德高望重的乡绅。一座埋在墓地边缘，却立有一块大石碑的坟丘引起皇甫章的好奇。在乡村墓地里，能埋在墓地边缘的多是些晚辈，或者早逝未婚配或者无子嗣的年轻人，这样的人殁后只能埋在墓地边缘且不能立碑。这座坟丘虽埋在墓地边缘却立有石碑，而且还是块大石碑。

皇甫章走到这座坟丘前开始仔细读看碑文，碑文中央刻有“崔公文顺府君之墓”几个正楷大字，旁边则刻有小楷“崔公文顺生于嘉庆十三年，道光八年征招为勇，驻军六安，道光十一年春遇民居火害，扑火救人舍身殉义。崔公报国爱民，年少德厚，百年流芳，族人隆耀，后人楷模，铭记于斯，谕人勿忘！道光十二年清明崔姓族众敬立”。

看完碑文，皇甫章对葬于地下的这个崔姓人有了约略的了解。此人名叫崔文顺，被征招为清兵，驻扎于安徽六安。道光十一年的春天，他遇到民房着火,便冲上去救人灭火,不幸葬身火海。崔文顺这种舍己救人的义举无疑让世人称颂,为家族挣得荣耀,为颂扬其这一义举,崔氏家族于道光十二年的清明时节为崔文顺立了此碑。这样算来,这个名字叫崔文顺的人二十来岁的年纪就殁了。他想,这崔姓人年纪轻轻就征为清兵,应该没有婚配吧,那更说不上有后嗣了。想到此处,倏然一个想法如同一道闪光,划过他的脑海,一时间,他为这个想法激动得有些燥热。他深深呼出一口气,努力让自己因激动而有些发热的头脑冷静下来,他必须好好审视一下他这个想法的细节和可行性。皇甫章又在墓地中央细细看了几块石碑,然后回到妻儿身边。

妻子栗红花见丈夫来到身边,便说:“这里咱们不可久待,你还是先走吧,俺先找地方养下身子和孩子,等过了月子俺再去寻你。”

皇甫章嘴角露出一丝笑意,说:“这里是不能久待,不过,也要把你和儿子安置稳妥,我才好安心上路。”

妻子栗红花察觉丈夫脸上少了先前的愁绪,便问:“你想出稳妥法子了?”

皇甫章伸出手轻抚了一下妻子的头发,说:“我查看了这个林地,这个林地是一个叫崔家庄的崔姓家族的墓地,估计这个崔家庄就在附近,如果打问应该不难找。”见妻子面露疑惑,皇甫章便接着说:“这个墓地里,葬有一个叫崔文顺的人,嘉庆十三年生,道光八年当了清兵,驻军安徽六安,道光十一年春在驻地因救火丧亡。我估摸这个叫崔文顺的人既然在兵营服役,应该还未婚配,即便他服役前有婚配也不妨碍你去带孩子认祖归宗。”

妻子栗红花听丈夫这样说,便一头雾水满腹不解,说:“你说啥?让俺带儿子认祖归宗?认哪个祖归哪个宗?”

皇甫章就一副庄重的模样附在妻子耳边小声叮嘱:“你带着孩子去崔家庄,找崔姓人去认祖归宗。你就说你和丈夫和孩子是从安徽六安来的,是来认祖归宗的。你的公公,咱们儿子的爷爷名字叫崔文顺……”

听罢丈夫的话,栗红花说:“若是这个叫崔文顺的家有妻室儿女咋办?”

皇甫章说:“即便这个崔文顺家有妻室儿女也无妨,一个远在异乡服役的清兵,且正值青壮年少,做下拈花惹草的事也是合乎常情的,况且时隔二十多年了,谁会去查证真伪?退一步说,只要你说的话无纰漏,他们崔姓家族不为大人,就是只为你怀里的孩子、他们崔姓人的骨脉,也会收留你们的。你跟孩子能稳妥安身，我也就少了后顾之忧。”

栗红花一阵沉默后，看着丈夫说道：“我跟儿子投奔崔家庄，你投奔哪里去呢？不如咱们一家三口暂且栖身崔家庄，待危情松缓些再作打算。”

皇甫章轻叹一声说：“这个当口，见危苟安岂是一个大丈夫所为？我先去打探一下父亲和同道们的下落。如若他们逢凶化吉，闯过了唐团，我就前去追随；如若他们遭遇不测，我或许去追寻大队人马，或许设法为父亲及同道们报仇雪恨，到时我会两相斟酌。如若都不遂愿，我就去崔家庄找你和孩子。记住，你姓杨，名叫月娥，丈夫叫崔耀祖。我在墓地石碑上知道崔文顺文字辈下面是耀字辈。”

见天已大亮，皇甫章就让妻子复述了两遍在崔氏人跟前要说的话，然后扶起妻子拉起了马，催促妻子赶紧走。栗红花怀揣儿子，说：“你总得给儿子起个名字吧。”

皇甫章便仰脸思考了一下，说：“孩子既然此处所生，就叫皇甫林生吧。至于崔姓那里孩子名字叫什么，到时就由他们崔姓族人给起吧。”皇甫章说罢，从马背上取下褡裢，粗略数了下里边的银子，足有二百两。他从里边拿出二十两，又把褡裢放回马背上。妻子栗红花让他多取些，以备急用，他说自己一个人怎么都好说，余下的银两足够母子二人用上一阵子的。

皇甫章拽起马，要扶妻子上马。栗红花就满眼噙泪说：“咱们这一别，不知后边等着咱的是福还是祸，是吉还是凶。你背上有文身，容易让人辨识，人面前万不可露肩裸背，俺跟儿子暂且栖身崔家庄，望你早日来接俺母子。”

皇甫章强忍着泪水，把妻儿搂在怀里，又俯下身子在儿子稚嫩的小脸上轻轻亲了一下，说：“好好哺养孩子，等灭了清廷，大功告成之日，我回来接你们。”

皇甫章扶妻子上了马，自己先在林子边上查看了一下，见林外无人便牵着马把妻子送出了林地。

皇甫章目送驮着妻儿的马走远，自己方才返回林地。他抓乱头发，从地上抓起一把草土，撒在头上，又往脸上抹了两把泥土，在泥地上滚了几滚，又在坟丘的石碑旁捡了一只作祭具用的粗碗，抽出随身长剑在树上砍了一截树枝，做成打狗棒。皇甫章一番折腾，把自己弄成了一个又脏又邋遢的叫花子。接着，他用剑挖了个坑，把剑埋了起来，便走出林地。

皇甫章出了林地，走过两个庄子，打问到三里地外有一个集市，便往集市方向走去。

皇甫章来到集市上，正逢集日，集市上到处是男人、女人、老叟、儿童的身影。一街两行的饭铺、酒肆、染坊、油坊、铁铺、木匠铺、缝衣铺、鞋帽铺、行医铺，小贩的叫卖声、摊主的吆喝声、牲口市上牲畜的叫声，把集市渲染得十分热闹。

乞丐模样的皇甫章混在这样繁杂的人群里很不显眼，他在一个僻静处把手里的粗碗和打狗棒扔了，来到一个缝衣铺里买下一件灰色麻布长衫穿在身上，出了缝衣铺去了剃头摊，净脸、剃头、洗发、编辫，一阵拾掇，哪还有一点乞丐模样。剃罢头，皇甫章又去了鞋帽铺买了顶黑锦绒的瓜皮帽戴了，买了鞋袜穿了，再从鞋帽铺出来的皇甫章，俨然一个气宇不凡的年轻秀才了。皇甫章瞥了一眼四周，便融进熙熙攘攘的人群里。

第五章

崔家庄崔姓家族族长崔道仁七十多岁,在崔家庄崔姓人中辈高位长,家有田地千亩,骡马成群,下人多个。他们家是崔家庄数一数二的大户。崔道仁平日里沉默寡言,不怒自威,让人奉尊之余多了几分敬畏。

家大业大,富贵荣华,颐养天年本应是崔道仁知足的事,可有块心病却压得他成天寝不安席,食不甘味。崔道仁有两个儿子,二儿子还没成亲就少年早亡,没有后嗣。大儿子婚后,崔道仁就数着指头盼孙子,可儿媳却一连生下四个闺女。崔道仁又给大儿子娶了二房,在二房生下两个闺女后,大儿子便得了怪病,瘫在床上不能动了,传宗接代的事算是彻底没希望了。家大业大却没有后嗣承继,这让崔道仁成天很是愁闷,且这种心病随着年龄的增大越来越让他烦躁不安。

这日一大早,崔道仁在下人的伺候下漱洗完,吃罢早饭,便接过下人泡好的一盅茶,坐在正厅饮茶。这时,有下人进来报说,大门外有一女子怀揣孩子求见。崔道仁皱了皱眉,说:"要饭的花子,就打发她一下,让她走罢了。"

下人说:"这女子年少,还牵着一匹高头大马,看样子不像叫花子,并且执意要见老爷您。"

崔道仁默忖了一下,说:"让她进来吧。"

不一会儿,下人带着一个浑身破烂腌臜的女子进来。女子进了上房,不待崔道仁问话,便矮了矮身子道了个万福说:"晚辈杨月娥拜见长辈。"

崔道仁抿了一口茶,眼也不抬,问道:"你哪里人氏,找老夫何事?"

杨月娥答道:“回长辈,俺安徽六安人氏,来崔家庄是来认祖归宗的。”

崔道仁闻言一怔,抬起眼,看着那女子问:“安徽六安?离此上千里地,你认哪门子祖,归哪门子宗啊?”

杨月娥便说:“俺公公乃江苏沛境崔家庄人氏,姓崔,讳文顺。”

崔道仁闻听此言,身子一晃手一哆嗦,茶水洒了一身,他稳了下身子,便举手拍了一下桌子,大声说道:“胡说,崔文顺年少故亡几近三十年了,且他从未婚配,何来后人?”

里间的夫人听见老爷大声言语,便也出来。

那杨月娥就一副胆怯的模样,耷着头小声说道:“回长辈,俺也是从没见过俺这个公公的,也是听婆婆说的。”

崔道仁问:“你婆婆怎么说?”

杨月娥便轻舒一口气,慢慢说道:“听婆婆说,公公道光八年从江苏沛地到俺们六安当兵,其间认识了俺婆婆郑氏。道光十年,婆婆发觉自己有了身孕,便告知了公公,公公答应等来年春暖花开之时,带婆婆回老家完婚,怎奈天命无情,次年春天公公因灭火救人亡逝,婆婆在那年的夏天,产下公公的骨血,取名崔耀祖。那时,婆婆本想带儿子认祖归宗的,怎奈孩儿尚小,路途又远且有父母待养,所以就耽搁下来。等婆婆含辛茹苦把孩儿养大,给老父老母送终后,婆婆却身体患病不能长途跋涉了。去年婆婆病故,临终前再三叮嘱夫君,待自己老去后让夫君带上俺去认祖归宗。葬送了婆婆,夫君变卖了家产,买了匹马,带上身怀有孕的俺便千里迢迢地来认祖归宗了,在途中俺产下一子。哪知俺们一路艰辛一路打听,来到一处沙河地,突现两队人马,马嘶人叫厮杀在一处,杀得天昏地暗马奔人跑,夫君为俺和孩儿的安全,把马让给俺和孩子让我们先跑, 自己却落在乱人群中, 现今不知夫君是否安然。”杨月娥说罢掩面大哭。

崔道仁和夫人听罢,早已老泪纵横,夫人仰面号啕,过去揽住杨月娥母子,大声哭道:“俺苦命的儿啊!你那公公文顺,就是俺家的小儿子啊!”

人们听见上房一片哭声, 不知发生了什么事情, 便纷纷赶过来问个究竟。崔道仁就大声吩咐道:“快收拾房间,扶月娥去好好调理,再找两个奶妈来伺候月娥母子。”并问清孙子耀祖相貌打扮,安排多人去四下寻找。

崔姓族人听说族长早逝的小儿子崔文顺的后人千里迢迢来认祖归宗,

纷纷来门上探视，恭贺族长门庭香火有续，喜事盈门。一块压在崔道仁心头多年的心病去了，崔道仁心情大好，摆下三十桌大席，宴请族众，以示庆祝。当场，崔道仁让本族一个私塾先生按元子辈给重孙取名崔元功。

第六章

后经官府查证，唐团所杀的捻匪头领名叫皇甫河山，是捻匪大将赖文光手下的一员闯将。唐团抗捻有功，官府为表彰唐团抗捻功绩，赏赉唐团白银五百两，并免去唐团两年的田地赋税。葛家庄抗捻打援有功，赏赉葛家庄白银三百两。

唐团人对葛家庄无功受禄很是不满。既然官府这样赏赉，也不好说什么。官府对唐团的赏赉高了葛家庄那么多，唐团人在葛家庄人面前就身杆挺拔，他们对外言说，葛家庄能获得官府赏赉，全是沾了唐团人的光，让人听后有种葛家庄所得赏赉是唐团人所赐似的。

对官府重赏唐团，薄待葛家庄，葛家庄人都忿忿不平。对唐团人对外言说葛家庄受官府赏赉，全是沾了唐团的光一说很是气愤，并对唐团在葛家庄人面前所表露出的那副小人得志的狂傲更是恨之入骨，可是，唐团人在此次抗捻中损伤惨重也是事实，且又不好去找唐团理论，葛家庄人也只有把怒气窝在心里。

唐团受了官府赏赉白银五百两，团总唐守忠就召集团中几个主事人商量，说："官府免去唐团两年的田地赋税是很大的恩赐，为唐团长远着想，这五百两银子咱们还是不要独占了得好。依俺之意，拿出二百两来送给县官老爷，如唐团遇什么麻烦也好让其暗中多关照一下；余下的三百两，按伤情轻重，分发一些给抗捻受伤的团人，再添置一些骡马农具，然后留出一些，建造一个学堂，把海央接过来教孩童们念书识字。"

几个主事人听罢，齐声称好。于是，在一个夜里，唐团派人将二百两银子送往了县衙。

抗捻一事，唐团和葛家庄相互不服，相互敌视，隔阂更深。更让葛家庄人气愤的是，唐团在没有跟葛家庄协商的情况下，私自避着葛家庄在双方有争议的地界筑了一条长长的界堤。这个界堤就像一个滋着火星的火药捻子，时常让双方发生争执。

葛家庄人世代生活在微山湖畔，此地田地肥沃，靠近鱼虾湖草满湖的微山湖，所以，当地土民农忙时，田地里耕耙耩播种庄稼，农闲时节，大湖里捞鱼摸虾打苇草，日子过得殷实平和。可是，一场水患把葛家庄人的这种日子彻底给冲垮了。先是为避水患纷纷外逃，等到大水退却，返回家园，不曾想大片田地被外乡人占了，且占得安然，占得理直气壮。更可气的是，作为父母官的县衙，竟胳膊肘往外拐不维护治下土民的利益，却偏袒外地土民；后因为抗捻，官府大张旗鼓地赏赉外来团民，除给予银两还免去了他们两年的田地赋税。这无形中助长了外来团民的志气，灭了当地土民的威风，使得外来团民对当地土民更加傲慢不逊，以至于葛家庄和唐团都心存芥蒂，难以调和。农闲时，葛家庄人去大湖捕鱼打草必经唐团，唐团人傲视葛家庄人的那种眼神，让葛家庄人受不了；葛家庄人那种仇视唐团人的神情，也让唐团人受不了。

如何改变这种尴尬的局面，唐团和葛家庄双方有着相同的想法。唐团认为，葛家庄去大湖捕鱼打草不要走唐团地面，眼不见心不烦。葛家庄认为，要想改变这种尴尬局面，并且一劳永逸地解决这个事情，就必须收回被占田地，把这一帮外民彻底撵走。随着越来越多的葛家庄人对路过唐团去大湖捕鱼感到别扭和不适，他们要驱逐外地人的心情也越来越强烈。人们纷纷去找庄主葛敬玉，葛敬玉又何尝不想立马赶走外民，收回被占田地呢？他比任何人都迫切地想收回被占田地，赶走外民，但他虑事更缜密，更长远，他知道唐团因抗捻一役，得到官府赏赉褒奖，官府那里唐团人有优势，所以，要赶走这帮外民，需要一个时机。他对来门上找他的庄民劝慰道："忍忍，再忍忍，等待时机，不击则已，一击必杀。"

葛家庄庄民宋大湖、蔡松树年龄都三十来岁，两人从小一块长大，一起在大湖里扑腾洗澡，一起在大湖里捞鱼摸虾，关系情同手足。两人都娶了媳妇过日子,农闲时节,两人仍旧一起去大湖里逮鱼打草贴补家用。两人在大湖的浅水处挖了几个堰盆子。堰盆子,形如盆子,只不过边沿全是用泥土培起来的堰埂,里边再盘几个泥埂。堰盆的两端设一进口,一出口。进口处敞敞亮亮,出口处放置逮鱼的须笼,鱼儿只要游进堰盆,三转两转迷了方向,就会游去出口处,一旦鱼儿游进须笼,就进得去出不来了,人只要拿起须笼,拔掉须笼后面的塞子,往外一倒,就可以把鱼儿尽收鱼篓。宋、蔡二人常常是傍晚时分一起去堰盆里放置须笼,一大早再去大湖里起须笼收鱼。

这日一大早,宋、蔡二人一起去大湖里起须笼,二人来到堰盆处,拿起须笼往外倒鱼，却连个小虾米都没有，且六七个堰盆里的须笼像是商量好似的,一条鱼都没有。两人仔细打量,发现须笼让人动过了。也就是说,有人先来一步,把须笼里的鱼给偷走了。他们二人估计,唐团近湖而居,离他们堰盆处近,且对他们葛家庄人不怀好意,这事一定是唐团人干的。可没有捉住人,没有真凭实据,二人也不好说什么,只有吃下这个哑巴亏。

可是,一连三天须笼被动,一鱼未收,终于让宋、蔡二人忍不住气了。二人回去路经唐团处,便扯开嗓门吆喝,骂偷鱼贼不得好死,骂挪动他们须笼的人掉大湖里淹死。

葛家庄人居然在唐团居处高声骂街,这还了得,就有唐团人出来呵斥葛家庄二人。宋、蔡二人年壮气盛,也不是省事之人,便和唐团人争吵理论。宋、蔡二人说唐团人挪人须笼偷人鱼，欺人太甚；唐团人说葛家庄二人寻衅滋事,无中生有。双方各不相让,几乎动手。最后团总唐守忠出来制止住了双方,事情才没有闹大。

宋、蔡二人心中憋着一口气,在每个堰盆出口处的须笼旁,都挖下一个没人的深坑,并且在每个深坑里放置了逮鱼用的滚钩。滚钩的厉害在于,只要钩住活物,越是挣扎,滚钩扎得越深,扎得越牢,根本无法脱钩。为了掩人耳目,宋、蔡二人又在深坑上盖了一层湖草。

这晚,唐团一何姓人和一林姓人家的孩子不见了,两家人先是前往团里各家去找,没找到,又到荒野里去找,也不见踪影。团总唐守忠见唐团两个孩子找不到了,也觉事情重大,便发动全团人找寻。有人说傍晚时分,曾见两个孩子嬉笑着往湖里浅水滩方向玩要去了。人们便打着灯笼急慌慌往大湖浅水滩奔去。一阵寻找,人们在一个堰盆口找到了两个孩子。只见两个孩子没在须笼旁的深坑里，人们急忙拽上两个孩子，只见两个孩子手抓着手，小腿上扎满了滚钩，早已没了气息。两个孩子都只有九岁，就这般没了，何、林两家人扑倒在泥水中，哭天抢地。

唐团死了两个活蹦乱跳的孩子，唐守忠心里也很难受，就训斥何、林两家大人没看好孩子，孩子偷人鱼，大人会不知道？早管教一下何至于此。何、林两家就指天发誓，孩子从来没有拿过鱼回家，大人也根本不知道孩子挪人须笼，如果知道，再怎么也不会纵容孩子做这事，一定会严管孩子的。两家人这样说，唐守忠知道一定是两个孩子顽皮寻开心，来这里挪了须笼，放了鱼。

即便挪你须笼，何至于这样挖坑害人？挖坑也就罢了，又何至于坑内放置滚钩，活生生的两个孩子，被葛家庄人就这样给害死了，唐团人被哀伤和愤怒填满了胸膛，叫喊着要去葛家庄为孩子讨血债，被唐守忠喝住。唐守忠沉声对众人说：“葛家庄人行事如此歹毒，害了我们两个孩子，这血债不讨咱们唐团何以在此立足。听俺的，都不准动，也不准张扬这事，咱们只管等那两个恶人来。”

葛家庄庄民宋大湖、蔡松树两人一时在气头上，在堰盆旁挖了深坑，放了滚钩。过后冷静下来，觉得事有不妥。如若淹死人，出了人命，那事情可就没法收拾了，那时，唐团、葛家庄必定会有一场恶斗。可转念一想，觉得这样也好，庄主葛敬玉曾说过，等待时机，一击必杀，把这一帮外来恶民赶回老家去。葛家庄人早就看够了这帮外民的骄横，受够了这帮外民的窝心气了。如若因此事唐团寻衅闹事，说不定庄主借此时机，一怒之下带了众人把这一帮外民无论老少一顿暴揍，逐回他们老家，一劳永逸永除后患。如果真的能走至这一步，他们二人真就成了驱逐这帮外民的有功之人了。

宋、蔡二人虽然这样想，可心里还是有几分胆怯，若是堰盆上唐团人真有个好歹，在这帮外民没被逐回老家之前，二人怎好再去那里；如若不去，大湖里的这笔财脉岂不丢了？大湖是个聚宝盆，丢了这个聚宝盆，往后的日月还咋过好？二人思来想去，觉得这笔财脉不能丢，还须去大湖逮鱼捞虾。二人对堰盆上挖坑放钩就有些后悔，觉得自己这样做是有点过，并在心里默默念叨不要出事。

宋、蔡两人第二天一大早没有去大湖收鱼。二人怀着忐忑的心情打探着唐团人的动静，唐团一切如故，一大白天没有任何异样，这让宋、蔡二人心稍宽畅。二人商定，傍晚时分趁着暗影去浅水滩堰盆处收鱼，并把早先在堰盆处挖的深坑填浅一些，再把下在里面的滚钩取出来。

傍晚时分，黑暗如同巨大的幕布，缓缓展开，把西边最后一抹红晕给遮盖得严严实实，黑的雾霭如同氤氲的霾气，到处弥漫，所到之处，物皆着黑，大地上的树木、房屋、草垛、田野都成了同一种颜色，且模糊不清。微风中有细弱的雨丝在飘洒，把这傍晚时分的黑暗浸润得有些潮湿和冷涩。

宋大湖、蔡松树二人背着鱼篓，趁着昏暗走过唐团，来到大湖堰盆处，二人查看了放置的须笼，又看了所挖的深坑，见没什么异样，宋大湖就说道："娘的，算他们唐团人命大，没再来挪咱须笼偷咱鱼，要是有人来的话，早就见龙王爷去了。"还没待蔡松树搭话，只听一声大喊："龟孙子，还命来！"随着这一声喊，呼啦啦从四下苇荡里冲出好多手持棍棒的人来，这些人围住宋、蔡二人叫骂着，不由分说，抡起手中的家伙狠狠朝二人打去……

葛家庄人是第二天在大湖的堰盆处找到宋大湖、蔡松树二人尸体的。在宋大湖的尸体上，唐团人留有书信一封，信中把宋、蔡二人如何在唐团骂街，如何在堰盆处挖坑设钩，如何害死唐团两个九岁孩童的事说了一遍，并告诉葛家庄人，唐团打杀葛家庄两人，也算是给死去的两个孩童抵了命，人命上双方互不相欠，如若葛家庄人觉得这样不公平，是打，是和，还是打官司，唐团奉陪。

葛家庄庄主葛敬玉脸色铁青，拿书信的手微微发抖。少顷，葛敬玉咬着牙一下一下把书信撕了个粉碎。

此时，暮云低沉，秋风凄凄。微微细雨从浓重的黑云中淅淅沥沥地飘洒着，似挑逗、似抚慰，拂扫着每个葛家庄人的头脸和身体。微山湖水的拍浪声就像从一个悲伤至极的妇人嘴里发出的呜咽——"呜哗，呜哗……"阵阵作响。人们似乎能听到满湖里的鱼儿都在相拥而泣的声音——"呲噜呲噜……"，往日高歌亮嗓的苇鸟们，像是被这满湖细雨一样绵密的哀伤浸湿了心房，商量好似的一起哑然无声。低沉的天空中有只离群的孤雁在人们头顶上缓缓盘旋，时不时发出一声让人心碎的声音——"啊……"

宋、蔡两家老小的凄号声使人们感到深深的压抑。人们无法接受这两个曾和他们一起朝夕相处，一起种田下湖，又在水患过后一起返乡、建家立园的庄民以这样惨烈的方式离去。心中的悲伤凝结成一团浓郁的仇恨，通过人们发红的眼睛迸发出来。一声怒吼连带出一片呐喊:"拼了去,杀了去,杀他个孩伢不留。"

庄主葛敬玉铁青着脸站在人群中央，长时间地看着门板上躺着的两具血淋淋的尸体。没了生命的躯体,直挺挺地躺在那里。脸上的血污和着雨水变成数道淡红色的液体,顺脸而淌。死者不知是因为愤怒呐喊,还是恐惧求饶,瞪着一双白眼珠,大张着嘴,仿佛随时都会发出嗷的一声。眼前这副凄惨的情景,宋、蔡两家老小悲恸的凄号和众人愤怒的叫嚣,使得葛敬玉禁不住发出阵阵痉挛般的颤抖。

此时葛敬玉的心里比任何一个愤怒的庄民都要悲哀,作为一庄之主,他视每一个庄民如同手足。宋、蔡两人被外地客民凶杀,他除了内心哀伤外还多了一分自责。他觉得,作为一庄之主,没能掌控住事态,没能保护好自己的庄民,实在是一件不能饶恕的事。他苦闷、哀伤、内心在呜咽,但他不敢言声,他怕自己一张嘴吼出的不是话语而是哀声,那样更会激起人们的怒火,局面怕会更难控制。

见庄主不说话，脾气暴躁的儿子葛心凯扯开嗓门一声喊:"有种的兄弟爷们儿,抄家伙,跟俺走!"

"走啊,杀了去,拼了去!"众人的怒声如同微山湖的拍浪一样翻滚,人群开始涌动。

"都给我停住。"葛敬玉声音低沉,忍着哀伤,这不失威严的一声喊,让人群停止了涌动,静静地看着庄主。葛敬玉颤抖着手指了指门板上的两个人,眼含泪花,声音哽咽着说:"这两个人还不够吗?他们既然敢下此恶手,一定是有备而为的。咱们现在去拼去杀,也一定会落入他们的圈套,正中他们下怀,受制于他们。"

葛心凯圆瞪双眼嚷道:"咋,人都给杀了,咱就盘起尾巴充孬种?"

葛敬玉没有回答,他仰面向天,切齿怒目道:"是可忍,孰不可忍,血债要用血来还,唐守忠小儿,我葛某不报此仇,不雪此恨,誓不为人。"

第七章

一连几天，葛家庄沉浸在一派悲伤之中，寥落的几棵树上，传来秋蝉有气无力的、衰弱的残声。卧在地上反刍着草料的黄牛，似乎也忍不了这满庄子的哀伤，时不时甩一下头，仰天一声长长的哀嚎——“哞”。就是偶尔传出的鸡鸣狗叫声，也显得比往日气短无力了许多。庄人皆无精打采，像是霜打了一般。庄前庄后的柳树，也顿失往日随风飘荡的舒畅与招摇。

新建不久的葛家大院，虽比不得洪水前的高墙深院，但砖石为基、青瓦为顶的四合大院，在众多土坯打墙、茅草苫顶的庄户院落簇拥下仍不失庄严和气派，只是这种气派在全庄一派悲怅中显得是那么凝肃和寂然。

自从葛家庄宋、蔡两家死了人，庄主葛敬玉一直深居简出，外面的事情支使胞弟葛敬林和儿子葛心凯他们去办。庄上死亡两人的事，他已经写了诉状，递到县里衙门，县令也下派了官员，来此进行了勘验。可几天过去了，却不再见县衙门动静了，也没见官府缉捕杀人凶犯的迹象，派人去县衙询问，县衙回说这件事曲折复杂，不可匆忙定论，须待仔细勘查探问后方可定案。

躁脾气的葛心凯就憋不住火:“杀人偿命，欠债还钱，天经地义的事，这明明白白的事，官府偏这样拖三拉四，不是明向着唐团那边的人吗？要是县衙处理不公，这官司咱们非打到京城去不可。”

官府对这件命案的敷衍塞责虽在葛敬玉意料之中，但如此这般拖延还是出乎了他的预料。葛敬玉虽然十分恼怒，却将怒火窝在心里，只是面无表情地在屋里来来回回踱着步子。葛心凯、葛敬林二人见庄主沉着脸，一言不发，只是来回走动，料庄主心里不会平静，便看着庄主不再言语。

葛敬玉停住脚步，转身对胞弟葛敬林吩咐道："给临近几个庄的庄主和乡绅写请帖，就说我葛家庄逢难之际，拜请他们来葛家庄一议，献计献策以助我葛家庄一臂之力。"

葛敬林应声去了。

第二天，葛敬玉早早起了床，一边支使下人洒扫庭院，一边叫起儿子葛心凯，让他去和叔叔葛敬林准备接待临近各庄庄主及乡绅名流事宜。

这时，管家葛有福进来向庄主递上一拜帖，说道："老爷，门外有一外地人求见。"

葛敬玉就皱着眉道："这样的事还用问我？这样节骨眼上一个外地人你都打发不了？"

管家有福就低了头说："那人书生模样，我推托庄主有事，今儿不见客，他说非见庄主不可。"

葛敬玉接过拜帖，只见帖子上写道：丰县樊家集苗得雨拜见葛家庄庄主。葛敬玉略为沉思，便吩咐道："哦，是个秀才，带他进来吧。"

不一会儿，管家有福带着一个外地人进来。葛敬玉抬眼望去，见那人二十五六模样，眉清目秀，口正唇方，举止间透出不俗。那书生模样的外地人对葛敬玉躬身施礼，说道："在下苗得雨，路经贵地，冒昧烦扰葛庄主，还望葛庄主见谅。"

葛敬玉也拱了拱手，说道："秀才远道而来，不知有何见教？"

那外地秀才闻言，便神色黯然，说道："在下本来是去湖东探亲访友的，不成想走到贵庄对面一小堤前，堤内突然蹿出几个人来，手持器械，凶神恶煞一般，不由分说便动拳施脚，硬说在下是葛家庄探子，在下百般辩解仍不让过去，一路的盘缠也尽让他们抢了去，在下无奈，只得返回。听闻葛庄主礼贤下士，重仁仗义，为一方乡绅名士，所以在下唐突来到贵府求助。"

葛敬玉听罢，深思了下，说道："苗秀才的遭遇，实在让人同情。回家如需盘缠，可让管家去取。"

那苗秀才朝葛敬玉再三拱手："葛庄主的心意，在下谢领了。听说贵地的几个庄子和山东客民因地界纠纷不断，我想拦我过湖、抢我盘缠的怕是这帮外来的山东客民了？"见葛敬玉微微点了下头，苗秀才接着道："多行不义必自毙，这帮外来客民竟如此霸道嚣张，官府一定不会等闲视之的。在下想借贵府暂住几日，等事态平稳下来，再过湖探亲。不知葛庄主能否容留几日？”

葛敬玉见此人相貌堂堂，气宇轩昂，言谈不俗，又遭外来团民劫掠，内心便平添几了分爱怜，说道：“苗秀才如不嫌舍下室陋食粗，住上几日就是了。”言罢，就招呼管家有福带外地秀才去收拾房间。外地秀才便拱手道谢，随管家走了出去。

一连几日，葛家大院人来人往，出入不断，葛敬玉请来的除了和山东外民离得比较近的村庄里的庄主及绅士外，还请了一些与外来团民没有瓜葛的庄主、乡绅，比如崔家庄庄主崔道仁、王家圩子王庄主等。葛家庄与山东客民因为地界纷争出了人命的事情一时间传得沸沸扬扬，各庄皆知。与山东外民靠近的庄子，多多少少也因地界和山东过来的外民起过纠纷，只是还不似葛家庄，竟然让山东过来的恶民打杀了两条人命。

唐团打死了葛家庄两个庄民，行事如此悍猛，大大鼓舞了沿湖而居的山东外民的胆气，个个瞪着眼睛，摩拳擦掌，一副将要拼个你死我活的架势，气焰十分嚣张。面对如此局面，当地和山东外民有土地之争的村庄民众在愤怒之余，又多了分忧虑，几个村庄的庄主和绅士便以抚慰为名，纷纷来到葛家庄，聚在葛家大院内，表达对葛家庄所遇不幸的慰恤，倾诉心中的愤懑和不平，并议论、商讨对策。

闹闹嚷嚷几天下来，除了谩骂山东客民蛮霸残忍的恶行外，也没谋划出让葛敬玉觉得可行的良策妙计来，这让葛敬玉感到焦虑和烦躁。葛敬玉把众人送出门外，看着人们离去的背影，暗自决断，不再听这一帮人空谈了，山东恶民欠下的血债还是要葛家庄人自己去讨吧。

送走众人回到上房，葛敬林小声问道：“大哥，下一步咱们该咋办？”

葛敬玉在屋内来回踱着步子，良久方轻叹一声说道：“这事看似是咱和唐团的事，可细思量起来，是牵扯到咱这边一溜百十里和那边一溜十八团的事，所以在这件事上我们一定要谨慎处之，不可鲁莽行事。”

儿子葛心凯就瞪着眼说道：“宋、蔡两个人就白死了不成？”

葛敬玉并不理会儿子葛心凯的话，接着说道：“传下话去，没我的话，谁也不准去湖里捕鱼捞虾，更不准去找唐团惹是生非。另外，找人写状子，准备打官司。”说罢，转脸对葛心凯道：“出了乱子伤了人，我饶不了你。只要唐团那边不蓄意惹事,就不要动,听见了吗?”

葛心凯低头称是。

葛敬玉对二人扬了扬手,让二人退出房间。

夜,黑成一团,如同一袭宽大无边的丧服,笼罩住了葛家庄的房舍、树木、草垛和庄稼。鸡鸭鹅狗牛马这些牲畜们似乎也被这掺杂了浓重惨愁的黑夜所惊慑,忍住了鸣叫,商量好似的哑然无声。整个葛家庄死一般沉浸在一派无声的黑暗里,唯有从葛家大院上房里发出的惨淡的橘黄的烛光,似乎在证明着葛家庄尚存一丝苟延残喘的生气。

葛家大院上房里,葛敬玉独自一人手拿讼状坐在椅子上,闭目慎思。

大门吱一声响,走进一个人来。葛敬玉抬头一看,见是前几日来门上的苗秀才。

那苗秀才进来朝葛敬玉深深施了一礼,道:“此时打扰,还望葛庄主见谅。”

葛敬玉直了直身子说:“秀才不必客气,近日杂事烦扰,没顾得上躬问,还望担待。”

苗秀才道:“在下与葛庄主萍水相逢,素昧平生,却承蒙葛庄主周全款待,足见葛庄主仁人之心。这几日府上事繁人杂,庄主也神色郁悒,从管家那里我也略知一二,个中细节缘由,庄主可否细说一下?”

葛敬玉让了苗秀才座,沉吟良久,方才说道:“也罢,苗秀才是外地人,说给你听亦无妨,也好让你帮我们辨个是非曲直。”

葛敬玉仰起脸来,长吁一声,便缓缓叙道:“咸丰元年,黄河溃决于丰县,一时间湖泊漫溢,汪洋一片。沛县、鱼台、滕县等地都汇成了大湖,房倒屋塌,人畜伤亡,不计其数。见家园沦为泽国,当地外民便纷纷逃往外地,以避水患。咸丰五年,黄河又决口于兰仪,山东郓城、嘉祥、巨野,这几个县邑也成了一片汪洋,因而这几个地方的灾民纷纷逃难到徐州境内。当时铜、沛两境的水面,已半涸为淤地。这些遭受水患的山东土民,见此地人烟稀少,田地肥沃,就生了贪占之心。他们集群结伙来到这里,结棚其间,垦淤为田。因滨于微山、昭阳两湖西岸立团,故人称‘湖团’。整个湖团南到铜山,北至鱼台,南北长百余里,他们集庄设团,共有团一十八个,又称‘一溜十八团’。这帮外地团民多是滋事生非的不轨之徒,徐州州府恐治下扰乱,曾经令铜、沛两地县令驱逐这帮外民回原籍。这帮山东团民了解此情后,行小人之举,用重金行贿县衙。县衙见钱眼开,纳其贿赂,为这帮团民美言,驱逐其回原籍的事不了了之。县衙见湖畔淤地地广人稀,便许山东外民留居此地,后经官府批准,勘量田地,令其耕种纳租,缴付赋税。不久,捻匪北上,骚扰此地。对面以唐守忠为首的唐团,多是些舞棒弄枪之徒,曾聚众抗击捻匪,并杀了捻匪头领,割下首级献给官兵。此役唐团也多有伤亡。县衙对唐团此举大加褒奖。先前外逃的本地乡民在外流亡几年,听说故园洪水退去,便纷纷还归乡里。见早先属于自己的大片田地已成外民产业,心自不平,便去县衙寻理。县衙也曾责令团民把多占的田地归还本地土民。唐团自恃抗捻有功,颇为骄横,对官府责令置之不理,反而恃强凌弱,欺侮当地乡民。我们这沿湖几个庄子,世代以湖养农,半渔半农,对面沿湖扎营的唐团,不只侵占了葛家庄的大片良田,还对此地庄民进湖捕鱼摸虾多有阻拦。前几天,我葛家庄两庄民去湖里捕捞,唐团人竟诬说我两庄民害死他们两孩童,将我两庄民活活打死。我们虽告了官府,可县衙只打雷不下雨,明里一副秉公断理的样子,暗地里却偏袒这帮外地恶民。这等人命关天的大事,过去已有数日,死者冤屈未能伸张,杀人恶民不但没有绳之以法,反而更加嚣张。”

说到这里,葛敬玉愤然起身,在屋内一边踱着步子,一边说:“我们葛家庄历来都不是好惹的。这场官司,县衙不行就上州府,州府不行就上京城,此理不争,恶气不出,我葛某愧对乡人。”

讼状摆在桌案,苗秀才打量了起来。

浏览了讼状,苗秀才微微一笑,说道:“古往今来,狼烟四起,群雄争霸,多少英雄豪杰金戈铁马、沉沙折戟,殉难于疆场。为的是什么?为的就是争疆土夺地域。作为代代相传的祖业地,相承而不保,被人掠去而不争,是对祖上最大的悖逆和不尊。”

苗秀才的话让葛敬玉心头一震,他点了点头,走到桌前,为苗秀才斟了盅茶,道了声请。苗秀才接过茶盅呷了一口,说道:“这帮外地团民,强夺田地,伤害人命,这等大事,是非曲直一目了然,官府只要公平审断,此事定会水落石出。可是,如葛庄主所说,外地团民与官府暗有勾当,官府明审暗拖,偏袒庇护,你又如何打算?”

葛敬玉道:“我们就越衙上告。”

苗秀才闻言,微微一笑,说道:"现今朝政昏庸,举国上下天怨人怒,揭竿而起者,南有太平军,北有捻军。为征讨这两股逆军,官兵伤亡无数,讨伐逆军已是朝廷上下头等大事,区区两个土民的性命,在他们眼里又何足挂齿。官司若拖下去外地团民更是有恃无恐,如若他们继续侵扰,你又打算怎样处置?"

葛敬玉面色沉郁地说道:"那,我们只有以命相搏拼死保卫故土了。"

苗秀才说道:"葛庄主护田卫家的义勇之气,实在让在下钦佩,可是一个'保'字,能让外地刁民把侵占的土地归还此地土民?外地刁民,侵田杀人,蛮横嚣张,又有官府袒护。葛庄主作为一方名士,一庄人头,一定要运筹帷幄,有一个通盘的谋划。"

葛敬玉此时意识到,这个苗秀才绝非等闲之辈,于是他沉吟了片刻拱手施礼道:"我葛家庄遭此劫夺,葛某确实寝食难安。俗语说'当局者迷,旁观者清',苗先生一局外人,论断此事,定有高论,还望苗先生指点一二。"

苗秀才微微一笑说道:"在下受葛庄主恩惠，为庄主分忧解难，理所应当。葛庄主如此抬举,在下也就妄言几句。"苗秀才顿了下,接着说道:"越衙上告须具备两点:一,案情重大,县衙确实无力问案;二,县衙断理不公,并证据确凿。现县衙一没说问不了,二没有推托,案情又没有结断,你怎知断理不公,证据可在?依在下看来,眼下越衙上告实为不妥。"

葛敬玉说道:"难道就任由县衙这样拖延下去?"

苗秀才眉毛微挑,挥了下手,说道:"不,要想让县衙从快断理,唯一的途径就是'打'。"葛敬玉听苗秀才这样说,就有些迷惑和不解,说:"打?"

苗秀才说道:"把外地团民打回老家去。如果一鼓作气打得团民无藏身之所,滚回老家甚好,如果不能,打杀他们几个,把事情闹大,既报了血仇,又灭了恶民的嚣张气焰。外地团民侵田杀人在先,此地乡民又早有控状呈递县衙,这样,葛家庄就据理在先,到时何愁官府拖延,官司不赢?"

葛敬玉沉吟良久,方叹道:"苗秀才所言,葛某也曾想过,只是外地团民人多势众,恃强逞狂,特别是团首唐守忠,自恃一身武艺,凶悍异常,无人能敌,如双方争斗搏杀,葛家庄不光占不了上风,怕要有更大伤亡。现在葛家庄的胜败直接影响沿湖各村各庄的整个大局。葛家庄胜则能鼓舞整个沿湖各庄人众的斗志,败则挫伤士气。顾虑于此,非万不得已,葛某不敢走此一着。"

苗秀才正了正身子道:“‘虎之食人不恒见,而虎之皮人常寝处之’,外地团民虽然悍猛,只要用心谋划,又有何惧?”

葛敬玉起身,在苗秀才面前深施一礼,道:“苗先生明达,万望先生看在沿湖一带民众累遭欺辱的份上,助我葛家庄一臂之力。”

苗秀才站起身,朗朗一笑说道:“对付这一帮外来的鲁夫莽汉,在下看来易如反掌……”说罢,朝葛敬玉招了下手,葛敬玉便凑上前去。

窗子的剪影映出葛敬玉和苗秀才两人头抵一处。苗秀才一边比划着一边小声嘀咕着,庄主葛敬玉则一边频频点头一边朝苗秀才作揖打躬……

一个杀人于无形的复仇方案,在这个黑夜笼罩下的葛家大院的上房里策划着运筹着。

秋风瑟瑟,夜影绰绰。葛家大院主房里的烛灯一夜未息。

第八章

有一种警觉叫"风声鹤唳",此时用这句话来形容唐团人怕是再合适不过了。

唐团打杀了葛家庄两个人,濒湖而居的唐团一直处于高度戒备状态。对面葛家庄被唐团人打死了两人,告了官府,官府虽说要查问探访,现如今只见打雷未见落雨。唐团团总唐守忠心里清楚,一是求县府批准他们拓土耕田时曾重金开道,再者全团齐力抗捻小有功绩,并拿出二百两官府赏银贿于县衙,一定是县府顾念于此,所以拖迟未动。尽管这样,唐守忠还是谨慎处之,毕竟人命关天不是小事,葛家庄人一定不会善罢甘休的。唐团头人唐守忠将心比心地想,要是唐团人被葛家庄人打杀,自己一定会带领人众去讨还血债的,何况本团人打杀的是在这一方庄大人众颇具威势的葛家庄。

唐守忠一边打发伤人性命的人回老家巨野暂时躲避,以防县衙缉捕,一边严令团中青壮年,白天轮守,夜里轮值,以防葛家庄人寻衅报复。

一连几天过去了,对面葛家庄却没有一点动静。唐守忠差人暗处探访,去探访的人回来告知,说是葛家庄寻人写了讼状,准备越衙上告。唐守忠闻言,内心便有几分释然:官司怕的就是一个拖字,拖它个一年半载,也就不了了之了。

又过了多日,暗中探访的人回来报告唐守忠,说葛家庄人都在议论,和唐团人的人命官司不越衙告官了,欲与唐团讲和私了此事,为此有几个不服的庄民,找到庄主葛敬玉争辩,遭葛敬玉鞭挞和辱骂,再不敢闹事。

唐守忠召来几个团人商讨这事。一人说："葛家庄庄主不是盏省油的灯，他真能忍下这口气？在没有确切证据证明葛家庄人跟咱们和解之前，咱们万不可松懈轻心。"

唐守忠对侄子唐锡良道："葛敬玉不是个省油的灯又能咋的？打，他们不行，告官打官司，咱又不怕他。他若真能知难而退，说明姓葛的还识点时务。"

唐守忠大手摇了摇又说："不管他们咋折腾，咱们是兵来将挡，水来土掩，文的武的咱都奉陪。怕他个甚？"

这一日，太阳刚爬一竿子高，有人禀报，说是葛家庄葛庄主候在边堤外求见团总。唐守忠闻言，忙问："啥，说啥？葛庄主求见？他们来了几个人？"

来报信的人答："三个。"

唐守忠沉吟了一下，大手一挥吩咐道："放他们进来。"

来报人回身去带人。唐守忠便叫众人一起去门外迎候。

不多时，远处葛家庄三人在团民的引领下，由远而近，来到唐守忠面前。

葛敬玉走近唐守忠拱手施礼道："葛某登门相烦，还望唐团总海涵见谅。"

唐守忠也就胸前抱拳还礼："我唐某代表唐团人众恭迎葛庄主光临，请。"

唐守忠引着众人落座："葛庄主屈驾唐团，不知有何见教？"

葛敬玉说："唐团总，我葛某不喜欢说话兜圈子，肚子兜肠子。俺话直，人直，做事直。今儿葛某来此，就是想和唐团长议商双方伤人争田之事。"

唐守忠呵呵笑着："痛快，咱也别客套了，葛庄主有啥想法，请说。"

葛敬玉道："你唐团，我葛家庄，彼此相邻，为一寸半点的土地争斗打杀，结下怨和仇，相互不得安宁，徒让世人见笑。天下土民一家人，唐团、葛家庄不光咱这一辈人相邻过活，还要世世代代过日月的。唐团、葛家庄总不能没完没了地把仇结下去。只要双方互相迁就，还有商量不妥的事吗？"

唐守忠见葛庄主这样说，便点头说："实话，大实话，葛庄主，我巨野人众，逃难来到这里，垦荒立团，是来养家过日子的，不是寻仇打仗的。要说我团人侵田霸地，俺们来时，此地蛮荒一片，少有人烟，后来也是经官府批准，立了官文契约的。垦荒种田，缴粮纳租，俺团人也是不敢犯官违法的。在家靠父母，出门靠朋友，远亲不如近邻，这理俺不糊涂。怎奈双方互不相让，以至出了人命。我严加究问,伤人者也后悔莫及,言说本无恶意,实在是因为贵庄人挖坑淹死了两个孩子,一时激愤失手相伤。今儿既然葛庄主诚意而来,咱们啥事都可商量。”

说话间葛敬玉一招手,随身在后的儿子葛心凯从身后拎出一酒葫芦,递给了葛敬玉。葛敬玉拨开塞子,一仰脸“咕咚咚”如渴极饮茶一般,霎时,酒味四溢,满屋飘香。唐守忠禁不住叫了声“好酒”。

葛敬玉一抹嘴道:“葛某没有别的嗜好,唯视酒如命,常以酒代茶,一刻不能离。葛某不雅,望唐团总不要见怪。”

唐守忠哈哈一笑,道:“爽快,爽快,不怪,不怪。”

葛敬玉放下酒葫芦举手摇了摇,接着说道:“万事和为贵,双方因土地不睦,且现在又因为失误出了人命,实在是不应该。究起因由,当不是为甚大事。我葛家庄人世代喝湖水、吃湖鱼过活,三天不下湖捞虾就心慌。如今贵团造堤设界,阻了葛家庄人下湖的去路,庄人自是怨忿不平。我葛家庄宋、蔡两亡人,上有八十高堂,下有待养儿女,遭此厄运,实在让人可怜痛惜。”

唐守忠脸色沉沉道:“我团淹死的两个孩童,家里也如天塌一般,出了这等恶事,我唐某也深感沉痛和内疚。我团肇祸之人,闻言葛家庄告了官,便也撇老甩小,亡命他乡。说千道万,归咎是咱们两家彼此不睦和互不相让所致。我巨野团民不习水性,不熟捞鱼摸虾,霸湖何用?要是两厢好和,和睦相处,怎会拦挡贵庄人下湖捕鱼?”

葛敬玉道:“葛家庄告官,实在是当时激愤所为。静下心来想想,人死不能复生,官府缉拿人犯,以命偿命,徒增几家苦难悲哀。双方结下怨和仇,对彼此都无益处。咱们何不互谅互让一下,海阔天空,化干戈为玉帛,世代睦邻而居,共享平安祥和?”

唐守忠攥起拳头,猛击了下桌子嚷道:“好,葛庄主明白人,爽快人。”转身吩咐:“酒菜侍候,我和葛庄主边饮酒边议事。”葛敬玉便言语推谢。唐守忠又道:“葛庄主嗜酒如命,俺唐某也是酒鬼一个,为咱两家睦邻好和,难道就不值得咱们一醉吗?”

葛敬玉仰脸笑道:“素闻唐团总豪气待人,仗义结交,今日一见,果然豪情。恭敬不如从命,今儿葛某就放开肚皮与唐团总喝上几碗。”说着,递上酒葫芦:“这是朋友从四川带回的陈酿老窖,味正香醇,实为酒中珍品,唐团长尝尝如何?”

唐守忠接过酒葫芦,觉身后有人轻扯衣襟,却不理会,拔开塞子,仰起脸来“咕咚咕咚”灌了几口。喝罢,竖起指头连道:“好酒,好酒。”

酒桌上,葛敬玉、唐守忠一干人杯觥交错,推心置腹,最后达成协议:唐团拿出些银两,抚慰葛家庄宋蔡两家,葛家庄撤回告官讼状;唐团、葛家庄各派五人在有纠争的地界,互谅互让勘量定界。为免日后再起纠争,量定后即打下界桩;地界划定后,唐团允葛家庄人进湖捕鱼打草,双方和睦相处,永不再斗。

这场化干戈为玉帛的酒宴从午时一直喝到日落时分。

红日西沉,炊烟缭绕。看着摇晃着走进灰色暮霭中的葛敬玉等人,唐锡良问道:“叔,你觉得葛家庄人怎样?”

唐守忠红着眼睛道:“我看葛家庄庄主也是个汉子,能喝酒者,皆英豪,葛家庄庄主能吃能喝,不拘小节,可算侠义之人。”

唐锡良又道:“当时葛庄主给你酒葫芦,你不警觉,他下毒咋办?”

唐守忠嗤鼻笑道:“如果堂堂一庄之主使下三烂手脚,何以立世服人?再说在我唐团地盘,即便他有害我之心,怕他也没有那个胆量。他喝酒在先,他如想毒我,必先害自己,如果他敢行不义之举,他能活着走出唐团地界?”

唐锡良又道:“过去咱们唐团血拼捻匪时,他葛家庄人耍心机,作壁上观,欲算计咱唐团,这次勘界量边,他们会不会有诈?”

唐守忠道:“界堤离葛家庄足有二里,离我团只一里多,如有变异,一声吆喝,我团人立马便到,葛家庄人能算计不到?察其言,观其行,葛家庄葛敬玉不失人中丈夫,不会是那种下作之人。再说他一庄之主亲来我团,难道就不怕咱加害于他?凭此一点,足见其心怀诚意,咱也不必这般忧虑,传扬出去,未免让人耻笑我唐团人小肚鸡肠,伤人诚意。”

唐锡良便道:“叔言之有理。”

第九章

第二天，葛家庄以葛敬玉为首五人，唐团以唐守忠为首五人，会合在边堤上，开始量边定界。唐守忠对葛敬玉道：“可否从堤底角定边？”

葛敬玉道：“葛家庄和唐团人数相当，田地却比唐团多，堤外三尺为界，这家我当了。”见葛家庄庄主葛敬玉让地三尺，唐守忠甚为感动，推让一番，也就从了葛敬玉。唐守忠心情舒畅，让人拎来一坛酒，供双方人饮用。葛敬玉也就拿出酒葫芦和唐守忠共饮。这一天双方相处和睦，顺当无事，之后商定第二天继续勘量。

是夜，四更时分，葛家大院葛敬玉的上房里，二十几个葛家庄精通水性的精壮汉子，手持刀棍，肃然而立。

葛敬玉站在前面，神情庄严，说：“天明一役，我葛家庄的荣辱胜败就看你们几个的了。在水下藏匿几个时辰，实为不易，如稍有不慎，露了马脚，将前功尽弃，后果不堪设想，所以，听不到信号，死到水下都不能动一动。”葛敬玉转身对胞弟葛敬林道：“你带人在荷塘潜伏，剩下的人在村里组织众人，提高警惕，以应不测。天明我和心凯在堤上应付。”

葛敬林点了名，拿出二十根二尺长短、指头粗细的苇秆分到人手里，以作潜水换气之用。

葛敬玉让人在大碗中倒了酒，分递于众人手里，举碗道：“我葛某先敬各位一碗，等你们得胜回来，再和各位痛饮庆功酒。”

众人喝罢，在葛敬林的带领下，悄无声息地走出葛家大院，消失在茫茫黑暗之中。

这是一个有些闷热的中午,空气在一派混混沌沌中仿佛凝滞了一样。没有一点儿风,几片破絮般的云彩东一块西一块地散落在灰白的天空中。圆圆的太阳就像一张没有熟透的玉米饼子贴在天际，很吝啬地向大地发出惨淡的光。在这闷热的中午,鸟儿们似乎热得懒得鸣叫了,齐齐都噤了声。一阵热风裹挟着湖草、荷叶、庄稼、泥土的气息吹来,让还没有完全适应此地水土的几个唐团人在一种无名的焦躁不安中昏昏欲睡。

时至午时,葛家庄、唐团量边定桩的一班人量到一二亩见方的荷塘前,葛敬玉就招呼人们歇息一会,并让人拎上茶酒让众人饮用。

葛敬玉走到唐守忠面前,从身后取出酒葫芦,拨开塞先自己仰脸喝了几口,然后递给唐守忠。唐守忠也不客气,接过就喝。不一会儿,唐守忠就两眼迷离,双腿打晃,口叫“毁……毁,葛庄主酒里下药了”。

葛心凯见此情景,手举一大土块,口叫一声“鱼”,就往荷塘砸去。

随着“嗵”的一声响,如天降神兵,哗啦啦从荷塘里跃出一干人来。唐锡良见势突变,喊道:“葛家庄要阴的,抄家伙,拼了！”就弯腰去取地上的木槌,结果被从水里跃出的葛敬林手起一棍,砸趴在地。葛心凯从怀内抽出一把明晃晃的短刀,走到摇摇欲坠的唐守忠跟前,举起手中的短刀,狠狠朝唐守忠胸部扎了下去。唐守忠手指葛敬玉低沉一声喊“你,小人行事”,便重重倒了下去。

其余几个唐团人还没回过神来,就被乱棍打倒。棍落如雨,直打得唐团人满地翻滚,鬼哭狼嚎。葛敬玉忙喊:“留这几个活口。”一干人方才住手。

葛心凯要过一木棍,走到唐锡良跟前说:“你过去不是横吗?你过去不是厉害吗?瞧你贼眉鼠眼的,一看就不是个好东西,今儿你又在我们跟前要硬,咱们也就新账旧账一起算吧。”言罢,照着唐锡良头上手起一棍,唐锡良脑浆迸裂。

葛敬玉走到近前,对地上的几个唐团人道:“回去告诉你们的人,今儿杀你团两人算是抵了葛家庄两亡人的性命,也算公道,你团务必五天内归还所占葛家庄土地,滚回老家巨野,不然,将杀得你们孩伢不留,扔进微山湖去喂鱼。”言罢对众人一摆手,道:“滚！”众人便迅速窜进庄稼地。

第十章

整个下午，濒湖而居的唐团沉寂无声。

傍晚时分，夕阳的余晖把那一片高矮不等、错落相间的茅草房笼罩在一派血色之中。整个唐团氤氲在一团巨大的、让人心悸的肃静之中。残阳把濒湖而起的唐团茅舍、树木拉扯成一幅幅形状或臃肿或斜长的魔像。整个唐团静得有些瘆人，听不到人声低语，听不到牲畜鸣叫，就连小孩子的哭闹声也听不到。空中偶有倏忽一掠的飞鸟，也是被唐团这罕见的寂静吓着了似的，扑闪着翅膀匆匆飞往远处，虽是晚饭时分，但整个唐团却见不到一缕炊烟。突然，一骑青鬃马，背驮一人跃出唐团，随着一声嘶鸣，如离弦之箭，往西北方向，四百里外的巨野地疾驰而去。

丑时的巨野地唐窑庄，鸡未鸣，狗不叫，整个庄村在一派黑暗中沉寂无声。

私塾先生海央正睡着，屋门被人推开，他以为家里进了盗贼，知道自己身单力弱难敌盗贼，便说："我一个穷教书的，家里没甚值钱的东西，既然你黑夜来了我家，有甚中意的随便拿吧。"见盗贼黑暗中不搭言，也不动静，便感诧异，就壮着胆子点亮了油灯。让他大吃一惊的是，来人竟然是自己的发小唐守忠。只见唐守忠双手捂胸，满身是血，血从他的手指间汩汩流出。海央惊问："守忠，你何时回来的，是谁把你弄成这样？"唐守忠一脸痛苦地说："俺是魂归故里，昨儿俺遭当地葛家庄人葛敬玉暗算，被他杀死，跟俺一起死的还有锡良。兄弟，这仇你要替俺报啊！"海央听罢大叫一声，从噩梦中醒了过来。从梦中醒过来的海央,冷汗淋淋,心有余悸。他觉得此梦不吉,便牵念起自己的发小唐守忠,正当他在床上思忖之际,一阵“当当当”的钟声响起,这钟声在这个夜深人静的时辰响起,显得那么刺耳。海央知道一定是出了大事,不然不会有人在这个时候去敲响大钟的。海央急忙穿好衣裳,穿上鞋跑出屋院。

唐家窑唐家祠堂挤满了人,祠堂房檐上的几个灯笼随风摇摇荡荡,发出惨淡的光。唐氏主事和周边几个村庄的主事站在台阶上,满脸凝重,几个主事人见人挤满了院落,便凑在一起嘀咕了一阵。唐氏主事就抖着声音,对众人道:“父老爷们儿,咱们唐团在那边出事了。”见众人骚动,耳语纷纷,唐氏主事哽咽着声音接着说:“团总唐守忠和侄子唐锡良遭当地葛家庄人暗算,被他们杀了。”

众人短暂的静寂后,哭声、叫骂声、饮泣声响成一片。

待众人声小了些,唐氏主事人说道:“现今咱们落脚沛地的唐团,到了生死关口,当地土民说咱们唐团抢了他们田地,欲除咱们唐团为后快,咱们唐团在那边以和为贵一直隐忍,不成想,他们把咱们唐团的忍让当成了胆怯,现在竟痛下杀手了。如今,摆在咱们面前的只有两条路,要么举团回老家,要么跟他们拼杀。”

众人齐吼:“跟他们拼了,决不能让了他们!”

见群情激愤,唐氏主事大声说道:“俺跟几个主事商量了,咱们唐团在那里吃苦受累打下的基业决不能白白让他们夺走。咱们不能呼啦啦过去了,让人灰溜溜地给打回了老家。咱们唯有一条路,就是跟他们拼到底。”

下边众口一词:“拼!”

唐氏主事吁口气,说道:“俺们几个商量,事不宜迟,咱们立马组织人,前往唐团支援。十八岁到三十五岁的汉子出来报名。”

霎时,台阶前挤满了高声报名的青壮汉子。

这时,海央从人群里走出来,来到几个主事人面前,小声说道:“各位主事,此事重大,还应再三斟酌。”

几个主事见是私塾先生海央,便说:“先生有何高见?”

海央说:“这个时候,咱们派一大班人去唐团,我觉得不妥。”

主事问:“唐团危在旦夕,去打援有甚不妥?”

海央说:"听唐团来人说,现在沛地官兵和捻匪刚打过一仗,唐团也曾跟捻匪有过一场恶斗,也就是说,当下沛地匪患未除,很不平静。官府现在最怕的就是土民聚众起事,要去打援,人少不行,人多则显招摇,咱们浩浩荡荡去唐团,势必引起官府的警惕,也会给葛家庄留下诬陷唐团闹事的口实。再说,强龙不压地头蛇,见咱们老家过去人打援,葛家庄一定会以外民欺人为词,召集当地更多的庄民予以对抗。纵使咱们过去二三百人,若要拼杀,咱们又有几多胜算?怎么去?骑马去?甭说是没那么多的银两,即便有,有那么多马买吗?跑过去?当下唐团危急,说不定葛家庄正想趁唐团群龙无首,赶尽杀绝呢。等咱们人跑过去,怕是唐团早让人灭了。"

听罢海央的话,几个主事人面面相觑,低头无语。

一会儿,唐氏主事人对海央道:"先生满腹经纶,愿听先生高见。"

海央便道:"咱们唐团即便是和葛家庄一对一地拼斗,也不缺人手,当下唐团缺的是像唐守忠那样能撑得起局面的人,如能临机应变,运筹帷幄一人足矣。"

几个主事人就皱眉嘀咕:"谁又能担此大任啊!"

海央语气郑重地说:"我去。"

黎明时分,几匹快马从唐窑庄跃了出来,往东南方向的沛境疾驰而去,其中一人名叫海央……

第十一章

葛家庄杀了唐守忠,报了血仇,出了恶气,整个葛家庄人心振奋,斗志昂扬,邻近各庄的庄主、绅士纷纷来葛家庄祝捷。葛家庄庄主葛敬玉一边摆下酒席畅饮得胜酒,一边派人严加防备,静观唐团动静。

苗秀才力谏庄主葛敬玉趁唐团群龙无首、人心涣散之际,冲杀过去,撵走唐团,永绝后患。葛敬玉道:“古人说‘穷寇莫追’,此时杀过去,唐团势必狗急跳墙,作困兽斗。我已言明,让他们五日内撤团走人,到时他们如没有动静,再行动也不迟。”

苗秀才就摇头道:“坐失如此良机,等唐团缓过劲来,再行争斗,怕会横生枝节,到时悔之晚矣。”

葛敬玉道:“唐团现在犹如无头之兽,任他们折腾,谅他们也蹦跶不了几下。”

三天过去,对面唐团没有动静,更没有要撤团走人的迹象。葛敬玉就问苗秀才:“唐团既不来寻仇,也不见动静,如此安然不动,苗先生怎么看?”

苗秀才沉思片刻,道:“依在下看来,唐团如此情况下,还能安之若素,一是以哀兵之心蓄仇而待;二是于沉静之中,酝酿阴谋,寻机杀人报仇;再者,怕是唐团准备告官。”

葛敬玉就道:“苗先生,如此情况之下,葛家庄又该如何应对呢?”

苗秀才道:“事情已过三天,不见官府来人查办此事,说明唐团还未告官。眼下葛家庄应该一边防范唐团报复,一边应速写讼状,马上告官。”

葛敬玉就疑惑不解:"告官?怎么告?"

苗秀才微微一笑道:"就告唐团聚众侵扰葛家庄,强行定界。"

葛敬玉闻言,恍然若醒,连声叫好。

知县看了葛家庄递上来的讼状,心中甚是不满——唐团已打杀葛家庄两人,如今尸骨未寒,案没了断,却又惹事端,唐团也未免太过猖狂了,立时差衙役传唤唐团人入衙问话。

一个时辰之后,唐团人来了。知县见唐团领头的是一鼠目猴腮、个子瘦小且脸白须少的中年汉子,便问:"你是何人?"

那唐团人恭敬地跪在地上答道:"小民海央,见过老爷。"

知县问道:"唐团团总唐守忠为何没来?"

海央答道:"唐团团总有恙不能动身,小民受唐团团总之托,代办团务。"

知县质问:"唐团、葛家庄土地之争,旧案未结,你团为何又挑起事端?"

海央一脸惊疑道:"小民愚蒙,不知老爷所言何指?"

知县拍桌子喝道:"混账,还敢狡辩,难道葛家庄会没事找事,闲打官司?"说着让人把葛家庄讼状递给海央。海央仔细看罢讼状,连说冤枉,道:"怎么会有这等事?划边定界乃是葛家庄庄主葛敬玉亲自去唐团和唐团团总商议好且双方共同勘量的,堤外三尺为边也是葛庄主亲自许下的。为了使双方和睦相处,永不相欺,唐团团总义薄云天,在双方定界完工之时,当着双方众人之面,以利刃自戕。当时葛庄主也亲临现场,甚为悲切,并表示双方世代修好,所允堤外土地永不反悔。今天葛家庄递此讼状,出尔反尔,是何用心?"

知县闻此言,一脸惊诧,又见唐团一班人皆腰缠丧麻,便问道:"你说的可是实情?唐团团总唐守忠真的死了?"

海央面现凄容道:"现在唐团上下皆为唐团团总戴孝行哀,还望老爷明察。"

不等知县言语,站在一旁的葛心凯站了出来,圆瞪着双眼,喘着粗气手指海央,怒道:"你一派胡言,唐守忠聚众争俺们田地,明明是俺亲手宰的,你怎说是自杀?"

海央斜了一眼葛心凯,冷笑道:"我唐团团总武艺高强,手刃捻匪首级,谁人不知?就你这等小丑模样,能杀得了我唐团团总?呸!你不配!"

葛心凯闻言,气得摇头顿足,大声叫骂:“我操你奶奶,还兴这样说瞎话?”

知县一拍桌子,道:“混账,这是什么地方,敢在此撒野?唐团团总唐守忠身高马大,精于技击,先前率众抗捻,以一当十,你说是你杀死了唐团团总,那你说说你是如何击杀唐守忠的?再说,如你们所说,唐团率众侵扰葛家庄,势必会引发众人械斗,你葛家庄人不会都是铜浇铁铸的吧?既然不是就一定会有伤情发生,你葛家庄被伤几人?为何不来申辩?你既言唐守忠为你所杀,杀人偿命,下牢问审不冤枉你吧?”

见葛心凯张嘴要争辩,一旁的葛敬玉喝声“混账”,一把把葛心凯拽到自己身后,当堂跪下道:“老爷息怒,小儿乃村中一憨愚之人,常妄言狂语,老爷开明,不要和他一般见识。唐团聚众侵扰,抢田夺地,事实确凿,唐团伤我庄民,确有几个,只因伤筋动骨,行动不便,没来县衙。唐团海某一派胡言,望老爷明察。”

一时间双方在大堂上吵吵闹闹,各执一词。知县就拍了惊堂木:“各自先都回去,明儿老爷我亲自现场探查。”

葛敬玉一班人回到葛家庄,把打官司的事详细说给了苗秀才。苗秀才听罢,皱起了眉头。唐团走此一着,一时间,让一班人想不出应对良策来。

这时管家从外面进来,递上一封书信,说是唐团让人送给庄主的。葛敬玉接过书信,展开来看,只见上面写道:

“我唐团逃难至此,经官府恩准,垦荒为田,缴粮纳租,安分守己。唐团、葛家庄皆为土民,世无怨仇,如今闹到你死我亡,咎在双方。葛庄主曾亲来唐团议和并慨允堤外三尺,立桩为界,实为明达之举。现唐团所欠葛家庄人命,也已以命还命,葛庄主何不顺水推舟,履其诺言,以存信义之名?双方睦邻,相安而居,实为双方民众之福,反则为祸,双方将无有宁日。望葛庄主三思。”

葛敬玉看罢,愤然道:“真是岂有此理。葛家庄土地被侵占,就已让我们愧对先人了,如果说唐团唐守忠真是以命来赎三尺之地的话,我葛某为何又不能以命换回我葛家庄被占土地?唐团此等境遇下,仍贼心不死,觊觎我土田,真乃可恶至极。早先真该听苗先生的话,趁势杀过去,杀他个片甲不留。”

苗秀才说道:“在这个当口,能这样借力打力想出此等计谋,看来唐团内一定有高人筹划。唐团抓住唐守忠之死,在县衙大堂上信口雌黄,一可保全唐守忠英雄名节,二可造成堤外三尺之界既成事实,用死人治活人,让葛家庄打下牙齿往肚里咽。”

葛敬玉就问道:“先生,如此局面下葛家庄下一步该咋个走法?”

苗秀才沉吟片刻,说道:“拔桩毁迹,销证灭据,根本不存在让地三尺之说。”

是夜,葛敬林领着二三十精壮汉子悄悄出了庄,要去边堤拔桩时,但见一溜边堤上火光点点,人影幢幢。棋高一招的唐团设防了……

第十二章

知县带了一班人马亲自来到唐团、葛家庄纠争的边堤，作实地查探，但见一溜边堤下三步一橛、五步一桩。一班人先去了唐团，验了团总唐守忠尸首，确系利刃所亡，后去葛家庄，葛敬玉便领着县衙一班人在庄里串了几家。这几家汉子有伤了胳膊的、有伤了腿的，皆躺在床上呻吟、哀号。仵作一一给验了伤情。

县衙一班人出了庄，仵作就在知县面前说道："唐守忠之死确为利刃所致，可疑之处就是唐守忠既举刀自戕，为何不刺顺手部位腹脐之处，而刺其前胸？葛家庄几个被伤之人疑处更多，一是所伤不重，却大声哀嚎，二是从伤情上看，绝不是三四天前所致，更像刚刚所伤。"

知县说道："从所打界桩上看，堤外三尺，桩桩规矩，没一点逾越，不像唐团单方强行所为。且那么多桩木，也非一日之功，如唐团真的是强行定桩，葛家庄定先告官，或早早聚众拦阻，打桩定会半途而废。如果说唐守忠的死有疑点，依我看，唐守忠勇武刚烈，短刃伤他谈何容易，刀刺前胸致命处，可证明唐守忠为大义而死，不死则罢，要死就一刀致命。如果唐守忠是葛家庄人所伤，唐团岂能善罢甘休，能说是其自戕？能不告官？除非唐团是一帮愚民、傻子。"

一班人都称："老爷言之有理。"

一衙役道："葛家庄几个人只是皮肉之伤，却大呼小叫，装腔作势，看来真如唐团人所说，出尔反尔，做事心虚，故意使诈。"

知县道："双方都出了人命，积怨已深，断理此事须慎之又慎，稍有不慎，出了差错，授人以柄，会说县府断案不公。"

送走知县一班人后，葛敬玉和几个人就在屋内商量。葛敬玉道："知县一班人去了界堤查看了界桩，去了唐团，又来葛家庄亲自看了几户庄民，尽管我们已做了准备，每人打了几棍，我看还是下手轻了，瞒不了仵作的眼睛，如查出我们使诈，大堂上可就对咱不利了。"

葛敬林道："县衙大堂上，唐团人一派胡言，已让知县一班人将信将疑，如真让他们查出破绽，更让他们有了袒护唐团的口实。"

葛心凯怒道："没想杀了唐守忠，唐团还这般死硬，干脆冲过去，一阵狠打狠杀，看是你硬还是我硬。"

苗秀才沉吟片刻，说道："唐团能在倾覆之际，扭转不利局面，其中定有能人。智者比勇者更难对付，如不能让唐团彻底屈服，葛家庄不光争不回已失去的土地，堤外三尺为界也将成事实，那真就成了偷鸡不成反倒蚀把米，成了笑谈。"

葛敬玉道："依苗先生之见，又当如何？"

苗秀才淡淡说道："闹吧，闹得越厉害，官家就越好办。"

是夜四更时分，葛家庄七八十个汉子臂上系了白条，手持棍械，在葛敬林、葛心凯二人带领下，悄悄向唐团摸去。快近边堤时，葛心凯对葛敬林道："我领人先杀进堤去，你领一部分人埋伏在这里，如我顺手，你便带人掩杀过去，如出变故，你作接应。"葛敬林点了点头，依了葛心凯。

不一会儿，边堤内打斗声、叫喊声响成一片。葛敬林正想带人冲杀过去，便见葛心凯领着人跑出堤来，后面唐团人叫骂着紧追不舍。葛心凯边跑边骂："龟孙子有防备。"葛敬林一班人伏在地上也不敢动，等葛心凯一班人跑了过去，唐团人追到了近前，一声喊"打"，众人平地跃起，打了唐团人一个措手不及。唐团人先一阵惊慌，后堤内人越来越多，方才稳了阵脚。葛心凯反扑过来加入战团。葛敬林见唐团早有提防，且人多势众，已无取胜希望，便边战边叫"回，回"，葛家庄人边打边退。唐团人见葛家庄人退去，也便停了追打。

第二天，葛家庄、唐团双方都来到了县衙大堂上，且都架着、抬着在械斗中受伤的人，葛家庄人言说唐团夜里偷袭了葛家庄，唐团人言说葛家庄夜袭了唐团。知县一时也难辨真假，想息事宁人，调和此事，便对唐团人道："早先，有边堤为界，现堤外三尺你唐团既不承认立桩强占，何不宽大胸怀，退让一步，还以边堤为界。双方少了纠争，相安而居，岂非好事？”

唐团人海央走出人群，低头一阵沉思后说道：“依老爷如此说，我唐团岂不是白搭了唐团团总一条人命？”

知县道：“人死不能复生，再说葛家庄亡命两人在先，唐守忠能以一死换得唐团平安，我想就是唐守忠在世，他也不会置一团民生于不顾，纠缠三尺之地的。”

唐团人海央道：“堤外三尺本不是我唐团妄求，实乃葛家庄人亲允。唐团团总坦荡实诚，轻信了葛家庄人，以至没立下字据为证，葛家庄人才得以出尔反尔。老爷既如此说，我唐团可让堤外三尺。只是要当着老爷的面，立据画押，承认我唐团让地，以防再出变故。”

葛家庄人闻听此言，未等知县开口，已是怒声一片：“明明是你们唐团抢地夺田，反诬我葛家庄反悔不仁。杀人偿命，欠账还钱，天经地义。你唐团归还强行侵占之地，理所当然，‘让’字从何说起？画押从何而为？唐团如此刁蛮，别说归还三尺，就是你们归还三千尺，我葛家庄也不会答应。”

双方在堂上争争吵吵，又闹作一团。一旁的县丞凑近知县耳旁说道：“现在双方为土地都出了人命，积仇甚深，各不相让，已成不能两立之势，老爷想调和此案，已无可能。老爷审断此案，不论谁输，都将视老爷徇私舞弊，偏袒不公，双方都为老爷治下，都不可得罪。老爷不如呈报州府，让州府派官审理此案，一来可避偏袒之嫌，二来也可借州官之威平息葛家庄、唐团土地之争。”

知县闻言，便点了点头。知县对堂下双方说道：“葛家庄、唐团为土地纠争械斗，出了人命，已非小事，本县也不敢轻易审断。为使此案得以公断，看来非呈报州府不可了。双方暂且回去，待州官来至县衙，再传唤尔等。”

葛家庄、唐团双方都一副咬牙切齿、横眉怒目的样子，出了县衙。

第十三章

徐州知府接到沛县知县有关山东外民与当地土民因地界之争械斗死伤的报文，心里很是不安。治下铜、沛、丰三县都有捻匪扰乱的报告，现今捻匪未除，又添土民新乱，且聚众械斗死伤多人，如若事情闹成大的动乱可就难收拾了。徐州知府深感事情重大，便上报了江苏巡抚。江苏巡抚审阅了沛县有关本地乡民与湖团客民因土地之争闹出了人命，且有事态扩大之势的呈文，也觉事情重大，遂上报朝廷。朝廷接到江苏巡抚上报的呈文，马上下旨给正在指挥攻捻的湘军首脑曾国藩，令其就近处理沛境湖田争讼一案。

此时，率大军督师剿捻的曾国藩正一路奏凯，在河南沙河一带大败捻军赖文光部，捻匪首领各散东西。捻军大部正一路北窜，想与北方太平军会合。曾国藩正是在挥师北剿，暂且驻扎在丰沛交界地，搜剿赖文光残部的时候接到朝廷圣旨的。曾国藩接到圣旨，马上进驻沛县县衙，接手山东外民与当地土民的争讼一案。

曾国藩一边审理山东团民与当地土民的地界之争，一边在铜、沛境内清剿捻匪余部。据远近探报，赖文光的心腹、素有“玉面狐狸”之称的皇甫章逃匿在铜、沛境内。“玉面狐狸”可不是等闲之辈，民间早已把他传说得神乎其神，说他足智多谋，刁狡如狐。现“玉面狐狸”避逃在铜、沛境内，这样一个危险的捻匪就在自已眼皮子底下，如不能将其捕获，岂不是太窝囊无能了？于是，两江总督、湘军首脑曾国藩进驻沛县后，便马不停蹄，一边广贴画像，通令晓谕，重金悬赏捉拿捻军首要皇甫章，一边带领一班手下，沿湖实地勘查当地乡民与团民的边界纠争情况。

葛家庄本指望杀了唐团团首唐守忠,唐团会一蹶不振,惧怕葛家庄。谁承想,唐团没了唐守忠,大堂之上竟能转被动为主动,置葛家庄于不利之地。最可恨的是葛家庄偷袭不成,还差点受制。葛家庄失了土地,堂上论理不赢,下边争斗不胜,这口恶气葛敬玉无论如何也咽不下去。如今朝廷钦差大臣曾国藩,挟剿捻之威为处置双方纠争已下驻县衙。葛敬玉一边与人商量怎样和唐团对簿公堂,一边谋划怎样制服唐团,灭其气焰。

这天晚上,葛敬玉一人在灯下谋划如何制服唐团,苗秀才推门进了屋来,葛敬玉忙起身施礼让座。苗秀才道:“葛庄主为葛家庄如此劳心伤神,在下实在钦佩,葛庄主也要顾及身体,不可思虑过重。”

葛敬玉长叹一声道:“葛家庄与唐团之争,葛家庄失地又亡人,明明受害,可堂上堂下都不占上风,这口恶气让我如何咽得下?”

苗秀才微微一笑,道:“官司虽不占上风,但也未必占了下风,县衙既然将此案报呈了州府,我想州府自会比县衙明辨是非,只要用心筹谋,葛家庄胜赢官司,当属无虞。至于制服唐团,出出恶气,只要葛庄主有决心,我想也非难事。”

葛敬玉闻言,满脸急切:“苗先生如此说,定然妙计在胸。还请先生明示。”

苗秀才就道:“葛家庄官司不顺,偷袭不利,固然说明唐团狡猾诡诈,其重要原因在于葛家庄轻敌。葛家庄以为杀了唐守忠,唐团便可土崩瓦解,不堪一击。事实说明,唐团没了唐守忠,一样可以和葛家庄抗衡。对付这帮恶民,不可掉以轻心,必须用心谋算。我思之再三,要想袭击唐团,正面攻击是不行的,只有采取迂回之术方可取胜。”苗秀才顿了下接着说道:“唐团人不谙水性,却濒湖而居。微山湖湖阔水深,唐团自会认为无后顾之忧,防守定然松懈。葛家庄人熟识水性,可挑选一班识水性的精壮汉子,从远处悄悄绕到湖东,用钱租买几条小船,趁夜悄悄开往唐团驻地,从唐团背后上岸伏击,正面再行攻击,前后夹击,使之腹背受敌,唐团定然阵脚大乱,一败涂地。如能冲杀一番,两厢会合甚好,如会合不成,可返回湖里,乘船而去。退一步讲,即使唐团追得急迫,来不及乘船,也可凫水而归。唐团也只能望湖兴叹,毫无办法。只要齐心协力,葛家庄何愁恶气不出,战而不赢?”

葛敬玉听罢，连称：“妙计、妙计！先生真乃神人啊！”

葛家庄偷袭唐团的谋划和准备事宜在暗处紧锣密鼓地进行着。

这日午后，葛敬玉正在卧房小憩，胞弟葛敬林一脸诡秘进了屋来，在葛敬玉耳边道：“大哥，苗先生是捻子！”

葛敬玉闻言，慌忙起身惊问：“谁说的？”

葛敬林道：“现在城里大街小巷贴满了告示，说是一个叫皇甫章的捻匪首要逃匿铜、沛境内，我见告示上的画像很像苗先生。”

葛敬玉仰脸闭目。

葛敬林接着道：“大哥，窝藏乱匪是要砍头灭族的，如若透露出去如何是好？”

葛敬玉起身吩咐道：“先别慌张，是真是假，你派人速去丰县樊家集探察一下，回来再做定夺。只是此事没摸清之前，万不可声张，特别要瞒住苗先生。”

葛敬林点头称是，出门而去。

葛敬玉心乱如麻，烦躁不安，在屋内来回踱着步子。兄弟葛敬林的报告，着实让他吃惊不小，如果苗秀才确是捻匪，让唐团人探知告了官，葛家庄不但打不赢官司争不回地，还将担上窝匪的罪名，后果不堪设想。世上没有不透风的墙，外庄几个庄主也知葛家庄有一外地秀才相助，且见过苗秀才，如若看到告示，猜度起苗秀才，终归对葛家庄不利。把苗秀才捉住送交官府？苗秀才又有功于葛家庄。再说苗秀才与葛家庄无冤无仇，非亲非故，对葛家庄倾力相助，葛家庄怎好以怨报德，不讲仁义。葛敬玉内心烦躁不安。

打探的结果让葛敬玉绝望了，丰县樊家集根本就没有苗姓，更没有姓苗的秀才。

在葛敬玉的上房大厅里，葛敬林见胞兄葛敬玉紧锁双眉，沉默不语，便轻声道：“大哥，官府缉捕皇甫章的告示已散贴到各庄，如果苗先生的事败露了，葛家庄可就完了。”

一旁的葛心凯道：“苗秀才既是捻匪，扭送到官府算了。”

见兄长不言语，葛敬林说道：“苗先生有功于我葛家庄，扭送到官府于情于理都不应该。再说，见我不仁，苗秀才在官府面前说我庄与捻匪勾结咋办？咱们不如暗中放他逃了，既顾了仁义之理，又保了葛家庄。”

葛敬玉沉吟良久,方哀叹一声道:“你们都回去吧。”

是夜,葛家大院上房里,两壶酒、四碟菜,葛敬玉和苗秀才两人一边商量偷袭唐团事宜一边对饮。

定更时分,见苗秀才醉眼惺忪,已显醉态,葛敬玉突然问道:“苗秀才可有别的名号?”

苗秀才似有警觉:“葛庄主如此问,是何意思?”

“皇甫章可是先生真名实号?”

苗秀才闻言,酒气全无,问道:“葛庄主从何而知?”

葛敬玉喃喃道:“真了,真了。”见苗秀才坐在椅子里两眼发直,葛敬玉接着说道:“现在两江总督曾国藩奉旨亲自坐镇沛县县衙,专为处断湖田一案及追缉先生,官府缉拿先生的画像、告示贴得满街皆是,皇甫先生有功于葛家庄,葛某本想让先生避匿葛家庄,可官府缉查甚紧,一旦查出葛家庄藏匿先生,我葛家庄将遭灭顶之灾。如若放先生逃走,外边官府已布下天罗地网,先生怕是插翅难逃。葛某思之再三,先生既帮我葛家庄除了唐守忠,那就再助我一臂之力,帮我葛家庄打赢下边的官司吧。”

说话间,椅子里的皇甫章两眼呆直,动弹不得,用手指着葛敬玉说:“你……你……”

葛敬玉道:“先生你是动不得了,你酒里我事先已让人下了先生配制的曾毒倒唐守忠的断肠散。先生,我葛某实在是不得已而为之啊。”

皇甫章闻言,闭眼仰天,一动不动。

葛敬玉向卧室轻声喊道:“心凯,送皇甫先生一程吧。”

藏在里面的葛心凯闻声,手握短刀出了卧室,走到皇甫章跟前,抬起手臂照胸刺去。就在短刀将要刺中皇甫章的一刹那,椅子里的皇甫章倏然出手,一把抓住葛心凯手腕,猛一用力,葛心凯龇牙咧嘴,短刀“当啷”落地。

事发突然,葛敬玉满脸惊惧,不知所措。

皇甫章起身哈哈大笑,道:“近几日我见葛庄主神不守舍,对我多有敷衍,且出入府上的人皆神色不安,行为诡秘,却又都似避我。如此反常举止,我能不警觉?如这般轻易为人所制,我皇甫章‘玉面狐狸’之称岂非浪得虚名?”稍一停顿,皇甫章在室内一边踱着步子一边接着说道:“杀死一个捻军首领,报缴官府,一可杀人灭口,消除葛家庄通匪之嫌,二可得到官府赞誉嘉勉,为葛家庄打赢下边官司增加筹码。这一举两得之利,我皇甫章若处在葛庄主位上,也会这般思虑的。”

葛敬玉面现惭色道:“皇甫先生,我葛某身负葛家庄老老少少一千多人的安危,我葛某这样做实在是不得已啊。”

皇甫章举手一摆道:“前些日子,我部路经此地,唐团设伏击杀我兄弟多人。此役,我父亲为唐团首领唐守忠亲手所杀,这血海深仇我岂能不报?沙河一役,我部遭官兵埋伏,死伤惨重,大王赖文光也不知死活。我皇甫章隐姓埋名,东躲西藏,辗转至此,为的就是报仇雪恨,现今葛庄主替我杀了唐守忠,为我皇甫章报了杀父之仇,在下报谢还来不及呢。”

葛敬玉面色凝重,无言以对。

皇甫章停住脚步,仰天喟叹道:“天亡我部,我奈天何?众同道兄弟皆血洒沙场,我皇甫章又焉能苟活于世,只是伟业未竟,让人死不瞑目。”皇甫章捡起地上的短刀,对葛敬玉道:“我皇甫感念葛庄主这些日子对在下的厚待,也感佩葛庄主的行事和为人,我皇甫死后葛庄主可一大早就派人报官,就说葛家庄击杀了官府缉拿的要犯,这样葛庄主可以在跟唐团人的官司上占上风。”说到这里,皇甫章朝葛敬玉一揖,接着说道:“在下怕是最后一次帮庄主了,没有皇甫的日子,还望庄主珍重。”皇甫章转过身,对葛心凯微微一笑道:“唐团唐守忠真要自戕,也未必敢对其前胸下刀;我皇甫章不但敢,且下手决不含糊,何需人帮忙。”皇甫章言罢,手举短刀,朝自己胸部狠力扎去。

葛敬玉伏地一声喊“先生……”,潸然泪落。

第十四章

第二天一早，葛敬玉就派人去县衙报官，说是葛家庄杀了一外地人，疑是官府缉拿的逃犯。两江总督曾国藩这几日正愁缉捕捻匪要犯没有线索，闻听葛家庄人的报告，便亲自带了人，骑马直奔葛家庄。

葛家庄外一涸塘边，一人胸部受伤，仰面躺在那里，葛家庄一班人手持枪棍守在那里。两江总督曾国藩就问何时出的事。葛敬玉一班人跪拜钦差老爷之后便起身回话，说是深更半夜，庄民葛心凯几个人巡庄时发现一人躲躲闪闪，鬼鬼祟祟，叫其不应，拔腿便跑。巡庄庄民疑是唐团又来侵扰，便追出庄外，被追之人武艺高强，虽赤手空拳，仍打倒几个庄民，庄民葛心凯甚为恼怒，挺枪便搠，不想用力甚猛，竟一枪搠死此人。待天明一看，此人面相似官府要缉捕的匪要，便派人急去告官。曾国藩展开画像，在尸首前比照一阵后，吩咐道："扒掉上衣翻身看看。"两人上前，扒掉尸首上衣，翻过尸身，尸首脊背上赫然纹有一狐，其状蓄势欲动，栩栩如生。两江总督曾国藩见此情境，恨恨地说道："狡猾如狐的皇甫章，竟这么快被我捕杀，真乃天助我也。"两江总督曾国藩转身对葛敬玉道："葛家庄捕杀捻匪要犯有功。本官定要论功行赏，嘉奖葛家庄。"

葛敬玉拜谢道："戕贼灭匪，人人有责，葛家庄搠死捻匪，不图老爷赏赉。唐团侵我土地，扰我庄民，但愿大老爷尽快明断，还我葛家庄公道。"

两江总督曾国藩说道："本官下驻县衙，所办两件事，一为缉捕捻匪皇甫章，二为断理沿湖乡民与团民土地之争。现在捻匪皇甫章一案已结，葛、唐的土地纠纷，本官定当从速审理。葛家庄戕匪有功，本官定会铭记于心的。”言罢，吩咐人收拾皇甫章的尸首，将其带回县衙。

两江总督曾国藩对沿湖各庄与一溜十八团进行了明察暗访，通过十几天的摸底查访了解到，濒湖而居的团民与本地乡民因地界不清，都有纠纷，只是还不似葛家庄与唐团那样闹出人命。

两江总督曾国藩意识到，各庄各团的纠争如不及时断理，就会越闹越大，局面将不可收拾。通过实地勘查，两江总督曾国藩也感到定边划界甚为不易。沿湖一溜十八团，南到铜山，北至鱼台，长百余里，本地庄民说庄民的理，团民说团民的理，各执一词，互不相让。沿湖争议之地多为湖荒，且大水新涸，哪是湖荒，哪是庄田，也实在无法辨认。况且团民沿湖而居，垦荒造田，也是经官府批准的。纵观本地庄民与团民地界之争，也非一里半里之争，多是十步八步、三尺五尺之争，就葛家庄和唐团来说，三尺之界竟致相互械斗，闹出人命。通过查访了解到，多数庄民、团民也都厌烦了争争吵吵、打打闹闹，只是因面子互不服气、互不相谅罢了，也都想让官府出面尽早了结此事。

两江总督曾国藩捕杀了官府要犯皇甫章，已得到朝廷的嘉勉文牒，心甚舒畅，也想趁得意之势尽快审断地界之争，如果细细勘界，将会劳心费神，耗费时日。他心想，一钦差大臣、剿匪总指挥怎好久驻县衙，长困于此，世人岂不笑他优柔寡断，审理无能？两江总督曾国藩思之再三，决定快刀斩乱麻，尽快了断庄民与团民之争，完成定边划界。

中秋之日，两江总督曾国藩召集沿湖各庄庄主，及一溜十八团团总来到县衙，共商划边定界之事。

在县衙议事大厅里，两江总督曾国藩设下几桌丰盛的酒席，招待前来议事的庄主、团总。当地庄主和外来团总分席而坐，虽咫尺相隔，却横眉冷对。碍于官府厅堂，双方都在吞声隐忍着。

先是各喝各的酒，各吃各的菜。两江总督曾国藩便一桌一桌敬酒让菜。待酒过三巡，菜过五味，众人皆脸赤耳热之时，不知哪位借着酒力指桑骂槐，立马引起当地庄主和外地团总们的争吵，且有把事情闹大之势。厅内多个官员这边劝罢那边劝，仍是摁下葫芦起来瓢。

见各庄主和各团长仍争争吵吵，各执一词，两江总督曾国藩起身，声音平和地说道：“今儿是八月十五，中秋佳节，本官挑这日子召集诸位商议定边划界之事,实为图个圆满,皆大欢喜,还望各位给本官一个薄面。纠争之地,漫漫百余里,且今大水新涸,哪是荒地哪是良田,无从辨认,为三步五尺争争吵吵械斗打杀,终不是办法。各庄主、团总,对划界定边可有良策妙计?”众人低头无语。少顷,曾国藩接着说道:“各位既无良策,本官可就做主了。各庄各团在有争议之地皆退二十步,官府从中跑马定界,大湖为公湖,双方捞鱼摸虾可共同享用,各位认为这样做,可否公道?”

这时,当地一袁姓庄主起身大声道:“官府这样草率行事,俺不赞同。”

团总这边,刁团团总也站起身说:“简直荒唐,从没听说过跑马划界。俺也不赞同这样划界。”

两江总督曾国藩稍愣了下,然后瞧着二人微笑着说:“要是本官硬要这样做呢?”

听闻总督这样说,喝高了的袁庄主和刁团总都梗着脖子说:“钦差大人若要强而为之,俺们死都不服气。”

两江总督曾国藩听罢,便一边点头一边微笑着说:“好,好,本官佩服二位豪气,既然二位想做好汉爷,那本官就成全二位。”言罢,大喊一声:“来人。”

随着两江总督曾国藩一声喊,立马从大厅内门和屏风后边跃出一班手持砍刀的官兵。曾国藩手指袁、刁二人对官兵道:“将此二人拿下,当厅砍了。”

马上,官兵一拥而上,把袁、刁二人拿到大厅空地处,随着两江总督曾国藩一个下砍的手势,官兵手起刀落,袁、刁二人血溅当厅,人头落地。

葛敬玉张了张嘴想说什么,见众人皆惊恐万分,面面相觑,都噤若寒蝉,便也没敢言声。

两江总督曾国藩见众人无语,便面带笑容和缓着声音说道:“三日之后,跑马定界,到时各庄各团再起事端者,格杀勿论。”

两江总督曾国藩决定用跑马的方式划界定边,外来客民和当地土民虽然都觉此计有些荒唐,可毕竟是官府嘴大,胳膊拧不过大腿。争边的当事双方心里都清楚,要想让钦差大老爷改变主意实无可能,眼下要做的事就是抓紧准备,用心谋划,怎样才能在跑马定界中争取到更多利益。

第十五章

葛敬玉回到葛家庄，把官府三日后跑马定界的事说与了葛敬林、葛心凯等人。葛敬林说道：“这样说来，各庄各团当堂没有异议，看来跑马定界已成定局，那袭击唐团一事，行还是停？”

葛敬玉道：“双方在争议之地互退二十步，中间跑马，跑马不管偏谁一方，都将失地不多，可对葛家庄来说，唐团所占大片土地将永远争不回来了。跑马定界不论结果如何，唐团终为胜家，从此更会趾高气扬。不灭其威风，葛家庄人将永蒙耻辱。跑马定界，三日为限，因此，偷袭唐团，事不宜迟，今晚行动。敬林、心凯挑二十壮汉，分组分批绕到湖东，于湖东小白庄聚齐，租买几只小船，深更半夜，靠近唐团，发起攻击，燃放火器为号，我带众人在前边攻击。此战应速战速决，不可恋战，打杀几个便速退。能冲过来则冲，冲不过来，速返湖里，乘船或凫水而退。切记不可让唐团捉我一人，以免给唐团以口实。”

葛敬林、葛心凯二人应声而去。

屋内，葛敬玉于堂上燃香合掌，喃喃祷祝道：“皇甫先生，此计为你所出，先生若地下有知，当助我葛家庄旗开得胜，如若胜此一役，我葛某定当为先生设置灵位，早晚焚香祭奠。”

子夜时分，葛家庄二十个精壮汉子各持棍械，在葛敬林、葛心凯的带领下，从湖东小白庄出发，分乘四只小船，悄悄往湖西唐团驻地划去。

仲秋的深夜，一轮圆月斜垂西天，皎洁如玉。月下，是葳蕤的湖草和掩映其中的唐团。凉凉的湖风,冷冷的光华,湖里一片片的芦苇随风而动发出沙沙声响。湖草深处不时传来一两声苇鸟的啼鸣,草丛中的蟋蟀却发出一阵阵凄切的鸣叫。四条小船轻轻划在湖面上,荡出了一湖的粼粼碎光,月影里对岸唐团沿湖而居的房舍朦胧一片,透出一派冷酷。

半个时辰光景,葛家庄四条小船已近湖岸。岸上唐团屋棚也隐约可见。葛敬林低声道:“各人预备好,准备冲。”然而离岸约莫十步之遥,船突然行不动了。船上的人往水中探视,就见一溜水中打满了木桩,使船受卡,不能前行。

葛心凯低声道“下”,言罢,先自跳了下去,众人也纷纷下水,一溜排开,往岸上冲去。众人没行几步,便同时在水中停住。

葛心凯叫声:“不好,水下有滚钩。”

葛敬林喝道:“莫慌,莫慌,快摘,快摘。”

众人在水中的挣扎扯动了与岸上连接的銮铃,銮铃声声,惊动了唐团,一时间,唐团人众手拿棍械,举着火把,来到岸边,但见水中一溜人扑腾挣扎,哎哟连声。火把簇拥之下现出唐团人海央,海央在岸上哈哈大笑道:“葛家庄人,我海某候你们多日了。你们也就别在水里瞎踢腾了,滚钩的厉害你们比我们清楚,越动越入肉。”

水中的葛心凯破口大骂:“我操你祖宗八代。姓海的,算爷爷我栽了。”

这时一团民在海央耳边道:“看模样听声,这家伙就是杀唐团总的人。”

海央就微微一笑道:“那就把他弄上来,其余的都送他们见龙王。这一回让葛家庄永不敢侵扰我唐团。”

水中的葛家庄人叫骂不绝,唐团人便在棍上缠了棉布,往水中挣扎着的葛家庄人头上狠狠砸去。随着棍棒的起落,葛家庄人一个个倒在水中。唐团人用铁钩拽上叫骂不绝、两腿满是滚钩的葛心凯。海央让人把他缚了,用烂布堵了嘴,拖往唐团总唐守忠和侄子唐锡良坟前。坟前掘了个深坑,葛心凯被人立着放进深及脖颈的坑内。葛心凯在坑内怒目圆瞪,摇头晃身。海央让人填一阵土,踩实,再填。当土填至葛心凯脖颈时,葛心凯脸如猪肝,瞋目欲裂。

海央跪在唐守忠坟前燃了香火,涕泪拜道:“守忠兄弟啊!你带咱巨野人众在此建团立脚,泽被后世,德重功高,我唐团人众将铭记于心。你曾托梦于俺,让俺替你报仇,现在俺将害你的恶贼杀于坟前,以祭兄弟英魂。”言罢,从团人手中接过一铁钎，照地上的葛心凯头顶用力扎去，待拔出铁钎，哧的一声，一股热血带着腥味从葛心凯头顶喷射而出，血柱高有丈余……

伺机而动的葛敬玉一班人，候至黎明，也不见葛敬林、葛心凯发出信号，知有变故，便匆忙带人撤回葛家庄。

第二天一早，两江总督曾国藩就接到唐团人的报案，说是湖里淹死好多人，疑是葛家庄人，便赶紧报官。曾国藩不敢怠慢，领一班人马去了唐团。

一班人来到微山湖岸，见离岸不远的湖里横七竖八仆卧着十几个人，便让人一个个打捞上来。被捞上来的人个个手持刀械，腿上缠满了滚钩。人们费了好一阵工夫才摘净死人身上的滚钩。有人就对曾国藩说："这些人系葛家庄庄民，乘夜偷袭唐团不成，反被滚钩所困，搭上了性命。"

两江总督曾国藩派衙役策马前往葛家庄去唤庄主葛敬玉，葛庄主赶到后直奔湖岸。唐团人海央见葛家庄庄主后，便在一旁说道："葛庄主，发生这样的事，我海某也深为哀痛。我唐团在湖中设钩，本是钩鱼的，不承想钩住了贵庄庄民。"

此刻，太阳像是被血浸染了一样，也把一湖碧水染成了血的颜色。但见湖岸边一溜整齐地排列着十九具尸首，看上去就像十九个安然入睡的汉子。可那僵硬直挺挺的躯体，还有那无丝毫血色的面容，都证明那分明就是十九具没了生命的死尸。

葛敬玉脸色苍白，冷汗淋漓，他在尸首前缓缓蹲下，伸出颤颤的手轻轻抚了抚胞弟葛敬林的脸庞，少顷，口吐鲜血一声长号。

是夜，两江总督曾国藩的寝室内，葛家庄庄主脸色苍白，长跪不起。曾国藩道："葛家庄出此不幸，本官也深为哀伤，心起不平。可抓不住唐团打人、杀人的凭证，你葛家庄人确系被滚钩缠上，挣脱不得淹死的。你说去打鱼，哪有黑夜打鱼之理？你说不是偷袭唐团，为何打鱼之人不带鱼具，却带刀枪棍械？本官也知葛家庄蒙难甚重，可你让本官怎么做呢？"见葛庄主伏在地下一言不发，便长叹一声道："葛庄主，你有甚要求，说吧，本官能办到的，当尽力相帮。"

葛敬玉闻言，声泪俱下，道："葛家庄遭此劫难，葛某别不相求，只求唐团海央一死，以抵我葛家庄众人之命。"

曾国藩沉吟良久道："唐团行事狠毒诡诈，不惩治一下，确实也不行，日后再起祸端，怕就难治了。”言罢，摆了摆手，“回吧，我会尽力去办的。”

葛敬玉一言不发，咚咚咚磕了三个响头，起身出门而去。

跑马定界这日，从北至南，漫漫百余里的湖荒地上，黑压压站满了当地庄民与团民，如若两排人墙。县府的官差和衙役全部出动，以防出乱。官府每十里地备一匹快马，每匹马身后，拖一麻袋白石灰，快马在人墙中间驰过，身后便留下一条长长的白道，后边衙役便依白道打桩定界，拉出一条大边。一匹马跑完十里，另一匹马接力再跑。当快马奔到葛家庄与唐团地界时，双方人群沸腾，皆大声号叫，惊吓快马，不让快马近前。唐团海央正在人前指手画脚，忽见那匹快马猛然趸身，往斜刺里一冲，将海央一头撞倒。

从山东巨野、嘉祥、郓城迁徙至微山湖西岸濒湖而居的一溜十八团的客民跟当地土民的地界之争，随着官府跑马定界扬起的漫天尘埃，终于停了下来。

沛县县令因没能在早期有效控制住事态，致使当地土民与山东团民争斗升级，几近酿成大乱，被削职为民，遣回故里。

海央被马撞倒，昏迷了两天两夜，醒来时，又哭又笑，大叫：“马来喽，马来喽，跑马拉边喽，跑马拉边喽。”后来变成一个蓬头垢面的疯子。唐团海央精神失常，是意外还是被人有意为之，为谁所伤，为谁所害，官府一直讳莫如深。

官府在湖里、岸上几番打捞搜索，终没能找到葛心凯踪迹。葛家庄庄主葛敬玉整日大门紧闭，足不出户，一个人在屋里常念叨：“我的心凯哪去了，我的心凯哪去了，活不见人死不见尸的。”终因忧郁成疾，一病不起。

一日，葛敬玉突然感到大限将至，便让人叫来周边跟外来团民有土地纠争的庄主、乡绅，安排自己的身后事，当着众人的面，葛敬玉指定他死后，葛家庄庄主之位由他的族弟、二十五岁的葛敬先承继，并让人将诀语立文：本地土民与外来土民虽以界为边，但应时刻牢记，外地土民所耕田地皆为我等祖传之地，如遇时机，驱逐外民，收回田产。本地土民应与外来土民水火不容世代为仇，禁绝本地土民与外地土民结友、通货、通姻，如若有人违之，众可唾之、叱之、咒之，甚而诛之。葛敬玉言罢，双目圆睁，溘然而逝。

自团总唐守忠为葛家庄人所害，官府跑马划界海央又被烈马所伤以致疯癫后，唐团及沿湖而居跟当地土民有边界之争的山东团民，一时群龙无首。虽然一溜十八团里面也有不少能主事的人,但能像唐守忠那样在外来团民中主事果敢,无畏无惧冲杀在前,一呼百应的人却没有,能像海央那样在危急关头纵横捭阖,足智多谋,众人皆服的人也没有。

人不可无头,群不可无首。一溜沿湖而居的山东团民感到必须尽快推举一个头领来统领唐团及一众外来团民,以防与当地土民再起事端计议对策时,能有一个拍板定夺的人,也好让团民有个主心骨。

沿湖而居的山东团民中主事的人都聚到唐团商议接替唐守忠和海央的人选。唐团是山东外民里边最早发现并最先迁移微山湖畔这块栖居地的,也是外来团民中人数最多的一个团,也是为了能在此立足扎根,跟此地土民争斗最坚决、牺牲最大的一个团。所以,唐团的威望和号召力也是一溜十八团里边最高的。为此,一众主事人一致认为,这个新团总必须要从唐团唐姓人中选择。经过一整天的商酌磋议,最终选了唐守忠的本族兄弟唐守业,一个二十三岁的年轻人做唐团的新头人。

众人选择年轻人唐守业做唐团头人,绝非仓促而定,而是反复掂量反复计议后的决定。唐守业虽然年轻,可他是第一批从山东巨野唐窑庄随唐守忠迁移到这里的外民。唐守业年轻体壮,随唐守忠参与了跟捻军流寇的拼杀和几次跟此地土民的械斗,且表现勇敢,更可贵的是,他年少时曾跟海央念过三年的私塾,在唐团里边算是一个能武亦能文的人。唐团里边能主大事的人也有几个,可这几人或年老或体衰,也有几个在和此地土民争边中跟随唐守忠舍命拼杀的壮年人,可他们都是目不识丁的庄稼汉。众人为长远计议,最终选择了二十三岁的唐守业。

两年后,海央溺水而亡,终年三十六岁。唐团及一溜十八团的山东外民,极其隆重地把海央葬在了唐守忠墓边,并竖碑立传,以喻后人。

历经了一场场为边为界你死我亡的械斗,沿湖而居的山东客民和当地土民俨然成了势不两立的死敌。虽碍于官府对双方的弹压不再敢起厮杀,可官府跑马划出的边界已然成了双方的楚河汉界,双方互为仇敌,互不往来,互不通婚,互不结朋结党。

第十六章

沛郡以北有一大庄，崔家庄。崔家庄庄主、崔姓人族长崔道仁，田地千亩，骡马成群。咸丰年间，大儿子娶了两房，生下六个闺女后，患了怪病瘫卧在床不能自理，这传宗接代的事是没有指望了。二儿子崔文顺没有婚配就去了兵营服役，驻地民居失火，因救火罹难。大儿无后，二儿未婚早逝，更无后人，如若无后人续香承继，这千亩良田，万贯家业，不是白挣了吗？没有后人这事，让崔道仁整日寝不安席，食不甘味，成了一块心头病。不承想，就在崔道仁为此事忧心似烤的时候，竟喜从天降，那先前在外当兵为勇，后因救火罹难的二儿子文顺，竟然在驻地找了女人，并且留有后人。这让崔道仁惊喜交加，老泪纵横。

来门上认祖归宗的是孙媳妇，孙媳妇说她叫杨月娥，是跟夫君在安葬了婆婆后，变卖了家产买了一匹马，从安徽六安来认祖的。在路经沙河地界时，碰上官兵和捻子打仗，夫妇二人于慌乱之中跑散，只有孙媳妇怀揣婴儿来到门上。崔道仁一边安排下人找奶妈和佣人伺候孙媳妇及重孙，一边安排人按孙媳妇说的模样，去寻找孙子崔耀祖。几番寻找几番打听，孙儿崔耀祖终是没有下落。崔道仁也就安慰孙媳妇杨月娥，也许人被官兵抓走为兵了，也许是让捻子裹走了，回来定是早晚的事，家里人一边慢慢找一边等他回吧。见崔道仁这样说，又见寻找夫君的人并未停歇，杨月娥也不好说什么了。

沿湖而居的外来团民和当地土民，常常因为土地边界争斗不休。崔道仁作为一庄之主，又是族大人众的家族长，且同属当地土民，所以，常被跟外来团民争斗最厉害的葛家庄庄主葛敬玉请到府上，同其他一道被邀的这一方庄主、绅士们给葛庄主出谋划策，共议驱逐外民大计。从崔道仁的口中，栗红花知道了那晚公公带领同道们强闯唐团，遭到唐团拼死阻拦，唐团团首唐守忠更是砍杀了公公，并且割下首级向官兵献功，可怜二十几个同道，被杀的杀，被俘的俘。其实，临场战死和被俘终是一个死，区别就是临场战死，死得痛快些，被俘后的死，是要受尽酷刑折磨而死。栗红花背地里咬牙切齿，暗暗发誓，待有朝一日，捻军大业告成，定将唐团杀个孩伢不留，让他们血债血还。

自从和丈夫皇甫章在陵地里分手，栗红花无时无刻不牵挂着他。她牵挂丈夫身在何处，是否遇到坎坷，是否已经找到了大部队，大部队是打了胜仗还是又遭清兵剿杀。栗红花常常于深夜被丈夫遭遇险境的噩梦惊醒，也常常在捻军又大败清兵的梦境中笑醒。只要晚上做了丈夫遭遇不测的噩梦，栗红花就会一天处于不安中。只要晚上做了丈夫安好、捻军大败清兵的梦，她就会一整天心情舒畅。

栗红花这种时忧时喜的形态，崔道仁自然也看在了眼里。他以为这是孙媳妇思念夫君所致，所以，也常常安慰孙媳妇，说只要一天找不到孙子的下落，就一天不停地寻找下去。

这一天，崔道仁一早被葛家庄人用抬轿请了去，傍晚方才被抬轿送回家。崔道仁已有几分醉意。栗红花见状忙去搀扶，夫人就问崔道仁，葛家庄有啥事一大早就来请，崔道仁说道：“葛家庄人夜里打杀了一个官府缉捕的捻匪要犯，葛家庄庄主葛敬玉请俺过去一是议事，二是庆贺。这下葛家庄在官府面前可挣下颜面了。”

栗红花闻言，心里一惊，可她依旧一副平静的样子，问崔道仁道：“爷爷，啥个捻匪，值得葛家庄人这样铺排庆贺？”

崔道仁说道：“说起这个捻匪，真是不简单。这个人是捻匪大将赖文光帐下的一个谋士，官府通告缉拿的要犯，复姓皇甫，单字名章，外号‘玉面狐狸’。”

栗红花听罢，只觉眼前一黑，头晕目眩，身子晃了几晃，差点倒下。崔道仁见状忙让下人扶住孙媳妇杨月娥，并一边让人去请郎中先生，一边问孙媳妇好好的，怎么突然就这样了。栗红花稳住了身子，回过神来，说是自己年幼时曾被狐狸吓住过，落下了心病，见不得狐狸，也听不得人说狐狸二字，所以，当听到爷爷说到狐狸二字时，一时气血涌头。

崔道仁听罢，连连自责。

栗红花也就表现出一副歉疚模样对崔道仁说："孙媳不孝，吓着爷爷了。"

崔道仁见孙媳恢复过来，便松了一口气，让人扶孙媳去房内安神歇息。

栗红花回到房里，躺倒在床，用锦被蒙头，泪如泉涌，却咬住嘴唇，不让哭声出来。一阵悲泣过后，她在心里立下誓言，只要自己和儿子活着，总有一天要找唐团报杀公公之仇，找葛家庄报杀夫之仇。栗红花起身，擦干了眼泪，她清醒地认识到，在往后的日子里，她必须当好杨月娥，必须当好崔道仁的孙媳妇，必须当好崔氏家族的贤妻良母。

崔道仁按崔姓元字辈给重孙取名崔元功。这崔元功从小聪明伶俐，说话讨喜，很是让人疼爱，从会走路起，就常围在曾祖父崔道仁膝下撒娇卖乖，常常惹得年迈的崔道仁孩童一样跟重孙嬉闹欢笑。年迈的崔道仁真正享受到了含饴弄孙的天伦之乐。

在重孙六岁的时候，崔道仁给重孙子找了一个在当地很有名气的私塾先生，开始给重孙子教授学业。这崔元功很是聪慧，先生教过的东西，学了就会，念过的书本，过目不忘。三年后，已能熟背《三字经》《百家姓》《千家诗》《千字文》。又过三年，四书五经、《古文观止》也已熟烂于心、背诵如流，且写得一手好字。有一天，私塾先生来到崔道仁面前，称："小儿元功孺子可教，禀赋聪颖，异于常人。老夫已倾其所学，倾力所授，已无力再授其业了。为不误子弟，不误元功前程，望崔老先生另请高明，或送元功高处深造，相信元功定会金榜题名，前程似锦。"

崔道仁听罢私塾先生的话，自是欣喜万分，在感念了一番私塾先生对重孙的授业之恩后，接受了私塾先生的请辞。除了应给的酬金，崔道仁又多给了私塾先生纹银一百两，作为对私塾先生的酬谢。

崔道仁听取了私塾先生的建议，花重金请了一个名号响透县邑的大秀才做重孙元功的私塾老师。在老师的精心授业下，两年时间，崔元功学了唐诗宋词，又精心研读了很多八股范本。同治十一年，年仅十五岁的崔元功参加了县试，连考五场，场场位居榜首。最终，崔元功以傲人的成绩，成为沛郡邑年龄最小的秀才。

崔元功小小年纪表现竟如此优异，一时之间成为人们街谈巷议的话题。当地一些文人雅士更是赞叹他是一个多年不遇的少年奇才，县府官员一班人也去了崔府慰问嘉奖，年迈的崔道仁高兴得捋着胡须笑不拢嘴。

让崔道仁甚感欣慰的是，孙媳妇杨月娥是一个说话办事有条有理，尊老爱少，很会操持家业的女人，每日一早必到崔道仁夫妇面前请安问好，待人接物，迎来送往细致周全、面面俱到。凡来崔府做客的外人，无不在崔道仁面前夸赞杨月娥是个懂礼仪、办事稳妥的人。特别是在崔道仁大儿子病故的丧事上，杨月娥更是显示出了能料理大事撑起家业的一面。崔氏家族族大人众，作为家族长大儿子的丧事，自是要办得隆重。崔道仁年事已高，已不能事必躬亲了，若让别人主持办理，自己又放心不下。正在崔道仁犹豫不决之际，杨月娥来到崔道仁面前，说："爷爷，大伯的丧事您就交给俺来办理吧，您老人家放心好了，俺会把大伯的丧事办得风风光光的。"

崔道仁见孙媳妇杨月娥在这个关口能说出此言，如此有担当，一双昏花的老眼就有些湿润。他看着站在自己面前的孙媳妇，想想这些年来，孙子崔耀祖活不见人，死不见尸，也真是苦了这个孙媳妇。想想孙媳妇这些年在崔府上敬老，下爱小，大事小事忙忙碌碌，替自己操了不少心，如今自己年老体衰，小事还可，像这等丧葬大事，对他来说实在是心有余而力不足了。

面对孙媳妇杨月娥，歉疚和感激在心中涌动，他闭上眼睛，一阵沉吟后，说："月娥我儿，爷爷我已老迈，这等大事，我已力所不逮，你人聪慧，行事周全，你就代爷爷我操办吧。"崔道仁停顿了一下，接着说，"月娥啊！你大伯一辈子活得也不易，这丧事你可尽力往好处去办。"

杨月娥闻言，哽咽着声音说道："爷爷，您老人家尽可放心，俺月娥一定会竭尽全力把大伯的丧事办好的，如月娥有不明白的地方，还望爷爷多给指点。"

崔道仁慈悯地对杨月娥说："丧事礼数规矩多，事情繁杂，你也要多爱惜自己些。"

杨月娥道了谢，退了出去。

杨月娥派人去县城木材市场买来了上好的柏木板，请了三个在这一片很有名的木匠，给大伯做棺木；又请了名气响彻城南的"喇叭石"和名盖城北的"震天响"两家响器班，对着吹响器，比着奏乐器。因两家响器班都赫赫有名但又互不服气，所以，两家乐师都使出了浑身解数，搬出看家本事，锣鼓喧天，喇叭呜哇，笙箫齐声，好不热闹。

杨月娥请了三个有名的厨子，又给他们配了几个下手，煎、烹、炸、炒、炖，做丧宴以待来崔府悼唁的亲朋。为办好丧宴，杨月娥让下人宰杀了两头四百多斤的大肥猪，宰杀了四只大绵羊。鸡、鱼、肉、蛋、菜，都是在集市上拣最好的买。席面是八凉八炒四大件，酒是从二十里外的牛家集有名的牛家酒坊拉来的上等高粱酒。杨月娥又让人去了集市上专做祭祀用品的"纸人黄"铺子里，定下了纸人，三十个侍男，三十个侍女，三十匹纸马，一座高堂大院。崔道仁家大业大，结交广泛，又是一庄之主，再加上重孙崔元功小小年纪得中秀才，前程似锦，所以，前来府上吊唁的好友亲朋和周边村庄的庄主、乡绅、官府官员很多。杨月娥代崔道仁迎来送往，礼数周到，什么事情都办得有条有理。宾客无不夸奖杨月娥心胸大度，虑事周到，实为女中豪杰。

一帮人在崔氏坟地挖墓穴的时候，突然从地下挖出一柄长剑来，从剑鞘上斑斑驳驳的锈迹来看，此剑在地下应当有些年月了。可当人们拔出剑来看时，那剑却依然寒气逼人，发出森森的青光。人们齐声赞叹好剑。事情禀报到了崔道仁那里，崔道仁感到惊奇，左思右想理不明白，祖坟地里挖出把长剑也不知吉凶，便让人请来一算命先生卜上一卦，算下吉凶。算命先生一阵闭目掐指后，睁开眼捋了一下山羊胡，笑道："恭喜崔老爷，这祖坟上挖出的剑，乃是大吉大祥之兆啊！"

崔道仁就问："先生，此兆怎解？"

那算命先生便说："崔氏祖坟，棺穴处，剑一把。这不是老天在预示什么吗？"

崔道仁一阵冥想，不得要领，便说："老夫迂朽，不明天机，望先生明示。"

那算命先生就朗朗一笑，说："崔氏祖坟，挖剑一把，正处棺穴，这不正是'崔见官'么，也就是说，贵府要有人当官了啊！"

听闻算命先生言罢，崔道仁恍然若悟，心悦颜开，赏了银两给算命先生，并让人把算命先生送出门外。

正忙着事情的杨月娥听说坟地里挖出了一把剑，便带着儿子崔元功一起来到了上房，见到崔道仁后，便对崔道仁说："听闻祖坟上挖出一把宝剑，元功孩儿甚感好奇，便缠着我要来看稀罕，还不知陵上出此物件是主吉还是主凶，望爷爷告之。”

崔道仁就把算命先生的话，说给了杨月娥。杨月娥听后也甚感喜慰。崔道仁让人拿出在坟地里挖出的长剑给孙媳杨月娥和重孙崔元功看。杨月娥双手托着长剑，看着手里这柄剑鞘锈迹斑斑的长剑，她的双眼有些模糊，手里的这柄长剑似乎已化作伤痕满身的夫君皇甫章，她看着伤痕累累的夫君皇甫章，夫君皇甫章也深情地看着她。

“娘，您怎么了？”儿子崔元功的一声问，把她从迷糊中唤醒过来。杨月娥抽出半截长剑看了看，说：“俺在蹊跷这剑是谁所埋，也蹊跷这剑鞘都锈迹斑斑了，剑却一点没锈，看来还真是一把好剑呢。”

崔道仁说：“我活了这么个年纪，没听说过咱们崔氏家族有仗剑的人，就是有，也不会没有缘由地把一把长剑埋在祖坟里。这埋剑之人一定不会是崔姓人所为。能使这柄长剑的人，当是身怀绝技之人。”崔道仁沉思了下接着说道：“要是个武人，本不该舍剑的，依老朽看，怕是这人一定遇到非常之事才埋此剑的，既然这人把剑埋在崔氏祖坟，又让咱们挖了出来，使此剑重见天日，也算是跟咱们有缘，咱就暂且收藏起来，说不定以后此剑还能寻到主人成就一段佳话呢。”

崔元功好奇，从母亲手上拿过长剑细细观看，一边轻抚着剑鞘上那打制精美的铜勒，一边连声赞道：“好剑，好剑。”

见重孙一副爱不释手的样子，崔道仁就对重孙说道：“既然功儿喜欢，这剑就放到你那里当个镇物吧，不过可别贪玩荒了学业。”

听崔道仁如此说，杨月娥便赶紧让儿子崔元功谢老爷爷，崔元功就低头弯腰谢老爷爷。

杨月娥让儿子崔元功披麻戴孝，行亲子之礼，三步一深揖，四步一叩首，为大伯执幡摔盆，一直把大伯送到陵地。

这桩丧事，让崔道仁从心里对孙媳妇杨月娥的主事能力、持家能力感到宽慰和放心。他决定从此把府上一切事宜，全交给孙媳杨月娥，自己甩手一切，安享清福，安度晚年。

挑起崔府主事重担的杨月娥，又把大伯撇下的妻女当成自己的亲娘姐妹一样，关爱备至，让她们吃喝不愁，穿戴无忧，后又替伯母把一个个姐妹风风光光地嫁了出去。

光绪元年,十八岁的崔元功参加省府乡试,三场试罢,上榜中举。一个十八岁的少年考中举人,这在沛郡史上也实为鲜见。当报榜的官差来到崔府送捷报时,九十高龄的崔道仁接过中榜捷报,高兴得老泪横流。

翌年秋,崔道仁无病而逝,享年九十有一。

杨月娥为崔道仁置办了一场无论是规格、场面都高于早逝大伯的丧事,隆重地安葬了崔道仁。从此,家大业大的崔府完全执掌在杨月娥的手中。

第十七章

跑马划界后，为防止当地土民和外来团民再横生事端，徐州府衙令沿湖一带凡有地界之争的县邑，动员治下青壮土民，依跑马划下的界线，筑堤为界。一时间，北至鱼台南至铜山，漫漫百余里，人山人海，挑土抬筐，筑土立界。三个月的时间，一座两丈高两丈宽，长有百里的大堤筑成了。当地土民和外地团民都称这个大堤为“大边”，当地土民一方被称作“边外”，沿湖而居的外地团民一方被称作“边里”。

经历了一场场厮杀的当地土民和外来的团民，被这个边堤隔开，相互为敌，互不往来。这座边堤俨然成了双方的楚河汉界。

光阴似箭，俯仰之间到了 1876 年。

濒湖而居的唐团，历经二十年的风雨经营，早先结棚其间的茅草棚，已被一座座周周正正的青砖为基、湖草苫顶的房屋或者四方院落所代替。街道和胡同也分置得齐齐整整，规模比早先大了好多倍。屋前屋后树木葱茏，鸡鸣狗叫，炊烟袅袅，一派大庄气象。此时的唐团地多人众，官府觉得唐团须有一个符合官方称谓的庄名，因唐团地处微山湖边沿，地势上要比对面的葛家庄低些，又处在葛家庄的东面，所以官府给唐团起了一个“唐家洼”的庄名，给和唐团相邻的王团取名叫王家洼。唐家洼的田地也不是早先垦荒时的模样了，庄外土肥地沃良田千顷。在唐家洼的中心位置，建有一个占地约四亩的大祠堂，祠堂里供有唐团团总唐守忠、唐守忠侄子唐锡良、私塾先生海央三人的牌位，以供后人祭祀。

落下脚扎下根濒湖而居的山东团民“一溜十八团”，历经二十载的耕作经营，把早先的荒芜湖滩改造成了丰饶之地，微山湖如同一个取之不尽用之不竭的大宝藏，让一众山东外民们丰衣足食，安居无忧。他们完全适应了半农半渔的生活，农忙时割麦打豆，农闲时大湖里打草割苇、逮鱼捞虾。濒湖而居的各团，属唐团人聚居的唐家洼人最多庄最大，也最富庶，故各庄庄主依然把唐家洼作为“边里”人的领头老大，遇到什么要紧事，都会聚到唐家洼商量。

虽然官府已跑马定界，可当地土民对山东外民侵田霸地一事一直心怀愤懑和不平，但畏于官府的严律和防控，再加上官府筑堤为界，把双方分隔开来，双方相互为敌互不往来，所以，多年来双方没再有大的械斗争杀的事情发生。

官府在跑马划定的界边筑堤为边时，在唐团地界以南一里路的地处留有一处矮堤缺口，这处缺口是给当地土民去东边大湖里打草割苇、捞鱼摸虾预留的。当年两江总督曾国藩为了断双方界地之争，中秋之日召集沿湖本地庄主及一溜十八团团总于沛郡县衙，共商划边定界之事时曾说过，大湖属公湖，双方共同享用。所以，在筑堤为界时，官府在唐团地界南，专门为当地土民留有一处去湖里的缺口，唐团人与南边相邻的王团虽然心有十二分不甘，可因为官府有话在先，所以，两团人只能眼睁睁看着自己的仇人，从自己眼皮子底下大摇大摆地去湖里谋生活。

三月初八这日晌午，天朗气清，日头亮晃晃的，不知何时从西北方向慢慢飘来一片黑云，云片不大，就如同平静的大湖里凸起的一蓬湖草，没人在意。这片不大的黑云先是慢慢遮住了日头，随着天空日渐暗淡，雨滴慢慢落了下来。这片黑云似乎是专门为了遮住日头而来，竟似定在了那里遮住日头不动了，雨滴先是稀稀落落地往下掉，接着变得密密匝匝起来。早先还有些亮光的天空也突然暗了下来，接着是如泼如浇的滂沱大雨从天而降。

大雨如瓢浇盆泼一般下了两天两夜。大湖水涨了，涨得都快漫淹沿湖而居的“边里”人的庄户了，经历过水患的人都知道，一旦大水漫庄过户，定会房倒屋塌，淹人毁畜，家园尽毁。在这紧要关头，沿湖而居的各庄都鸣锣敲钟，吆喝男女老少操锨持镐去打堰围庄。

大雨疯下了两天两夜后停了下来。沿湖而居的各庄男女老少为了保家护院,依旧没日没夜地围着庄子培土打堰。大雨停了一天了,眼见着围庄的水随着漫漫大湖水由北往南流去,可围庄的水却是没降,水位反而还在往上涨。这让和唐家洼相邻的王家洼人感到奇怪。王家洼庄主王立本便带上几个人,撑着一支小船出庄察看水情。

王家洼庄主王立本,四十上下年纪,中等身材,黑黝黝的脸上圆瞪着一对炯炯有神的眼睛,下巴上一绺黑黑的胡须,上身穿一齐膝长的粗布袍服,下身穿一粗布长裤,一条梳理整齐的长辫子背在身后,显得十分干练。

为能登高望远,王立本一行人撑船来到庄西边的边堤上,几个人泊好船,上得堤来放眼望去,但见堤里堤外一片汪洋,脚下的边堤如同一条水蛇,在水中蜿蜿蜒蜒。举目西望,远远看见当地的村庄也是水汪汪一片,他看到村庄外也是人影众多,东奔西跑,似也在围庄打堰。王立本想,西边的地势比东边近湖的地势高,他们也在忙着打堰围庄,看样子这雨水下得也实在是太大了。再看看边堤这边的唐家洼和王家洼,就如同两只飘在水中欲将倾覆的破船一样危在旦夕。

王立本心情沉重地和几个人下了边堤回到船上,几个人撑着船往庄北划去。当小船划近当年官府为当地土民去大湖所留的缺口处时,一股由西向东的激流冲击得小船摇摆不定,无法靠近,无法前行,只见堤外当地土民地界的水,正汹涌地奔向边堤这边。王立本立马明白了为何大雨虽然已经停了一天,围庄的大水不但没降反而还涨了。王立本马上让人把船往回划,绕过激流朝唐家洼划去。

正在一身水一身泥忙活着的唐家洼人,见邻庄王家洼庄主王立本带着几个人撑船来到唐家洼,便一边打招呼一边打问王家洼那边水势怎样,王立本便一边回着唐家洼人的问话,一边让人泊船上岸。几个人上了岸,王立本见唐家洼这边跟王家洼那边一样,水贴堰沿情况危急,便向人打听庄主唐守业现在何处,人们便遥指远处一队人对他说:"那边水情也紧急,庄主正在那边带人挖土培堰呢。"王立本闻言,马上朝远处那队人所在的方向快步走去。

正在指挥着人挖土培堰的唐家洼庄主唐守业,见王家洼庄主王立本急匆匆赶来,知道一定有事情,忙迎了过去。

唐家洼庄主唐守业,年纪四十三四,身材高挑,面白须长,眉不太宽厚却浓密真切,一双因没日没夜操劳而充满血丝的双眼,仍然透着犀利和深邃的目光。不待王立本说话,唐守业便问:“什么事让王庄主这个时候来找俺?”

王立本说:“唐庄主,大雨都停了一天了,这围庄的大水没降反倒是一直上涨,您就没想想是啥缘由啊?”

唐守业沉吟了下说道:“俺也曾感到奇怪,可一想,也许是大湖上游水大,一时水泄不下去的缘故。”

王立本说:“即便上游水大,这偌大一个大湖,滔滔向南流一整天,水位也应降些,也不该是上涨啊!且还涨得将要淹村毁房。”

唐守业便瞧着王立本问:“依您看那是啥因由呢?”

听唐守业这样问,王立本也不答话,过去扯了唐守业的胳膊一边说“走,您跟俺瞧瞧去”,一边拉着唐守业朝他们泊船的方向走去。唐守业满是疑惑地随王立本来到庄边堰前,跟着王家洼人上了小船。王立本便让人撑起船往庄南划去。

王立本知道官府给当地人所留的缺口处水流湍急,小船无法靠近,所以他让人把小船划到离缺口还有些距离的地方。船靠了边堤,泊好船,待人们下了小船走上大堤,王立本便带着唐守业朝边堤缺口处走去。

几个人来到边堤缺口处,但见由西往东的水,浩浩荡荡齐朝缺口处涌来,由于水流湍急,来势凶猛,缺口两边的边堤塌了好些。

见此情景,唐守业愕然变色,他明白了王立本带他来此处的目的,也明白了为何大雨已经停了一天,围庄的大水没降反涨。他心里清楚,一旦边堤缺口被水冲大,即使这边再怎么打堰围庄,也强不过这汹涌的大水,村庄终会进水受淹的。一旁的王立本见唐守业面色沉重,便说:“唐庄主,这样下去,不但边堤会越冲越大,咱们的庄子怕也保不住了。”

唐守业双眉紧锁,一阵沉思,说道:“此水不堵,家园不保。马上回庄,召集两庄人立马堵堤拦水。”

王立本先把唐守业送回唐家洼,然后几个人撑小船返回王家洼。

很快,唐家洼人和王家洼人一起聚到边堤缺口处,开始堵堤拦水。水流湍急,缺口又大,想堵上缺口并拦住水谈何容易。一筐泥土倒下去,瞬间就给冲得没了踪影,一捆湖草扔下去,嗖一下随着大水流走了。见此情景,唐守业和王立本两人商量,抽调庄上大部分打庄堰的人来这里堵堤,如果这个缺口不能及时堵上,就有水冲开庄堰淹庄的危险。眼下这样干不但堵不上边堤缺口，还耽搁了围堰护庄，这样下去不是办法，必须拿出好的办法，尽快堵上边堤。

唐守业沉吟了一下，对王立本说：“看来只能打桩了。”

王立本似有不解，问：“打桩？咋打桩？”

唐守业说道：“派人赶紧去砍树做桩，挑水性好的人，从缺口两边往中间打桩，打几个桩，就在这几个桩外边先放置门板、苇草、树枝，先把水势减了，两边再一点一点往缺口中间靠，等缺口都打好了桩，外边都放好了门板、树枝、苇草，减缓了水势，再从桩里边培土。”

王立本听罢连声称好主意，两人便忙指派人赶紧撑船去砍树做桩，收集门板，割打苇草。这样紧急的当口，人人自觉不敢怠慢，无论砍树的还是打草割苇的，都是拼了命地干。待堵缺口的桩木、苇草运送到边堤缺口处时，唐守业和王立本马上在各自庄里选出了二十个水性好的青壮年，从缺口两边下水打桩。尽管在急水中打桩很是艰难，一班打桩的青壮年还是一根一根打了下去。接着人们按照唐守业说的办法，在打过去的木桩前边放置门板、树枝、苇草。傍晚时分，缺口终于被木桩、门板、湖草给拦上了。门板、苇草毕竟不似实土，水还是从草缝里往外渗，为了彻底堵死缺口，唐守业、王立本二人决定挑灯夜战，连夜在木桩处填土筑堤。

东边露出鱼肚白的时候，两庄男女老少经过一夜的全力填堵，边堤缺口终于堵上了。看着浑身泥水、疲惫不堪的众人，唐守业跟王立本商量，决定在边堤缺口处留四个人看守，以防渗水，余下的两庄人众各自回庄歇息看护庄子。

唐家洼、王家洼两庄人发现，缺口堵上后，围住两庄庄堰的大水在慢慢下降。

第十八章

葛家庄庄主葛敬先四十四五年纪，长得高大壮实，虽然不识字，可头脑灵活，虑事谨慎周密。年少时，父亲也曾送他去私塾读书，可他一进学堂就头痛，先生怎么教他知识他都入不了心，他读书不用心，还搅得别人不得安生。父亲见他不是读书的料，便让他弃了学，早早给他成了家。他随庄主葛敬玉参加了除最后夜袭唐团那一仗外所有和唐团的争斗，且表现勇敢。那晚，葛家庄人绕湖从湖东小白庄出发，夜袭唐团，正巧葛敬先闹肚子拉了一天的稀，甭说是打斗去了，就是站着不动，整个人都腿发酸身打晃。葛敬玉见他患病在身，便让他跟自己留守在家。也就是因为拉稀，才让他捡了一条命，不然，那晚葛家庄死在唐团人手下的人里又会多一个。

葛敬先并没有因为自己躲过一死而感到侥幸，他倒是为自己没能跟众兄弟一道去拼杀赴死而深感惭愧和羞耻。他伏在被唐团所杀的众弟兄的坟前，涕泗滂沱，发誓不报此仇誓不为人。可后来随着官府的弹压和跑马划界，血债血偿的事只能暂且忍下了。后来庄主葛敬玉指定他承继庄主之位后忧愤而逝，让他意识到自己无论如何不能意气用事了。葛家庄庄大人众，在跟山东外民争田夺地的斗杀中，最是悍勇，以至于骁勇善斗的唐团团首唐守忠都被葛家庄人戕杀。因此，当地和山东外民有土地边界之争的庄村，都视葛家庄为这一方的首领庄，葛家庄庄主自然也被这些庄村的庄主们视为群主。处在这么一个位置上，葛敬先无论做什么事，都会周全考虑，不敢有丝毫差池。也正因为这一点，周边的庄主们对葛敬先很是信赖和尊重。

三月初八晌午，好端端的天，突然就落下雨来，且越下越大。盆浇一般的大雨不停歇地下了两天两夜。大雨让湖水泛滥，让平地成了汪洋。听几个年过八旬的老人讲，这样的大雨六十年不曾遇见过。尽管葛家庄地势不算太低，但在这么大的雨水前，如果不围堰护庄，庄子依然会进水受淹。所以，葛敬先带领全庄老少围堰护庄。好在庄子地势高，围堰不用打太高就把水拦住了。

葛敬先心里清楚，这么大的水情，对面的唐家洼和王家洼，以及沿湖而居的边里人一定躲不了受淹的厄运。面对这么大的雨水，他心里不但没有一丝忧虑和担心，反而有种激动和兴奋。他焚香祭天，感谢上天落下这场大雨，替当地土民惩罚来此强占土地的山东外民，祈祷大雨来得再狂暴一些，把那些强横无理的山东外民全都淹死。大雨下了两天两夜后还是停了，不过从这么大的水情来看，地势高的葛家庄都打堰护庄了，地势低洼的唐家洼、王家洼各团定会被淹个房倒屋塌，人死畜亡。

可就在大雨停了的第二天夜里，有人给他来报，说是边堤缺口处灯笼火把明亮，人声鼎沸，不知对面的人在干什么。听罢来报，葛敬先不敢怠慢，立马来到庄边举目远望，果然看到边堤缺口处灯火通明，人影幢幢。他立马想到，这一定是对面的唐家洼人在做见不得人的事——堵缺口拦水。为了进一步证实自己的判断，葛敬先让人撑了小船，载自己去近前察看。

载着葛敬先的小船在离边堤约一里的地方停了下来。葛敬先抬眼望去，但见边堤缺口处灯笼火把通亮，人来人往，水上有人，水下也有人，有打桩的，有递苇草和门板的，有填土的，有大声吆喝指挥的，一派忙碌景象。果然是对面的唐家洼人和王家洼人在堵缺口拦水，葛敬先知道，一定是他们那边水情紧急，要不然他们也不会下这么大的力气堵缺口拦水的。不过，越是这样越不能让他们堵缺口拦水。葛敬先让人把船掉头撑了回去，刚下船进庄，就派人去临近各庄请各庄庄主来葛家庄议事。

几近夜半，跟葛家庄相邻的几个庄村的庄主被葛家庄人叫醒，他们知道葛庄主定有要事相商，便都起床，带了随从打着灯笼，撑着船来到葛家庄庄主葛敬先府上。

葛家庄庄主上房大厅里，葛敬先早已让人放置好了桌椅，备好了点心茶水，等待各庄主前来。半个时辰的光景，相邻的几个庄村的庄主们陆续来到了葛敬先上房大厅。寒暄过后，各自落座。葛敬先见各庄主到齐，便满脸肃穆，对众人说道："葛某这么晚烦扰各庄主来府上，实在是事关紧急，还望各位海涵。"见各庄主都没言语却露出疑惑的目光，葛敬先便问道："请问各庄主，你们各庄的水情现在怎样了？"

见葛庄主这样问，几个庄主几乎齐声回道："早先从护庄的围堰看，水有点落降，可晚上再看水位似是不动了。"

葛敬先扫了众人一眼，道："好生生的水咋就不降了呢？各位想知道是咋回事吗？"

这时就有心急的庄主大了声说："葛庄主，您就甭让人着急了，到底咋回事您就赶紧说吧。"

葛敬先正色道："对面的唐家洼和王家洼人把边堤缺口给堵上了。"

庄主们听罢，先是一愣，接着炸锅一般嚷嚷起来："他们把缺口给堵了？这还了得，这缺口是官府专门给咱们去大湖留置的，他们敢给堵上？"

"这帮人是不是想滋事，居然堵缺口，缺口堵上这满地的大水往哪里淌啊？"

"他们堵上缺口，是不是不让大水排进大湖，不想让咱们下湖捕鱼捞虾啊？"

"他们这样做不是蔑视官府，有意欺侮咱们，向咱们寻衅吗？"

葛敬先一脸沉郁地说："树欲静而风不止，这帮人强占了咱们的田地，咱都打碎牙齿往肚里咽了，这一忍就忍了二十年，虽然相互为敌，可这二十年来，咱本是跟他们井水不犯河水的。眼下他们竟无视官府，藐视咱们本地土民，居然挑事寻衅，是不是也忒不把咱们放在眼里了。"

庄主们听葛敬先如此说，情绪很是激动，纷纷说道："他们明明就是向咱们寻衅么，是可忍孰不可忍，既然他们不知死活先向咱们宣战，咱们不如趁此跟他们老账新账一起算。葛庄主，您就拿主意吧。"

见庄主们都怒气填胸愤愤不平，葛敬先一阵思忖后说道："这事咱们还需先礼后兵。"

有庄主就不忿道："难道咱们还先去对过儿请安问好不成？"

葛敬先便说道："对过儿咱们可以不理，但官府那里咱们不能不去。他们这般所为，咱们务必先要报官，务必要让官府知道他们这样做是蔑视官府，主动挑事。咱们看看官府会怎样处置这件事。若官府处置妥当，他们自己掘开缺口便罢,若官府处置不力,或是他们不听官府主张,又或是他们阳奉阴违说一套做一套,到那时咱们再出手,于公于私,两边咱们都有正当的理由。"

庄主们听葛敬先如此一说,便一下子明白过来,齐声夸赞庄主葛敬先看事长远虑事周密。最后商定,明儿一早,由葛家庄庄主葛敬先带领一众庄主,去县衙告发唐家洼、王家洼堵边堤拦水一事。

第二天一早,葛敬先带着一众庄主来到县衙。知县丁子宣这几天正为治下遭遇的水患忙得焦头烂额,听闻衙役来报,说是沛北一众庄主齐来县衙前喊苦叫冤,请求面见知县老爷。知县丁子宣不知道这班庄主来县衙是为什么事,在这个因水患忙乱的时期,对这帮庄主的到来,虽然知县丁子宣心里很是不悦,却不得不见。

知县丁子宣来沛任职五年了,在没来沛前了解过沛郡这个地方的风土民情,特别研究过有关此地土民跟山东外民的地界之争的事。在上任沛县知县之时,知府大人曾跟他说过,沛县虽小,却难治理。原因就是当地土民跟山东外来客民不可调和,虽然这些年来在官府的严戒下,双方没有再起大的纠争,可双方都在憋着气,一旦掌控不好,让他们把这股气崩开,双方再起祸端,将会有演变成大乱的可能。所以,在沛县可以无所作为,但决不可让双方再起纷争,一定要唯稳为是。此刻,知县丁子宣担心的就是边堤两边的民众乱事,他一直认为只要不是边堤双方有事,一切事情都不难处理。

知县丁子宣开堂接见一班庄主,经过问理,知道这班庄主是为了边堤里边的唐家洼、王家洼两庄堵堤拦水来的。知县丁子宣想:如若这班庄主所说情况属实的话,唐家洼、王家洼堵堤拦水的做法于情于理都是不妥当的,现今沛地水患突出,特别是近微山湖而居的庄村,水情更是危急,好在现今大雨停息,只要不再下大雨,快则七八日,慢则十来日,这水也就泄下去了。要是似庄主们所说,唐家洼、王家洼人堵拦了边堤缺口,大水怎泄,水患怎解?如若因堵堤拦水引起边堤内外居民的纷争,那事情就大了。

知县丁子宣不敢怠慢,跟县丞、主簿二人商量后,决定立马赴边堤缺口处察看。

知县丁子宣和一班随从在葛家庄庄主葛敬先的引领下,分乘三只小船来到边堤缺口处。人们看到的是,边堤缺口被堵了个严严实实。知县丁子宣不由得愤从心起,他让人把小船靠向边堤,下了小船上了边堤。唐家洼、王家洼几个看守缺口的汉子,见知县老爷来了堤上,忙跪下磕头行礼。知县丁子宣向几人问过堵堤的事后,便让其中两人回唐家洼、王家洼叫两庄庄主唐守业、王立本立马来见。被支使的二人不敢怠慢,忙下堤撑船,去各自庄上叫自家庄主。

不一会儿,唐家洼、王家洼两庄庄主唐守业、王立本二人来到边堤上,知县丁子宣问二人:“堵堤拦水可是你们两庄所为?”

见王立本低头不语,唐守业便道:“禀老爷,俺们堵堤拦水实属水情紧急,不得已而为之,望老爷能体恤俺们沿湖所居庄村所遭水患之苦。”

知县丁子宣听唐守业这样说,便手指着堤外一片汪洋沉声道:“体恤你们水患之苦,那这边呢?”

唐守业稍沉默后说道:“老爷,他们那边地势比俺们这边高,虽说俺们一样打堰围庄,但他们还不至于似俺们庄村那样水情危急。如若任由大水顺此缺口处泄向湖里,再加上大湖上游泄下来的水,俺们庄村将难逃水淹之灾。”

听唐家洼庄主这样说,一旁的葛敬先便冷冷说道:“唐庄主怎知道俺们庄村水情不急,您去俺们庄村看过?如若没去过,您又怎知俺们庄村水情?”

唐守业也冷冷回道:“您那边地势比俺们这边高是实情吧,如若您那边水情危急,那俺们这边岂不是比您那边更急?”

葛敬先说:“自古都是‘人往高处走,水往洼处流’,大湖本就是泄水之处,眼下水情紧急,唐庄主这个时候堵堤拦水,于情于理都说不过去啊!”

唐守业道:“若不是大水如悬河泻水,时时都有淹庄毁村的危险,俺们也不会堵堤拦水的。”

见两人争执,知县丁子宣便止住二人,为能更直接地了解唐家洼和王家洼两庄的水情,知县丁子宣决定亲自去两庄看看,便说:“走,去唐家洼、王家洼两庄看看再说。”

葛敬先无论如何是不会随知县丁子宣去唐家洼、王家洼两庄的。知县丁子宣深知其中因由,便也不强人所难。于是,葛敬先和另两个堤外的庄主留在了边堤,知县丁子宣带着几个随从随唐守业、王立本上了小船,去唐家洼、王家洼两庄察看水情。

约莫一个时辰的光景，知县丁子宣一班人回到了边堤上。知县丁子宣把葛敬先几个叫到一起，共商处置堵堤拦水的事。知县丁子宣说：“本县去唐家洼、王家洼两庄察看了一下，两庄的水情确实岌岌可危，不过，上游葛家庄一带的庄村，水情也很危急，且上游庄村庄多田广，受灾面积大，需尽快排涝泄水，此缺口务必打开。”

唐守业见知县丁子宣如此说，便一脸郁悒地说道：“老爷也见了，唐家洼、王家洼，还有沿湖的多个庄村，老老少少齐上阵，没日没夜地打堰护庄，还是危如累卵。如若打开缺口，无疑是火上添柴雪上加霜，怕是俺们庄村不保了。”

知县丁子宣说道：“此缺口是官府当年经过通盘酌量后才留置的，一为方便本地土民去大湖打鱼割草，二是防备遭遇水患为泄水所用。现今遇上了大雨大水，这缺口正该是行使它效用的时候，你们却把它给堵上了。你们这样做是欺官府无威呢，还是觉得这些年日子平和想挑起事端呢？”

唐守业、王立本二人闻言立马跪在地下。唐守业伏在地上哀声道：“老爷即便借俺十个胆，俺也万不敢蔑视官府律条啊！俺们沿湖庄民，能在此安居乐业，无时无刻不在感念官府老爷的赐田惠地之恩，俺们耕耘乐道，谨慎为民，岂敢有半点无事生非之心。俺们沿湖庄村人众多年来勤劳为本，苦心经营才建起自家庄园，如若为水所毁，俺们老老少少将如何安身？”说到此处，唐守业已是声泪俱下了，他接着说道，“乞望老爷看在俺们沿湖庄民多年来处处顺应官府、奉令唯谨、安分为民的份上，解俺们这倒悬之危吧。”

这时，葛家庄庄主葛敬先也跪在知县丁子宣面前，大声说道：“若论水患，俺们一众庄村受损最重，俺们一溜城北庄村，庄多人众，房厦万间，良田万顷，现今尽在水中。他们沿湖庄村庄疏人稀，田少地薄，此危情时刻，孰重孰轻，是保芝麻还是保西瓜，还望老爷慎思。再说，唐家洼、王家洼两庄只顾他们小家安善，不管大众死活堵堤拦水实为不义之举，应着他们即刻扒开缺口，泄水解困。”

见边堤里外双方的庄主各说各的理，知县丁子宣一时难定主意，便跟县丞商议。县丞低声对知县丁子宣说道：“边堤里外互为仇家，且又遇到这样的事，如若处理不好，让他们觉得有失公道的话，怕会祸从此生。”知县丁子宣也觉得这件事有些棘手，便问县丞：“你可有两全之策？”县丞思忖了下说道：

“老爷不妨宽限唐、王两庄一下，让围庄的水降些再让他们扒开缺口，这样既照应了唐、王两庄，又照顾了上游各庄庄主的颜面和心情。”

知县丁子宣沉思了一下，说道：“看来，也只能这样处理了。”

知县丁子宣和县丞到了众人面前。知县丁子宣说：“从唐家洼、王家洼两庄水情看，时时刻刻都有堰塌庄淹的危险。这边是如若扒堤泄水，如同雪上加霜，随时都有淹庄的可能。那边是大水围庄，万顷良田一派汪洋，缺口不扒无法泄水。”知县丁子宣扫了众人一眼，接着说道，“边堤两边的庄民，都为本官治下，手心手背都是肉，两边庄民哪一方逢灾遇难本官都寝食难安，心如火焚。眼下水情紧急，庄村要保，缺口也要打开。因大湖北来的水大，如若现在就打开缺口，两水一汇，水位势必抬高，水位一高，临近缺口的唐、王两庄将会面临淹庄毁房的危境。如此两难之下，本官决断给唐、王两庄留一天一夜的时限，时限过后，唐、王两庄扒堤放水。”知县丁子宣说罢，看向唐守业、王立本二人问：“唐庄主、王庄主，本官这样定夺你们二人可有意见？”

唐守业、王立本纵然心里感到官府给留的时间有些短促，却也不好说什么了，于是二人说道：“俺们遵从老爷安排。”

知县丁子宣又问边堤以西几个庄主道：“本官这样决断，你们几个有意见吗？”

葛敬先和另外几个庄主回道：“既然老爷说了，俺们哪敢不听？俺们等他一天就是了。”

事情就这样算是解决了，临走之时，知县丁子宣又当着众人的面提醒唐守业、王立本二人，从他们这班人离去的时辰算起，十二个时辰过后，唐、王两庄扒堤放水，不得耽搁拖延。

第十九章

葛家庄庄主葛敬先和各庄庄主们一起送走了知县一班人，之后便一起回到葛家庄庄主葛敬先的上房大厅里。一班人落座后，有庄主就问：“葛庄主怎就忍了这口恶气，让了对面一个对时？”

葛敬先问众庄主道：“难道在边堤上各位没看到啥吗？”

众庄主疑惑，问：“葛庄主看到啥了？”

葛敬先嘴角扯出一丝笑来道：“难道各位没看到对面唐家洼滔滔大水吗？就那水势，甭说让他们一个对时，即便让他们三个对时，水位降个一拃半拃的，也难了却他们围庄水患。这么大的水，给他们留一个对时的时间又有何用。再说了，既然知县当场那样裁断了，咱们何不顺水推舟促成此决断。”葛敬先顿了一下接着道，“个中情由难道他唐守业不明白？他也明白。可他们堵堤拦水在先，本就理亏，知县还是给他们留了一个对时的时间。他纵然知道一个对时对他们来说管不了用，但也不好说啥了。咱就等着缺口扒开，大水淹这帮人吧。”

有庄主说：“最好是大水漫庄，把这帮人全淹死。可到时候若他们拖延不扒缺口咋办？”

葛敬先说：“敢抗拒官府的决断，怕他们还没有这个胆量。”

有庄主又说：“如若像葛庄主所说，水位不降，围庄的危情不缓，唐、王两庄再到知县那里诉苦，到时知县再动恻隐之心，再缓他们些时日咋办？”

葛敬先便面色一沉，说道：“如若真这样，官府朝令夕改，咱们也随时行动,他们不扒咱们扒。”

众庄主听葛庄主这样说,纷纷表示赞同和支持。葛敬先便让庄主们各自回庄,做好准备以应事变。

唐家洼、王家洼两庄庄主唐守业、王立本站在边堤上,目送知县一班人和边堤西的几位庄主乘船远去,一时间垂头丧气,相对无言。唐守业知道,如此大的水情,知县只给了一个对时的时间,根本缓解不了围庄的水情,如若这样的情形下再扒堤放水,无异于泼油救火,本就随时都有倒塌可能的庄堰将会被水冲开,到时候淹庄毁房甚至淹人都将难以避免。

想到庄堰被水冲开,男女老少哭号着奔跑,最终倒在水里,或挣扎或被淹没,好端端的房屋在大水的冲击下一幢幢倒塌下来,水里满是拼命挣扎的鸡狗猪羊、牛马牲畜和拼命扑腾着的青壮年、一沉一浮将要淹死的妇女和幼儿,这种情景让唐守业身子禁不住抖了两抖。这时,王立本愤愤说道:“缓一个对时,管个屁用,好像给了多大的恩典似的。”

唐守业就冷冷道:“知县走了你脾气倒上来了。”

王立本没有理会唐守业对自己的讥讽,说:“总不能坐等淹庄吧,得想想法子,咋样才能消去这场灾。”

唐守业一声叹气,道:“为了取土打堰,庄子里的土该用的都用了,该挖的都挖了,再挖下去庄子就成大坑了,庄子里实在不能再取土了。没土取,围堰就没法子再加宽加高,如若边堤缺口扒开,庄子十之八九要保不住了。为防不测,回庄先把妇女老幼送到边堤上暂且安身,余下会水的青壮年留在庄里保庄护堰。”

王立本一脸恍惶地问:“到对时咱就真的扒堤放水?咱就不能再到官府那里求求情,再迟缓一下?唐庄主真就能眼睁睁地看着咱们的庄村淹掉?”

见王立本这样问,唐守业眼睛泛着红说:“如若拿俺十年的阳寿能换个三五天的时间再扒堤的话,俺唐某绝不会有半点迟疑。边堤西的人咱可以不怕,但官府的话咱不得不听,官府定下的事,岂是咱们小民能违抗得了的。况且咱们又是外迁过来的,在诸多事情上更需谨慎小心,不可授人以柄。”见王立本低头无语,唐守业便接着说,“也只能这样了,到时咱们见机行事吧,官府那里咱能拖一时是一时,实在不能拖了再说。”

王立本想了想,也只有依唐守业说的去做了,两人便合计了一下从庄子里撤出妇女老幼,在边堤上搭棚立灶等事情,又嘱咐了看护边堤的庄民提高警觉,在边堤没扒之前,不能让它漏一滴水。两人在边堤上安排妥当,便各自回庄安排往边堤上撤人的事宜。

唐家洼、王家洼两庄庄民知道了官府要扒堤放水,且只许给他们两庄一个对时的时间,都瞪着眼睛瞧着护庄的围堰,看着堰外水位涨落的情况。他们心里焦躁不安,巴望着围庄的大水降落下来。有些人手里拿着一截木棒或者一截草梗,时不时地量一下庄堰外的水位,从他们又一次次失望的表情来看,水没降。官府准允的一个对时的时间,让唐家洼、王家洼两庄人觉得就像一眨眼的工夫就到了。对时到了对唐家洼、王家洼人将意味着什么,两庄人心里都清楚。人们再次度量围堰外的水位后,露出的便是绝望和惶恐的神情了。

这时,有人从边堤上回来向庄上报说,边堤西过来了几条船,并气势汹汹地说扒堤放水的时辰已到,官府让他们来察看督促扒堤来了。唐守业听罢不敢怠慢,马上带人去了边堤。

唐守业来到边堤,见王家洼庄主王立本也到了堤上。

堤西水中的小船上,葛家庄庄主葛敬先见唐、王两庄庄主来到了边堤上,便说道:"唐庄主、王庄主,现在官府定下的一个对时的时间已到,两庄主为何还不让人扒堤放水?"

唐守业瞧了瞧水中的船上并没有官府的人,心里稍有放松,见葛家庄庄主这样问,本想回话硬气一些,可转念一想,现在大水没退,庄村危情未解,如若他们能心怀悲悯,延缓一下扒堤放水的时间,官府那里就好说了。于是,唐守业朝对面船上拱手施礼道:"我唐守业代表唐、王两庄庄民,感谢葛庄主以及各位庄主宽延扒堤放水的时间。可您也知道,俺们这边地势低洼,水情紧急,这一个对时的时间想要减缓庄子的水困,根本不够啊!一个对时虽过,可围庄的大水不见一点下降啊!"

那边葛敬先说道:"您说您那边水情危急,您又怎知俺们这边不危急?况且一个对时扒堤放水也是官府定的,您当时不是也在场,也没啥异议吗?"

唐守业说道:"俺唐某知道你们那边也是水大,当时官府定时俺是在场,也没甚异议,俺本以为一个对时过后,围庄之水多少会降些,哪知一个对时过后,水却没有一点下降的迹象。葛庄主您也知道,如若现在就扒堤放水,俺们的庄子定毁无疑了。为避水淹,俺们好多庄人已经到边堤上避难来了。”

那边葛敬先说道:“那依您的意思是这堤不扒,这水不放了?”

听得出葛敬先的语气有些不快,唐守业便说道:“官府定下的事,俺们断不敢违背,堤是一定要扒,水也一定要放的。不过,唐某代表唐、王两庄庄民,恳望葛庄主及众位庄主再宽限俺们两日,待围庄的大水稍有降落,俺们当会扒堤放水。”

那边葛敬先说道:“历来都是‘人往高处走,水往洼处流’。这大湖是捕鱼割草的湖,也是泄水的湖。既然你们当初沿湖而居,就应该心存‘富贵在天,生死由命’的打算。俺们能让你们一个对时的时间,已是仁至义尽了。这边堤也有俺们的一半对吧?你们跟俺一声招呼不打就让庄民住上了边堤,救人于危、解人于困这道理俺们懂,你们在边堤上避灾俺不说什么,可你们也不能只管自己门前雪,不顾他人瓦上霜啊!”

唐守业知道,无论怎么说,对面的人都不会再给他们时间了,虽然双方多年都是相互为敌,却因为官府压制,也不曾有任何交集,要不是这场几十年不遇的大雨聚水成灾,怎么会跟他们又是会面又是搭腔的呢?既然他们不仁,没有一点再宽限的意思,那也就别怪俺们不义了。想至此,唐守业道:“既然你们不想再宽限俺们些时日,那咱们也就没啥可说的了。”

听唐守业如此说,葛敬先便冷冷地说道:“唐庄主此话是啥意思?难不成是想要赖不成?”

唐守业也冷冷地说道:“葛庄主何至于把话说得那么难听,扒堤放水谁说的?知县老爷说的对吧,即便现在扒堤放水,也该是官府来人找俺,也不应该是葛庄主吧?葛庄主反过来想想,你要是俺唐某,你是见了官府的人再扒堤放水呢,还是见了一个庄主就扒堤放水呢?”

听唐守业这样说,对面的葛敬先气得双手打颤。另几位庄主纷纷开口,出言不逊,说:“这就是你们常挂嘴边的仁义礼智信吗?你们这样做不是要赖是啥啊,官府的裁决你们居然敢违抗,你们眼里还有没有王法了?”

那边言辞激烈,这边唐守业也没露出恼来,只是冷眼瞧着对面的一班人,语气平静地说:“不管你们怎样说,俺们反正是不见官府的人来不扒堤放水。”

对面一阵叫喊:“你们这帮无信义的人,看俺们不告官去。”

见对面出口骂人了,这边边堤上的人就不依了,齐了声地回道:“龟孙羔子,快滚吧,不然都把你们揍到水里去当王八。”

看着对面的几只小船渐渐远去，王立本到唐守业面前说:“怕是他们要去告官了。咱该咋办?”

唐守业仰头长叹一声道:“他们是巴不得咱庄淹房毁，人都淹死才解恨呢。咱也只能是听天由命能拖一时是一时,能拖一会儿是一会儿了。”

王立本不无忧虑地说:“看他们一副气恨恨的样子，他们会不会背地里给咱们使鬼,对咱们来硬的?”

唐守业思虑了下,说:“有官府在那里竖着,怕他们也不敢造次,不过咱们还是小心一点为好,多选些青壮年轮流看护边堤,不可有一丝松懈。”

第二十章

葛家庄庄主葛敬先与众庄主回到家里，计议该如何应对唐、王两庄要赖使横之事。对于唐、王两庄的拒不扒堤放水，还要赖使横，众庄主心气难消，你一言我一语，纷纷斥骂唐、王两庄刁泼无赖不讲理。葛敬业抬了下手，对众庄主说道："咱们再怎么咒骂他们，他们也听不到，各位庄主先平平火气，商量商量该怎样对付他们吧。"

有庄主说："咱们首先要做的是去告官，告他们蔑视官府，拒不扒堤放水。"

有庄主补充说："告他们时咱们就说唐、王两庄庄主当着众人之面辱骂知县昏庸无能，就说他们狂言即便知县亲自去，也不扒堤放水，以此来激怒知县。"

有庄主说："瞧瞧他们对咱那个嚣张模样，即使官府来了，扒堤放水了，可这口恶气咱们就这样窝窝囊囊地咽下去？"

众庄主咋咋呼呼众口纷纭，有庄主说："大家甭乱吵了，听听葛庄主有甚主意吧。"

见众庄主止了声看着自己，葛敬先面沉如水，说道："对过儿的这帮人明明有错在先却要赖使横，嚣张至极，咱们何不借此教训他们一下，打打他们气焰。"葛敬先扫了众庄主一眼接着道，"各位是否怯战？"

听葛敬先这样说，众庄主纷纷说道："这口恶气咱都憋了二十年了，怯战？哪个孬种怯战？"

有庄主说:"咱们跟这帮人有血海深仇,跟他们斗,怕是没一个孬种。不过要教训他们,咱们一定要有一个通盘的考量,不可莽撞行事。比如到时候官府那里怎样说,怎样教训他们,要知道这帮人也非等闲之辈,咱们教训他们时要确保能全身而退。"

葛敬先一阵沉思后说:"俺葛某虽然不才,难当大事,可俺时刻不忘先庄主临终遗训,虽二十年过去了,世事有变,可山东外民欠下的血债,俺葛某时刻记在心里。官府的弹压使咱们跟这帮恶民虽相距不远, 却是井水不犯河水,然而这场几十年未见的大雨,让咱们又跟这帮恶民碰上了,这莫不是天意所设,送给咱们出口恶气的机会?既然各位庄主无畏无惧,咱们就借此机会教训一下这帮恶民吧。"葛敬先顿了一下接着说道,"今儿官府没来边堤督察唐、王两庄扒堤放水,俺想,一是现在沛境多处水患,官府百事缠身,没腾出空来;二是知县曾去过唐、王两庄察看过水情,看到他们水情确实危急,心生恻隐有意暗中帮扶他们也不可知。因去两庄察看时咱们没人随从,他们两庄庄主是否跟知县暗有勾当,也说不定。不管咋说,官府今儿没来,对咱们来说正好是有隙可乘。这事只可速决,不可迟疑,咱们各庄主回庄多召集青壮年,晚上带上家伙,分一小部去边堤两庄庄民窝棚处扰乱他们,大部人众悄悄摸到边堤缺口,待窝棚处乱糟糟一片时,他们看护边堤缺口的人定会前去察看,待那时,大部人众一拥而上扒堤放水,如遇他们拦阻,棍棒伺候。不过,打归打,不可出了人命。待缺口打开,立马回撤。"

听罢葛敬先的话,众庄主齐声称赞葛敬先虑事细致周密,有庄主不无担心地说:"这事一旦发生,对面的人要是告官怎么办?"

葛敬先一副成竹在胸的模样, 说道:"各位庄主各自回庄尽快选人做好准备,今夜子时集合,丑时行动。至于事后如何打官司,各位不要担心,葛某心里已想好了应对之策,待今夜事成之后,再和众位一起计议。"

众庄主都知葛敬先头脑灵敏,虑事谨慎周全,他既然这样说了,说明对此事已经有了周密的考虑,各庄主也就放下心来,各自回庄做准备。

是夜子时,各庄参加扒堤放水的几十只小船,都在葛家庄会齐了。葛敬先瞧着黑暗中的众人说道:"各位都是各庄派出的好汉, 咱们本不想无事生非挑起事端,可这帮人恶性难改,竟然堵堤拦水,不让咱们往大湖里泄水,寻他们理论,他们不但不讲理,且言语蛮横恶语相向。为保家护田,今夜咱们前去扒堤放水。不遇拦阻便罢，如若他们拦阻，棍棒伺候。不过，下手时留些分寸，不可闹出人命。”葛敬先跟几个庄主商量了一下，给众人分派好所负责的任务，然后让人架了几坛酒来，一人一碗，为众人壮行。

这是一个如同被一块硕大无比的黑幕蒙蔽了的夜，在那深不可测的高空，星星如同撒落在田野里的种子一样，闪闪烁烁散发着亮光。周遭一片寂静，一派漾漾的水，在被这黑暗裹紧的夜里，发出暗暗的幽森森的青光。水面上不知是燕子还是蝙蝠在扑棱着翅膀不时掠过，把个幽青色的水面弄得皱皱巴巴。远处东边的边堤上，有几个鬼火一般的亮点在晃动，人们知道那是唐、王两庄庄民在打着灯笼看护边堤。

几十只小船在葛敬先的带领下悄悄往边堤划去，一众小船在离边堤不远处被葛敬先小声叫停住，他分派了几只小船，让他们分左右向边堤上唐、王两庄庄人避灾的窝棚摸去。不一会儿，几乎是同时，从边堤上唐、王两庄的窝棚处传来大人小孩惊恐的叫喊和哭号。堤上几个打着灯笼看护缺口的庄民，不知窝棚那里发生了什么事，慌慌忙忙打着灯笼向窝棚处奔去。

葛敬先见时机已到，忙让众人把小船都泊在离缺口远一点的地方，以防扒开缺口时船被水流冲走。待小船停泊妥当，葛敬先便对众人一声低喝“上”。听到葛庄主的令声，众人操起铁锨铁镐往边堤缺口处冲去。

丑时的夜，黑沉静寂。留守在庄里的唐守业，巡视了一圈庄堰后本想再去边堤上看看，还没来得及上船，就隐约听到边堤那边哭号嚷闹声响成一片。唐守业心里一紧，立马意识到一定是边堤那边出大事了，要么是边堤决口了，要么是边堤西的人来闹事了。意识到这一点，唐守业马上反身从别人手里拿过铜锣，一边咣咣咣猛敲，一边大声喊叫：“边堤那边出事了，凡庄上的人带上家什赶紧去啊！”

边堤缺口处，葛敬先带着众人冲上边堤，奔到缺口处，燃起火把，操起铁锨铁镐开始挖掘泥土烂草。唐、王两庄看护边堤的人发觉有人挖掘缺口，一边鸣锣一边叫喊：“边西的人来偷挖边堤了。”唐、王两边窝棚的人在睡梦中突然遭人乱打，正懵头懵脑，惊慌忙乱，听到有人叫喊说是边西的人来掘堤来了，便有男人黑暗中摸了家什，朝缺口处跑去。

葛敬先见唐、王两庄人叫骂着朝缺口处跑来，便一声喊：“掘堤的只管掘堤，其余的人跟俺打他们狗日的。”除了掘堤的人，众人拿着手里的铁锨棍

棒，兵分两边，也不叫喊，闷声闷语地朝唐、王两庄人迎了上去。双方刚一照面，便舞起手中的家什打作一团，一时间，双方家什的碰击声，家什击打到身体的声音，挨打人的叫骂声、哀号声、哭喊声响彻一片。

缺口处，众人拼了命地挖掘，先是边堤被掘开一道口子，大水就像憋足了劲似的，顺着口子喷涌而泻。边堤一旦开口，掘堤的人借助水力挖掘得更快，待用绳子齐力拽出了几块拦堤的门板后，大水顺着掘开的缺口，如脱缰的野兽翻腾着，急湍如箭般往堤东倾泻而去。随着凶猛的水势，边堤开口处两边的泥土不时坍塌，一会儿工夫，唐、王两庄堵拦的缺口就被大水全部冲开了。

因为唐、王两庄青壮年都被留在庄内护庄打堰，边堤上除了几个看护边堤缺口的外，都是年老妇幼，所以，一阵打斗下来，唐、王两庄参与打斗的，差不多都被边西人放倒在堤上。葛敬先见缺口已被打开，便一声高喊：“回。”边西众人听到葛庄主喊声，便很快下堤上船。葛敬先让各船清点了一下人数，见没落下人，便一齐撑起船，快速离去。

大边西的人刚刚离去，唐守业、王立本带着护庄的两庄青壮年也急急忙忙地来到了边堤上，但见边堤上满是或躺或坐哭骂着的两庄庄民，再看缺口，大水已如脱缰的困兽一般，汹涌着往堤东一泻而去，再想堵上缺口已是根本不可能的事了。唐守业仰脸向天，喃喃道：“庄子是保不住了，是我考虑不周，是我疏忽大意了，没想到他们会来这一招。”

唐守业一边察看庄民受伤的情况，一边派人快去庄上收拾紧要的东西运到边堤上来。还好多数庄民只是受些皮肉伤，没出人命。正当人们跳上小船准备回庄搬运东西时，隐隐约约听见有房倒屋塌的声响从庄子那边传来，唐守业有些有气无力地对人说道：“甭去了，庄子毁了。”

这时，王立本哭叫着跌跌撞撞地跑了过来，号啕着：“毁了，毁了，庄子完了，屋子完了。”

庄堰冲垮了，庄子进水了，房倒了，屋塌了。边堤上已然哭声一片。

王立本冲着唐守业大声道：“跟他们拼了去，杀了葛敬先这个狗杂种去。”

唐守业指了下边堤的大水，说：“咋去拼？游过去吗？咱们两庄的小船加在一起才十几只，又有好几个壮汉被他们打伤，咱还能集合多少个人！”

王立本就道：“咱就立马去县衙告他们。”

唐守业问:“告他们什么?”

王立本道:“告他们寻衅滋事,无端打伤咱庄民。”

唐守业长叹一声道:“他们一根毛咱都没薅到,咱拿什么去告他啊!难道咱去告他们黑夜偷掘边堤放水打伤了庄民?到时大堂上他们死不承认,谁给咱们去作证啊?咱一没证据,二没证人,咱们就是抬着架着受伤的庄民去县衙告他们,知县会信咱们一面之词吗?”

王立本道:“那咱们的庄子就白淹了白毁了?咱们的人就这么白挨打了?”

唐守业瞧着边堤以西黑魆魆的庄村,咬着牙说道:“这本账,早晚得让他们还!”

葛敬先和众人返回葛家庄,泊好船,把众人一溜排了留在庄东口,观察对面唐、王两庄动静,严阵以待,以防对面过来报复。他则带着众庄主回府商议事情。

葛敬先上房大厅里,众庄主喜笑颜开,连说“痛快,解气”,齐夸葛庄主高明英武,身先士卒冲在前边。葛敬先却沉着脸并无喜悦之色,他朝众庄主当胸抱拳施礼道:“今晚咱们能一帆风顺,旗开得胜,全仰仗了诸位庄主们的齐心协作,不过咱们就此庆贺得胜,还为时尚早。这帮人狡诈凶恶,咱们多少年前就领教过了,诸位想想,自打跑马划边以来,他们何曾吃过这样的亏?如今这亏他们结结实实地吃了,这口气他们能咽得下?”

有庄主道:“他们咽不下这口气能咋的?是打架是拼命,咱们都奉陪到底。”

葛敬先道:“当然,打架拼命咱们不怕他,我是说如若他们不找咱们打架,到县衙告咱们咋办?”

听葛庄主这样问,众庄主便一阵沉默。过了一会儿,有庄主道:“兵来将挡,水来土掩,文的武的咱都奉陪,打官司咱们就陪他们打。”

又有庄主说:“没去扒堤放水时,葛庄主曾说过,对于跟这帮人上堂打官司,葛庄主已成竹在胸,待事成之后再与众位分享。现在咱们旗开得胜全身而退,葛庄主该明示一下了。”

葛敬先一边慢慢来回走着一边说:“他们告官打官司?他们咋告?说他们拖延扒堤放水让咱替他们扒了?告咱们打人,为甚打?到时候咱们就给他来个死不承认。他们能拿出证据吗?他们能拉出证人吗?我想,但凡他们有点头脑,就吃下这个哑巴亏。即便他们告官,他们违抗官令拒不扒堤放水,也是有错在先;官司打下去也是自找难看必输无疑。"葛敬先顿了一下接着说道,"不过,咱们还是需做好两手准备,一要提防他们狗急跳墙报复咱们,二是也要做好他们告官打官司的准备。"

众庄主听葛敬先这样一说,齐说葛庄主说的有道理,心里也就有了底。此时外边已模模糊糊透出一丝微明。葛敬先知道天快亮了,为了不让对面唐、王两庄或者官府抓住把柄,便让各庄主先把带来的船只和人安置到离葛家庄最近的一个庄里,一旦葛家庄这边有事,好立马赶过来。自己在家坐等事态的发展,如有事情,再邀各庄主商量。众庄主便按葛敬先的托付,带着船只、庄民暂且隐蔽起来。

因为公事繁杂,知县丁子宣一班人第二天没能来边堤缺口督查唐、王两庄扒堤放水。知县丁子宣是在第三天才派主簿带了几个人去边堤查看。因去边堤须乘船,所以,主簿几个人先来到葛家庄。主簿一班人来到葛家庄时,已近半晌午,葛家庄庄主葛敬先接待了他们。主簿问起水情的事,葛敬先就说唐、王两庄已扒堤放水,水已见降,并带主簿一班人去东边庄口。来到庄东口,主簿便拿起单筒望远镜看向边堤缺口,果然看到缺口已开,便决定不再前往,反身回县衙复命去了。

果不出葛敬先所料,唐、王两庄并没告官,也没报复葛家庄,只是向官府苦情因扒堤放水,庄堰冲塌,家园被毁,恳请官府给予唐、王两庄物力和财力支援。之后官府派人去了唐、王两庄察看,见确实房倒屋塌,庄院尽毁,答应他们,重建家园时提供帮扶。

事情过后,尽管唐、王两庄没有报复,可葛敬先心里清楚,这新仇,唐、王两庄一定给葛家庄记下了。

第二十一章

1877年春,徐州知府邵光远在一次召集各郡县知县州府议事后,送各位知县回县衙的时候,给各知县安排了一件事,说今秋朝廷要举行大挑,想召集各知县治下的举子们来州府一聚,一是和众举子们聊聊大挑之事,鼓励他们奋发上进,做好准备以待大挑;二是表露官府对众举子们的关心,他让各县知县回去后,务必通告一下各治下的举子,按时来州府,并定下日期。

各知县便都应下这事,表示一定尽心尽力办好此事。

沛县知县丁子宣回到县衙,就着手办理知府的安排,通知治下举子去州府的事。

他首先想到的就是沛县崔家庄年轻举子崔元功。崔元功不光饱读诗书,年少中举,且相貌俊朗,体格挺拔。于是,知县丁子宣在一日上午,轻装简从,带了两个随从骑马直奔沛北崔家庄。

不多时,知县丁子宣和随从来到了崔家庄崔府大门外,在门前的树上拴了马。随从就在门前叫人。院内下人来到门前,问来者何人,随从就说县太爷来崔府有事见崔举人。下人听罢,忙一边转身一边说着:"俺这就去禀告夫人和崔少爷。"一溜烟往回跑去。

不一会儿,崔府当家人杨月娥在两位丫鬟的搀扶下,和儿子崔元功一起来到大门前。杨月娥在知县面前深深道了个万福,说道:"老爷亲来崔府,杨月娥有失远迎,万乞恕罪。"崔元功也在知县面前行了礼,说:"老爷屈尊寒舍,实乃崔府柴门有幸,蓬荜生光。"

知县丁子宣见崔府当家杨月娥年岁当在四十二三,身体健朗,却让两个丫鬟搀着,可见这杨氏在府上的尊要。于是,知县丁子宣当胸抱拳,回了杨月娥一礼。知县丁子宣跟崔元功见过几回面,也算是熟人了,所以,知县丁子宣就开玩笑道:"你这大院高墙,要是柴门蓬荜的话,这周遭的篱笆栅栏和茅草土舍又该如何称谓啊?"

知县丁子宣的玩笑话,让气氛轻松不少。崔元功上前搀起知县丁子宣手臂,同母亲一起往上房大厅走去。

众人来到大厅,落座看茶,礼让一番后,杨月娥便开口问道:"知县老爷繁忙之身,此次屈驾崔府,不知有何旨意?"

知县丁子宣说道:"本县这次来贵府,一是好长时间没见咱们少年才俊的崔举人了,二是今秋正逢朝廷大挑,知府大人想要召见全州府举子们一聚,本县特来府上告知。"

杨月娥和儿子崔元功听知县这样说,心里放下疑惑。杨月娥便说道:"朝廷大挑,应是三科以上的举子才有资格参与,元功中举只有三载,资历尚浅,怕是难被恩泽。"

知县丁子宣见杨月娥这样说,便道:"知府大人召集全州府举子们,并非单单为了大挑之事,知府大人崇文尚武、惜才尊儒是出了名的,咱们全州府满打满算举子才十来个,他能不爱惜?邀齐一聚也在常理。"

杨月娥听罢,内心很惬意,便吩咐下人准备酒菜款待知县老爷。知县丁子宣一阵推脱,见杨月娥和儿子崔元功至诚相留,便也不再推辞。

厨上一阵忙活,一桌丰盛的菜肴摆在了大厅,有糖醋微山湖大鲤鱼、九转大肠、油爆双脆、锅烧肘子、炒白鳝、炖老鳖、炸蛎黄、蒸螃蟹。酒是牛家集的上等高粱酒。知县丁子宣心里不禁感叹,就是身在县邑也难吃上这等丰盛的菜肴,每道菜都做得色香味俱佳,即便是县衙的厨子也未必能做得出来,由此可见崔府的富厚和奢侈。

知县丁子宣一行人,饮罢酒吃过饭便起身告辞。杨月娥、崔元功母子也便客套一番,把知县一行人送出大门外,待知县及随从三人上马,双方作揖而别。目送知县的马匹走远,崔元功便手搀母亲往院里走。崔元功问母亲:"这次知府召见州内举子,除了一起吃吃喝喝,胡侃乱吹一通,没甚意思,还不如在家读读圣贤书来得惬意。娘,这样的事,儿去还是不去呢?"

杨月娥听儿子这样说,便道:“儿啊！这事尽管不是紧要事,可知县亲临咱们崔府告知,且又是召集全州举子一聚,难得跟这么多老少举子聚会,从中可以结交一些文朋好友,也可以学一下自己与人相处以及处世行事之道。再说,如若能给知府留下个好的印象,对自己日后的前程自会有益无害。这样的事为何不去？去！”

崔元功就道:“孩儿遵从娘的话,去州府就是。”

这天,徐州府治下的举子们陆续来到州城。知府邵光远派专人把这些举人安排在离府衙不远的驿馆里。晚上,知府带着几个官员一起来到驿馆,置下酒宴为众举子们接风洗尘。随知府来的几个官员中,有一个年轻儒生模样的人引起了众举子们的注意。这年轻儒生头戴一顶深蓝色方形软帽,身穿一深蓝色绸子长袍, 脚穿一双金丝盘花厚底皂靴; 俊美的五官看起来分外分明,尤其是双唇,像涂了胭脂般红润;那双眉眼,真是眉如墨画,目若秋波,看起来既聪明又骄傲。人们不禁心中暗暗称赞,真一个英俊少年。

席间,儒生随知府给各位举子敬酒,儒生说话谦恭得体,举止大方。众举子们酒至兴高,便邀那儒生一起吟诗作对,那儒生也不客气,便跟众举子们一起此唱彼和,你吟上一句,我作下一句,赋起诗文来。一吟一对、一唱一和间,众举子们对那儒生斐然的文采由衷佩服。此场合,崔元功跟这儒生并无搭话,两人只是四目对视了一下,两人目光相对时,同时给予了对方一个温和的微笑,崔元功打心里欣赏这儒生,本想上前叙话结识一下,却见那儒生如女孩子一般羞涩,把脸扭开,崔元功也就识趣地打消了这个念头。

第二天, 知府邵光远在议事厅与众举子们畅谈秋季朝廷大挑之事、家事、天下事。因气氛轻松,大家都畅所欲言,即便有人言差语错,知府邵光远也宽以待之,不去计较。

中午,邵知府在议事大厅设宴招待了众举子们,吃罢午饭,这次州府聚议也就结束了。府衙外,知府亲自把各路来的举子送上马,目送他们一个个离去。

在知府议事大厅的聚议,让崔元功见识了不少文人雅士,让他深刻理解了“学无止境”“人外有人,山外有山”这些道理,深感不虚此行。唯一让他感到有些怅然的是,今天的议事厅聚议,直到中午大厅酒宴结束,昨天的那位儒生都没有再露面。

一天，知县丁子宣接到信使送来的知府信函，说有事和知县丁子宣相商，让他方便之时去州府一趟。丁子宣看信后就有些疑惑，这知府召属下去议事，属下自当在所不辞，这方便二字从何说起呢？知府召唤了，作为下属的知县哪还有讨价还价、方便不方便之说。

这天，知县丁子宣来到州府，邵知府把他引到客厅，待双方落座，茶童献茶后，邵知府说："此次烦请知县来州府，并非公事，实为老夫私事。"

丁子宣听邵知府这样说，心稍放宽，说："只要在下能办到的，知府大人尽管吩咐就是。"

邵知府捋了一下胡须，沉吟了一下说道："老夫有一爱女，名叫蓉蓉，年方二八，闺中待嫁。小女虽非大贵，却也算出身官宦人家，从小识字读书，虽非博学，却也知书达理。前些日子，众举子们来州府聚议，我见大人所治县邑来的崔举人年纪轻轻，相貌堂堂，举止端庄文雅，且颇具文采，老夫心里对这崔举子很是中意。"

丁子宣闻言，心中便悟到，前些日子知府召集治下各邑举子来州府聚议，莫不是在以各地举子来州府议事为由，行自己为女择婿之事？丁子宣知道此事只可意会，万万出不得口的。不过如若这件事能成的话，何尝不是一次巴结知府的好机会？

丁子宣也是一聪明人，邵知府如此说，他怎会不明白？他端起茶盅，轻轻啜了一口茶说道："这崔举子名崔元功，聪颖过人，十五岁考中秀才，十八岁中举，在沛县之地算是个名人了。且出身大户人家，田产千顷，骡马成群。就门户之说，也不算有辱大人门庭，如若大人心下有意，下官愿牵线搭桥，玉成此事。"

邵知府说道："婚姻之事对男女双方来说都是大事，不可草率行事。大人可先去崔举人家摸下底儿，看看他们怎样说。不过，大人去崔举人家说话可委婉些，也好留些余地。"

丁子宣知道知府的意思，是怕事有不成，辱了自己的脸面，便说道："知府大人放心，下官自会做好此事，即便万一不可人意，下官也决不会辱了大人脸面，让人说知府大人闲话的。"

见丁子宣这样说，邵知府当胸抱拳施礼道："老夫家事，劳烦丁知县了，事后定当大壶敬您。"

丁子宣忙躬身回礼道:“能为大人效劳是下官的荣幸，无论公事还是私事,大人只要吩咐下官,下官自当竭尽全力为您效劳。”

邵知府留丁子宣吃了饭,饭后,把丁子宣送出衙门外,两人拱手而别。

这天,知县丁子宣带了两个随从又来到了崔府,崔府当家杨月娥和儿子崔元功出门迎请。进得大院,一阵寒暄客套过后,知县丁子宣就说与夫人有要事相商。见知县如此说,杨月娥就引知县来到上房大厅,屏退左右下人。二人坐后,知县丁子宣便说道:“此次本县来府上烦扰,实在是爱惜崔举人年少才俊,本县想做一下月老,牵牵红线,不知崔举人有无定妥姻缘,夫人意下如何?”

杨月娥听知县为儿子婚事而来,便笑着说道:“知县大人官事繁杂,百忙之中居然还操心犬子婚事,实在让俺感激不尽。犬子元功尚未订婚,敢问知县大人,这女家仙乡何地?碧玉几许?家境若何?”

知县丁子宣说道:“这女孩乃是州府内一官员千金,正值破瓜之年,此女颜美如玉,知书达理。这州府官员与本县多年交好,为人耿爽,通达事理,虽非贵胄之家,却也称得上官宦人家。夫人这边,良田千亩,且令郎年少得志,本官再三掂量,觉得两家门当户对,若是缔结秦晋之好,当是珠联璧合,门庭生辉。”

杨月娥听罢,起身施了一礼,说道:“承蒙知县大人对犬子的抬爱,百忙之中费神操心犬子婚姻之事,月娥这厢有礼了,如若大人玉成此事,月娥携犬子当感恩戴德。”

知县丁子宣就笑道:“成人之美乃为善事,本县看重崔举人少年才俊,且夫人又是女中丈夫,持家有方,能为如此大户人家牵一线姻缘,本县也深感荣幸,谈何恩德。既然夫人没甚意见,本县这媒也就做定了。”

见事情说妥，知县丁子宣就起身告辞。杨月娥便诚意留知县吃罢饭再回,丁子宣言说:“县衙待办公事繁多,需回县衙办理,这次就不麻烦夫人了,待崔举人订婚之日,即便夫人撵本县,本县也会赖下喝几盅的。”

杨月娥见留不住知县,便送出大门外,待知县一行骑上马离去,方才转身回到院内。

崔元功见知县丁子宣来家,不和自己叙谈,单找母亲,且避着自己,便心里甚感蹊跷,见母亲送知县出了院子反身回来,便向母亲迎了过去。崔元功一边伸手搀住母亲一边问：“母亲，知县来咱们家避了元功只跟母亲叙谈，是为了何事？”

杨月娥一边带着儿子往上房走，一边屏退左右下人。母子二人来到上房，杨月娥便对儿子道：“功儿，今儿知县大人来咱们家，不为别事，是专为你婚姻之事来的。”

崔元功听罢便道：“母亲，元功正当年少，还要争取功名，这婚姻之事何必筹办这么早？”

杨月娥说道：“功儿说的母亲也想到了，可这做媒的毕竟是为官一方的父母官，且百忙之中专为你而来，这一番好意，母亲怎好推拒？就答应了下来。”

崔元功见母亲这样说，便道：“既然母亲答应下来，孩儿也就依了母亲。”他略思了一下接着问，“孩儿不知知县大人所提何处人家，女子年庚几许？”

杨月娥说道：“知县大人说，这小女年方二八，颜美如玉，知书达理，是州府一官员的千金。此官员与知县大人多年交好，知县大人看重我儿少年才俊，觉得我们两家门当户对，便动了做月老的念头，所以，今儿就来到咱的门上。母亲心里虑量，孩儿争取功名，光宗耀祖，终是要遵循圣人所言‘学而优则仕’为好。如若此姻缘能成，县有大媒人知县丁子宣，州府有为官的岳父，这都会对孩儿的前程大有帮助。这样的际遇，那可是寻常百姓家做梦也难碰上的啊！”

崔元功犹豫了一下说道：“孩儿大事自是听母亲的，不过孩儿担心若是先完婚，孩儿心里自是又多了份牵绊，怕多少会分散孩儿的进取之心。”

听儿子这样说，杨月娥正色道：“先成家后立业，也是有好些古人的例子摆在那里的。孔子十九岁娶妻，并没有影响他成为一个大圣人。岳武穆十七成婚，也没影响他后来精忠报国，万古流芳。康熙皇帝十四岁大婚，也没影响他后来开创出一个盛世，成为一代明君。只要孩儿心怀大志，结婚成家又何以成为牵绊？”

崔元功听罢，忙在母亲面前俯首道：“母亲所言极是，孩儿言语差了。孩儿大事母亲大人做主，孩儿依从母亲就是了。不过孩儿在成婚之前，想见一下女方，女子若如知县所说的那般姣好自是不必说，如若知县话有不实，那女子天生丑陋或是身有残疾，岂不影响传宗接代？”

杨月娥思虑了一下，说："我儿言之有理，这事可以跟丁知县商酌一下，我想，女家既是官宦人家，通达明理，也不会在意一些腐旧礼节的，州府离咱百余里，咱提出见女子一面，也非过分要求。但为了顾及人家颜面，咱可跟知县丁子宣商量，就说是去女方那里，让女方父母相看相看。"

崔元功道："还是母亲虑事周到。"

第二十二章

崔元功去了县衙，见了知县丁子宣，把自己和母亲的想法告诉了知县丁子宣。知县丁子宣听后也觉合情合理，便答应崔元功，传一封书信与州府官员，待等到回信，看他怎样说，再做定夺。

没过几天，知县丁子宣派人来到崔府，给崔元功送来一封亲笔信，信上说，州府官员答应了崔元功要去州府官员府第一趟的事，并说定了日期，且嘱咐崔元功在去州府之前，准备一些见面礼。崔元功看罢知县丁子宣写的信，把信上的话念给了母亲杨月娥。杨月娥听罢，叫来管家，把去州府需要带的礼物一一说给管家，并让管家用笔一一记下来去办理。

这天，是和知县丁子宣约好一同去州府的日子。崔元功带着一个下人，两人各骑了一匹高头大马，下人的马上驮着四大箱礼物，崔元功的马上驮了两箱礼物，一大早就来到了知县丁子宣所住的内衙大门前。内衙大门是整个衙门建筑群中戒备最为森严的门户。屋内设门房，由兵卒把守，大门东侧门扇上挖有望孔，门扇上设一个转桶，半个桶露在门外，半个桶在门内。有客来访或有信件、公文递到，把守大门的兵卒就把来客的名帖或公文、信件之类的东西放入转桶。宅门内的人从望孔看清来人，转动转桶，把外面那一半转到里面来，取出东西呈送给官员。

此时，天将露明，路上人迹稀少。两人下了马，崔元功在内衙大门前给把守大门的兵卒施了礼，说是崔家庄崔举人应知县之邀一起去州府的，拜托兵爷禀报县太爷一下，说是崔家庄崔举人门外请见。兵卒对崔元功崔举人也有耳闻，便朝门扇上的望孔里传话，说崔家庄崔举人门外请见县太爷，并让里边的人快去知会知县老爷。

不一会儿，大门打开，出来一个仆役，对崔元功说知县老爷已起床，正在洗漱，让崔举人稍等片刻，老爷一会儿便到。说话间崔元功让下人从自已骑的马背上取下那两箱礼物，让下人和那仆役两人一起抬着去送给知县老爷。

知县丁子宣收拾停当，带着一个随从，一人牵着一匹马走出内衙，来到大门外。知县丁子宣见到崔元功便说："今儿是去州府拜见未来的岳父大人，备些礼物以表心诚，合乎理情。崔举人给本县礼物就显得多此一举了。"

崔元功知道知县丁子宣说的是客气话，便道："知县大人百忙之身，不辞鞍马劳顿专为元功私事奔波，实在让元功铭感五内，无以谢答，区区薄礼何足挂齿？"

一番客气后，四人上马，向百里外的州府而去。

临近中午的时候，知县丁子宣、崔元功一行来到了州府。几个人在州府府衙前下了马，知县丁子宣让衙役进去通禀，说是沛县知县丁子宣求见知府大人。

不一会儿，就见邵知府从府衙内走了出来，一番寒暄客气后，邵知府让衙役卸了崔元功带的东西，并安排一起来的两个随从在不远的驿馆歇息，自己引着丁子宣和崔元功去了内衙的府上。

三人来到邵知府府上的大厅，分主宾落座，待仆役斟好茶献上糖果后，邵知府便和丁子宣聊了些无关紧要的话题。其间，邵知府也偶尔问上崔元功几句，比如，在研读什么书，父母可好，田产多少，崔元功也都一一作答。让崔元功有些疑惑的是，前段时间和众举子们来州府聚叙，邵知府言谈洒脱，不拘小节，可这一次，邵知府异常的客气让崔元功多少感到有些拘谨。崔元功想，今儿要见的是州府官员及女儿，知县丁子宣却把自己带到州府这里，岂不是多事？但转念一想，也许这州府官员和知府关系非同一般，也或许是亲戚关系，在知府这里见面一可免去许多尴尬，二也可让知府帮着审量一下自己。想至此，崔元功心里便坦然了些。

不一会儿，仆人端上了酒菜，山珍海味上了一大桌子。仆人又端来清水，拿了布巾，让他们净了手。这时，邵知府就让仆人去叫夫人。少顷，从大厅内门走出一位夫人,这夫人着一身绣着花纹的褐色袍,外加浅绿色镶黑边并有金绣纹饰的大褂,透出一种端庄和雍容。知道这位是邵知府夫人,丁子宣和崔元功忙起身对夫人施礼问好。夫人也便还礼说福。

夫人落座后,邵知府尽显主人之谊,让酒让菜。这么一大桌子酒菜,只他们四个人享用,此时崔元功方才明悟过来,原来知县丁子宣说的那个州府官员就是邵知府啊!这多少出乎崔元功的预料,也让他倍感拘谨和不安,再加上知府夫人打量和审视的目光,让崔元功更加有些不好意思。崔元功的拘谨和羞涩,在邵知府夫人看来是那么单纯和可爱,夫人的态度也由先前的严肃变得亲切和蔼起来。

腹有诗书气自华,崔元功的气质涵养自是比平常人高很多。崔元功想,到现在邵知府女儿还没露面,长得如何气质怎样还不得而知,这桩婚事是成是败还不知道,自己却在邵知府和他夫人面前露怯失态,也太让他们小看自己了。他们是知府、知府夫人又怎么了,李白不是有句"安能摧眉折腰事权贵,使我不得开心颜"吗,古人尚且如此,我崔元功又有什么可怕的呢?想到这里,崔元功轻舒一口气,稳了一下发慌的心,尽力让自己稳重大方些。

崔元功给知府夫妇和知县丁子宣敬酒献茶,知府夫人也由先前的和蔼变得喜眉笑眼,并不时给崔元功夹菜让菜,看得出知府夫人打心眼喜欢上了这个未来的女婿。

酒桌上该行的礼仪都行过了,知府就对身旁的夫人说:"夫人,去把蓉蓉叫过来给丁知县敬杯酒。"知府夫人便起身去了内室。少顷,知府夫人便从内室走了出来,身后跟着一个唇红齿白的女子。该女子身穿青红绣花短袖长袍,肩上披着淡绿色的锦绣坎肩,头上挽着随常云髻,黑油油的发髻上斜插了一支赤金簪,白白的瓜子脸上眉如细柳,明眸秀眼。知府夫人和女子来到酒桌前,知府夫人对沛县知县丁子宣说道:"这是令女蓉蓉。"那蓉蓉姑娘侧身屈了屈身,对丁子宣道了个万福。丁子宣起身朝那姑娘微微倾了下身子,算是还了礼仪,赞道:"好一个如花似玉的姑娘啊!"

崔元功紧随知县丁子宣起了身。知府夫人给女儿说道:"蓉儿,这位是沛县来的崔举人。"四目相对的一刹那,崔元功竟一时紧张得说不出话来。见崔元功一副呆愣的样子,那蓉蓉姑娘掩嘴一笑说:"崔举人别来无恙?本姑娘给您施礼了。”说着侧身施礼,崔元功回过神来,忙也回礼,连连说道:“真没想到,那日所见到的风雅儒生居然是位千金小姐。”

对眼前的情形迷惑不解的沛知县丁子宣，看看崔元功又瞧瞧邵蓉蓉，然后又看向邵知府,问道:“他们两个认识?”

邵知府说道:“前些日子,本府宴请来州府聚议的众举子们,小女非缠着我要去见识一下博学多识的众举子们,凑凑热闹。本府就说,一个大姑娘家去净是男人们的酒宴上凑热闹成何体统。不承想她去屋里一阵打扮,就把自己打扮成了一个文弱秀才模样。也是本府从小把她宠坏了,终究拗不过她,便带着她去了。”

丁子宣听罢便呵呵一笑说道:“万发缘生,皆系缘分。要不人们常说‘有缘千里来相会,无缘对面不相识’,这缘分二字还真不能不信啊!”丁子宣的话,让小姐邵蓉蓉面露羞涩,涨红了脸。见此情景,知府夫人忙让酒让菜,打了圆场。小姐邵蓉蓉依着母亲的安排,给沛知县丁子宣、崔元功敬了酒,就推脱有事,离了酒桌回了内室。

小姐邵蓉蓉的到场,让本来言语举止落落大方的崔元功一下子又陷入了心慌意乱之中。只是他把这种慌乱努力地抑制在心底,不让它表露出来。知县丁子宣给自己做媒提亲所说的州府官员,原来就是邵知府,这本就是让他意想不到的事了,小姐邵蓉蓉的出场更是让他又惊又喜。一个自己倾慕的潇洒倜傥、博学多识的儒生,竟然是一个娇美女子,且这个娇美女子就是要和自己缔结婚姻的人。这种喜悦对崔元功来说来得有点突然,尽管崔元功身为举人,且饱读诗书,但这种由突然而至的喜悦和幸福所带来的慌乱,还是让他变得有点羞涩和无措。见崔元功一副窘然的模样,邵知府便和知县丁子宣说起另一个官场话题,这才让崔元功有些慌乱的心平静下来。

吃罢酒饭,邵知府私下对丁子宣表示,他和夫人对崔元功甚是满意,小姐蓉蓉对崔元功也一见倾心,让他回去去崔家庄崔府,对崔元功母亲说明,如赞同这桩姻缘,就依沛境的乡间习俗把这婚事定下来。丁子宣连连称是,并说一定把这次知府大人和夫人对崔元功的厚情说与崔元功母亲。

知县丁子宣、崔元功和随从拜辞了邵知府,上马返回沛县。

知县丁子宣、崔元功一行人回到沛县,已是傍晚时分。知县丁子宣想留崔元功吃罢晚饭再回,见崔元功推却便也不再相留。

知县丁子宣本想随崔元功一起去崔家庄崔府，跟崔元功母亲杨月娥说说这次去州府的事，可转念一想，还是让崔元功说与母亲杨月娥最好，他们母子可以就这次州府之行，说些不便与人说与人听的私话，自己去了反倒妨碍人家母子对此婚事的商议了，自己不如过个三天五天再去崔家庄也不迟。

第二十三章

崔元功和下人回到崔家庄已是掌灯时分。母亲杨月娥在两个侍女的搀扶下,已在大门外等候多时了。崔元功见这么晚了母亲还在大门外等自己,便翻身下马,搀着母亲往院里走。不等母亲杨月娥问自己,崔元功就掩不住内心的喜悦,告诉母亲这次州府之行真是太让他意外了,太让他惊喜了。杨月娥没等儿子说下去,就打住了儿子的话头,说:“天不早了,赶紧去吃晚饭吧,等吃罢晚饭去娘屋里再慢慢说吧。”崔元功听母亲这样说,便止住话头,口中称“是”,便去饭堂用膳。

崔元功吃罢晚饭,洗漱了一下,便去了上房母亲的内室。屋内,杨月娥端坐在椅子上,见儿子进了屋来,便让儿子挨自己坐下。下人端上茶来,崔元功先端给了母亲一盅茶,自己也端起一盅,杨月娥吩咐下人:“下去吧,屋里不发话,不要让人进屋来。”下人俯首答“是”,便退出内室。杨月娥轻轻啜了一口茶,对儿子说道:“今天的事情办得还算顺遂是吧?”

听母亲这样问,崔元功便把这次州府之行所见的、知县丁子宣所说的那位州府官员竟是州府邵知府,知府千金又竟然是先前众举子在州府聚议时,自己所钦慕的一个人说与了母亲。崔元功又跟母亲说了邵知府和夫人对自己的热诚款待, 以及知府和夫人私下对知县丁子宣表示的很中意自己且对这桩婚姻没甚异议,并让知县丁子宣来崔府问询一下母亲意见的事。

杨月娥听罢儿子的叙说,也感到很惊讶,让她怎么也想不到的是,这个跟自家联姻的居然是执掌一州大权的知府。这让杨月娥既激动又兴奋。从儿子欢悦的叙说中，杨月娥得知知府千金是个知书达礼、貌美如花的女子。杨月娥一阵高兴过后，马上变得矜持庄重起来，只见她双手合十，双眼微闭，嘴里念叨道："公公、夫君，苟活世上的红花谢谢您俩九泉之下对林生的庇护，如若林生将来鲲鹏展翅，俺定会让他寻根认祖，设置两位仙位，献祭焚香，顿首叩拜。"杨月娥一边念叨着一边落下两行泪来。

母亲的举动，让一旁的崔元功惊惶和不解，他以为是母亲听闻喜讯高兴得有点魔怔了，便忙伸过手去抓住母亲的手一边摇晃一边道："娘、娘，您老怎么了？"见儿子一副慌张的样子，杨月娥便睁开眼，伸手轻轻拍了一下儿子的手，说道："儿啊，娘没事，娘是为咱们这个庄村农户能跟州知府联姻高兴啊！这样的事对于咱们这样的家户来说，即便是积下八辈子阴德也不一定能碰上，娘是高兴啊！"

崔元功说道："孩儿听娘说什么公公、夫君、红花、林生，这些个人都是些什么人？跟娘有何相干，让娘如此念叨？"

见儿子这样问自己，杨月娥便一声长叹，说道："今儿是个值得高兴的日子，娘本不想在这样一个喜庆的日子告诉孩儿一些事情的，可这些事情娘早晚是要给孩儿说的，既然为娘喜极失态说了出来，且孩儿大了，今儿不妨就给孩儿说个清楚吧。"杨月娥说罢，起身来到一个柜子前，打开了柜子，伸手从柜子里拿出了一把带鞘的长剑来。

崔元功一眼就认出是当年给大爷办丧事时，在祖坟上挖棺穴时挖出的那把长剑。不过当时剑鞘上锈迹斑斑的花纹铜勒，如今被擦磨得明光锃亮，崔元功知道这一定是母亲经常擦拭的结果。只见杨月娥双手托着长剑，嘴里念叨着，那架势哪像是托着一把剑，那分明就像是在托着一个人啊！杨月娥轻轻地把长剑放到了桌子上，又伸手轻轻抚了长剑一下，声音有些哽咽，轻声说道："夫君啊，林生长大了，成举人了，就要跟州城知府的千金成亲了，红花想，是时候告诉林生咱们一家人的事了，今儿把你请出来，红花就是想当着你的面，告诉林生咱们一家人的事啊！"

母亲的举动让崔元功感到怪异和迷惑，他以为母亲真的是因为自己的婚事而高兴得过了头，以致意识错乱。于是，崔元功叫了一声："娘。"杨月娥缓缓转过身来，声音不大却尽显威严地对崔元功说了声："朝上跪下，听娘给你说。"

崔元功哪敢违逆母亲，便朝着桌上的长剑跪了下去。

杨月娥一声哽咽，指着桌上的长剑，对地上的崔元功说道："儿啊，你可知道这把长剑的主人是谁吗？"

崔元功一副迷茫的样子，摇了摇头说道："这把长剑乃是祖坟地里挖出来的东西，当时就连太爷爷都不知道长剑从何而来，剑主人为何人，更何况孩儿？难道母亲知道这把长剑的来历？"

杨月娥听儿子这样问，便双手掩面啜泣。崔元功见状忙跪爬到母亲跟前，抓住母亲双手摇着说："娘，您这样吓住孩儿了，娘啊，您有什么话尽管跟孩儿说，孩儿洗耳恭听，如若娘有什么让孩儿做的，孩儿一切听娘的安排就是。"

杨月娥轻抚了一下儿子的头，颤着声对儿子说道："儿啊，这把长剑是你父亲身佩之物啊！"

崔元功闻言甚感惊诧和不解，问道："这把长剑是父亲的？父亲为什么把剑埋在祖坟地里？长剑既然是父亲身佩之物，那太爷爷为什么又不认识呢？"

杨月娥一阵沉默后，缓缓说道："咸丰四年，安徽亳州、蒙城地界遭遇几十年不遇的大旱，田地萧瑟，饿殍遍野，在这样的灾情下，官府不但不赈灾救困，却还对民众暴征横敛。饥寒交迫、民不聊生之下，官府又这等作为，被逼上绝路的民众们就应了'官逼民反，不得不反'这句话。那时，涡阳县城西张老家乡，一个叫张乐行的人，出身地主豪绅人家，此人悲怜贫苦，乐善好施。在大灾面前，他开仓赈灾，煮粥济贫。这样一个大好人大善人，官府却处处搜刮他为难他，因为他不会奉承官府，官府就借他开仓放粮煮粥济贫之事，污他家财无数富可敌国，向他强征万石粮，不然就治他借煮粥济贫之名，行聚众起事造反之罪。张乐行一怒之下，扯起造反大旗，名号捻军，并向民众喊出'推翻大清，建立一个均贫富、薄赋税、有田同耕、有饭同食、无处不均匀、无人不饱暖的新王朝'。立时，从者无数，各路豪杰纷纷投奔而至，众人推举张乐行为义军盟主，在张盟主的率领下，众人打县城，攻州府，所向披靡。就是在这样的情景下，我和你爷爷、父亲一起加入了义军。"杨月娥停顿下来，头抬起来闭着双眼似在遥思那个风起云涌、壮怀激烈的岁月，然后接着说道："后来，队伍不断壮大，你爷爷、父亲和我都归属到了赖文光将军麾下。你父亲饱读诗书，通晓天文地理，被赖将军收在身边做谋士。咸丰六年，你爷爷、父亲、我及三千多同道兄弟，跟随赖将军北上会合太平军，途经一沙河处，遭清军万余伏兵截杀。捻军虽然英勇无畏,拼死搏杀,可终是寡不敌众,被清军打得七零八落,溃不成军。危急时刻,赖将军让大家四散突围,于是,你爷爷、你父亲和我带领一部分人马,杀开了一条血路,冲了出来。"

对于从小就没见过父亲的崔元功来说,母亲如此周详地给自己说起爷爷和父亲,这让崔元功心里有些激动的同时,又有种期待和希望,尽管他知道爷爷、父亲是朝廷定性的乱匪,可那种血脉相连的至亲之情,让他仍然热切地想知道亲人的下落,并由衷地希望能和亲人相认相亲。于是,他急切地问母亲:"你们冲出来了,那爷爷呢?父亲呢?难道你们也被冲散了吗?"

杨月娥说道:"我们一班人马冲出清兵的围杀,一路东奔,来到一处柏树坟地暂且藏身,以避清兵追杀。躲了两日,你父亲知道东边有一大湖,名叫微山湖,你父亲就跟你爷爷商议过湖东去,曲径北上。于是,在第三天的夜里,你爷爷和你父亲率众人走出坟地,往东边的大湖走去。当一班人走到近湖的一个庄村时,突然被这一庄村的一帮恶民给拦住了,你爷爷对这帮庄民晓之以理,动之以情,求他们放我们一条生路。无奈这帮恶民已跟官府勾串一气,他们不但不放我们过湖,反而一边放火器报官,一边朝我们这一班兵困马乏的人冲杀过来。如此险境,我们只有拼死一搏了,可是你爷爷却硬是把我和你父亲推上战马,并狠打马腚,让马驮着我和你父亲飞奔逃去。孩儿也许会问既然同为捻军,就应该同仇敌忾生死与共,爷爷为何这样做?"杨月娥说到这里,轻轻叹了一口气接着说道,"那时母亲已怀孩儿你九月有余,你爷爷是想为家门保留一脉香火,也好后继有人,你爷爷知道如果让我一个人走,我一个怀有身孕之人无亲人照顾,前途自会凶恶难卜,于是才将你父亲强推马上,随母亲一起逃走。"

崔元功有点急切地问:"那后来呢?爷爷呢?父亲呢?"

杨月娥声音低沉,两眼含泪说道:"你爷爷带着一班同道虽然搏命厮杀,终是寡不敌众,被这一庄村恶民和赶来的官兵所杀。杀你爷爷的是这一庄村的庄主名,叫唐守忠。"

崔元功拧眉抿嘴说道:"这庄村莫不是濒湖而居的唐家洼?"

杨月娥说:"正是现在的唐家洼,那时称作唐团。现在唐家洼庄主唐守业就是唐守忠本族兄弟。"

崔元功仰脸看着母亲问:"我父亲呢?"

杨月娥说道:“我和你父亲骑着马一路狂奔，又返回到了原来藏身的坟地里。由于一路颠簸,我当夜就生下了孩儿。这样一来,母亲随你父亲一起追赶队伍是不可能的了。可你父亲是一个有志向的人,他忘不了入捻时所立下的‘生做捻军人,死做捻军鬼’的誓言,无法撇下同道和队伍,他用心看了坟地里所立碑文,知道这是一处当地大族崔姓人的祖坟地,也了解了这崔姓人的辈分排序,经过一番思虑,决定让我带着你冒名改姓来崔府认亲,他也好身无后虑去追赶队伍,待大业告成再来接咱们母子。当时那样情景,也只有按你父亲说的去做了。于是,母亲就怀抱着孩儿,骑着马来到了崔家庄崔府门上,依你父亲所教的说辞,蒙蔽住了崔府老少,咱们母子二人才在崔府安下身来。后来,你父亲被官府通缉,无法动身,便乔装打扮成一秀才,隐身于葛家庄葛府内,后来葛家庄庄主葛敬玉为了向官府邀功,竟然丧尽天良把你父亲戕杀了。这把长剑是你父亲为了保全之见,才埋在林地里的。”杨月娥说到此处泣不成声。

跪在地上的崔元功拿过长剑,双手捧着它,把头抵在剑鞘上,叫了声“爷爷、父亲”,泪如雨下。

杨月娥拭去眼泪,拉起儿子,对儿子崔元功说道:“本来今天是个值得庆贺的日子,为娘不该提说这事,可为娘考虑,一是孩儿大了,是该知道自己真实身世的时候了,再是,如若孩儿大婚后为娘再提说这事,倘若让媳妇知晓,好便好,如若不好,岂不是自惹麻烦?今儿为娘把身世告诉了孩儿,孩儿只可记在心里,万不可向人提及半句。孩儿可记下?”

崔元功点了点头，对母亲说:“娘只给孩儿说了身世，并没告知孩儿爷爷、父亲姓氏名讳,还望娘告知孩儿。”

杨月娥便说道:“你祖上皇甫姓氏,你爷爷皇甫河山,你父亲皇甫章,你皇甫林生,娘栗红花。家居安徽亳县清水集柳家庄。”见儿子一副遐想的模样,杨月娥便沉着声音说:“元功,你想什么了?”

崔元功回过神来,忙答道:“孩儿没想什么。”

杨月娥严厉地说:“孩儿切切记住,你姓崔,叫崔元功。”

第二十四章

三天后，知县丁子宣来到崔家庄崔府，跟杨月娥说了他和崔元功一起去州府面见了知府夫妇及知府千金的经过，并跟杨月娥说了事先没跟他们说明是与知府联姻的原因，如若先前就告诉他们要联姻的是州知府千金，怕他们会有顾虑，崔元功去州府与对方会面，怕也会因心情紧张变得拘谨而失了一个年轻人的洒脱。

杨月娥对知县丁子宣这般为崔府着想，这般为儿子崔元功的婚事费心费力，不辞劳苦，说了好些感谢的话，并很开明地说：“既然州府大人不嫌弃崔府，若是知府千金和功儿都没甚意见，依俺看这婚事能早办就早办了得好。一来俺一妇道人家，年纪也大了，执掌崔府这一摊子事情，也感身心俱累，也想要一个跟自己亲近又聪慧的人帮持一下，这知府千金出身官宦人家，自是知书达礼，聪慧过人，如若屈尊下嫁过来，月娥定会以亲生女儿看待，教她持家理财，料理崔府，一旦她能独掌府上之事，月娥就把执掌崔府的职责交给她；二来功儿虽然身为举人，可年纪尚轻，求学上进之处难免玩心重，懈怠懒惰，如若成了婚，也好让媳妇常督促多鞭策，也好让他图强发奋不敢松懈。”

知县丁子宣听罢，连说：“夫人开明，言之有理。”他告诉杨月娥，邵知府那边说了，如若夫人没甚意见，定亲娶亲上的礼仪规矩，全依咱们这地儿的风俗行事。杨月娥听后，直夸知府通情达理。

杨月娥见这桩婚事业已妥当，便跟知县丁子宣说：“既然此婚事妥了，不妨就把这订婚换帖写了，劳烦知县大人带给知府亲家，也省得知县大人再多跑一趟了。”

知县丁子宣听罢，连说：“这样甚好，正中我意。”

于是，杨月娥让管家用红纸写了崔元功的生辰八字作为定亲换帖，又让人拿来一个精美的木制红漆礼盒，把定亲换帖放进了礼盒里。杨月娥又从内室柜子里拿出来一副金耳坠、一枚金戒指、一对金手镯作为押帖之物放在定亲换帖上面，然后合上礼盒，递给了知县丁子宣，说道：“又要劳烦知县大人了，待功儿定亲之事完妥，定当厚礼酬谢大人。”

知县丁子宣说道：“崔举人和邵小姐乃郎才女貌，天作之合，本县只不过一线之功，何足挂齿。”知县丁子宣说县衙还有要紧事待办，便起身告辞，杨月娥见知县丁子宣这样说，也不便留下用饭，就和儿子崔元功一起把知县丁子宣送出门外，目送知县丁子宣和随从骑马走远了方才回到院内。

知县丁子宣带着崔府的定亲换帖去了州府，换回了写有知府小姐邵蓉蓉生辰八字的定亲换帖。州府邵知府和崔家庄崔府两家儿女联姻的事就算定了下来。

光绪二年三月的一场几十年罕见的大雨，把濒湖而居的唐家洼给淹了个七零八落。在此经营了二十年的家园成了断墙残壁，一片废墟，唐家洼一下子又回归到了二十年前的唐团。与当年不同的是，大水过后，官府对受水灾的庄村、民户按受灾轻重发放了赈灾的钱物，尽管这些钱物真正到受灾庄村、民户手里少得可怜，可毕竟聊胜于无。好在大湖里有用之不尽的苇草，这些受灾的庄户就像早年刚到此地一样，打苇割草，结棚其间，待水退泥干时再重建屋舍。

受灾严重的几个从山东迁徙过来的庄村，也得到来自老家巨野地的援助。一脉相连的亲人，为减轻家乡人多地少的生存压力，扶老携幼远迁他乡，且又为了立足，跟当地土民进行了你死我活的拼杀，付出了很大的代价。如今这些远居异乡的亲人遭了水难，毁了家园，作为老家人怎能袖手旁观，不闻不问。巨野的人对迁移沛境并立足建庄的亲人依旧称团。于是，当听遭遇水灾的几个团水退地干，正准备重建家园时，老家巨野地一班主事人便张罗为沛地的亲人捐钱捐物，以助其重建家园。尽管各家都不宽裕，可对援助远居外乡的亲人，老家众人无不竭尽全力帮助他们，各家各户无不有钱出钱，有粮出粮,有物出物。只几天的时间,就募集了不少的钱粮物件。为了把这些募集的钱物尽快送往迁居沛地的亲人手里。主事人便召集各庄村主事人聚在一起商议此事。

募捐的庄子有唐窑庄、王圩子、赵集、李庄共四个庄村,募集来的钱物也是要分给迁移沛境遭了水灾的唐团、王团、赵团、李团。经过一番议计,主事人就定下了每个庄村各派五辆四轱辘马车和十个人,其中各庄村所派的十个护送人员里,必须要有两个曾去过移居沛境团庄的人,一是熟悉路径,二是跟沛境的团民认识。待一切收拾停当,二十辆满载着粮物的马车,四十个护送的人,在众人的殷殷嘱咐下,在长长的几挂火鞭的炸响中上路了。

他们一路晓行夜宿,四百多里的路程走了五天。第五日,这一班车马和护送的人进了沛地界,来到一个名叫龙固小集镇上时,已是傍晚时分。此集镇也属团民的集聚地,只不过这里的团民嘉祥人居多。熟悉亲切的乡音,让人倍感爽快。当人们听说这班车马和人是从老家巨野过来给沛境的唐团、王团及另两个团送粮物时,便纷纷围上来嘘寒问暖,递茶递饭。因已傍晚,就有人劝说不如在集镇上住上一晚,天亮后再赶路。这龙固小镇离唐团驻地有二十来里,说远不远说近不近,领头的人考虑了一下就说,二十来里的路程,也就一个时辰的光景,摸下黑也就赶过去了,也好省下住店落宿的钱。于是,一班人决定连夜往各团庄赶。

夜,随着天上星星的增多变得浓重起来。四处的旷野、近处的树木全都染上了一层黑黝黝的色彩,整个天地处在一片朦胧之中。四月的夜还透着一股清凉,挟着凉意的风时不时吹过来,让人感到了一股初春之夜庄村旷野的冷彻。

从巨野地来的一班车马和护送人员,一路往南行走在漫长窄仄的旷野里,当带路的人把车辆引入一条向东的小道时,带路的人便吆喝道:"伙计们,打起精神,咱们离团庄不远了,到团里咱们好好喝他几壶这边的酒。"众人一边叫好,一边在夜空中甩出响鞭。

这一班人员正行走着,见前面有闪闪亮亮的灯火,灯火处有一众白衣人晃动,并且喇叭高鸣,哀声阵阵。在这黑黢黢的夜里,又是旷野地里,遇上这番景象,着实让人心惊胆怯。带路人停下脚步,蹲低身子四下观看,见并无别的路径可以绕行,此小道狭窄,且小道两旁挖有沟壕,调头回转也没有可能。

有人见带路人犹豫,便说:“咱们反正是拐不回去了,前面灯火明亮,喇叭嚎天的,一定是人不是鬼,怕甚?”

有人就说:“二十年前,咱们从老家过来的这些团庄,特别是唐团,在这一方跟这当地的人,为了争地夺田,拼杀了好多回,死了好多人,这黑天黑地的荒郊野外,谁能说得准前面是活人还是冤鬼。”

带路的人呵斥道:“胡说些啥,哪有啥鬼,咱们又不是三两个人,怕甚?再说,鬼怕活人,即便真是碰见了鬼,难道咱们四十个大老爷们就被吓倒了不成?现在咱们退不能,躲不能,只能往前走,都抽出家伙,是福不是祸,是祸躲不过,迎着走。”于是人们抽出所带的刀枪棍棒,赶着车辆,壮着胆子往前走去。

葛家庄葛氏家族中一位辈分高的老人过世了,在灵棚吊唁了两日后,今儿是“送三”的日子。

“送三”是当地的一个风俗,也是一种仪式,也叫“送盘缠”,顾名思义,就是说一个人从阳间去了阴间地府,尽管儿女们给备下了房舍、佣人、车马,可毕竟新到了阴间安家,鬼生地不熟的,左邻右舍联络感情,管事头目、恶霸权贵这些都需要用钱打点。俗话说“有钱能使鬼推磨”,鬼和人一样也是爱财贪钱的。死者家人为了能让逝者在阴世间不被鬼们欺负,日子过得幸福安逸,只有给他多备些钱财。什么金山银山、摇钱树、聚宝盆、金元宝,足够逝者花费挥霍的。

这方的丧葬风俗是逝者去世后要让亲朋好友吊唁两天, 第三天才出殡安葬,第二天的晚上为逝者明天的安葬行“送盘缠”仪式,故也叫作“送三”。仪式选择在晚上,是因为晚上阴气重,属于鬼的世界,送盘缠时响器班走在前面,后边有人手端托盘,托盘上放着几盏长命灯,随后是纸马、纸牛、支使小子、支使女子等等,最后面的是逝者的家人、亲朋,个个披麻戴孝,戚戚哀哀,一边走一边叮咛逝者“您一路走好,少走高山,多走平地,遇事莫疼钱,使钱买平安”。队伍一直走到墓地,在要安葬逝者的地方烧些纸钱,算是送给在夜间游荡的鬼魂,也算是给逝者先送上买路钱。如此大的动静,是要告知众鬼神,你们阴府又添了一个新成员,还请多关照。

送盘缠仪式选择在晚上,也是有说法的。晚上送盘缠,是为了让鬼神们更方便地接受逝者奉上的钱。人们认为,这样的仪式在晚上举行,是因为鬼神害怕除丧家人以外的活人。鬼怕活人,但作为诚心奉钱的丧家人,鬼神是不怕的,所以丧家人晚上送盘缠,遇上外人或者与外人迎面碰上,被认为是冲撞了鬼神,逝者进入阴府后会不顺当,是不吉利的。所以,这一方人对别人家晚上送盘缠,都不会去凑热闹,即便走路也会绕开走。

既然是葛氏的事，庄主葛敬先自然要张罗主持，葛氏在葛家庄族大人众,是一大家族,亲朋好友众多,这晚上来参加送盘缠的,除了本族的人,光亲戚朋友就来了一百多人。晚上,丧家摆下二十桌酒席,招待本族人和前来参加送盘缠的亲友。吃罢饭喝罢酒,送盘缠仪式在丧家人呜呜咽咽的哀泣声中开始了,响器班的后边有几个火把晃动,随后的是一条长长的白色队伍在缓缓游动。送盘缠的队伍来到墓地,焚纸钱,烧纸扎的房屋牛马、佣人车辆,再行三拜九叩之礼,再一番念叨“金钱奉上,恶鬼让道,阴府添员,望多关照”。然后,响器依旧吹,灯火依旧明,送盘缠的队伍按原路返回,一直到家,仪式才算结束。

见这一众队伍正在行走,前面响器班的喇叭突然停了下来,众人不知就里,嚷嚷起来。庄主葛敬先忙跑到前面问究竟,火把光亮下,见一队车马,把要回的路给堵了个严实。见此情景,葛敬先立马上了火气,大声怒道:“你们干啥的?看不见人家在干啥吗?是不懂规矩还是有意找茬?”

丧家送盘缠遇到外人本就不吉利,现在不光遇到人,还有车马,且还这么多的车马和人,更可气的是这帮外人居然把路给堵上了。这样的事落在族大、势大、人众的葛姓人头上岂不是让葛氏家族难堪吗?见庄主动了气,就有人围了过去,围过去的同时有人喊:“这些人手里有刀枪。”这一声喊后,众人手举孝棍,立马把这帮人围了个严实。

葛敬先听人喊这些外人手持刀枪,便一声大喊:“先下了他们手里的家伙。”

众人听庄主这样说，马上围拢过去，不由分说夺走了外地人手里的家伙。

这帮外地人不明了这些人为何在这么晚又哭又叫，不明了这些人为何拦着路不让过,不明了这些人为何突然夺下他们手中的刀枪,这些人究竟是人还是鬼?一时间这帮外地人竟有些懵了。

葛敬先见这帮外地人怔在那里,便大声喝问:“你们是干啥的?从哪里来的？”

外地人见有人这样问，便缓过神来。带头的人回道："俺们是从巨野地来，是来给遭了水患的唐团、王团，还有另两个团送粮物的。敢问这位仁兄，你们这是在干啥呢？”

外地人的话让聒噪的人们一下子安静了下来，除了燃烧的火把不时发出轻微的噼里啪啦声外，没有别的声音。让葛家庄人想不到的是，这帮人居然是从早先的唐团、现在的唐家洼老家来的人，唐家洼是葛家庄的仇敌，这帮人也就是葛家庄的仇敌。这样的场合即便是无冤无仇地遇上，也会让人难以忍受，更何况是仇敌。一阵沉默后，葛敬先咬牙切齿道："真的是'不是冤家不碰头'，给我打！”

好像先前的静默是在蓄积怒火和力量，听到庄主这一声喊，葛家庄众人叫骂着，舞着孝棍朝外地人扑了过去……

第二十五章

唐守业是在子夜时分被人喊醒的。唐守业起身,看到值更的庄民打着灯笼,身后跟着一个血头血脸、满身泥土的汉子。唐守业惊问道:"这是咋回事?"

那值更的庄民闷声闷气地说:"庄主,这是咱们老家来的人,让人给打了。"

唐守业忙问老家人:"你慢慢说,咋回事?谁打的?"

那老家人便声泪俱下,一五一十地把他们怎么受老家人嘱托,带着满载着老家人募捐的粮物的轱辘车,一路不辞辛劳,赶来支援遭了水患的团庄,刚才在赶至唐团的路上,又怎样碰上一众身穿孝服的人,这些身穿孝服的人又怎样不由分说,围住他们一阵殴打的事说了一遍。

唐守业忙问:"咱们的人和车马呢?"

那老家人回道:"车子都被他们掀到沟里去了,人还都在那儿,我是一个人跑过来报信的。"

唐守业听罢,让那值更的庄民立马去王家洼,把发生的事说给庄主王立本,然后对老家人说了声"走",伸手拿起铜锣,在庄街上咣咣地敲了起来。很快,庄街上聚满了男女老少。唐守业拉着老家人一起在高处站了,大声把老家人给这边几个遭水患的庄村募钱集粮集物的事给大家说了,又说了从老家来给送钱送物的人被人打了,车被人掀了。众人听罢,个个义愤填膺,人人怒气冲天,齐声大喊:"跟狗日的拼了去!"

唐守业让青壮年都抄上家伙，打着火把，在老家人的带领下，朝出事的地方奔去。

众人在老家人的带领下来到了出事地点，只见被打的人蜷缩在地上“哎哎哟哟”地叫着，一溜轱辘车都翻在了沟里。唐守业赶紧让人架起地上的人，众人又把路沟里的轱辘车一辆辆翻起来架到路上。这时，王家洼众人在庄主王立本的带领下，也来到了出事地点。老家人说打人的那些人不光打人，还抢了车上的粮物。唐守业一边让人把被打的老家人扶上轱辘车，一边清点车上的粮物，发现有两辆车上的粮物没有了。

冤有头债有主，必须找出那打人的人是谁才能去寻仇。尽管唐守业心里猜了个差不多，可捉贼捉赃，捉奸捉双，要有真凭实据才能上门寻仇。于是唐守业率众人打着火把去了前方一处树林里。这是一处墓地，树林深处有一个挖好的墓坑，墓坑边上有刚燃尽的纸钱纸物。唐守业从一人手里拿过火把，四处走了走，并在每个坟前的墓碑前照了照，每个墓碑显示这些逝者都姓葛。无疑，这是葛家庄葛氏家族的祖坟地，打人抢东西必是葛家庄人所为。唐守业对跟在自己身后的王立本狠狠地说：“是葛家庄那帮狗日的干的。”

王立本说道：“那还等个啥？带人直接捣他老窝去，干他个哭爹叫娘。”

唐守业没回王立本的话，回到众人处，说道：“这里是葛家庄葛姓人的祖坟地，打人抢东西就是葛家庄人干的。”

众人听罢，齐声呐喊：“葛家庄欺人太甚，掀了葛家庄老窝，杀了这帮龟孙去！”

唐守业见众人摩拳擦掌，便大声说道：“大伙莫慌，先前葛家庄勾结几个庄村扒堤放水淹了咱们，这一回又殴打咱老家亲人，抢劫咱粮物，这气不出、这仇不报我们一对不起咱老家父老，二愧对为了我们能在此立团安家而先逝的唐团总。”唐守业略一停顿，接着说道：“葛家庄做了亏心事，一定也怕咱们报复，定会做好提防。现在正值黑夜，咱们冲过去，如若中了他们围伏，可就得不偿失了。再说，老家亲人一路辛劳，又受了殴打，也需调养歇息，我认为这事必须先报官。咱们明儿一早就去县衙，状告葛家庄人打劫伤人，且打劫的是赈济灾情的粮物，如若官府处置公正，惩办葛家庄人，咱们便不说啥；如若官府理断不公，那时也就别怪咱们不仁了。”

众人见唐守业说的在理，便都止了声。见众人不再嚷嚷，唐守业便吩咐众人赶着车辆回庄。唐守业又派人去赵集庄、李家庄报说此事,并让另两庄庄主快来唐家洼,一起商议天明告官之事。

第二天一大早,唐家洼、王家洼、赵集庄、李家庄四位庄主及一班主事人,带着被打的老家人,一起去了县衙。

唐守业走到台阶上的登闻鼓前,操起鼓槌咚咚咚击鼓鸣冤。不一会儿,从衙内走出来一衙役,骂骂咧咧道:"这么早击鼓,急着发丧出殡咋的,饭都不让人吃个安生,你们哪来的?"

唐守业回道:"在下是唐家洼庄主唐守业,连同王家洼、赵集庄、李家庄庄主状告葛家庄抢劫赈灾粮物、殴打良民的恶行来的。望官爷禀知县老爷,升堂问案,为小民申冤做主。"

听说事关边里边外两仇家的事,又一下来了四庄庄主,衙役不敢怠慢,忙去衙内禀报知县老爷丁子宣。

知县丁子宣听闻衙役禀报,忙戴好官帽,整好官服,升堂问案。

唐守业一班人在大堂两侧衙役的"威武……"声中来到大堂,跪在地上,手托状纸口呼:"小民冤情在身,望知县大老爷为小民做主。"

知县丁子宣接过诉状,凝神细看,看罢问道:"你们可有什么证据呈上?"

唐守业就让人从大堂外架上来几个头脸有血、浑身有伤的人来。

知县丁子宣问清了几个伤者的籍贯、身份、来沛境的目的及挨打的经过后,说道:"你们黑夜赶路,遇到劫打,怎能断定就是葛家庄人所为呢?"

唐守业回道:"出事后,老家人赶到唐家洼报信,俺们同王家洼人一起去了出事的地方。听老家人说劫物殴打他们的是一众吹吹打打、身披孝衣的人,俺就猜测一定是临近庄村办丧事晚上做法事的人,所以,俺就带着人,打着火把,去前面不远的一处林地查看,到了林地,俺们看到,林地里有一处挖好的墓穴,墓穴边有刚燃尽的纸灰,墓地里的墓碑上全是葛家庄葛姓人的名字。"见知县丁子宣一副思考状且没言语,唐守业便接着说道,"如若老爷心有疑问,可带上俺们老家人,去出事的地方查验,或去葛家庄丧家指认劫物打人者。"

知县丁子宣一阵沉思后,说了句"也好",便指派刑房去查办此案。刑房典吏便派了四个捕快和一个仵作,带上四庄庄主及几个巨野地来的人,前去现场查验。知县丁子宣还交待如若查验属实,即传葛家庄庄主葛敬先前来县衙应诉。

一班人来到昨晚出事的旷野小路上时已近午时。在翻车的地方,仵作进行了一番勘验,后又去了前方林地里查看了墓地里的墓碑,一班人走出林地,沿原路往回走,准备去葛家庄。走到小路的岔口处时,就见葛家庄方向有长长的身穿白衣的队伍往这个方向来,并且传来呜呜咽咽的喇叭声和人的哀泣声。不用说这是出殡发丧的队伍。领头的捕快就让仵作和几个庄主退远一点,只留下捕快和几个巨野地来的人,立在岔路口。

不一会儿,这一送葬的队伍来到了岔口处,领头的捕快马上小声对巨野人道:“你们几个看准了,看有没有昨晚打你们的人,认出来的话就支声。”这一队送葬的人,对午时时分站在这个岔路的几个捕快和土民模样的人感到奇怪,在拐入小道时,便抬起头来瞥上一眼。几个巨野人在马上瞪大着眼睛辨认着,眼看长长的队伍快过去了,巨野人也没辨认出一个人来。这时,一个在队伍后边没穿孝服的人走了过来,几个巨野人手指那人,异口同声地对捕快道:“就是他,带头打人抢东西的就是这个人。”几个捕快听罢,忙一起下马朝那人奔了过去。

那人见几个身穿捕快衣裳的人向自己奔过来,便站住大声说道:“皂隶爷是来逮人的吗?”这声音被几个穿孝服的人听到,又见几个身穿捕快衣服的人朝那人奔来,便有人朝前面的队伍一声喊,“有人抓庄主了”。这一声喊,立马让正缓缓前走的队伍回转过来,并呼啦啦围了过来。那几个捕快却也不见慌张,来到那人跟前,问道:“你是葛家庄人?”

那人回道:“是。”

捕快问:“你们葛家庄庄主葛敬先在吗?”

那人答道:“俺就是。”

捕快拿出一张刑房典吏手谕公函,在葛敬先面前亮了一下说道:“有桩公案有请葛庄主去下县衙。”

见捕快要带走庄主,送葬的队伍便围住捕快吵吵嚷嚷,更有年轻人情绪激动出言不逊。见此情景,葛敬先扬起双手摆了摆,对众人道:“大伙不要乱嚷嚷,皂隶爷也是执办公事,再怎么咱们也不能做违抗王法的事。”见众人都止了声,他对捕快说:“皂隶爷,俺知道您是奉公而来,可今儿是葛家庄葛姓人大丧的日子,这棺木还都在人膀子上压着呢,老话人死为大,入土为安,皂隶爷能否宽限葛某一下,暂且回去禀报县衙,待俺今儿把这桩丧事操办完,明儿不用烦劳几位再来,葛某自会早去县衙。"

听葛敬先如此说,几个捕快小声商量了一下,然后,领头的捕快对葛敬先说道:"既然葛庄主这样说了,那就容你办罢丧事再去县衙,还望你信守承诺。"

葛敬先抱拳一揖说道:"俺葛某堂堂一庄之主,岂能言而无信。请各位官爷回禀,俺葛某明儿早去县衙。"

几个捕快回身走出人群,朝路上马匹站立处走去。见捕快回转,葛敬先朝众人一挥手,送葬的队伍恢复了秩序,立时,喇叭呜咽,哀声一片,送丧的队伍慢慢向前走去了。

第二十六章

捕快一班人回到县衙,把情况禀报了知县丁子宣。知县丁子宣见几个庄主对捕快没能带回葛家庄庄主颇有微词,便说道:"人死为大,作为一庄之主,自是要为庄民之事操劳,更何况是他们本族的事。如若强行把他带来,恐触众怒闹大了事情,并且他承诺明儿早到县衙应诉,咱们宽他半晌又何妨?再说,即便葛庄主今儿来了,也无法确定这桩案子今儿能否了结。"

唐守业一班人见知县这样说,也不好再说什么,便退出县衙,悻悻而去。

是夜,因白天丧事出殡时遇到官府捕快找庄主的事,葛姓几个主事人没等庄主葛敬先叫自己,便纷纷来到庄主大院里。庄主葛敬先知道,几个主事人为白天的事情而来,便把他们请到大厅,待落座后,葛敬先一副轻松模样说道:"大家不必担心,没啥大不了的,明儿咱们早早去县衙就是,一切有俺应对。"见庄主如此说,大家知道庄主一定是胸有成竹,便心下稍宽,各自回去歇息。

第二天,唐家洼唐守业一班人早早来到县衙,不承想,比他们来得更早的却是葛家庄一班人。两班人在县衙大堂门口相见,先是冷眼相对,后不知是哪一方有人先冒了句粗话,接着双方相互指责,进而相互谩骂,最后几乎动手。吵嚷声、谩骂声、扯着嗓子喊打声惊动了衙门里的人。几个衙役跑出来一边呵斥双方,一边去禀报知县老爷。

刚起床正在洗漱的知县丁子宣听罢衙役的禀报,忙擦了把脸,扬着手说:"升堂,升堂,快升堂。"

知县丁子宣升堂，唐家洼一班人、葛家庄一班人来到大堂上跪了，听候县太爷审断。

知县丁子宣先问了双方来人的名姓、年岁及在各庄村的身份地位，然后，当堂念了唐家洼等四庄村写的告葛家庄人打人劫物的诉状。念罢诉状，知县丁子宣问葛家庄庄主葛敬先道："葛庄主，状上所言，是否属实？"

葛敬先说道："回老爷问话，唐家洼四庄告我葛家庄的诉状，有失公允，与事实不符。俺葛家庄人历来都是敢作敢当，人是俺打的，说俺葛家庄人劫物，实在是对俺们的冤枉和诬陷。"

知县丁子宣拍了一下惊堂木，问道："大路朝天，各走一边，人家大老远地来送赈灾物什，你们为甚拦车打人？"

葛敬先回道："老爷请听小民俺细讲，葛家庄人历来本分安生，与人为善，岂会无端生事做拦车打人的事，实在是事出有因。俺葛家庄葛姓人中一个德高望重的长者过世了，出事那晚，正值俺们葛氏家族及众亲朋为逝者'送三'。老爷恐怕也有耳闻，俺们这里为逝者'送三'都选择在晚上，就是要避开一切与丧主家无关的人。丧家认为，'送三'时遇到外人是对逝者不敬、对丧家不吉利的事，至于这个说法是怎么来的，没人考究过，可打俺记事起，这风俗就是有了的。对于冲撞'送三'队伍的人，丧家都会不留情面，毫不客气，即便是街坊邻里也不例外。前天晚上，俺们葛氏人众及亲朋好友近二百人为逝者'送三'，遇到一帮外人，这帮外人不但不让路，反而还把路堵了个严实。俺们让他们让路，这帮外人不但不让，反而恶言恶语，当时争执之中，他们居然摸枪动刀地要打架，于是双方混打在了一起。混乱中，俺们有多人被打伤，俺们手上也有缴获他们的刀枪。"葛敬先说罢，就向身后招了下手，在大堂外的几个吊着胳膊瘸拉着腿的葛家庄人，忙一瘸一拐地走到大堂，还有两人怀里抱着枪刀来到大堂，撂在了大堂上。

唐守业及另外三位庄主见葛家庄庄主葛敬先这样说，便怒气冲天，涨红了脸地要斥责他。知县丁子宣见状，对他们说："你们莫慌，本县让你们言说时你们再说。"

知县丁子宣让仵作查验葛家庄几个受伤人的伤情，仵作一阵查验后说："几个人确为刀枪棍棒所伤。从刀身的刻字'红炉李'和枪上的刻字'红炉李'

及形状来看,这些刀枪确定不是这一方的物件。”

知县丁子宣听罢,便对唐守业说道:“唐庄主,你们可以说说了。”

于是,唐守业便让从老家巨野来的人,从巨野人众如何为此地几个受灾团庄募捐,如何备下车马,如何选定人员,如何一路艰苦,如何夜晚赶路遇上一队孝子,到如何不明不白遭遇这群孝子的殴打掠夺,给知县说了个清楚。待老家人说完,唐守业接过话茬说道:“巨野地为咱这里受灾庄村募捐集物,不光是行积德累仁之事,更是为官府分忧、替官府解愁之举。葛家庄人打人并劫夺赈灾之物,与扒国库劫皇粮的匪盗有何区别?望老爷明辨是非,严惩恶民,昭显正义,还我们小民一个公道。”

知县丁子宣听罢,问葛敬先道:“葛庄主,你们葛家庄可劫人粮物?如若劫了,赶紧返还人家,本县可宽宥轻责。”

葛敬先大声喊冤道:“唐家洼人无中生有血口喷人,俺葛家庄人敢做敢当,俺承认打了他们,那也是他们口出狂言,动手在先。说俺们劫他粮物,实在是信口开河,恶语中伤。俺们葛家庄人勤地沃,谷粮丰盈,户户有衣穿,家家有存粮,他们区区几袋粮食、几件衣物,就能让俺们葛家庄人变成一群匪盗恶民、饥不择食的叫花子?老爷可以打问打问,多年来俺葛家庄人何曾拿过外人一根针,偷过外人一段线?莫说他们拉的是粮物,即便满车的金银财宝,俺们葛家庄人也不会眨一下眼皮的。如若老爷查明俺葛家庄劫了他们粮物,俺葛敬先愿拿俺人头抵罪。不过,依俺看,这帮巨野人来此根本不是什么送物赈灾,更像是来此地勾串唐家洼几个庄村,造反起事来的。”

唐家洼这边的人听罢葛敬先说的话,纷纷大声嚷嚷葛敬先假仁义,真小人,贼喊捉贼,狡辩耍赖。葛家庄这边人见唐家洼人出言不逊,便也恶语相向。一时间,大堂上唐、葛双方吵吵嚷嚷,互不相让。知县丁子宣重重拍了一下惊堂木,大声道:“这是公堂,不是你们家。这官司是我问还是你们自己问?”见双方都不再言语,知县丁子宣接着说道:“巨野人到这里给几个受灾庄村送钱送物,帮其重建家园,当属仁爱之举。遇到葛家庄丧家殴打确属葛家庄人不对,可巨野人不了解此地的丧事风俗,犯了丧家忌讳,挨了打,也说得过去。本县也让仵作查验了挨打人的伤情,也多为皮肉之伤,休养几日也就好了。至于葛家庄劫没有劫物,官府还没有查出真凭实据,还需些时日查探。今儿就打人一事,本县先给你们一个了断。尽管巨野人冲撞了丧家忌讳,尽管你们双方都有人挨了打受了伤,可人家巨野人是远道来给我们赈灾的,且人家不明此地丧俗,不是有意冲撞忌讳,本县断葛家庄人对巨野人赔礼道歉,并付足巨野人医治疗伤之费用。本县这样判,你们双方可否赞同?"

知县丁子宣话音刚落,葛家庄葛敬先便道:"老爷的断理虽然让小民心里觉得多少有点委屈,可既然老爷说了,俺葛家庄还是俯首听从老爷裁断。"葛敬先说罢,朝唐守业这边抱了一下拳,说道:"几位庄主,在下葛敬先对俺们葛家庄人跟你们巨野来人打架一事,先说声抱歉了。你们那边几个受伤人的疗伤费用,俺们听知县老爷的,俺们出。不过,你们要给俺出个价才好,不然俺们出多了,你们怕不好意思要;俺们出少了,怕你们也不依。至于你们所说少了的两车粮物,是不是让俺们葛家庄劫了,依俺看咱们还是等官府查明了再说吧。到时如若查明俺们劫了你们的粮物,俺们葛家庄不光会十倍奉还你们,重责重惩也任由你们说了算;如若你们是想以此讹诈俺们,俺看实在没这个必要,你们明说得了,甭说两车东西,就是三车五车俺们葛家庄也拿得出。"

葛敬先的话软中带硬,更含讽刺和轻蔑。唐守业一班人哪里肯依,便也讥讽葛家庄历来言而无信,弃信违义,葛家庄的富有全靠杀人越货、半道劫物得来。一时间双方相互毁谤,吵嚷不休。

知县丁子宣拍了惊堂木,对唐守业一班人道:"虽然葛庄主言语有不妥之处,可对本县裁断并无异议。本县问唐守业及几位庄主,你们对本县裁断是否持有异议?至于赔偿疗伤费用的事,你们尽可放心,你们算一下需赔多少,本县做主给你们讨要。"

一阵沉默后,唐守业道:"既然官府还没查明我们被劫粮物为谁所为,老爷这样的裁断,对我们来说也没甚意义了。至于疗伤费用,我们几个庄村虽然遭灾,但这点银子还是拿得出的。葛家庄人的赔偿我们是不会收的。我们唯一请求老爷的就是尽快查明劫夺我们粮物的匪民,还我们一个公道。"

见唐守业这样说,知县丁子宣道:"唐庄主如此高风亮节,本官甚感钦佩。本官答应唐庄主,会督促刑房尽快破案。"知县丁子宣顿了一下,接着说道:"既然葛庄主道了歉,唐庄主也表了心意,这事是不是可以暂且了结？”见葛家庄、唐家洼双方没人言语，知县丁子宣说道：“既然双方没甚说法，你们双方可暂且退堂，待查清案情时再传唤涉案人等。不过，你们双方不可再生事端，如若谁无故惹是生非，可别怪本县不讲情面。退堂。”

葛家庄人、唐家洼一班人退出大堂，双方横眉冷对，分道扬镳。

第二十七章

唐守业一班人对知县丁子宣的裁断内心很是不服,且都觉得窝囊,王家洼庄主王立本对唐守业说道:"看得出,县太爷也是能推不揽,息事宁人和稀泥,葛家庄分明劫咱粮物,他却以没证据为由,庇护葛家庄人,难道咱们就这样不声不响地算了?"

赵集庄、李家庄两庄主也说道:"葛家庄实在是欺人太甚了,先前扒堤打人淹咱庄村咱忍了,现在居然又劫咱财物打咱老家人,咱要是再不支声地咽下这口气,他们葛家庄更会蹬鼻子上脸,小瞧咱们。这事传到老家,老家人会怎么看咱,再说,就这样受葛家庄人欺负,咱们还有何颜面面对为在此立团落脚而逝的唐团总和海央。知县丁子宣嘴上说会尽快查明打劫之事,其实他一定不会认真去办理的,他只不过是拖延时日糊弄咱们罢了。"

唐守业一阵沉默后说:"各位即使不说什么,我唐某也拿定主意,这一回说什么咱也不能再忍了。本来咱们在此立足落户不易,咱也从心里不想惹事,真心想在此平安过日子,可葛家庄一次次一回回寻衅,他们怕是真的以为咱们好欺负呢。"唐守业顿了一下接着说道,"打咱人劫咱物时在夜里,又没别人见,咱也没人证物证可供给县衙,所以他葛家庄才敢不顾事实胡说八道。这也给知县敷衍拖延找下借口。看样子官府那里咱们是指望不上了,不过,这样也好,这样咱们也可以以其人之道还治其人之身,也让官府无话可说。"

听唐守业如此说,几个庄主便齐问:"唐庄主心下可有了报仇谋划?"

唐守业沉吟了一下道:“在下心里已有了打算,不过,现在就施行的话,一是太过明显,二是葛家庄对我们怕也有提防。我想,过些日子,咱们给他们来个攻其不备,一下打疼他们。”

几个庄主就问唐守业是何计策，唐守业就把自己的打算告诉了几位庄主。几位听罢连说:“解恨,解恨。”

王家洼庄主王立本说道:“咱们还需想好事后的万全之策,这事做了,葛家庄人一定不会善罢甘休的。咱们要做好跟他们拼斗的准备。如若有人心生胆怯,可以说出来,反正咱们暂且不做,还有时间商榷。”

赵集庄赵庄主、李家庄李庄主听王立本这样说,便齐声道:“王庄主如此说,是自己心怯了还是说我们心怯了?咱们从巨野地过来的人,什么时候怕过事,咱们遭仇人欺压劫夺,俺们早就窝了一肚子的火了。如若唐团总、海央他们活着的话,他们怕是早就杀过去了。今儿唐庄主谋划在胸,到时无论事情闹大还是闹小,咱们谁是孬种谁滚回老家去。”

唐守业说道:“各位庄主也都是曾经跟堤外的人拼打过的,人善被人欺,马善被人骑。这一回咱们实在是不能再忍了,再忍下去真让葛家庄觉得咱们没有血性好欺负。各位庄主先在心里做好准备,待时机一到,我自会召集诸位一并行动。”

从巨野老家来送募捐钱物的人,听罢唐守业的话,便都表示暂不回老家巨野,一是这边重建房舍急需人手,二是一定要参加这次对葛家庄的报仇行动,待报了仇解了恨再回去。唐守业见老家人非留不可,便也答应下来。因为要待些日子,为了不让老家那边挂牵,唐守业便派人去老家巨野,告诉那边的人这边几个庄村正和泥打墙,重建被毁的房屋,人手少,这些人需留下一段日子,待帮一阵子忙后再回。

一番议计后,三位庄主起身告辞,各自返回庄村。

葛家庄一班人从县衙回到庄里，庄主葛敬先就跟几个主事人和一班青壮年议计。葛敬先对众人道:“此次县衙大堂之上,唐家洼一班人明显没占到什么便宜,就是再升几回堂,他唐家洼、王家洼依然占不到便宜。要人证没人证,要物证没物证,况且知县有拖延搪塞、大事化小的意思。这样的官司怕是他们有再大的本事也不会打赢的。看得出唐家洼一班人对官府的裁断很不服气,对咱们更是恨之入骨。俺想,他们是不会轻易咽下这口恶气的。这个时候,咱们千万不可松懈大意,要防备他们狗急跳墙报复咱们。为防唐家洼报复,晚上青壮年分班护庄守夜。如若他们识趣不来报复便罢,只要敢上门来报复,就让他们来个丑八怪照镜子自找难看。"

一班人非常赞同庄主的主张,便马上对庄上的青壮年进行分班,并对护庄巡哨的范围、巡逻时的纪律及注意事项,都做了细致的安排。

这日傍晚,当落日像一个红红的车轱辘一样,慢慢陷进西北那片乌黑的阴云里时,唐守业正在跟帮着庄民垒坯打墙,忙了一天的老家人一起洗手准备吃晚饭。唐守业抬头一瞥,见西北天空黑乌乌阴成一片,凝神一阵观看后,吩咐身边的几个庄民去王家洼、赵集庄、李家庄传话三位庄主,今晚子夜时分,带领庄上青壮年,拿上铁锨、大锤来唐家洼集合。

子夜时分,天黑得如同一口半年没铲过锅灰的铁锅底,西北的天空不时有耀眼的、如同燃烧着的枯枝一般的闪电,伴着一道道闪电而来的是连绵不断的隆隆雷声。唐家洼庄主唐守业站在一土堆上,见王家洼、赵集庄、李家庄众人在三位庄主的带领下,跟唐家洼众人会合到一起,便大声说道:"葛家庄历来视咱们巨野过来的人为敌,处处寻衅,时时灭咱之心不死。前有扒堤水淹咱们家园,后有打咱老家亲人,劫夺巨野亲人给咱们募捐的财物。他们一再欺辱咱们,还真把咱当成好捏的柿子了。今儿咱就让他们葛家庄人看看,咱们巨野过来的这些人,虽然没了唐团总、海央,可在他们葛家庄人面前,任何时候都不会屈服,任何时候都不会充孬种。"唐守业稍一停顿,接着道:"今晚行动咱们人多,来去尽量列好队形,相互之间余些距离,不要乱说话,小心手里的铁锨铁锤相互碰上发出声响,更不准燃火把。行动时留神小心,不要砸碰到自己人,总之要悄没声息的。大家听明白没有?"

众人齐声答道:"明白了。"

唐守业手一挥,说了声"走",便跳下土堆,和另外三位庄主带着众人,一起朝庄西边堤走去。

众人在四位庄主的带领下,来到了葛家庄庄外的葛氏坟地。几个庄主把众人分散开。在唐守业一句"砸、挖"后,人们便纷纷拿起手中的铁锨,举起手中的大锤开始砸墓碑、挖坟墓。

闪电开始在坟地上空左划右掠,一声声震耳的雷声也不时在头顶炸响。唐守业和另三位庄主见差不多了,就招呼众人列好队形,清点了一下人数,见人员齐整,便说:“快回。”众人在前,四位庄主殿后,往东边边堤方向一路小跑而去。

队伍刚跨过边堤,随着头顶上一阵震耳欲聋的雷声,豆大的雨滴从天而降,继而大雨滂沱,噪声一团……

葛家庄人是在几天后才发觉祖坟被人掘的。发现祖坟被掘的是一个放羊的葛姓人,这个葛姓人赶着几只羊,准备去村外旷野地里放羊,路经葛氏祖坟时,发现坟地异样,进去一看,发觉坟地里好多个坟墓被掘、墓碑被砸,羊也顾不得赶,便一路疯跑回到庄上,一边在街上大喊“咱祖坟让人掘了”,一边直奔庄主葛敬先的大院。

葛敬先听了放羊人的报告,先是愣了一下,接着沉着脸大步走出院子。院子外边已聚了好多听到祖坟被掘的庄民。见庄主葛敬先阴着脸,一言不发朝庄外走去,便纷纷跟在后面,一起朝旷野中的葛氏祖坟走去。

众人随庄主葛敬先来到祖坟,目瞪口呆地看着眼前的景象。只见坟地里一片狼藉,好多坟墓被掘了,并且有几处墓穴里的棺木被打开,棺木里面的尸骨暴露在光天化日下,好多墓碑被推倒,且被砸断砸烂。好多庄民见先人坟墓被掘,尸骨被曝,跪地号啕大哭。这时,庄上几个主事的老者也来到了坟地,见此景象,恨恨地说道:“这一定是唐家洼那帮人干的,他们这样干,伤天害理啊!”立时,坟地里响起众人的怒吼:“打到唐家洼去,抓几个唐家洼人来这里宰了,以祭先人。”

葛敬先喃喃道:“怨俺考虑不周, 只顾了对庄子的护卫, 忽略了祖陵这里。谁能想到他们会干出这等下作之事,他们这样做真是忒丧尽天良了。”

几个主事的老者对葛敬先说:“啥也甭说了,集合人打唐家洼吧,不然咱就没脸面对先人了。”

葛敬先沉郁着脸说道:“咱们明知道是唐家洼那班人所为, 可现在咱们手上没有证据就打杀过去,到时在官府那里打官司,该如何应对呢?”

有人说:“那咱们就不声不响,把人拉在咱们头上的屎用手抹拉下来完事?”

葛敬先便咬了咬牙说道:“他们如此侮辱咱们先人, 如此侮辱咱们葛家庄,这份仇不报,这口恶气不出,咱们葛家庄人往后还怎么立世为人?”他重重地呼出一口气,接着说道,“先告官吧。”

官府接到葛家庄的讼告,便指派刑房、仵作及几个差役随葛家庄人前去勘验。

仵作和差役随葛家庄人来到葛氏坟地,便对坟地里边及周围进行勘验。一番勘验后,仵作告诉葛敬先,前几日的大雨把掘墓人的作案痕迹都给浇没了,想在墓地里寻找蛛丝马迹,实在不容易,此案非三日五日能查明,并让葛家庄人耐心等待。

这样的事葛家庄人怎么能心平气和地等待呢?第二天,葛家庄庄主葛敬先带着一班人来到县衙,状告唐家洼几个庄村掘葛氏坟墓。

知县丁子宣升堂,葛敬先就把葛氏祖坟被掘的事叙说了一遍,然后,又结合前段时间唐家洼几个庄村曾状告葛家庄人劫物打人,说此事一定是唐家洼几个庄村对葛家庄心存仇恨所为,尚望知县老爷除邪惩恶,拿问唐家洼人,还葛家庄一个公道。

知县丁子宣听罢葛敬先的诉说,便道:"这掘人祖坟、扬人尸骨的事的确让人激愤,这样的恶行人神共愤,天理难容。这是关乎一县稳定、匡护公理良俗的事,葛庄主即便不说什么,本县也会严加查办的。至于说唐家洼那边,捉贼需捉赃,仵作也现场勘验了,因为时隔多日,又经雨水冲刷,暂且拿不出证据能证明这事是唐家洼人所为,你们葛家庄人的心情本官很能理解,可是在证据不确凿的情况下,官府怎好贸然行事。常言道'要想人不知,除非己莫为',既然做下这等恶事,他们总会有露出马脚的一天。你们暂且回去,本官会亲自督办这事,一旦有甚消息,会立马招呼葛庄主。"

葛家庄人见知县这样说,也就不好再说什么,便退出大堂,怏怏而归。

回到葛家庄,几个主事人聚在葛敬先大厅里,一老者问葛敬先道:"这事咋办?"

葛敬先面沉如水道:"官,咱们报了。这件事官府拖得起,那是因为没人掘他祖坟。要是他祖坟让人掘了,看他拖不拖。既然官府无能,不能快刀斩乱麻断理此事,那咱们只有按咱们的方法行事了。"

第二十八章

崔元功的大喜之日定在了五月初三。他少年得志,本就名声远播,现在又跟州府千金联姻,这样的美事自然传扬得快,一时间,这桩婚事成了人们共同的谈资。人们都十分羡慕这桩姻缘,都说是崔家庄崔府祖上烧了高香。

崔府也不含糊,光去州府下聘礼,就去了十几辆马车,宰好的四百多斤重的肥猪十头,又肥又大、头上缠了红绸缎的活羊十只,四斤左右的微山湖四孔大鲤鱼一百条,大公鸡一百只,牛家集牛家酒坊窖存了十年的高粱酒二十坛,绫罗绸缎一整车。如此厚重的聘礼,人们闻所未闻,见所未见,也足见崔府对这桩婚事的看重和崔府的富有。

因崔家庄已故庄主、崔氏家族族长崔道仁生前乐善好施,结交广泛,所以,崔府在周边积下了不错的口碑。又因崔府家大业大,现崔府主事人杨月娥虽为一女流,可处事圆通,持家有道,且府上又出了一位年轻有为的举人,那些旧日亲朋好友,并没有因为崔道仁的逝去而跟崔府断了来往。

在发送请柬的事上,崔元功和母亲杨月娥一起考虑,由母亲定下所要请的人,崔元功执笔写请柬。当然,周边几个庄村的庄主那是一个都少不了的。写罢请柬,崔元功对母亲说道:"母亲,孩儿想给唐家洼唐庄主也下份请柬,不知母亲意下如何?"

听儿子说要给濒湖而居的唐家洼唐庄主下请柬,杨月娥愣了一下,瞧着儿子没说话。

崔元功说道:"也许母亲觉得孩儿唐突,其实这事孩儿已思虑几天了。孩儿觉得唐家洼人虽然是从山东巨野地迁徙来的，可也是经了官府恩准居留此地的，况二十多年过去，也早属沛境土民。虽然过去因为地界问题，跟此地的几个庄村有过斗杀，也死伤好多人，并因此跟此地土民结为仇家，咱们跟唐家洼存边里边外之分，但他们与咱们崔家庄隔了两个庄子，崔家庄、唐家洼一无地界之争，二无庄民相伤结怨，唐家洼是巨野地迁移过来的最有势力的庄村，孩儿想给唐家洼庄主也下份请柬，一是让他们觉得咱崔府没拿他们当外人看待，二是借此机会来缓和一下边里边外人的相互敌视。"见母亲没说话，崔元功接着说道："如若母亲觉着孩儿的话不妥，就当孩儿没说罢了。"

杨月娥一阵闭目默然后，对儿子崔元功说道："葛家庄、唐家洼是一对解不开的死对头，前些日子双方为了打人劫物的事，都闹到官府去了，后来葛家庄祖坟被人掘了，葛家庄怀疑是唐家洼干的，葛家庄正寻机报复呢。现在你把请柬送给唐家洼，葛家庄会咋看咱崔府，葛家庄葛庄主那里你咋给他说明？"

崔元功嘴角露出一丝笑来，说道："咱们崔府大喜，请谁不请谁是咱们崔府的事，况这些从巨野迁来的人定居湖畔得到官府准许，已成永居之势，他们葛家庄的仇家与咱们无仇，咱又何必拿他葛家庄的仇敌视为咱们的仇敌？孩儿想，葛家庄庄主葛敬先通情达理，这事即便他一时心里不痛快，过后会体谅的。再说，他们双方相互敌对，说不准哪一天除了官府，还需咱们崔家庄一手托两家，从中调和呢。"

听儿子这样说，杨月娥深深吁了口气，说道："我儿大了，你觉得可办的事，就自己做主吧。"

唐家洼庄主唐守业，收到崔家庄崔府的大喜请柬后甚感意外。他无论如何猜摸不透崔家庄崔府这个行为的真实用意。崔家庄虽然跟巨野迁来的团民没有地界之争，也没结过仇怨，可毕竟是当地土民，且跟葛家庄离得不远。无论是过去刚迁徙过来跟当地土民的争斗，还是现在跟葛家庄的纷争，从哪方面讲，崔家庄绝不会背叛当地土民的。在和濒湖而居的团民没有任何交往的情况下，在明知唐家洼跟葛家庄有解不开的仇怨的情况下，崔府居然给唐家洼送来了请柬，且这么多临湖而居的庄村，只给唐家洼一庄送了请柬，着实让唐守业费尽心思而不解。唐守业觉得此事非同一般，于是他让人去了王家洼、赵集庄、李家庄，邀三位庄主一同商讨此事。

王家洼、赵集庄、李家庄三位庄主，来到唐家洼庄主唐守业刚建好的屋舍里，四个庄主围桌而坐，听罢唐守业邀他们三位庄主来唐家洼的用意，瞧着桌上那个崔府送来的大红请柬，好一会儿都没说话。唐守业见三位庄主不说话，便开口道："都说三个臭皮匠顶个诸葛亮，咱们都四个臭皮匠了，难道还弄不透这件事？"

王家洼庄主王立本端起茶碗，啜了一口，说道："咱们边堤里的人，和崔家庄从来没有过任何来往，况且他们跟葛家庄同属老沛境人，一体同心。依俺看，崔家庄没安啥好心，说不定他们合起伙来想算计咱们，给唐家洼设下的是鸿门宴。"

赵集庄赵庄主也说道："俺想，崔家庄只给唐家洼下请柬，其心不善，好让咱们相互猜疑，心生间隙，有拨弄是非离间咱们的意图。"

李家庄李庄主思虑了下说道："崔家庄跟咱们远来无仇，近来无怨，虽然他们跟葛家庄同属本地土民，但他们也犯不着与咱为敌啊！崔府乃崔家庄大户人家，在此地口碑不错，更让人称赞的是崔府少公子年纪轻轻就中了举人，崔府也因此声名远播。大户人家看重的就是名声，崔府崔少举人大喜之日，如对咱施以不轨，他们就不怕败了名声吗？要说他崔府贪念咱一份贺礼，也实在不可能，崔府田地千顷，家财何止万贯，怎会行如此无厌之事？说不定崔府想以此笼络咱，与咱交好呢。"

唐守业听罢三位庄主的话，沉吟了一下说道："不管他对咱设鸿门宴也好，笼络感情也好，既然咱接下了人家的请柬，这喜宴就必须得去。若真是鸿门宴，他们是以崔举人大喜之日相邀，不去，他们定会嘲笑咱巨野人没胆气。若是人家真心诚意相邀，不去，人家定会说咱巨野人不通人情事故，所以，这喜宴无论怎样，都要去。"

王庄主王立本说道："既然去也得去，不去也得去，那就多带几个人去，这边几个庄村也做好防备，一旦有事立马杀过去，以防再出当年唐团总中了葛家庄阴招那样的事。"

李家庄李庄主说道："带多人去崔府贺喜？即便带二三十人过去，咱们去人家地盘那里，又有何用呢？岂不是徒让人耻笑咱胆小惧事，虚张声势？依俺看，去三五人足矣，贺礼上也不可菲薄，如若他们是诚意相邀，咱也应回报仁义。如若他们想以此离间咱们，咱们为何不借此离间一下他们呢？不过，既然去,还应像王庄主说的那样,提防一下为好。贺喜,人到贺礼到,人情就到了,见见主人面,说说吉祥的话也就行了,喜宴就不必吃了,毕竟咱们跟崔府这样的当地土民从无来往过,他们是真情还是假意咱还摸不透,害人之心不可有,防人之心不可无啊!以防像唐团总当年那样喝醉酒出事啊!"

几位庄主的话,让唐守业甚觉有理,特别是李庄主的话,很是合乎他的心意。于是,几个人商定,这崔府贺喜之事,一定得去,不光去,还需张张扬扬地去。

崔家庄崔举人大喜之事,岂能不办得风风光光、热热闹闹。喜事的头两天,崔府就从外地请来了一个大戏班,在自家宽旷的打麦场上搭起了戏台,唱起了连本大戏,锣鼓喧天,从中午一直唱到晚上。崔府还在麦场边支起了两口大锅,锅里炖了猪肉粉条,蒸了大白馒头,给那些本庄和外庄来看大戏的人吃。看大戏就够招引人的了,且中午又能白白吃上一顿白馍大肉,这等好事上哪里找去。于是,本庄的、三里五里的庄民纷纷涌向崔府打麦场听大戏吃肉,场面好不壮观,好不热闹。

因为路途远,崔家庄崔府的迎亲队伍是在头一天就启程的。为了这次迎亲,崔府提前请了周边几个有名的木匠、铁匠,打制了一辆大花轿式样的马车,马车上又请人描绘了龙凤呈祥、鸳鸯戏水、喜鹊登梅图案。迎亲的人骑清一色枣红色的马,拉花轿的马车也用的是四匹枣红色的高头大马。因新娘子是自己顶头上司邵知府的千金,沛县知县丁子宣不敢怠慢,为安全起见,他派了八个衙役穿了和迎亲的人一样的衣服,随了迎亲队伍一起去州府迎亲。拉花轿的马、迎新人骑的马共三十二匹。迎亲的队伍头天下午来到州府,挑了一家最好的客栈住了下来。为了能在第二天午时赶回家拜堂成亲,便在第二天早早赶到州府迎亲。

崔府去州府迎亲的队伍一路快行,临近午时回到了崔家庄崔府。在喇叭声、鞭炮炸响声中,新郎官崔元功和新娘子邵蓉蓉拜完天地,崔元功手牵着系在新娘子身上的红绸带,把顶着红绸盖头的新娘子带入洞房。依照当地风俗礼仪,新郎揭了红盖头后,夫妻双方一起坐在帐子里喝交杯酒,之后,新郎官崔元功暂时离开新娘子,出去招呼亲朋好友。

崔府在此地属名门大族,府上又出了一个举子,且联姻的是堂堂州府知府大人,周边各庄村的庄主、乡绅,跟崔府有往来的世交好友及众亲戚,前来贺喜自不必说了，就连沛县境内的一些文人雅士，县衙的县丞、主簿也代知县丁子宣前来贺喜。

因前来贺喜的人太多，光收贺礼的账桌就设了三个。这时，从庄外驰来五匹马，在崔府不远处停了下来。骑在马上的人下马后，把马拴在树上，然后五个人朝崔府这边走来，其中两人架着一幅写有“天作之合”的烫金横匾，很是显眼。人们从金匾的左下角几个小字“唐家洼唐守业敬赠”，知道这几个人是唐家洼来的。

这样的场合唐家洼居然来人了。虽然崔家庄跟这帮从巨野迁来的团民没甚纠纷，可毕竟这么多年因为葛家庄跟唐团的拼斗，此地的庄村都跟这些外来团民互不来往。唐家洼人的突然而至，让一众此地的庄主和绅士们甚感意外，纷纷向这五个人投来不解、轻慢或者仇视的目光。唐家洼来人却一副淡然的模样，走到账桌前，先让记账人记上金匾一块，后交上贺礼十两纹银，然后，几个人大摇大摆地进了崔府大门。

这一切都让葛家庄庄主葛敬先看在了眼里。随他一起来贺喜的几个葛家庄人和另外几个本地庄主，愤愤不平地骂道：“他们咋来了？谁请的这帮东西，这不是明明向咱示威么？不行，咱得问问崔府当家的。”葛敬先用手势止住众人，沉着声说：“今天是崔府的大喜日子，咱说什么也不能在这个场合给人家难堪。个中缘由过后再问不迟。”

唐守业一行人进了崔府大院，在上房大厅见到了崔府的当家人杨月娥和崔元功，唐守业很恭敬地给杨月娥问了安道了喜，又给崔元功说了些祝福的话，然后对他们母子二人说庄村正在忙着重建房舍，作为一庄之主，事必躬亲，所以喜酒就不能留下吃了。母子二人诚意相留，唐守业几人仍婉言相辞，见唐家洼人执意要回，杨月娥便不再挽留，崔元功一直把唐守业送到大门外，然后相揖而别。

喜宴间，崔元功给众亲朋敬酒，有人忍不住，就小声问他唐家洼人怎么来了，崔元功说道：“唐家洼的请柬是我下的，唐家洼人虽是山东迁徙过来的，可也在此落脚生根与咱们为邻二十年，往后与咱们永属同一地土民也成不争事实。葛家庄、唐家洼互为仇家，对双方没有益处，如若咱们这些跟唐家洼无利害冲突的庄村能调和葛家庄、唐家洼的仇怨，岂不是一件好事？”

这话传到葛家庄庄主葛敬先这里，葛敬先本就对崔府给唐家洼人下请柬心怀不满，听了这话，他仰脸干了一杯酒，把酒盅重重地蹾在桌子上，冷笑道：“哼，以为自己是县太爷还是知府？葛家庄、唐家洼不是仇家，是宿敌，是世仇。书生一个，你调和？嘁！”

此话也传到崔元功那里，崔元功听罢，露出与他年龄不相称的大度和宽容，一笑了之。

事后，因唐守业没能在崔家庄吃喜酒，崔元功派人给唐守业送去了五坛牛家集牛家酒坊窖存了十年的高粱酒，以回敬唐守业赴崔府贺喜之意。

第二十九章

“田家少闲月，五月人倍忙。夜来南风起，小麦覆陇黄。”眼见就到了麦子炸豆的季节，唐家洼、王家洼几个受水患的庄村，经过众人没日没夜地脱坯打墙，上梁苫顶，再加上老家送钱送物过来的四十人帮忙，一座座院落建成完工。老家人跟唐守业说，现在庄村的房舍建得差不多了，家里也该收麦了，俺们该回去了。这等情况下，唐守业也便不再挽留。

面对老家人的鼎力相助，唐家洼几个庄村却无以回报，想到微山湖里有的是蒲草苇子，所以，唐守业提早就跟另几个庄主商量，让庄民去大湖里打些蒲草，织成厚厚的蒲草苫子，好让老家人回时带走，做铺床的草垫。蒲草织成的苫子冬暖夏凉，既柔软又舒适，对没有蒲草的老家人来说，此物应是不错的东西了。

老家人临走的头一天下午，王家洼、李家庄、赵集庄的庄主及庄上主事人，带了鱼肉老酒，一起来到唐家洼跟老家人吃送行酒。唐守业和几个庄主，安排庄民把蒲草苫子和一辆辆马车给老家人准备好，然后在唐守业刚建好的院子里，摆下十几桌酒宴，给老家人送行。席间，唐守业打开了崔家庄崔府送来的五坛牛家酒坊窖存了十年的高粱酒。为防意外，王家洼庄主王立本让人用银针一坛坛验了，确认酒没毒，方才倒酒畅饮。对王庄主的做法，唐守业很是不以为然，说崔家庄崔府为一方名门大户，且崔府少东家也是饱读诗书之人，那样的下作之事怕是绝对不会做的。王立本就说：“咱们边里的人跟崔家庄毕竟没甚厚交，除了这次崔府大喜给唐家洼送来请柬，从无交往。害人之心不可有,防人之心不可无,当年唐团总不就是毁在太信任人了吗?"

唐守业、王立本、赵庄主、李庄主先后代表各庄庄民给老家人一一敬酒,对老家人在迁往沛境的几个庄村遭遇困难之时雪中送炭,表示了深深的谢意,又对老家人来时遭葛家庄人殴打表示了心痛和愤慨。老家人就说,咱同脉同心,本就一家人,何必这般客气,如若咱们这里的人再遇啥事,咱老家人随时都会过来打援。一是被毁的家园重建完成,众人心情很是松快,二是众人对老家人的关心和援助心怀感恩,所以,这场送别酒喝得十分欢畅。

庄主唐守业虽然没少喝酒,可头脑一直清醒着。待喝罢酒吃罢饭,唐守业跟几个庄主商量,为防意外,明儿天明各庄派十几人护送老家人一程,路线也要绕开葛家庄地界,从葛家庄地界北走,要一直送到西北方向的龙固集。因为龙固集那片地儿的人,也多是当年逃难来的山东外民。那片地儿的山东人,当年虽然跟当地土民也有纷争,却不似大湖边上的唐团和葛家那样闹得昏天黑地,互为仇敌。所以,把老家人送到龙固集,相对来说也就算安全了。唐守业又派了两人,夜里替老家人把马喂饱。几位庄主听罢,都说唐庄主虑事周到。几位庄主起身告辞,各自回去安排第二天护送老家人的人去了。

第二天,老家人早早吃罢早饭,套好了马匹,准备上路。这时,王庄主、李庄主、赵庄主各自带了本庄的庄民来到唐家洼,一起为老家人送行。知道老家人这日要走,唐家洼的老老少少也都早早起来,为老家人送行。一时间,唐家洼的庄街上,赶年集一样聚满了男女老少,面对就要上路的老家人,依依不舍,满街上尽是"一路顺风""大湖鲤鱼好吃,有空的时候再来哈""回去跟某某某捎个好"……老家人眼含泪花、抱拳揖众,与众人依依惜别。

在暗处一直盯着唐家洼的葛家庄人,见一队车马从唐家洼出来,绕过葛家庄地界往西北方向而去,便忙回庄报告庄主葛敬先。葛敬先听罢庄民的报告,喃喃说道:"这一定是他们老家人要返回了,咱们总算等到这一天了。"然后问庄民,"车马人数还是那些吧?"当听到庄民说车马还是那些个,人数倒是多出了不少时,葛敬先沉思了一下道:"这一定是老奸巨猾的唐守业怕咱们报复,让他们老家来的人不光绕开咱们地界走,还派了人护送。"葛敬先一边让庄民马上去叫庄里几个主事的来府上,一边派人去召集庄里青壮年,在葛家祠堂集合。

不一会儿，庄里几个主事人来到葛敬先家的大厅。葛敬先就把唐家洼老家人返家的事告知了众人。众人听罢，纷纷说："咱们不就是等这一天吗？那还迟疑个啥，追上去一阵狠打就是了。"葛敬先说道："俺本来就打算，待这一帮人返还时，咱们在别的地界追上去一阵狠打，一是让唐家洼几个庄在他们老家人那里丢尽脸面，二是借此引出唐家洼人越过界堤找咱们报复，那时，咱们就可以痛下杀手狠狠地教训他们。咱们在别的地界打他们，打完即退，不留把柄给他们，他们告官打官司，却无凭无据。如他们越堤找咱们报复，那正合咱意，到时候咱们打他个落花流水，即便去官府那里，也是他们越堤犯咱在先，公堂上他们也不会占到啥便宜的。"葛敬先顿了下接着说道，"早先俺还担心唐家洼人做了亏心事，当了缩头乌龟，不给咱们机会，可人算不如天算，他们居然派了人护送，这岂不是天助咱们，把机会给咱送上门来了？"

几个主事人连连点头，催促庄主葛敬先赶紧做好安排。葛敬先和几个主事人计议了一番后，一起来到了葛家祠堂。此时，葛家祠堂内已聚满了庄上的青壮年。一般来说，葛家祠堂在大的节日里，或者有大事时，庄主才召集庄民来此，比如八月十五中秋节，大年三十，庄上遇到灾情。人们知道现在庄主把人召到葛家祠堂，一定是有大事情。所以，人们肃穆以待，尽管人很多，却少有喧哗。

葛敬先和几个主事人来到葛家祠堂，上了祠堂台阶。葛敬先扫视了一下众人，神情严肃地说："葛家庄的兄弟爷们儿，今儿把大家召到这里来，是为了给咱们的先人们一个交代，也是给咱们遭受侮辱的葛家庄人雪耻。咱们葛家庄祖坟被人给扒了，这样丧尽天良、毫无人性的事，如果不是对咱们葛家庄怀有深仇大恨，谁能做得出来啊！"葛敬先停顿了一下，接着说道，"扒咱祖坟，辱咱先人的，没有别人，就是咱们对面以唐家洼为首的几个庄村。"

"打他个龟孙去，杀他个龟孙去！"群情激奋，一片叫喊。

葛敬先朝众人大声道："前些日子，咱们告官，官府说无凭无据不好理断，谁都知道这是官府的托词，想把此事拖下去，最终不了了之。他们想不了了之，咱们能答应吗？咱们地下被辱的先人能答应吗？"

众人齐吼："不答应，决不答应。"

葛敬先用力挥了下手，说道："好！今儿就是咱们雪耻的日子，今儿咱们也给官府来个无凭无据。前些日子他们老家来的一帮人今儿一早返家，他们几个庄村派了些人护送,如不出所料,这帮护送的人送上一段就会回来,他们几个庄村的人在一起咱们不便动手,但咱们可以先收拾咱们的仇人唐家洼人。为了更有把握地收拾他们,咱们的人可以提早藏匿在唐家洼人必经之路两旁的麦地里,一旦唐家洼人过来,咱们操起家伙就打。"葛敬先威严地扫视了一下众人接着说道,"此次行动只许胜不许败,如此热的天气,不知要在麦地里趴伏多久,大伙能否受得了?"

众人齐声喊道:"能。"

葛敬先听罢,沉着声音说道:"好!到时候该怎样打就怎样打,带上家伙。记住,一定要速战速决,不能给他们留下哪怕一丁点的把柄。"

护送老家人返家的唐家洼、王家洼、赵家集、李家庄的庄民,一直把老家人送到了龙固集方才返回。这四个庄村七八十个庄民,回到自家地界时已近午时。赵家集在这四个庄村的最北边,赵家集往南依次为李家庄、唐家洼、王家洼。四个庄村各相隔一二里的光景,一班人沿着边堤一路南行。到了赵家集地界,赵家集的庄民就走下边堤,挥手和另外三个庄村的庄民告别。到了李家庄地界,李家庄庄民也就跟唐家洼、王家洼两庄庄民分手作别,下堤回庄。唐家洼、王家洼两庄庄民则继续朝南走。

此刻,悬在天际的太阳,如同一个圆圆的火球,肆意烧烤着大地。热气在熟透了的麦田里蒸腾着,蒸腾着的热气化作一层薄薄的轻雾,在麦子上面游动着。田野里难见一个人影,偶尔从田野里飞出一两只鸟,发出的鸣叫也显得那样焦烦和干涩,不时有裹挟着热气的风迎面扑来,让人感到闷热的同时,平添了一丝无名的烦躁。

在快到唐家洼地界时,前面有个头戴草帽的汉子站在堤上,面朝唐家洼,扯着嗓子叫骂:"唐家洼人,俺操恁祖宗十八代,挖俺祖坟,晾俺先人,恁这帮人天打雷劈不得好死。"

唐家洼、王家洼两庄人本就心里烦躁,见有这样一个人在辱骂唐家洼人,火气腾一下就冲上头顶。唐家洼人一边叫骂着"这是哪里来的一个野种,居然在俺们这里撒野",一边拖着手里的棍棒朝那人奔去。那人见一帮人手里拿着家伙朝自己奔过来,便急急慌慌朝堤下跑去,一边跑一边骂:"唐家洼丧天良,房屋田地泡了汤,若问下回怎么样,到时全庄都死光。"唐家洼人哪里能咽下这口气。两庄人便一起叫骂着追赶那人。

那人下了边堤，沿着田野里一条小路往葛家庄方向跑。唐家洼人和王家洼人见那人往葛家庄方向跑，料想这人一定是葛家庄人无疑。既然是葛家庄人，那就更不能放过了。于是，两庄人在后边紧紧追赶，眼见得就要追上那人了，忽然，小路两旁的麦田中呼呼啦啦跃出好多人来。唐家洼、王家洼两庄人懵怔间，就被这帮人合围了起来，待唐家洼、王家洼两庄人回过神，刚想挥舞手中的棍棒时，棍棒、铁锨、镢头便如冰雹一般向他们身上砸来。唐家洼、王家洼两庄四十人，几乎没来得及抵抗，就一个个被砸趴在地，刚开始还在地上叫骂，终是在棍棒等物的猛烈打击下变得气弱声微……

第三十章

自扒了葛家庄葛姓人的祖坟，唐家洼庄主唐守业一直提防着葛家庄人报复,可终究还是没有躲过,且结局是如此惨烈和悲凄。一早去护送老家人返回的唐家洼、王家洼四十人,在回来的路上,突遭葛家庄人伏击,结果是唐家洼死了三人,王家洼死了两人,其余人虽没被打死,却也都血头血脸,断胳膊断腿。

出了人命,事情可就大了。

听说唐家洼、王家洼出了人命大事,赵集庄、李家庄两庄庄主赶到了唐家洼。他们来到了刚建好的唐家祠堂。王家洼被打伤的庄民已被本庄庄民或抬或架走了。但见祠堂院内,十七个满身是血的庄民呻吟不止,另外五个失去了生命的庄民则满脸满身血污,直挺挺地仰面躺在地上。院内女人哭天抢地的哀号声、老人们那一声声呼儿唤孙的悲切哀声、年轻人愤怒的叫骂声响成一片。

唐守业脸色苍白,坐在祠堂的台阶上,身子时不时痉挛般地颤抖一下。赵庄主、李庄主走到他跟前,颤着声问:“唐兄,咋出了这等事啊?”唐守业抬起头,看着两位庄主,满眼含了泪花,没有说话。

这时,王家洼庄主王立本也来到了唐家祠堂,来到唐守业面前,放声大哭:“唐兄啊！五条人命啊,都是家里的顶梁柱啊！就这样给活活打死了。”

唐守业抓住王立本的胳膊,泪流满面。

李家庄李庄主说道:“唐兄,越是在这个时候,你越要镇定,别人不冷静,你可要冷静。现在不是你悲伤的时候,眼下最要紧的是,这么大的事该咋个处理。”

赵集庄赵庄主也说道:“把主事的都叫到祠堂里，赶紧商量商量是告官还是怎么办吧?”

王家洼庄主王立本切齿道:“不论咋说,这血仇不报,俺誓不为人!”

唐守业听了赵、李两庄主的话,起身叫了几个庄上主事的人,进了祠堂。

祠堂内,唐家洼庄主唐守业跟庄上几个主事人满脸凄然。唐守业哽着声音说:“怨我虑事不周,要是先前嘱咐他们回来时不走边堤,从堤下咱们地界走就好了。”

一主事人说道:“一下死了这么多人，这可是自跑马划界以来不曾有过的事啊,看样子葛家庄真是不怕把事闹大啊!”

一时间,有说立马报官的,也有说杀过去的,众口纷纭,莫衷一是。李家庄李庄主说道:“现在情况再危急，怕是也比不上咱们当年刚来此立团时危急,那时咱们初来此地,尚未站稳脚跟,一边要对付他们当地人的打压,一边还要应付官府。现在咱们再怎么样,也要比过去好了许多,无论是跟他们打官司还是跟他们打杀,咱们都不怕。俗话说‘家有千口,主事一人’,这个关口,唐庄主应拿出当年唐团总那种气概来才行。”

唐守业深深吁了一口气道:“先派人去县城把有名的接骨大夫‘神手范’请来,给被打的人接骨,再请两个郎中来给医外伤。”听了庄主吩咐,有人出了屋去派人请医。接着,唐守业神情凝重地说道:“唐团总那种大智大勇岂是我等学得来的!不过,危难之时我唐守业为了咱们边里庄村的父老乡亲,即便舍了身家性命也绝不会有丝毫含糊。我想过了,若是报官,一是咱们明知是葛家庄人所为,但没任何证据,即便出了人命,官府怕一时半会也断理不清。如若葛家庄人暗中再行贿官府,那这案子更会拖延。再者,咱们的人全都是在葛家庄地界所伤,且手里都有棍棒,到时葛家庄人反咬一口,说咱们越界侵扰他们,咱就被动了。现在报官,我觉得不妥。”唐守业停顿了下接着说,“葛家庄从扒堤放水到打劫援助咱们的老家人，无一不是小瞧咱们而有意欺侮咱们,这次他们丧尽天良偷袭咱们,居然打死多人,没被打死的也都身负重伤。如若咱们再忍下去,他们岂不是敢上庄来赶尽杀绝?我以为,这次的事,说是咱们自跑马划界以来最危急、最重大的事情一点也不为过。拼,就会死人,会付出大的代价;忍,也许会得到官府同情,会抑制葛家庄一下,在这危急关头咱们是拼还是退?”

众人听罢,齐声喊“拼”。李家庄李庄主说道:“这等情形下,唐家洼没有退路,咱们都没了退路,打拼是必须的。不过,一定要想好对策,一定要想好咱们怎样报仇,怎样用最小的代价去找葛家庄报仇。”

唐守业见众人慷慨激昂,便说:“既然大家有这样的决心,我唐守业还怕什么?既然报仇,今儿就给他们来个现世报。”见众人一副不解的神情,唐守业接着说,“既然他们对咱下如此狠手,咱还顾怜什么,我意唐家洼、王家洼两庄各选十个能打能拼精武术的,骑上马奔县城方向而去,给葛家庄一个咱们去官府告状的假象,实则是这二十人躲开葛家庄人耳目,绕大圈晚上悄悄去到葛家庄庄西,咱们夜半派人去堤西葛家庄麦田放火,现在正是麦焦待割的时节,这火一放,定会烧他个火光遍野,到时他们葛家庄一定会一边全力扑火,一边防范正面的咱们,那时,咱们这二十人趁此一路杀将过去,一路砍杀。”

众人听罢,连称妙计。赵集庄赵庄主说道:“此计谋好是好,不过也须考虑这二十人是否都能全身而退,如若被葛家庄或伤或逮住一个,那官府那里咱们可就被动了。”

赵庄主的话让众人一时陷入了沉默。这时,李家庄李庄主开口道:“这样大胆冒险的行动,一定要找敢于舍生取义、视死如归的人才行,如若担心咱们的人有啥闪失,咱们可以让这二十人打扮成他们那边人的装束,即便到了危急关口,战死或者自殁,到时也不会给葛家庄人留下把柄。”

唐守业闻言,连称甚好,并要求屋里人对此行动严加保密,不得与屋外任何人言说。唐守业沉吟了一下,对众人说:“此次行动让我忧心的是,现在唐家洼、王家洼死伤多人,也就是说,两庄各有二十个壮汉不能参加这次的行动了。唐家洼、王家洼各再派出十个勇猛汉子,这样一来两庄的防守就显得单薄了,如若葛家庄他们杀过来,到时候怕是很难抵御了。再就是唐家洼、王家洼马匹也不够。”

赵集庄、李家庄两庄主听罢就说道:“唐庄主不必担忧此事,咱们是一家人,唐家洼、王家洼的事也是赵、李两家的事。这件事上俺们两家与唐、王两家同生死共进退。俺们立马回去多派些青壮庄民来唐、王两庄打援,共护两庄,再补几匹马给你们。”

唐守业听罢朝赵、李两庄主抱拳一揖道:“患难见真情,赵、李两庄伸手相助,唐守业代唐家洼、王家洼两庄庄民谢二位庄主了。”

赵、李两庄主也回礼道:“一家人不说两家话,唐庄主不必如此。”说罢起身告辞,回庄调派人去了。

半下午的光景,唐家洼十个精壮汉子和王家洼十个精壮汉子进了唐家洼唐家祠堂内。屋内,唐家洼庄主唐守业和王家洼庄主王立本,及几个主事人满脸肃穆地站在众人面前。唐守业脸色如铁,扫了众人一眼,低沉着声音说:“各位兄弟爷们儿,你们是唐家洼、王家洼两庄选出来的最精悍的汉子,唐、王两庄的遭遇你们都看见了,五条人命啊,活生生地被他们打死了。扒堤放水淹咱们,打劫来援助咱们的老家人,他们一回回地欺负咱们,咱们忍了,可结果怎样?一下就打趴了咱们几十号人,打死五个人。怎么办?兄弟爷们儿,你们说咱该怎么办?”

众人齐吼:“杀过去,报仇去,让他们血债血偿!”

唐守业说了声“好”,便把报仇的计划给众人说了,言罢,对众人说道:“行动时无论出现啥情况,宁自殁都不能让他们活捉,如若有怯意的,现在可以退出来,我唐某不会怪你。”

听庄主这样说,二十个汉子齐声喊道:“咱们团民过去没孬种,现在更没孬种。”

唐守业红了眼圈,对二十个人说道:“好样的,各位尽管放心,如若有遭不测者,只要有我唐某在,他的家人老小就是我们大家伙儿的家人,大家伙儿吃青菜,也要让他们有肉吃,大家伙儿穿草衣,也要让他们有棉衣穿。现在就不给你们喝壮行酒了,待你们得胜归来时,再一起喝庆功酒吧。”

半下午,暗中监视唐家洼、王家洼的葛家庄人来到葛家庄庄主葛敬先府第禀报,说刚才唐家洼有几人骑马奔县城方向去了,相隔时间不长,王家洼也有几人骑马奔县城方向而去。

葛家庄庄主葛敬先闻言,轻舒了一口气,对身边几个主事人说道:“这一定是唐家洼、王家洼人去县衙告官去了。俺一直担心他们不告官,如若他们不去告官,那他们一定会狗急跳墙,谋划报复,那样的话,咱们倒要十二分的小心,加倍提防了。他们既去告官,也就不可能马上找咱报仇,他们即便报复咱,最起码要等到官府给一个说法才行动。"

一老者说道:"他们告官咱不怕,一是他们手里没咱们啥把柄,没凭没据他们告咱啥?二是事情是在咱们地盘上出的,且光天大日头的,他们多人操棍拿棒的,越过边堤好远,这不是有意寻衅是干吗?理在咱们这边,他们想在官府那里赢咱,也是搬梯子上天——没门。"

葛敬先说道:"无论唐家洼他们来文的还是来武的,咱们都不怕。不过咱们还是不可掉以轻心,还须严加防范,天黑后分班值守巡夜护庄,不可有丝毫的松懈。白天派人暗处监视对面的一举一动,他们稍有异动立马来报。此外,也要抓紧收割麦子,要派人持械保护收割麦子的庄民,庄民下田收麦都要带上枪棒家伙,以防不测。对如何应付他们打官司,咱们也须周全谋划一番。"

几个主事人出了葛敬先府第,按葛敬先吩咐,派人巡夜护庄,安排第二天收割麦子的事宜去了。

是夜,下半夜丑时光景,一阵阵的东南风吹散了上半夜还在肆意游荡的热气,天气变得凉爽宜人。除了树叶偶尔被风吹得哗哗响上一阵外,一切事物都隐在黑暗中沉寂无声。葛家庄一班巡夜护庄的人正在绕庄巡察,见庄东方向有大片亮光,众人愣怔间,就有人喊:"不好了,麦田着火了。"一班人忙跑到庄东,但见从北至南,足有三里长的麦田,全都燃起大火。风助火势,火助风威,大火如汹涌的浪涛一般滚滚向前。见此情景,巡夜的人立马敲响了手中的铜锣,扯开嗓子满庄叫喊:"麦田着火了,麦田着火了。"

葛敬先闻讯,衣裳没穿整齐就直奔庄东。众多庄人的叫喊声、嚷嚷声响成一片,只见有拿扫帚的,有拿铁锨的,有端着水盆的,迎着麦火奔去。葛敬先大声叫着:"大家都甭慌张,这一定是唐家洼人点的火,救火莫忘提防唐家洼人偷袭。"葛敬先的声音被众人的叫喊声盖压下去。去年水灾,田地一年无收,多数庄户人家缺粮断炊,食不果腹,全都指望着这一季麦了。眼见这到嘴的粮食被火吞噬,人们顾不了那么多了,一边叫骂着唐家洼人,一边奔向麦田抡起手中的物件扑火。

葛敬先见现场乱成了一锅粥,便忙叫来几个主事人,吩咐他们赶紧派一些青壮年,浸湿些棉衣棉被,顶在头上,冲过火的后边,察看并提防唐家洼人趁乱来袭。几个主事人忙去安排人保护救火的庄民,提防唐家洼人趁火打劫，偷袭葛家庄。

葛家庄全庄人众正在麦田合力扑火，突然人群就乱了起来，且哀号之声不绝于耳。只见火光之中，不知从何处而来的一支马队在救火的人群中横冲直撞，并且骑在马上的人手中挥舞着长刀，对人群不停地砍杀。一时间，哀号声、喊叫声、怒骂声响成一片。待人们开始群起围攻之时，这支马队却冲过人群，穿过麦田大火，往东疾驰而去。

麦田放火，趁势偷袭，速战速去，毫无疑问是唐家洼所为了。葛家庄人的怒火被彻底激起来了，没等庄主葛敬先发话，众人也不救火了，喊叫着“跟唐家洼拼了去，杀进唐家洼，杀他个孩伢不留”，便一起冲过大火，怒吼着朝东边奔去。

葛家庄众人奔到边堤不远处，突然，边堤上现出一条由灯笼和火把组成的长长的火龙，从北到南足有五六里长。火光亮处，人影幢幢，且齐了声地喊“杀、杀、杀！”，如此大的阵势，如此多的人，如此的喊叫，在这茫茫黑夜里显得是那么摄人心魂。毫无疑问，唐家洼的这次偷袭行动，是联合了几个庄村的团民实施的。葛家庄人如若现在冲上去，无异于以卵击石。葛敬先喝止住人群，见有人号叫着还要往前冲，便指着边堤上的一溜灯火厉声说道：“看不到吗，他们是做好了准备的。死，咱们葛家庄人当然不怕，可咱们现在冲上去，能有多大把握打败他们，如若胜不了，咱们反被他们打趴下，到时咱们何谈报仇。”见众人无语，葛敬先咬着牙沉声说道，“忍得今日气，迟早报仇来。命抵命，伤抵伤，唐家洼欠咱们的，咱会让他们加倍返还。回。”

留守的老弱庄民见庄主葛敬先回来了，便痛哭着告诉庄主，唐家洼马队此夜杀死葛家庄七人，四十多人被砍伤，麦田几乎烧光。葛敬先闻言，只觉胸口疼痛，双腿发颤，一下瘫在了地上……

第三十一章

天快亮了,弥漫在葛家庄庄村上那蒙蒙的雾霭,就像一块宽宽长长的、挂在空中的灰白色的挽幛,似乎在提醒着葛家庄人,昨晚遭受了多大的创伤。庄边的一处打麦场上,摆放着七具冰冷的尸首。几十个被刀砍得血头血脸的庄民或躺或坐,既不呻吟叫疼,也不大喊叫骂,只是直着眼睛,或是呆呆地看天,或是无精打采地瞧着一处发呆。打麦场上的哀泣声,是在那七具尸首旁发出的。七具尸首旁,有老人失去儿子所发出的老牛一样低沉哀伤的哭声,有妇人失去丈夫所发出的悲惨凄切的哭号,有孩童失去父亲所发出的让人揪心的喊叫。

麦场的一角,庄主葛敬先和庄上几个主事的人满脸凄然地蹲在地上,计议眼下之事。南北相邻的彭家庄、姚家楼两庄的庄主也来到葛家庄。因夜里的大火也波及了这两个庄村,这两个庄村的麦田也被烧了不少。看到葛家庄遭了这么惨的打击,彭家庄的彭庄主就对葛敬先说:"葛家庄田被烧人被杀,这等大事还是应赶紧报告官府为好。"

姚家楼姚庄主说道:"葛家庄人伤亡惨重,又被人焚麦烧田,出了这样的大事,能瞒得了谁? 即便不报官,官府也会知道的。"

一主事人说道:"对面唐家洼、王家洼被咱也打死打伤多人,既然双方都有死伤,瞒得一时,瞒不了一世,咱不妨先他们一步报官。咱为原告,他们为被告,大堂上打官司,咱们占了先机。"

葛敬先扫了众人一眼,问道:"这血仇,咱们葛家庄还报不报?"

人们不知葛庄主为何说出这话，便都愣在那里。其中一人对葛敬先说道:“咱们报官,跟咱们报仇有甚关联?”

葛敬先沉声说道:“谁都知道,官府对死伤人的事很看重,如若官府知晓因纠纷死伤多人,必定下力气弹压。那时想报仇雪恨谈何容易。他们唐家洼也死伤惨重,为了复仇,他们不去报官。咱们遭他们打杀,要是复仇的话,为何不能像他们一样不去报官?难道咱们葛家庄真被他们打怕了,非得谋求官府来庇护咱们吗?即便报官,能指望官府替咱们报仇雪恨吗?这帮人有种跟咱们打杀,难道咱们就没有种跟他们杠下去吗?”

一主事人说道:“这焚麦烧田、杀人伤人的事怕是瞒不住官府,麦田火势忒大了,且又牵扯了连边的庄村。庄主自有谋划的话,为了报仇雪恨,咱们对死伤人的事可暂且瞒一瞒,这焚麦烧田的事,先就不妨报官。就告唐家洼因前些日子葛家庄曾打他们老家人，对葛家庄心怀仇恨，对官府断理心怀不满,所以对葛家庄进行恶意报复,焚麦烧田。”

葛敬先沉吟了一下说道:“那就把烧麦毁田的事报官吧。”然后对彭庄主、姚庄主说道,“彭兄、姚兄,因受葛家庄的牵连,两庄麦田也遭了火灾,依俺之意,这烧麦毁田报官之事,还望两位兄台随俺一起去县衙,以助葛家庄一臂之力。”

彭庄主、姚庄主见葛敬先如此说,便道:“葛家庄与彭家庄、姚家楼树连根地连边,唇齿相依,世代交好,葛家庄的事就是俺们的事,更何况葛家庄今遭偷袭,死伤惨重,鼎力相助葛家庄是俺们义不容辞的责任。需要俺们两庄做啥,葛庄主尽管吩咐就是。”

彭、姚两庄主的话让葛敬先十分感动,他当胸抱拳对彭、姚二人深深一揖道:“有两位兄台相助,俺葛家庄雪恨有望了。两位兄台对葛家庄的慷慨仗义之举,葛家庄当铭怀于心,没齿不忘。”

彭、姚两位庄主也回礼说道:“同为一家人,不说两家话,葛庄主不必客气。”

葛敬先便吩咐人先把逝者及伤者抬回庄内,各自先回家关门闭户,以防被官府派来查勘麦田的人发现,又吩咐人去请几个郎中,来庄上医治受伤的庄民。然后,葛敬先和几个主事人及彭、姚两庄主计议了一下报官事宜,接着便一起去县衙状告唐家洼焚麦烧田一事。

葛家庄及彭家庄、姚家楼的人来到县衙大堂外鸣鼓喊冤。县衙前设的鸣冤鼓，虽然是专给来县衙告状的人用的，可是如若没有人命案子或大的冤屈，这鸣冤鼓是不能随便敲的。

闻听有人在衙门外击鼓喊冤，知县丁子宣不敢怠慢，立马集合县丞、衙役一班人升堂问案。葛家庄庄主葛敬先带着一班人来到大堂跪在地上，由于心里一直记挂着或死或伤的庄民，在威严肃静的县衙大堂上，葛敬先声泪俱下，一边哭一边诉说唐家洼恶民焚麦烧田的恶行。其间，彭家庄、姚家楼两庄庄主也满怀愤懑，控诉唐家洼人如何强势，如何仇视本地土民，如何一棍打八家，一把火烧了三个庄村的麦田。

知县丁子宣听罢葛敬先及彭、姚三人的控诉，很是震惊。民以食为天，麦收时节焚人麦烧人田，这与断人粮砸人锅的恶匪有何区别。烧了麦田、毁了庄民的口粮，庄民连稀饭都喝不上了，到时候让他们拿什么纳皇粮缴赋税，这样做不单单是与葛家庄、彭家庄、姚家楼为敌，更是与朝廷为敌。朗朗乾坤，光天化日之下，居然有人敢如此蔑视王法，这还了得？于是，知县丁子宣一边委派主簿带领刑房一班人去葛家庄、彭家庄、姚家楼三庄勘验被烧的麦田，一边派捕快去唐家洼传庄主唐守业来县衙应诉。

唐家洼、王家洼夜晚合力偷袭葛家庄得手，派出的二十个汉子骑马闯入葛家庄救火人群一阵砍杀，除了有四个人腿上受伤外，其余人毫发未损。见二十个汉子凯旋，庄主唐守业一直悬着的心放了下来。二十个汉子便给唐守业、王立本二位庄主报说这次打杀葛家庄的情况，说他们二十个人骑着马，一字形排开往葛家庄人群冲杀过去，被他们刀砍、被马踏的葛家庄人纷纷倒下，至于多少人被伤被杀现在不知道，但估计少不了。

唐守业、王立本二位庄主听罢，连连叫好。唐守业一边让人端上备好的酒菜犒劳二十个勇士，一边和王立本一道拿起碗倒了酒，给每个汉子敬了酒。

慰劳罢冲杀葛家庄的二十个汉子，唐守业召集王家洼庄主王立本、赵集庄赵庄主、李家庄李庄主及四个庄村的主事人一起议事。唐守业说："这回咱们偷袭葛家庄很是顺手，从冲杀葛家庄的二十人口中可以断定，葛家庄这回伤情一定不轻，至于有没有死人，死多少，现在还未知，我想，一定有被砍死的。"他扫视了一下众人，接着说，"咱们这回又是烧田又是偷袭，不论是烧他们多少田,伤他们多少人,就凭咱们对葛家庄的了解,他们绝对不会善罢甘休的。”

王家洼庄主王立本说:“娘的,他们不善罢甘休又能咋的。兵来将挡,水来土掩,咱们陪他们斗到底。”

赵集庄赵庄主道:“葛家庄遭咱们偷袭,以葛敬先的为人,怕是不会咽下这口恶气的,咱们还须严加防备为好。”

唐守业沉吟了下说:“赵庄主说的是,葛敬先为人阴险,睚眦必报,他们若是报官,事情也许会拖延个几日,他们若像咱们一样不报官,就有随时冲过来的可能。那咱们务必要时时刻刻提防他们了。俺想,为了更好地防备葛家庄前来寻仇,唐家洼、王家洼、李家庄、赵集庄四庄要互联互防,一旦有事发生,兵合一处,将打一家,前后照应,左右支援。只要咱们做足准备,同心协力,葛家庄想占到便宜,也没那么容易。”

众人闻言,齐声称好。

李家庄李庄主便说:“这回咱们跟葛家庄算是斗上了,弄不好又会是一场恶战。唐庄主虑事周全,声誉和名望在咱们团民里面也是数一数二的。俗语说‘家有千口,主事一人’,如此事态下唐庄主你就是领头,唐庄主考虑好的事情,尽管吩咐。”

众人随声附和:“唐庄主尽管支使,俺们都听你的。”

唐守业朝众人抱拳一揖,刚要说话,就见两个官差模样的人骑着马来到跟前。两官差下马,问道:“哪位是唐守业唐庄主?”

唐守业朝官差当胸抱拳道:“敝人唐守业,敢问二位官爷找俺有何事?”

二位官差说道:“有人在县衙讼告唐家洼,俺们二位奉知县老爷之命来传唤唐庄主,望唐庄主即刻随俺们去县衙应讼。”

唐守业嘴角露出一丝让人不易察觉的微笑,然后回身对几位庄主及众人道:“既然别人告的是唐家洼,就与各位庄主无关,我唐某带几个本庄主事人前去应讼,各位暂且回各庄,安排好咱们所说的事。”

唐守业带了三五个唐家洼的人,随官差一起去了县衙。

唐守业及几个唐家洼人随官差来到县衙大堂,跪在地上,大声说:“小民唐守业叩见知县老爷,不知是何因由被人讼告?”

知县丁子宣问:“唐庄主,唐家洼跟葛家庄只一边堤之隔,你可知道葛家庄出了什么大事?"

唐守业迟疑了一下,回道:"回老爷,今晨唐某听早起收麦的庄民说,葛家庄麦田遭了火灾,因两庄历来不睦,互不来往,所以,唐某没有放在心上,不知老爷所说的大事,是否为此事?"

知县丁子宣说道:"此火灾毁葛家庄、彭家庄、姚家楼三庄麦田一千二百多亩。现今葛家庄、彭家庄、姚家楼三庄告唐家洼为纵火元凶,你可有甚要说?"

唐守业一副诧异模样道:"这话从何说起?葛家庄把唐家洼视如寇仇,诬陷唐家洼情有可原。彭家庄、姚家楼与唐家洼虽互不往来,却也无甚深仇大恨,为何也和葛家庄绑在一起无中生有,诬告唐家洼?"

一旁的葛敬先冷笑一声说:"笑里藏刀,暗中伤人,敢做不敢当算啥男子汉大丈夫。有种明着来,何必净做些鸡鸣狗盗、为人不屑的小人之举。"

唐守业闻言也冷笑一声道:"自官府跑马划边以来,我唐家洼人本分为民,遵从王法,从未主动惹是生非过。葛庄主如此指桑骂槐、含沙射影,倒让唐某觉得有种贼喊捉贼的样子。"

彭家庄彭庄主说:"既然唐庄主言说与彭家庄、姚家楼无甚仇恨,为何一棍打八家,一把火烧了葛家庄麦田不说,还烧了彭、姚两庄麦田?"

唐守业说道:"依您的说法,这放火烧麦田的事非赖上唐家洼不可了?"

姚家楼姚庄主大声道:"啥叫赖上?火是从紧挨你们那边的边堤角烧过来的,有人看到放火的人越过边堤,燃着麦田后朝唐家洼跑去,这火不是你们唐家洼人放的是谁放的?"

唐守业闻言就呵呵一声笑说道:"你们来县衙诬陷人,也拣些能言善辩、头脑精明的人。这位仁兄呆头呆脑,信口雌黄,一派胡言,若如这位仁兄所说,我们唐家洼临湖而居,那这大湖也应是我们唐家洼的了?且不说真假,你们说放火的人往唐家洼方向跑了,就认定是唐家洼人所为,那火势朝你们三庄方向烧去,是不是也可以说这场火是你们三庄为陷害唐家洼设下的苦肉计?"

听唐守业如此说,葛家庄这方骂嚷声一片。葛敬先讥讽道:"知道唐庄主善搞阴谋诡计,没想到唐庄主在耍泼上也很有一套啊!"

唐守业听罢,朝葛敬先当胸抱拳道:"葛庄主夸奖了,咱们彼此彼此。"

彭家庄彭庄主说道："要说信口雌黄，一派胡言，还真是非唐庄主莫属了。苦肉计？去年遭遇水灾，田地无收，各户几近断炊，庄民们都在等着这一季麦子糊口保命，谁会烧掉全庄人赖以糊口的麦子施苦肉计？谁会糟践缴纳皇粮赋税的麦子去违抗官府？除非是俺们几个庄村的人不想活命了。如若对葛家庄没有深仇大怨，谁会做下这等丧尽天良的恶事？你说这样的恶事不是你唐家洼做的，那又会是谁？"

唐守业说道："血口喷人谁都会，俗话说'捉贼拿赃，捉奸拿双'，你们无凭无据，凭啥把这贴臭膏药往唐家洼身上糊？你们太藐视县衙大堂，藐视知县老爷了。"

大堂上双方争争嚷嚷，吵个不休。知县丁子宣见双方各说各的理，一时理不出个里表，便啪一声拍了一下惊堂木，说："你们公说公理，婆说婆理，又都拿不出证据来，今日暂且退堂，待本县查明真相后再做决断。各位庄主尽管放心，此案重大，本县不会懈怠，本县已派人去现场察访勘查，待勘查结果出来，本县再通报各位。一旦查出案犯，定会严惩不贷。"

葛家庄、唐家洼双方退出大堂，各自离去。

回葛家庄的路上，有人问葛敬先："庄主，这官司要是拖下去与咱们无益啊！"

葛敬先说道："咱们即便在官司上赢了他们又怎样，官府杀他们一个两个的咱们就跟他们算完了？"

回唐家洼的路上，有人问唐守业："庄主，官府已派人去葛家庄现场查勘，要是查出个究竟怎么办？"

唐守业说道："大堂上葛家庄并没说他们有人死伤，一是他们瞒了死伤的情况，是为了下一步报复咱们做打算；二是即使官府查勘出什么，他们有意瞒着实情，不与官府协作，官府也不能做什么。现在事情摆在了那里，咱们只有严加防备，准备下一场恶斗了。"

第三十二章

崔元功和邵蓉蓉大婚后，小夫妻俩新婚燕尔，如漆似胶，两人“同声若鼓瑟，合韵似鸣琴”，说不尽的欢情，道不尽的恩爱。崔元功年少中举，博学多才，邵蓉蓉出身官宦人家，聪灵慧敏，通情达理，两人情投意合，有好诗文两人一起诵读，有好的话本两人一起观看。

崔府常常有文人学士来访，崔元功也就常常和这些文朋诗友谈文论武，谈天说地，把酒言欢。有时崔元功摒弃旧礼俗教，也会叫出妻子邵蓉蓉和自己一起招待来访的文朋诗友，和他们一起谈文论武，谈天说地。邵蓉蓉的学识让来访者常常交口称赞。文朋诗友们在崔元功面前和背后感叹说，一定是上天的眷顾，崔元功才娶下这么一位妻子，还说有这么一位知书达礼的妻子辅佐，崔元功何愁不能飞黄腾达？

邵蓉蓉知道婆婆杨月娥是一个不简单的女人，年纪轻轻就守寡，且年纪轻轻就掌管了崔府的大小事宜，把崔府打理得兴旺发达，成为沛城以北数一数二的名门望族，且把儿子年纪小小就培养成举人，从心里敬佩婆婆。尽管婆婆跟前有佣人伺候，她还是一早一晚向婆婆请安问好。日常她也是对婆婆用心备至，常常嘱咐厨上，拣婆婆喜欢吃的饭菜做。有时她也会亲自下厨，做一道自己在州府喜欢吃的菜，奉给婆婆。

自打杨月娥知道未来的儿媳为知府千金后，心里就有一丝担心，担心官宦人家的小姐从小娇生惯养，养尊处优。尽管崔府富甲一方，可毕竟为乡下，担心这个州城长大的大小姐，下嫁到离州府二百多里的乡下，会不会时常使些大小姐的脾气。让她感到欣慰的是，这个知府的千金小姐嫁到崔府后，说话行事端庄得体，待人接物礼数周全，特别是对她这个婆婆孝敬有加，全没有一点大小姐的娇贵和傲慢。一个州府千金能这样做，也实在是不易了。

杨月娥知道自己终将老去，儿子还要求取功名，这崔府万贯家产终归要这位儿媳去打理，她相信，稍加调教，这位儿媳一定会比自己更出色，会把崔府打理得更好。让她稍微感到不满的是，这个儿媳经常跟着儿子抛头露面，混在一帮来访的文人中，有说有笑，有失大家闺秀的风范。可转念一想，人家从小生长在州城，见多识广，哪似闭塞的乡下，陈规旧礼、繁文缛节一大把。这样一想，觉得儿媳的行为也是可以原谅的。

崔元功虽然饱读诗书、满腹经纶，却没有丝毫迂腐气。年少中举的他意气风发，洒脱不拘。尽管夫妻俩形影不离，但崔元功有时早起，趁妻子未醒之时，会挥毫写一段话放在妻子枕边，待妻子醒来给妻子一份惊喜，比如，他会写一段"芸芸众生，张袂成帷之中，邂逅为缘起，相识为缘续，结百年好合乃为缘定"。妻子邵蓉蓉心悦之余，也会提笔回丈夫几句如"结发为夫妻，恩爱两不疑。愿得一人心，白头不相离"。

有一天，崔元功跟妻子邵蓉蓉谈起求取功名的事，他对妻子说："孔子弟子子夏说过，'仕而优则学，学而优则仕'，我崔府虽是富贾大户，祖上却无一人为官。我元功虽然博取了一点功名，给祖上争了点光，但比起那些学成为仕，举仕为官，光宗耀祖的人，实在让元功感到惭愧。"

妻子邵蓉蓉闻言，便笑了笑说道："夫君忽然如此感慨，是不是也想'优则仕'了？"

崔元功笑了下，伸手在妻子额上轻轻点了两下说："冰雪聪明，你都成了我肚子里的蛔虫了。"他轻轻拉过妻子的手，攥在自己手里，接着说，"人都说'朝里有人好做官'，我有一个做知府的岳父大人做靠山，求个一官半职应该不难吧？"

妻子邵蓉蓉说道："今儿夫君为何突然想起做官了？你以为官是那么好做的？明内阁首辅大臣张居正曾写过一篇《官弈经》，里边说'官之荣辱，尽在弈中''官不厌术也，术不忌蔽也'，官场中的复杂和不易可见一斑。既然官之荣辱尽在弈中，那你就得时刻与同僚处在博弈中，既然博弈，就会有输赢，谁又能保证自己常胜不输？你喜欢官场那些尔虞我诈吗？夫君是不是厌倦了书卷？"

崔元功说道："谁不想百尺竿头更进一步，即便金榜题名，折桂三甲终究还将为官。现今政事动荡，世不太平，元功岂能不知官场腐败，仕途凶险？高官厚禄，那不是元功想要的。虽许以高官厚禄，却要让元功远离故土，舍了白发老娘，舍了淑慧的娇妻，元功还真是舍不下。至于功名，元功虽一举子，可在这一方也算得上一名流雅士了。年纪轻轻就受人尊崇，这功名所带来的荣耀，元功算是尝到了。至于利禄，我崔府家财万贯，富甲一方，乃钟鸣鼎食之家。元功我锦衣玉食，富贵荣华，官家那点俸禄，我还真是瞧不上眼呢。"

妻子邵蓉蓉就说道："夫君既说'学而优则仕'，想求个一官半职，又说不稀罕高官厚禄，岂不是自相矛盾？"

崔元功便说道："我不求高官，并不表明我对县衙微官没有想法。如若能近家执掌一县，当尽施才学，造福一方，光宗耀祖。有事办理公事，无事回家，白天孝敬母亲陪她说话，晚上牵手娇妻花前月下，这才是元功我想过的生活。人生一世，幸福莫过于此，如此我复何求？当然，安于这样的生活，并不是说安于一隅就不思进取了，不是还可以'仕而优则学'吗？"

哪个女人不想丈夫飞黄腾达，邵蓉蓉也不例外，当初她看中的就是崔元功少年才俊，前途无量，她也是一心望夫成龙。今儿听了夫君崔元功一席话，倒让她的心如同平静的水面被人掷了一枚石子，泛起涟漪。夫君描述的生活也是她想要的，即便夫君状元及第又如何，大富大贵、锦衣玉食又如何，崔府家产万贯，能在此安逸一生，富贵一生，又有何不知足的呢？夫君才华出众，风流倜傥，若是进士及第或者殿过三甲，定要在京城做官，夫妇定会两地相隔，且京城繁华之地，美女如云，加之时间久了自己容颜渐老，谁能保证到时夫君不会移情别恋，休旧迎新？再说了，殿试科举三年一回，天下举子不计其数，夫君能否一试中第？如若几试不中，大好的年华被书里一行行的字给慢慢啃掉不说，一回回的落榜也一定会使其变得颓唐和消沉。一个未老先衰、意志消沉的丈夫，她是无论如何也不能接受的。想到这里，邵蓉蓉说道："夫君所要的生活，也是蓉蓉想要的。父亲位居知府，手里有些权力，可也不能任人唯亲，明目张胆派官给自己女婿吧。如给夫君在官府找一个闲差，怕也不是夫君所要的，如给夫君张罗一个知县的位子，那岂是易事？不过，夫君既然有这个志向，咱们去州府时可以给父亲提一提，到时看他老人家怎样说。"

得到妻子的理解和支持，崔元功很高兴，揽过妻子，将其拥在怀中。

崔元功随妻子邵蓉蓉回娘家省亲。看到女儿比出嫁时胖了，且春风满面，一副幸福无比的模样，邵知府和夫人心里自是宽慰无比，对女婿崔元功也是亲蔼有加。崔元功聪敏之人，全没有迂腐儒生的古板、矜持，也没有一点文人学士的架子。本是客的他，也和妻子一道说说笑笑，和岳母说些家长里短。他还替岳父斟茶点烟，说些沛境里的一些所见所闻、趣闻轶事，全然没有一点拘谨和局促，这让邵知府和夫人感到非常舒心。对女婿的表现，他们打心里满意和喜欢。

趁夫君崔元功不在的时候，邵蓉蓉对父亲说了夫君想做官的想法，并给父亲说了自己对夫君想做官的看法。邵知府听罢女儿的话，没有说什么。在后来的两天里，邵知府闲扯般地跟崔元功说了好些官场上的龌龊事，并以某个事为例让崔元功说说自己的见解和看法。崔元功也就凭自己对事理的分析和认识，侃侃而谈。在听崔元功述说自己见解的过程中，邵知府有时微微颔首。崔元功心里明白，这是岳父在考量自己是否适合做官。所以，崔元功尽力在岳父大人面前展现自己的才情和睿智，从岳父的表情可以看出，他对自己是满意的。

尽管邵知府对女婿心里满意，可是一直到女婿女儿回去，对女婿想出仕为官的想法，邵知府都没有表露出自己是支持还是反对。

第三十三章

葛家庄、彭家庄、姚家楼麦田被烧一案，知县丁子宣很是重视。葛家庄讼告此火为唐家洼人所为，双方在县衙大堂之上唇枪舌剑，终是婆说婆理公说公理，但都没有真凭实证，因而退堂候审。葛家庄、唐家洼双方返回后，早先知县丁子宣派往火烧现场勘验的一班人回到了县衙。

知县丁子宣见前往火烧现场去勘验的主簿一班人回来，便问道：“现场勘验得怎样，可有收获？”

刑房主管就报禀知县丁子宣道：“被火烧的地片的确不小，葛家庄过火地约一千一百亩，彭家庄过火地二百多亩，姚家楼过火地一百多亩。从勘验结果来看，起火点为唐家洼、葛家庄两庄界堤处，距离葛家庄一方的麦田一百步处。其中在葛家庄烧火的麦田里，发现有好多血迹，经勘验，为人的血迹。在有血迹的地方，有多匹马蹄凌乱的蹄印，蹄印最终一路往东，最后消失在双方交界处的边堤上。”

知县丁子宣闻言，惊诧道：“麦田里怎会有很多人的血迹，查问了吗？”

刑房主管说道：“查问了，经探问，多个葛家庄人都说是夜间救火人多，又各自拿着灭火砸火的家什，忙乱之中难免误伤。我们去了庄上，看了几个受伤人的伤口，让人生疑的是，伤者伤口皆为刀伤。让人想不明白的是，葛家庄人明明受的是刀伤，却偏偏不承认是刀伤，硬说是扫帚铁锨所误伤。”

知县丁子宣问：“那麦田里的马蹄印他们怎么说？”

刑房主管答道：“葛家庄人一口咬定马蹄印为唐家洼放火人所留。”刑房主管沉思了下接着说道:“葛家庄人说马蹄印为唐家洼放火人所留，下官认为全是谎话。起火点在葛家庄一方离边堤一百步左右的地方。马蹄印最多最凌乱的地方,是紧挨葛家庄不远的庄外,如若按葛家庄人的说法来判断,那就是唐家洼人骑着马,越过边堤,来到葛家庄麦田一百步左右的地方点火,点罢火,又越过火头跑到葛家庄家门口再点了火。唐家洼如这样做,从常理上来说可能吗,除非他们胆大包天、无法无天了。”

知县丁子宣听罢,一阵思量,喃喃道:“若是他们双方起了争斗,有人受了伤,为何瞒着不报官呢？他们双方都不是省油的灯,哪个吃了亏会自己咽下当哑巴？这背后一定有蹊跷,可这蹊跷是什么呢？”知县丁子宣停顿了一下,对刑房主管说道:“不论怎样,火烧麦田案情重大,你们还需下力气先把烧麦的案子给破解了。若要人不知,除非己莫为,没有不透风的墙,事情总有水落石出的一天。你们也不要急于求成,可多派几个人,打扮成寻常庄民的模样,下去探访,一旦查出端倪即来报禀。”

几天后,刑房主管来知县丁子宣面前禀报,说经过几天的打探,虽然对烧麦一案还没探到什么有用的线索，却意外打探到了一些别的事情。听人说,前些日子唐家洼一班人遭了葛家庄人的袭击,多人受伤,甚至还死了人。这次葛家庄麦田被烧时,也和人有打斗,葛家庄也多人受伤,也有人被打死。至于打伤打死葛家庄人的是不是唐家洼人,还没有确凿证据。

知县丁子宣听后,很是惊愕。刑房主管报禀的情况,让他感到既震惊又困惑。震惊的是,边堤两边的庄民在消停了二十年后,居然又起事端,且瞒了官府不报官。困惑的是,双方都有死伤,却都不来报官,即便来了县衙讼告,也只字不提伤人死人的事。他们双方这样做到底想干什么？丁子宣一阵思量,便觉后背发凉。他对这场烧麦毁田的事件,似乎也理清了前因后果。他知道,二十年前双方的那场争斗,多有死伤,几近酿成民乱,都惊动了朝野。当时的沛郡县令因处理不力,被削职为民,遣回故里。现在双方又起事端,如若事态不能有效压制,双方二十年前的那场斗杀将会在今天重演。让他感到为难的是,血海深仇的双方都人多势众,这积压了二十多年的仇恨一旦爆发,岂是他这个小小的县令所能压制得住的。一旦事情闹大,自己的命运怕是会跟前任一样的下场——削职为民,遣回故里。

见知县沉默不语,刑房主管便问道:“老爷,下一步怎么办？”

丁子宣沉吟了一下说道：“查，慢慢查。一定要弄到证据，至于打探到的有人死伤的事，因还没有实据，暂且不要张扬。民不告官不究么，既然他们双方都没说有死伤，咱们也暂且不去追究。如若真是他们暗中相互斗杀，咱就待这个恶疮大了、熟了，再去捏烂它。”

葛家庄夜里遭唐家洼偷袭，麦田被烧，七人被杀死，四十多人被砍伤，可谓伤亡惨重。他们明明知道这事是对面唐家洼人所为，可为了对唐家洼进行更大的报复，决定把死人伤人的事暂且瞒下，只拿麦田被烧一事讼告唐家洼。

葛敬先心里清楚，不提死伤人的事，只提这烧毁近一千五百亩麦田的事，不用催促，官府也不会等闲视之，况且是葛家庄、彭家庄、姚家楼三村联告。即便这样，葛敬先也知道这场官司一时半会是不会有结果的。在为官司郁闷之余，葛敬先也想到了另一层，官司拖拉也会给唐家洼人一个错觉，会让他们认为葛家庄遭此一劫，伤了元气，暂时没了报复的能力，那就只有指望在官司上赢了唐家洼，借官府之手惩罚唐家洼了。葛家庄正好可以利用唐家洼这种心理来麻痹他们，葛家庄表面上示弱，暗处磨刀，伺机报仇。这样看来，官司拖延一下，对葛家庄来说未必不是一件好事。不过，官府已下派人来对烧麦现场进行了勘验，并且还将把这件事查探下去，官府三查两查，难免会察觉出一些端倪来，如若官府知道了内情，动用官兵弹压，报仇之事将成为泡影。这样一想，葛敬先就觉得报仇的事，还真容不得拖沓。

葛家庄遭人偷袭，损失惨重。一连几日，周边几个庄村的庄主都来到葛家庄安慰庄主葛敬先。见在这一片身为庄头的葛家庄被唐家洼人打杀得如此惨重，皆义愤填膺。葛敬先给到来的各位庄主详尽地说了唐家洼人如何放火烧麦，如何趁葛家庄人救火灭火之际，骑马挥刀偷袭葛家庄。葛敬先着重说了唐家洼此次偷袭行为不是唐家洼一庄而为，是对面几个庄村的联合行动。葛敬先并用那天夜里见到的一溜边堤上长长的火把、长长的人墙佐证，来说明葛家庄这次遭袭是以唐家洼为首的几个庄村有预谋、有组织的一场统一行动。对葛家庄遭袭的理由，葛敬玉和各位庄主很坚定地认为，是因为去年遭水患时葛家庄带头扒堤放水，淹了他们的庄村，他们对葛家庄一直怀恨在心，所以，才发生了眼下这等事。

当时葛庄主挑头扒堤放水，不单是为了葛家庄一庄，而是为了边堤以西遭水患的好几个庄村。今儿葛家庄一庄为此遭了边堤以东一众庄村的凶残报复，且死伤惨重，彭庄主、姚庄主等几个庄主也是重义气讲仁义的人，便甚感惭愧，觉着很是亏欠葛家庄。尽管这些山东移民沿湖而居二十多年，名义上也属于沛境土民，可这些山东移民曾因为地界，跟当地土民争斗拼杀，双方多有死伤，结下了深仇大恨。这种仇恨并没有随着岁月的流逝而变得淡薄，相反，因为当地土民对山东移民的仇视，因为官府的严防和弹压，二十年间虽没有爆发过大的冲突，可这种仇恨却时刻积在当地土民的心头，一旦碰到时机，这种仇恨就会强力迸发出来。一班外来移民，居然如此凶残地打杀原住土民，是可忍孰不可忍。此刻，这些庄主已经怒不可遏。

彭家庄彭庄主圆瞪双目大声道："这帮人是地地道道的恶霸，要不给他们点厉害看看，还以为咱们是任他们踢打的病猫呢。"

姚家楼姚庄主说："他们能联合，咱们就不能吗？咱们庄多人多，还能输了他们不成？"

众庄主群情鼎沸，发誓要报仇雪恨。

葛敬先见众庄主情绪高涨，争斗的意志强烈，便说道："各位庄主的无畏和血性，葛某实在钦佩！不过眼下葛家庄人伤情惨重，现在就冲过去报仇不异于以卵击石。他们刚偷袭完我葛家庄，理亏心虚，一定会对咱们严加防备。我意待葛家庄受伤庄民伤愈后再寻机报仇。这期间我与彭庄主、姚庄主不时去县衙催告唐家洼，给他们一种咱们只想仰仗打官司去赢他们的假象，去麻痹他们。咱们背地里周全谋划，操练庄民，时机一到，立马冲过去，杀他个落花流水。"见众庄主点头赞同自己的说法，葛敬先接着说道，"为了不惊动官府，还望各位庄主对葛家庄死伤情况守口如瓶，秘而不宣。各位庄主回去后，把本庄青壮年集合起来，习练刀术棍法，做好跟他们随时开打的准备。时机一到，我们迅速联合，迅速冲杀。"

众庄主听罢，齐声称好，起身跟葛敬先揖礼告辞，各自回庄按葛敬先的嘱咐去做准备。

放火烧麦和夜袭葛家庄得手使得唐家洼人血仇得报，解了心头之恨。但唐家洼庄主唐守业知道，葛家庄吃此大亏决不会善罢甘休。从葛家庄在大堂之上只字不提庄民死伤情况可以看出，他们是在为下一步报复唐家洼铺路，葛家庄对唐家洼的报复迟早会来的。虽然唐家洼在这一回交锋中小胜葛家庄,但唐家洼眼下的情形依然严峻。于是,唐守业与王家洼、赵集庄、李家庄三庄庄主一起剖析眼下的情形,拟定应对之策。

遭水患时,各庄村都打堰围堤,需要很多土,所以各庄村在有房舍的地方外挖土培堰,致使庄村里边满是大坑小坑,凹凸不平。唐家洼、王家洼、赵集庄、李家庄四庄商量好似的,都在取土垫庄,四庄村的取土点都选在了庄西,离边堤百步之外。

葛家庄跟唐家洼的官司打打拖拖,一个多月的工夫很快就过去了。这日夜半时分,狂风骤起,狂躁地摇荡着树木,挥扬着尘土,飞扬着草垛。一阵狂风肆虐过后,紧随而来的是电闪雷鸣和滂沱大雨。如同火树银枝的闪电,不时照亮了黑暗中的大地。

边堤东边,一个伏在暗处值夜的唐家洼人借着闪电的亮光,看见有黑压压的人群越过边堤,朝唐家洼这边扑来。值夜的人立马起身,一边敲锣一边高声大喊:"葛家庄人打来了,葛家庄人打来了!"

趁着雨夜偷袭唐家洼的葛家庄、彭家庄、姚家楼几个庄村的人,见行动被唐家洼人发现,更是加快了前冲的脚步。众人正向前冲,忽然冲在前面的人像是碰上了鬼,倏忽间一个个不见了踪影。一群人正惊骇间,从地下传来人的喊声:"陷阱,有陷阱。"后边的人忙止住脚步,借着闪电的亮光,发现从南到北,唐家洼人挖了一道约九尺宽一人多深的壕沟,这道壕沟上面用苇草做了伪装,即便是白天,让人也看不出此处有道沟壕,更何况是雷雨交加的黑夜。此时,从南到北的沟壕里都有人在大声喊叫:"狗日的,他们挖了陷阱!"

面对如此情形,葛家庄庄主葛敬先心头骤然一紧,忙大声喊道:"攻击停止,赶紧把壕沟里的人拉上来!"

这时,一队黑压压的人群从东边朝壕沟这边扑了过来。人群来到近前,也不搭话,手里操弄着什么,没等葛家庄人弄清怎么回事,就听一阵"嗖嗖"声,紧接着是葛家庄人接连不断的"哎哟"声和一阵阵的叫骂声——"狗日的射箭了"。随着"哎哟"声和叫骂声,壕沟西面的葛家庄人有捂头的、有捂脸的、有抱着肚子的,纷纷往后退去。见葛家庄人纷纷退后,唐家洼人冲到壕沟边,抡起手中的棍棒、铁锨、锄头向壕沟里的人砸去,一时间,壕沟里鬼哭狼嚎,哀声不绝。此景此情让葛敬先心头战栗,冷汗和着雨水一起流下来,他带着悲腔对身边的人说道:“快,快去报官,快请官兵来。”

沛县知县丁子宣是在黎明时分赶到现场的,壕沟两边都有官兵把守,壕沟内横七竖八地躺着满身血迹的葛家庄人。有人上前禀报，前些日子葛家庄、唐家洼就曾有过打斗,并且双方都有死伤,葛家庄死七人,唐家洼死五人,这次仅葛家庄一方死二十一人,伤五十多人。知县丁子宣闻言,一下子蒙在那里,少顷,身子不稳晃了几晃,身边的人见状,忙上前搀扶,但见知县丁子宣口吐白沫,嘴歪眼斜,竟不能言语了……

第三十四章

徐州知府邵光远接到沛县官府递上来的紧急文书，知道了消停了二十年的"湖团案"沉渣泛起，又起祸端，且死伤惨重。在这正需要知县亲自坐镇、处置此案的时候，知县丁子宣偏偏中风，嘴歪眼斜，口齿不清，半个身子动弹不得，哪还能断得了案子。邵知府便一边指令沛县县丞、主簿暂行县令之职，一边考虑向江苏巡抚禀报葛家庄、唐家洼相互打杀一案及沛县县令中风卧床，不能理政之事，乞望巡抚能下派官员，以代县令之职，审理葛、唐两庄互伤一案。江苏巡抚很快给予了回复，指令州知府严加掌控局面，不得再让事态扩大，并说现朝廷大挑在即，待大挑之后，若沛县知县丁子宣仍不愈，即从选出的举子中充补沛县知县一职。

自从女婿崔元功随女儿一起来州府省亲，知道女婿崔元功心有仕官的想法后，邵光远当时虽没有对女儿女婿表露出他的态度，可他心里已经记下了。通过跟女婿崔元功的谈话，他认为女婿崔元功很有做官的潜质。虽然他没有当面对女婿许诺什么，但他认为既然女婿有为官的潜质，且有心仕官，未尝不是一件好事。更难得的是，女婿对官位并没有大的野心，只希望能在故里为一县令，一边公堂理政，一边守家护田，既能在母亲面前尽孝，也能呵护妻子。女婿这样的谋求，他从心里也是赞同的。

多年的宦海沉浮，邵知府深知官场的龌龊和黑暗。官位越高，官场境况越险恶。勾心斗角、尔虞我诈，明枪暗箭防不胜防，官场就是一个十足的你死我活的战场。斗来斗去，终是胜者王侯败者寇。

他期望女儿能幸福一生,平安一生。他不希望女儿随女婿宦海起落,整日提心吊胆地过日子。崔府良田千顷,家财万贯,女儿一生富贵荣华当属无妨。女婿想通过做官光宗耀祖,未尝不可。凭自己的官位和人脉,给女婿谋个官位还不算难事。沛县知县丁子宣的老母亲已年过八十,年老体衰,妻子也体弱多病,为此,上呈了几封请调原籍的文书。邵知府本想待知县丁子宣的请调文书批下来后,到时不惜银两,上下打点,左右通融;让女婿崔元功顶补县令空缺。谁知沛县知县丁子宣却突然中风,若丁子宣短时间内不愈,应该也是一个不错的机会。可早不中风晚不中风,恰在山东移民与当地原住民相互打杀,需官府处断的关口上中了风,这就不得不让邵知府心有猜度,是不是沛县知县丁子宣见案件重大,心怯胆惧,畏难而退,而装成大病。巧的是,金秋正逢大挑之年,若是沛县知县丁子宣待到大挑过后还中风不愈,朝廷自会选派大挑挑中的举子,来接他这个县令位子。如若那样的话,女婿崔元功想在家门口仕官可就难了。

如说机会,眼下就是个机会,不过这个机会在邵知府看来,实在是太险恶了。若是当下接过知县一职,无疑要肩负重责,山东移民与当地原住民相互斗杀案, 双方死伤惨重, 是自二十年前的那场地界之争后最大的一场互斗。此案件实属重大,若是审理此案时不能通达事理,把案子审理成一锅粥的话,削职为民怕都是轻的。他想,这个时候女婿崔元功若是替补知县一职,对于一个没有从官经验的年轻人来说,一上来就遇上这么一个麻烦案子,将会是一件充满极大风险的事情。可是再一想,若是女婿崔元功能拿下这一案子呢?那岂不是一举成名,誉满天下。于是,邵知府决定凑个时间把女婿叫来,跟女婿崔元功好好谈一谈。

清乾隆十七年(1752年)定制,三科不中的举人,由吏部据其形貌应对挑选,一等以知县用,二等以教职用,每三年举行一次,意在使举人出身的士人有较宽的出路,名曰大挑。大挑被挑中的举子,一般分派到各省作为七品及其以下官员候补或者任用。起初,参与大挑的举子一律进京备选,所有选中者均经皇帝亲自接见。后来由于人数过多,改为皇帝只召见其中列入一等的举子,直到清末道光年间,朝廷也会下派钦差大臣到某个有不稳定迹象的地方处理公务,如正巧赶上当年大挑,便指令下派大臣一边监督协助地方处理急要公务,一边考察当地举子,代朝廷进行大挑。

大挑主要是选一些能办事的基层官员，所以其选择的主要标准有两条，一是年富力强，二是人品要好。嘉庆皇帝曾对大挑之事表示“一等为州县求父母，二等为学官取师长，先取强壮，后取人品”。所谓人品，主要是指面相上要看得过去。当地方官，尤其是当“父母官”，长相不能太丑。清朝科举取士，从来就有以貌取人的情况，而大挑则是其中唯一的、公开以貌取人的一项。大挑取士，重在形貌与应对，就是要看被挑之人长相好不好，头脑灵敏不灵敏，会不会说话。

因葛家庄、唐家洼两庄互斗死伤惨重，事态还有闹大的迹象，邵知府思虑再三，决定上报巡抚。于是，他把沛县县衙呈上来的对于葛家庄、唐家洼两庄互斗死伤的报告文书呈报给了巡抚。江苏巡抚看了徐州知府呈上来的文书，也感到案情重大，有必要上报朝廷。于是，巡抚一边指令徐州知府严加掌控，不得使局势再有恶化，一边把此案情上报朝廷。

对于江苏巡抚报呈上来的沛县境内山东移民与当地原住民互斗的文书，朝廷很是重视。于是，朝廷指令去苏州府进行大挑的三位大臣，内阁侍读大学士施庆梁、翰林院侍讲大学士卜尚农、通政使司副使伏田成提前启程，先去徐州府及沛境实地考察了解山东移民与当地土民的互斗情况，协助当地官员尽早了断此案，平息双方互斗，如当地官员优柔寡断，处置不力，三位大臣可见机行事，当机立断。朝廷随即下发公文给江苏巡抚，让江苏巡抚及徐州知府协同三位大臣，全力处置好沛境内的土民互斗一事。江苏巡抚接到朝廷公文，立马派驿差把朝廷公文送到徐州知府。

徐州知府邵光远接到江苏巡抚转来的朝廷公文，看罢，内心一阵惊喜，禁不住说道：“吉人自有天相，如若不出差错，女婿仕官之事应该不甚费力即可得。”

邵知府给女儿邵蓉蓉去了封书信，说母亲想她了，让她有空的时候回州府一趟，以解母亲思女之苦，并叮嘱她和姑爷一起来小住几日。女儿邵蓉蓉接到父亲的书信，心里对父母也生思念，便在婆婆那里说了。婆婆杨月娥何等明智，便一边软声细语宽解儿媳思亲之情，一边吩咐下人备好马车，晚上把马喂饱，明儿一早送儿媳和儿子去州府，并亲自张罗明儿儿媳回娘家所带的礼物。邵蓉蓉把父亲的来信给丈夫崔元功看了，对丈夫崔元功说：“父亲嘱咐要你一起去，一定是有什么事，至于什么事，信上怕是不方便说。”崔元功看罢信,决定陪妻子一起去州府。

崔元功和妻子邵蓉蓉来到州府,邵知府白天忙完公务,晚上让厨房做了一桌家宴,招待女儿女婿。一家人吃罢晚饭,待佣人拾掇利落,沏好茶,邵知府便跟女婿崔元功说起沛县知县丁子宣中风的事。崔元功在家时曾听说了知县丁子宣在葛家庄、唐家洼双方打斗现场中风倒地的事,见岳父大人提起此事,便说道:“葛家庄、唐家洼双方打斗死伤人的事,在沛境传得沸沸扬扬,这么大的死伤,自双方二十年前地界之争后还从未有过。这么大的事件,一定会惊动官府。”

邵知府说道:“何止惊动官府,都惊动朝廷了。”

崔元功并没有表现出惊诧,道:“毕竟人命关天,且一下死伤这么多,惊动朝廷也在情理之中。”

邵知府说道:“此事惊动了朝廷,官府对此案件自会着力审理,这个时候,作为沛境官员自当冲在前面,可偏偏在这个紧要当口,知县丁子宣却倒下了。”

崔元功何等聪敏,似乎领悟到岳父大人要他来州府的真正目的了,于是,有些谨慎地说道:“这等紧要关口,没了知县怎行,如若知县丁子宣不能病愈,官府能不调派人替补知县?”

邵知府说道:“我已让县丞、主簿二人暂行知县之职。朝廷大挑在即,巡抚指令州府掌控局势,待大挑过后,从被挑中的举子中,选派人来顶补沛县知县一职。”

崔元功听罢,心里禁不住有些失望,轻声说道:“朝廷大挑,应为三科不中的举人才有资格参加大挑,小婿尚未进京会试过,要想通过大挑仕官,怕是走不通了。”

邵知府端起茶盅,轻轻啜了一口,说道:“吕蒙正曾言‘时也,运也,命也’,时是转瞬即逝的人生际遇,命是一个人与生俱来的运气,是天注定的,运则是后天下降于人本身的。人能及时把握住时机,运气自然不会差到哪里去。”见女婿懵懂地看着自己,邵知府便接着说道,“今年秋季大挑,朝廷下派了三位大臣来省治苏州府,主持江苏举子大挑,并查办沛境土民互斗案。其中翰林院侍讲学士卜尚农,与我曾同窗六载,情同手足,后来我们俩一起赶考,一起御试,一起进士及第。后来他在京城为官,我在州府。虽然我们相隔千里，却是来往书信不断。我进京办事，卜尚农总是盛情款待，我们两人的情谊，是一般人所不及的。如若趁此机会，用心谋划，筹办得当，我想，你仕官一事也许不会太难。”

崔元功听罢，难掩内心的欢喜和激动，说：“能有这样的机遇，能说不是天意？有道是‘背靠大树好乘凉’，小婿全仗岳父大人襄助了。”

邵知府说道：“福兮祸所依，祸兮福所伏。沛境土民互伤惨重，酿成大案，如此情势之下接任知县一职，好便罢，不好，很有可能就会成为官府的替罪羊，轻则罢官为民，重则难逃牢狱之灾。这也正是我一直忐忑不安的地方。”

崔元功见岳父如此说，便道：“对于沛境内山东移民与当地土民间的怨仇怎样积下来的，二十年前那场地界之争的来龙去脉，小婿小时候就听太爷爷说起过，况小婿身为沛境人，却与山东移民没有过任何冲突，与当地土民也无过密交往，一手托两家，既不向杨也不向潘，所以，若参与处断此案，小婿能号透他们双方的脉，然后可对症下药，审断起来要比别人更有优势。再说，若小婿在审断此案时出了纰漏，官府追究下来，大不了小婿回家做我的举人去。”

邵知府听罢，轻轻点了一下头，说：“既然你志向笃定，那就试一下吧。不过，现在的官场，即便关系再怎么亲密，这样的事没有银子开道，路是走不通的。”

崔元功就道：“小婿明白，要么不办，要办就重金一下子夯实。”

邵知府说：“最近几日三位大人就要来州府，你在州府多待些日子，一可与三位大人认识认识，二可代我周密款待他们，也好给他们留下一个好的印象。”

崔元功便小声道：“不知三位大人都有甚爱好，也好投其所好。”

邵知府便轻轻一笑，道：“他们在京城天子脚下为官，整日小心谨慎，不敢太过放恣，如今到了下边，天高皇帝远，就如出笼的鸟儿一般，如有机会，也会放开本性。如若说爱好，还能脱了‘钱、色’二字？”

崔元功听罢，輾然一笑。

第三十五章

葛家庄庄主葛敬先联合彭家庄、姚家楼几个庄村，本想趁着风雨之夜偷袭唐家洼，打唐家洼一个措手不及，哪曾想唐家洼早已做好了防备，在边堤之下百步远的地方挖下一处沟壕，且进行了伪装，往前突袭的众人不知前边有陷阱，一下子掉下去好多人。而正当人们慌乱之时，唐家洼那边黑压压冲过来一队人，来到沟壕前，有些人朝沟壕对面的人群突放弓箭，有些人持棍棒狠打掉落在沟壕里的葛家庄人。见败势已定，为了减少葛家庄的死伤，葛家庄庄主葛敬先忙派人报官，最后官府派来了官兵方才压制住了唐家洼一方。此役葛家庄一方死亡二十一人，伤五十多人，以葛家庄一方惨败告终。

双方一场打斗居然死伤这么多人，是二十多年来没有的，可以说是惊天大案了。因知县丁子宣中风不起，此案暂由县丞、主簿二人代为审断。县衙大堂之上，双方唇枪舌剑，各说各的理。问及葛家庄为何夜袭唐家洼，葛家庄人说是为了报复唐家洼人烧麦毁田。问及唐家洼为何挖下沟壕，唐家洼人便说他们挖沟壕是为了取土垫庄。葛家庄一方告唐家洼一方藏有大量强弓硬箭，以图犯上作乱。唐家洼一方便说他们的弓箭实以软柳作弓，大湖里的苇秆作箭而成，并非葛家庄人所说强弓硬箭，并拿出自制的弓箭让县丞、主簿验看。

葛家庄一方死伤惨重，可毕竟他们的人过了边堤，且又是风雨之夜带着刀枪，伤在了唐家洼的地界上，公理上属于踏门入户侵犯别人。若判葛家庄一方,可他们毕竟死伤惨重;若说唐家洼冤枉,伤人也是属于自卫,可是纵使双方结有怨仇,唐家洼下这样的重手,也未免太过恶狠歹毒了。案情如此重大,县丞、主簿二人不敢妄断,于是,二人商议一边报请上级官府,派员督办此案,一边以审查此案为借口,让双方暂且回去,待官府查实案情,再传唤双方。

葛家庄经此一役,元气大伤。他们知道此仇必报,不过不是当下,知道大堂上打官司官府一时半会不会厘清定谳,因此也并不烦躁。对于官府的拖延,葛家庄权当是喘息的时间。

唐家洼一方经此一役,虽然大获全胜,却并没有欢欣贺庆。唐家洼一方知道,一下子打杀了葛家庄一方那么多人,一定会惊动上级官府的,到时如若官府查清案情的来龙去脉,再把双方瞒下的死伤人数查出来,那可真就是惊天大案了。案情查究到哪一步,最终官府对此案怎样定谳,实难预测,不过有一点唐家洼一方是明白的,那就是此案官府一定不会等闲视之。唐家洼庄主唐守业心里知晓,此时唐家洼要做的,就是掩起獠牙,卧低身段,盘起尾巴静待其变。

内阁侍读学士施庆梁、翰林院侍讲学士卜尚农、通政使司副使伏田成三位朝廷大员被派去江苏省治苏州府负责举子大挑之事。因江苏境内的沛地发生土民互斗、多人死伤的案情,朝廷便命三位大臣提前赶赴苏州府,先去沛县府衙协助地方官员查办当地土民互斗一案。于是,三位朝廷命官遵朝廷旨意提前赶赴江苏省治苏州府。

三位朝廷钦差来到江苏省治苏州府,江苏巡抚就把沛境土民互斗的事给三位大臣做了陈述。三位朝廷钦差就要阅览与此事件相关的文字资料,巡抚就说由于沛县县令突患中风,沛县县令一职暂由县丞、主簿执掌,因此案死伤人数众多,案情复杂,需慎重察访和审断,所以还没有将此事件的文字资料呈报上来。为了更深入地了解案情,三位朝廷钦差只在省治苏州府停留了一日,便起身去了徐州府。

徐州知府邵光远了解到,三位朝廷钦差已到了省治苏州府,料想这几日三位大臣必定会来徐州府。于是,他便派了多个衙役,打扮成百姓模样,在省治至州府的官道上,每二里路设一个瞭望哨,一直设到二十里地外,一旦发觉路上有官兵护卫的车马过来,就以手势为号,一个传一个,一直传到州府。

邵知府就可带一班官员去徐州城外迎接，这样既显仪式隆重，又显对朝廷大臣的敬重。

第二天上午，邵知府接到衙役的传信，说一众骑马的官兵护送着三驾官轿马车朝州府而来。邵知府听闻后，忙召集州府一众大小官员，穿戴周正，一起去州城南门外迎接朝廷大臣。

不多时，三位朝廷钦差的官轿马车在众官兵的护卫下，来到了徐州城南门外，马上的官兵老远就看见城门外站满了人。三位大臣掀起轿帘一看，见城门外五彩旌旗飘飘展展，旗下站满了身着官服的官员和众多的衙役。三位大臣知道这是州知府在以隆重的仪式迎接他们，见此情景，三位大臣心里先就有了几分悦意。

见三驾官轿马车来到近前，邵知府便双手抱拳朝官轿马车一个长揖，高声喊道："微臣邵光远携徐州知府一众同仁，迎接三位大人惠临小城。"众人也一同高声附和："欢迎三位大人大驾光临小城。"

三位大臣见状，也就叫停了马车，一起下了官轿，同州府一众官员见面。翰林院侍讲学士卜尚农在邵知府面前揖礼道："邵兄何必如此兴师动众，您是如何知道我们今天来州府的？"

邵光远便说道："如若卜兄一人私自行游到此造访故交，邵某也许就不设这样的阵仗了。可如今，卜兄和另两位大人是身负朝廷旨意的大臣，是来此处办公事的，邵某怎敢有一丝怠惰。前两日邵某接到巡抚大人的公文，说三位大人将惠临来苏，一为监挑，二为查究沛境土民互伤案。邵某知道三位大人一定会来徐州府，从接到巡抚大人的公文那天起，邵某便天天想、日日盼，每日都会携同仁一起来这里翘首以盼三位大人的到来。"三位大臣听罢内心颇为受用，又因邵知府是卜大人的故交，所以施、伏两位大人对邵知府很是客气。卜尚农挽起邵光远的手，一起上了他的坐轿。州府大小官员、护卫官兵，簇拥着三驾官轿马车朝州府奔去。

中午，邵光远在州府设宴招待三位朝廷钦差，并申明因要聆听三位大人对州府事务的指导教诲，中午饭权当作垫饭，晚上再设宴招待三位大人。一同陪席的有州府同知、通判，还有崔元功。席间，崔元功包揽了斟酒、续茶的活计，有时崔元功也会适时地插上几句话。三位大臣并没有太在意这个年轻人，以为是邵知府找来的一个伶俐的下属，专门在席间斟酒续茶的。但从这个年轻人嘴里说出来的话,倒让他们觉得这个年轻人有些才气,未免也会多看崔元功两眼。

作为晚辈,崔元功那是必须要给敬酒的。敬酒前邵知府给三位京城来的大人明说了崔元功是自己女婿,家居沛境,举人功名,随女儿一道来州城省亲,正巧赶上三位大人惠临,因对三位大人很是尊崇,很想近前一睹三位大人风采,所以邵某就让小婿来侍宴了。听罢邵知府的话,三位大臣便夸赞崔元功玉树临风,仪表堂堂,年纪轻轻就中了举人,实在是年轻有为,前程似锦。崔元功连声称谢,席间愈加谦恭。

因崔元功是沛境人,三位大臣便不时向他了解沛境土民互伤的情况,崔元功也就把自己所了解的, 以及从太爷爷崔道仁那里听来的一些双方结仇积仇的事,说给三位大臣听。崔元功说话条理清楚,侃侃而言,且谈吐文雅得体,使三位大臣没去沛境,先了解到了一些双方土民互伤的情况,心里很是高兴,对崔元功这个年轻举子心存好感。

晚上,邵知府在州城最好的酒楼"悦来酒家",招待三位京城下来的钦差大臣。悦来酒家集餐饮、住宿于一体,是一家高三层的老字号酒楼,在州城是一幢很气派很显眼的高楼。

悦来酒家已被州府包了下来, 酒家四周三步一岗五步一哨, 布满了官兵。

悦来酒家声名远播, 实在是因为此酒家有道独创的传统名菜"彭城鱼丸"。此道名菜为康熙年间悦来酒家开张时的厨师李自尝所创,色泽洁白,口感鲜嫩,安神养胃。南来北往的有钱过客,嘴刁挑剔的美食家,来徐州府必去悦来酒家品食这道名菜,品过之后无不啧啧称赞,由此,悦来酒家和它的彭城鱼丸名扬天下。

陪席的依然是中午席间那几个人,只是多了三个貌美如花、打扮素雅的女子倒酒斟茶。三位女子巧笑倩兮,仪态万方,在三位大臣面前言语俏皮且得体,时不时惹得三位大臣开怀大笑。

州府这家悦来酒家的彭城鱼丸三位大臣早有耳闻。当一大海碗的鱼丸端上席面时,三位大臣连声说,仅凭色泽就知此道菜肴绝对上品。

邵知府就介绍:"此鱼丸又称鱼珍珠, 放在水中是圆的, 落在盘中是扁的,夹在筷子上是长的,工艺高超,非一般厨子所能。"

于是,三位大臣便依邵知府所说,用筷子夹起一鱼丸观看,就见筷子上的鱼丸软颤颤地如蚕茧状,又把鱼丸放置在清水中及菜盘中,果然如邵知府所说。三位大臣连连称奇,待品尝后齐赞珍馐美味。喝的酒是崔元功给岳父的牛家集牛家酒坊窖存了十年的高粱酒。纵然三位大臣吃惯了山珍海味,饮惯了美酒琼浆,仍是对满桌的酒菜赞不绝口。

席间,三位美人不断敬酒劝酒。酒至半酣,邵知府让三位美人为三位大人唱几首曲子以助酒兴。三位美人便怀抱琵琶,端坐一侧,指动弦响,一起合唱了一曲《虞美人》:"柳枝却学腰肢袅,好似江东小。春风吹绿上眉峰,秀色欲流不断眼波融。檐前月上灯花堕,风递余香过。小欢云散已难收,到处冷烟寒雨为君愁。"三人的和声如潺潺流水般浅唱低吟,独具风韵,有时哀怨,若露滴竹叶般泠泠作响,耐人寻味;有时忧郁感伤,如花落花去缘来缘灭,让人伤悲。三位美人唱罢,三位大臣一边击掌叫好,一边赞道:"此曲只应天上有,人间难得几回闻。即便是在京城,也难得听到如此美妙的曲子。"

宴罢,三位大臣都有些醉了。邵知府让三位美人每人搀着一位大臣送至三楼安歇,邵知府随三位美人一起把三位大臣送到三楼,并嘱咐三位美人照顾好三位大臣,方才转身下楼。

第二天,邵知府凑了一个时机,跟翰林院侍讲学士卜尚农单独说了女婿崔元功有心仕官的事,并表达了想借此次大挑,恳请卜大人提携一下小婿的愿望。卜大人闻言,沉默了一下说:"从才情、面相看,贵婿是块为官的料。可大挑毕竟是对那些三科以上的举人设的,贵婿一科未试就参加大挑,着实不好办。贵婿才学超众,何不向上进取更高功名?"

邵知府道:"人各有志,小婿家大业大,只想求任一地方官,守家护民足矣。这一次您亲来苏州府监办大挑,毕竟是个机会,如若换作他人,我是万万开不得这口的。不过,这事卜兄也不要为难,如若费些力气可办,卜兄就看在你我知己故交的份上,费心费力办一下,事成之后,邵某和小婿岂能忘了卜兄大恩。如若实在犯难,则罢。"

卜大人沉吟了一下,道:"邵贤弟既然把话说到这份上了,卜某怎敢推辞不办。不过你也知道,当下的官场提拔人的规矩,我你就不要考虑了,施、伏两位大人还需打点一下的,到时在他二人面前我也好提说这话。"

邵知府听罢忙说:"卜兄不说邵某也会操办妥当的,卜兄请放心。"

卜大人道:"不过,事情办到哪一步不好说。事成,那是贵婿有这份福缘;不成,那只能等待时机了,你心里要有所准备。"

邵知府忙说:"这事本就是侥幸而为,成与不成,全在天意,这点邵某岂不明白。"

第三十六章

两天后,三位大臣要去沛县查问山东移民与当地土民互伤一事。因为年轻举人崔元功的才识给三位朝廷钦差留下了很好的印象,且是沛境人,对互斗双方的根底了解颇深,又是邵知府的女婿,所以,三位大臣决定在沛境查问土民互伤一案上,让崔元功全程陪同,也好随时向他了解一些与此案有关的事情。

三位朝廷钦差一行在崔元功的陪同下来到沛县县衙,去了府邸看望中风不起的县令丁子宣,见丁县令卧在床上口齿不清,仍不能起身,好言宽慰了几句便出了府邸。见县令指望不上,向临时代县令主持公务的县丞及主簿问了一些互斗双方的情况,县丞、主簿二人把山东移民与当地土民互伤的情况给三位大臣做了汇报。听罢县丞、主簿二人的汇报,三位大臣又问了一些细节上的东西。县丞、主簿二人答得有些言之不详,三位大臣甚是不满,便指令二人带他们去事发现场查案。

三位大臣乘了官轿马车,带着随从先去了葛家庄外的田野,当时被烧的麦田现场以及留有血迹的地方,哪还有一丝迹象。时令已进入深秋,收了秋庄稼,种下了麦子的田野上,嫩绿绿的麦苗已破土而出,远远看去,整个田野一片绿色。只是阴郁地站立在田野路边的树木和它衰黄了的叶片,给田野着上了一层凋敝的颜色。一行人去了庄内,庄人听说是朝廷大臣来此查案,便跪了一地,齐声哭喊:“官老爷要为俺们葛家庄做主啊,他们唐家洼不光烧了俺们的麦田,还打死了俺们的人,二十一条人命啊!”

三位大臣又过了边堤去了唐家洼，堤下百步以外，事发时的沟壕仍然从南到北横卧在那里。唐家洼人知道朝廷派下的大臣来了，忙把用板木做好的吊桥落下来。三位大臣来到唐家洼庄上察访探问，为何堤外百步无故挖下沟壕，以致葛家庄众人死伤？庄民都说堤外挖土实在是为垫填被大水冲垮的庄村而已，怎奈葛家庄人容不得外来移民，趁雨夜偷袭唐家洼，误落沟壕，多是相互踩踏致死。俺们唐家洼人本就是外来土民，虽经官府恩准为沛境土民，可毕竟算是寄人篱下，平日里躲事还躲不及呢，哪还有那个胆惹祸呢。

当然，三位大臣对双方庄人的说法不会轻信妄断，他们想把这样大的一个案子，断理成一个公平公正、让人心服口服的案子，上对得起朝廷信任，下对得起土民的期待。于是，第二天，三位大臣带着随从，又对周边几个庄村进行探问察访。堤西几个庄村的受访庄民，都向着葛家庄，全都数落着唐家洼一方的恶毒和不是。堤东的几个庄村受访的庄民，全都向着唐家洼，全都数说葛家庄一方的凶横和邪恶。崔元功就跟三位大臣说，边堤西的庄村为原住土民，边堤东为山东移民，双方二十年前就结下了怨仇，从感情上来说，自然会各方向各方。在这点上三位大臣心里当然清楚，他们对互伤双方周边庄村的探访，并非倾听边堤两边的土民对己方的粉饰和对对方的控诉，而是想从这些人的言谈话语中，捕捉到蛛丝马迹，寻出些审理案件的突破口。让三位大臣失望的是，他们并没有得到他们想要的东西。这也让三位大臣感到理断此案并非易事。

一天下来，三位大臣对案情的查问仍是一团乱麻。见夕阳西下，天色向晚，三位大臣便打算返回县衙，待明日再做探查。此时崔元功在三位大臣跟前深深一揖，说道："三位大人费神费心劳顿一天，此地离晚辈寒舍崔家庄不甚远，晚辈早已在家里备好了两桌家宴款待三位大人，家宴虽比不得京城的炊金馔玉、山珍海味，可微山湖里的老鳖鱼虾、菱藕野蔌也是难得的美食，恳望三位大人屈就寒舍，薄酒淡菜，让晚辈聊表一下对三位大人的敬仰崇拜之意。"

三位大臣见崔元功言辞恳切，诚心相邀，也不好推拒，又知崔府为此地大户人家，也想见识一下乡下大户人家究竟是怎样一个模样。所以，三位大臣应了崔元功的邀请，决计随崔元功去崔家庄崔府一看。

一行人随崔元功来到崔家庄，远远就见庄中心地带有一处气派的大庄院。朱红色镶满铜勒的宽大木门两旁,威严地坐着两只一人多高龇牙咧嘴的石狮，大门两旁竖着的几支笔直的杉木杆子上悬挂着已经点亮了的大红灯笼。待走进庄院,见庄院内挂满了大红灯笼,灯笼的亮光把整个庄院映衬得红彤彤一片,使得整个庄院充满了节日般的喜庆气氛。庄院内宅院相连,一步一景,古朴典雅。三位大臣心内不禁感叹,这样的庄院跟京城王府的院落都有得一比了。

崔元功引着母亲杨月娥、妻子邵蓉蓉见过三位大臣,一番礼仪应酬后,杨月娥、邵蓉蓉婆媳二人告退,三位大人送二人到门外。

崔元功置了两大桌宴席。一班随从一席,设在另一客厅;三位大人这一席设在了主房大厅。为了这两桌宴席,崔元功特地花重金请来了誉满全县的两个厨子,从挑选食材到烹炸煎炒炖,两个厨师忙活了一天。菜全是地道的湖里物件做出的,有凉拌藕根、凉拌鳝鱼丝、湖草烹制的珍珠菜、尖椒水鸟、香辣野鸡、香辣野鸭、油炸金蝉、红烧微山湖四孔大鲤鱼、红烧微山湖大鳜鱼、红烧田螺、红烧白鳝、清炖微山湖乌鳢、干烧微山湖大对虾、冰糖莲子汤、鸭血粉丝汤、原汁羊肉汤、漂汤鱼丸。这样一个极具微山湖特色的家宴,加上厨子高超的烹饪功夫,让三位京城来的大臣赞不绝口,连称这么精致美味的家宴,即使在京城也难以吃到。酒是山西汾酒,三位大臣在名士的笔记文字中对此酒多有了解,李汝珍在他的小说《镜花缘》中曾把此酒列为全国第一名酒。能在一个远距山西几千里地的乡下喝到这么名贵的酒,足见崔府的富有和殷实。

宴罢,三位大臣要返回县衙,崔元功从内室拿出三个制作精美的枣色木匣,分送给三位大臣,说道:“晚辈祖居贫乡僻野,没什么好东西送与三位大人,这三尊铜制玩物大人可闲暇之时把玩一下,以遣一时之闷。”

三位大臣接过木匣,打开一看,见里面是一尊拳头大小、泛着金光张嘴大笑的弥勒佛,拿出来在手心掂了掂,便知此物贵重绝非铜物。卜大人便道:“贤侄置办的佳肴也吃了,美酒也喝了,这等物件是决不能收的。”

崔元功闻言深深一揖道:“晚辈元功倾心仰敬三位大人，三位大人能屈身敝舍,已是让寒舍蓬荜生辉,再说卜大人又与岳丈大人是旧识故交,区区一小玩物何足挂齿。如若三位大人不嫌弃晚辈,万请三位大人收下。”

见崔元功这样说,卜大人便道:“既然贤侄如此说了,那我们只好收下了。"

三日后,县衙升堂断理葛家庄、唐家洼双方互伤一案。县丞暂代知县之位主审,三位朝廷钦差坐镇监审,崔元功坐在三位大人一侧旁观堂审。

大堂上,问起案件起因,葛家庄人一口咬定是因为唐家洼起事在先,火烧其麦田引起的。葛家庄人心里清楚,案件的内里真相是万万不能明说给官府的。如若说了麦收前葛家庄人伏击了唐家洼人,并打死打伤他们多人,才招致了唐家洼人的偷袭,那岂不是自找麻烦,惹火烧身。唐家洼人则说,葛家庄一直以来就对移民过来的山东团民心存不满和仇恨, 欲把山东移民赶尽杀绝驱逐出沛境而后快,所以就发生了雨夜偷袭唐家洼坠沟死伤之事。唐家洼人心里也清楚,如若在官府面前说出真相,说因葛家庄伏击唐家洼,致使唐家洼死伤多人,唐家洼为泄恨复仇,趁夜烧了对方的麦田,又打杀了他们的人,再加上他们趁雨夜偷袭唐家洼不成,反被打杀,说出来会把官府吓一跳。如此大的死伤,官府知晓后怎会轻饶。所以,双方只是在烧麦、夜袭两件事上相互指责,争吵不休。因双方拿不出有力的证据论证谁是谁非,这一次堂审和之前一样,让官府难做裁决,只得让双方退堂,以待候审。

因此案件葛家庄一方死伤众多,为安抚葛家庄一方,三位大人本想在大堂上严判唐家洼,以平息葛家庄一方的怨愤和戾气。可是通过两天的下乡察访,他们知道民众对此案甚是关切。如若不能拿出让人信服的证据便武断裁判,不光不能让唐家洼一方服气,也会让一直关注此案的民众说三位京城下来的大臣除了会以势压人、以威压人外,断理案件也不过如此。那样的话传扬开去,岂不让同僚们笑话他们无能,让世人笑话他们平庸?此案审成这样,让三位大臣着实感到此案的复杂和难缠。

待葛家庄、唐家洼双方人众退去,三位大人就问崔元功对今天的堂审怎么看。崔元功沉吟了一下便道:"依晚辈看,官司难断之处就是官家没有凿实的证据证明他们双方孰是孰非,此案在晚辈看来绝非是一桩简单的案件,从他们双方的争吵中,晚辈感觉他们双方似乎都在有意隐瞒着什么,至于他们双方所隐瞒的东西,与传扬的早前就已经有了互伤,甚至死亡是否有关,我们不得而知。依晚辈看,要想彻查此案,必须要查清此案背后的东西。官府三番五次地明察暗访,都没能获取凿实的证据。葛家庄、唐家洼双方一定都有不可告人的事情瞒着官府。乡间曾传言他们双方曾互有死伤,若传言属实的话，他们双方为何不上告官府呢？依晚辈拙见，咱们不妨先从侧面下手查证，若查证传言真实，再顺势查证这事关人命的事，为何双方都瞒官不报，其背后的动机是什么。说不定破其一点，就能满盘皆活，揭开盖子查明此案。”崔元功见三位大人听罢，瞧着自己沉默不语，便又接着说道，“不过，要依晚辈的说法去查证，必须要打消双方土民的顾虑，取得他们的信任。要让他们双方都觉得官府是真诚相待，是向着他们、怜惜他们的，使他们心甘情愿地、毫无遮拦地说出真相。”崔元沉吟了一下，接着说道，“不过，这样做的话，需要些时日，太急了不行。但三位大人不能这样做，一是三位大人身为朝廷大臣，低声下问，实在有辱大人尊贵；二是这些土民浅见寡识，见到三位位高权重的大人，难免心有畏惧，自会惧怕言多语失，惹祸上身，这等情形下要想从他们那里问出些实情来，怕是不易。”

三位大人听罢，沉默了片刻。卜大人说：“崔贤侄所言有些道理，不过我们三人还身负朝廷大挑重任，眼见大挑临近，我们还将要去省治苏州府监办大挑，不能旷日累时地拖在这里。”卜大人沉吟了一下，接着说道，“如若不成，那只好等到大挑过后，我们三位再来审断了。”

崔元功沉思了一下，对三位大人说道：“若是三位大人信得过晚辈，晚辈愿为三位大人效犬马之力。”见三位大人相互对视了一下，崔元功便接着说道，“晚辈如此说，是因晚辈占全了天时、地利、人和。天时，有三位大人做后盾，可令晚辈无畏无惧；地利，晚辈本是当地人氏，对本地风土人情了如指掌；人和，晚辈与葛家庄、唐家洼两家没有瓜葛，且与两家相处和睦，到时候查问起案情来，会容易些。三位大人尽可去监办大挑，待晚辈查问出个一二，形成文书，三位大人来时览阅文书后再去审断就容易多了。”

三位大人听罢，连连点头，说道：“这样未尝不可。”

见三位大人赞同自己的说法，崔元功便有些迟疑，说道：“只不过晚辈这样做的话，凭一举人身份有些名不正言不顺。”

通政使司副使伏田成闻言便道：“这有何难，由我们指令你暂代县令一职不就行了？”

三位大人当场决定，沛县县令一职暂由举人崔元功代理，并让县丞、主簿形成文书，下传各坊间乡里。

第三十七章

离立冬还有十多天,天气却一下子冷了起来。连着两天,天空就像被黑水浸染过一样,混混沌沌的。西北风不大却吹得人割肉侵骨般地冷,夜里风停了,当人们都觉得第二天会是响晴的天时,早上人们打开屋门蓦然发现,外面已是雪花飘飘。这不期而至的大雪,预示着一个寒冷的冬天提前来临了。

三位朝廷钦差就要赶赴省治苏州府,主持江苏一地举子们的大挑,崔元功给三位大臣在县邑最好的制衣铺里,买了三件最好的大衣,又在每件大衣的衣兜里各放了一张面值两千两的全国通用银票。

临行前,翰林院侍讲学士卜尚农单独跟崔元功谈了一次话。卜大人对崔元功说道:"邵兄在州府曾跟我说过你想仕官的事,邵兄与我乃故友至交,他托付的事,卜某岂敢不办。本来想趁这次大挑,费些心计携你一下,可巧,有这桩土民互伤案摆在这里,虽然此案纷乱驳杂,难以断理,可于你来说岂不是天赐良机?我们三人暂去省治监办大挑,委你暂代县令一职,这期间如若你能把握住这次机会,查清此案,为朝廷尽了心效了力,功绩摆在那儿,我们三人在朝廷也就有话可说,到时去掉代理二字,成为真正一县之主,岂非顺理成章、水到渠成的事?"卜大人停顿了一下接着说道,"你虽有逸群之才,毕竟为官之道浅疏,又查问的是如此大的案子,一定要谨慎为之,切忌草率。"

崔元功听罢,一边拜谢卜大人,一边恭敬地说道:"晚辈牢记大人教诲,定当尽心竭力探查此案,不辜负大人您对晚辈的良苦用心和期望。"

送走三位朝廷钦差后,崔元功去了一趟州府,把三位大臣指令自己暂代县令一职的事, 详细说给了岳父邵光远。邵光远听后说:"还真是应了那句'人有冲天之志,非运不能自通'。原指望贿于重金,让他们在大挑上下些气力促成此事,不承想竟这般顺畅。"邵光远浅饮了一口茶,接着说道:"在大挑上做文章,是有风险的,如若事出纰漏遭人告发,不光三位大臣麻烦缠身,就是咱们也难脱干系。三位大臣宦海多年,百炼成精,这一点他们一定比我们看得通透。不得不佩服,大官就是大官啊!事情让他们轻轻一转,就成了这个样子,既显得合情又显得顺理。"

崔元功连连点头道:"岳父大人所言极是,事情能到这一步,全靠岳父大人亲力亲为和对小婿的点拨。小婿回去就全力查办土民互伤一案,力争尽快查清此案。岳父大人您还有什么要交代小婿的吗?"

邵光远沉吟了一下说道:"这次机会你一定要把握好,只能成,不能败。只要对查案有利,只要能达到目的,什么手段都可以使。记住,遇事不可急躁,遇人一定要亲和,这样对你查案会有帮助。"

崔元功躬身称谢,告别岳父邵光远,满怀豪情,回沛查案。

崔元功走马上任的第一天,便去了内衙府第看望县令丁子宣。丁子宣依然卧在床上不能起身,崔元功就近前抓住丁子宣的手问候了一番。崔元功把三位朝廷钦差来沛县查办葛家庄、唐家洼双方互斗的事给他说了,又说了因他暂时不能理政,三位朝廷钦差让自己暂替他一时。丁子宣听罢也紧握了崔元功的手,口齿不清地表示让他放开手脚,大胆审理,若需要相帮的话,尽管来问。崔元功躬身称谢,并让他安心养病,早日康复打理县政,言罢揖礼告退。

接手县令一职后,崔元功方才知道做一个县郡的父母官实在不易。上到县衙间的大事,下到百姓间的争执纠纷,都需要县令拍板定谳。看似威风,可一旦出错,除背后让一众官吏们嘲笑无能外,还会在百姓那里落下个昏庸蠢拙的名声。崔元功也明白,尽管县丞、主簿二人在他面前一副谦恭遵从的模样,可三位大臣让他暂代县令一职,县丞、主簿二人心里是很不服气的,他们巴不得他理政捉襟见肘,左支右绌,贻人笑柄。崔元功知道,要想让县府一班官吏臣服,让百姓赞许,必须拿出让他们臣服赞许的政绩来。崔元功暗暗立誓,一定要把葛家庄、唐家洼双方互斗案彻查清楚,用事实来证明自己绝非等闲之辈。

这日上午，正当崔元功在心里筹划着如何查问葛家庄、唐家洼双方互斗案时，县衙外响起鸣鼓喊冤声，崔元功不敢怠慢，忙聚齐吏役升堂问案。

击鼓鸣冤的是一对舅甥。舅舅姓胡，五十多岁，外甥姓裘，十六岁，舅舅是陪外甥来县衙大堂告状的。崔元功接过状纸细看，原来裘姓少年状告的人是自己后母及后母所生后姊。事因是，裘姓少年家住城南西圩子村，原生于殷实之家，家资二十余万。四岁时丧母，父亲续弦娶了后母，后母带有一六岁女儿，后母不贤，常常虐待少年。两年后父亲身患重疴，裘翁知道自己过世后后妻一定会把财产给她的女儿，迫害儿子，便召集族人立下遗嘱，自己殁后，所有家资悉数归于后妻及女儿，但家中有一把家传长剑，待儿子十六岁时归还于他。后来，后母为后姊招了一个上门女婿，更加不把少年当回事了。如今少年已到十六岁，向后母讨要家传长剑，后母竟霸占不还，因此舅舅陪着外甥来县衙状告后母。

一把破剑，又不是把宝剑，有甚好争好抢的，何至于惊动官府？一众衙役差吏心里既觉好笑，又感疑惑。

崔元功看罢诉状，便派衙役下去传唤少年后母及裘姓族人。后母及裘姓族人来到县衙大堂，崔元功审看了裘翁所留遗嘱，又问了裘姓族人及少年的后母，证明遗嘱为真。崔元功一阵思虑后，当堂判决：少年现已长大成人，可以持家立业了，后母须将家产财物悉数归还少年，女儿及女婿应搬出裘家另立门户。

对崔元功的判罚，后母及其女儿女婿都大喊不公，一众衙役差吏也大惑不解，嘴上不说，心里都觉得这位临时县令断案也太草率和武断了。

见后母及女儿女婿叫冤枉喊不公，崔元功便大声叱道：“我来告诉你，怎么不冤枉你的。裘翁在时，你作为后母，性情粗暴，虐待后儿，裘翁知道，儿子年幼，他死后你一定不会善待儿子，因怕你加害幼儿，儿子年小，自身不保，如得家财必不能保全，所以才将家财尽数给你。其实裘翁的深意是暂且将家财寄存在你这里，遗剑则是以示决断之意。遗嘱定下儿子十六岁时还剑，是估计儿子那时已长大成人，足以自保，又想到到时你一定不会还剑与儿子，儿子也一定会诉告县衙，到时官府或能明察，予以公断。裘翁思虑，可谓深远。你与你女儿女婿温饱十年，还不知足吗？”

崔元功的话让后母哑口无言，一众衙役差吏对崔元功的这番剖析，心里由衷地佩服和赞叹。

这件审剑案被传扬开来，人们口口相传且添枝加叶，竟把此事传得神乎其神，说崔元功明察秋毫，断案如神；说他刚正不阿，执法公正。一时间，崔元功审剑案成了人们茶余饭后津津乐道的谈资，在人们有板有眼的传说中，崔元功简直成了包公的化身。

天气一天比一天冷，崔元功感到时间紧迫，葛家庄、唐家洼双方互伤案务必要抓紧查问了。于是他谋划了一番后，决计要下去察访。

崔元功带着一班随从顶着寒风，先去了葛家庄。一班人到了葛家庄，径直去了庄主葛敬先的庄院。

葛敬先闻听暂代县令之职的崔元功来访，忙出来奉迎。葛敬先来到崔元功面前深施一礼道："葛某不知知县老爷大驾光临，没有远迎，罪过，罪过。"

见葛敬先如此恭敬，不禁让崔元功想起在自己大婚的那天，因自己给唐家洼唐庄主也送了请柬，葛敬先很是不满的神情。想至此，崔元功即刻抑制住将要冒出来的得意和傲气，尽显诚意，抱拳还礼道："葛庄主不必客气，葛家庄、崔家庄素来交好，况元功年纪轻轻，葛庄主如此称谓，岂不折煞元功了。元功难拒三位朝廷钦差的信托，县令一职元功只是暂代一时，葛庄主还是称元功举人为好。"

葛敬先忙说道："岂敢、岂敢，小民若尊卑不分，那成何体统了。"

葛敬先引着崔元功来到上房大厅落座，让人往烤火炉里加了木炭，并斟了热茶。崔元功就说，这次来葛家庄，一是来拜访一下葛庄主，二是想去死伤者家里看看。崔元功更劝慰葛敬先作为一庄之主，不可沉陷于悲伤中，还须振作起来，葛敬先也就诺诺称谢。

崔元功起身要去死伤者家里看看，葛敬先也就引着崔元功去了几户苦主家。几户苦主见是崔家庄的崔举人当了县太爷，又专来葛家庄看望他们，便抓住崔元功的手，声泪俱下地控诉唐家洼人如何欺凌葛家庄，如何心狠手辣打杀葛家庄，如何让好多个门户老人失去了儿子、妻子失去了丈夫、儿女失去了父亲，并跪求崔元功看在同为本地土民的份上为葛家庄做主。崔元功也泪流满面，一边扶起跪在地上的苦主，一边应道："大家放心，我崔元功一定会为你们做主的。"

崔元功的眼泪感动了葛家庄庄主葛敬先及一众庄民。他们觉得，作为本乡本土人,崔元功是值得相信和依赖的。

第二天,崔元功带着一班随从,冒着严寒又去了唐家洼。唐家洼庄主唐守业听闻代县令崔举人来到门外,便慌忙跑出庭院来到大门外,果然见崔元功和一班随从站在大门外。唐守业赶紧走到崔元功面前,一副诚惶诚恐状,说道:"小民唐守业不知知县老爷光临,有失远迎,乞望恕罪。"边说边要下跪,崔元功见状忙伸手拽住唐守业,说道:"唐庄主如此就是见外了。"

唐守业引着崔元功来到上房客厅落座。崔元功说:"唐庄主不必拘谨,元功一向敬慕唐庄主,今儿来贵府并无他事,实为拜访。"

唐守业道:"知县老爷光临寒舍,让寒舍蓬荜生辉,唐某实感荣幸之至。"

崔元功笑道:"唐庄主何必如此拘礼,再说我有那么老吗?知县一职元功只是暂代,早先元功称庄主为兄,庄主称元功为孝廉,你我按原来的称呼岂不更好?"

唐守业忙道:"岂敢,岂敢。虽说暂代,然官位坐实,唐某岂敢造次。"

崔元功就道:"唐兄若是这般拘礼,岂非少了敦睦,多了隔膜。"

唐守业见崔元功如此言说,且又称他为兄,先前内心的一些惶然和不安稍微平息了些。对崔元功的突然来访,唐守业心里很是惶惑。他不知道这个代行县令之职的崔举人,冒着严寒来唐家洼的真实用意。若说是为官司,崔元功毕竟跟葛家庄都是当地原住民,从常理上来说他跟葛家庄更亲近些。若说是为交情,除了他大婚时给唐家洼下了请柬,唐守业带人前去随了贺礼,双方几乎没有任何来往。不过,从崔元功的言谈举止来看,似乎并无恶意。人家天寒地冷诚意来访,自己若是处处提防的话,倒显得不够仁义了。

崔元功看得出唐守业对他的来访是心存戒意和疑虑的。于是,崔元功说:"曾祖父大人生前曾对元功说过,当年嘉祥、巨野一带遭遇水患,家园尽毁。当地土民为活命,背井离乡。后来,你们巨野地一众土民迁居微山湖畔,开荒拓地,垦淤为田。想想当初离开祖祖辈辈的居住地,携家带口一路跋涉迁移异乡,是何等心酸、无奈和艰辛啊!你们能在此立住脚跟,又是何等不易啊!曾祖父大人一直对你们唐团团总唐守忠心怀敬佩,常给元功说当年唐团总率众在荒芜的湖地上垦荒开地,搭棚筑屋,让逃难于此的众土民有田可种,有屋可居,又曾率众力抗捻匪,以一当十,英勇无双。曾祖父还说唐团总明大义,重义气,是条好汉。曾祖父生前本想来唐团拜访唐团总,可葛家庄与唐团因地界之争互为仇敌，又因崔家庄与葛家庄同属原住民，曾祖父为避嫌,此愿望便没有达成。”

崔元功的一席话,让唐守业不禁想起二十年前刚迁移微山湖畔时,那段艰难困苦的岁月,想起唐团总率众与捻子拼杀,与葛家庄恶斗的情景。一幕幕往事如在眼前,唐守业内心颇为感慨,两眼禁不住泛起泪花,哽着声音说道:“谢谢崔孝廉对唐家洼的仁爱之心。我们唐家洼人自跑马为界以来,遵守王法,安分为民,事事谨慎,唯恐出了差池妄生祸端。怎奈树欲静而风不止,无妄之灾还是缠上了唐家洼,让唐家洼人整日提心吊胆,如履薄冰。”

崔元功听罢,说道:“现今唐家洼与葛家庄互斗案惊动了朝廷,唐家洼与葛家庄的官司终有结案的那一天。冤家宜解不宜结,冤冤相报何时了。这场官司无论谁输谁赢,新仇旧怨到此止住。天下土民一家人,你们双方纠争的前因后果,曾祖父在世时我曾听他老人家说过。这种仇恨延续到何年何月是个头呢？怀着这种仇恨过日月,心里安宁吗？舒坦吗？既然双方相近为邻,你不能远走,他不能高飞,从长远计议,双方还应互谅互让、和睦共处为好。作为一县父母官,对治下土民应不分畛域一视同仁,对土民间的争斗,论理不论人,秉公断理。唐兄,请您放心,元功暂代县令期间,会不偏不倚秉持正义的。”

崔元功真诚的神情和掷地有声的话语让唐守业心里很是感动。唐守业禁不住说道:“崔孝廉审剑一案,英名远播,民间谁不颂赞,凭您的才智,定会成为一个好官。”

崔元功一班人走后,唐家洼几个主事人来到唐守业当院,唐守业就把暂代县令一职的崔举人来家的事给众人说了一遍。众人分析了崔元功的每一句话,得出的结论是,这位代理县令对唐家洼不但没有恶意,而且对唐家洼怀有怜惜之心。他们联想到崔元功先前大婚时,曾送请柬给唐家洼,且县衙审剑一案明辨是非,公正严明,断定崔元功是值得信任的一个人。

第三十八章

崔元功来访葛家庄后的第三天的夜里,西北风裹挟着密实的、碎细的雪粒,无所顾忌地吼叫着、肆虐着。树木被风摆弄得就像喝醉了酒的醉汉,左摆右晃,瘦骨嶙峋的枝条像一条条舞动的鞭子,在空中抽打着。寒风打着旋,把地上吹得这儿一块白那儿一块黑,大地就像一块被捅了多处窟窿的白布,让人有种说不出的虐心之感。

二更时分,葛家庄庄主葛敬先送走几个主事的人,用热水泡了一会脚,刚要上床睡觉,就听得有人敲大门。葛敬先忙让家人去看一下谁在敲门。不一会儿,家人慌慌张张跑回来说是崔知县来访。葛敬先忙问:"崔知县?谁说的?"

家人说:"俺问谁在敲门,大门外的人答说是知县崔老爷来访。"

葛敬先忙穿上鞋,整好衣裳出了房门,走到了大门前,问:"门外哪位?"

大门外一人答道:"葛庄主,我是崔元功。"

葛敬先听声音果然是崔元功,便打开大门,见大门外站着三人,手里各牵着一匹马。葛敬先忙深施一礼道:"敬先真没想到如此天气,这个时辰会是知县大人惠临寒舍,快,快屋里请。"

来到院里,葛敬先一边让家人接过缰绳把马匹牵到自家马厩里添料加草,一边引着崔元功来到上房大厅落座。葛敬先让家人在围炉上加上柴,斟好茶。因先前崔元功不让自己称呼他为知县老爷,葛敬先便欠身说道:"崔孝廉这个时辰顶风冒寒来敝舍,不知有何吩咐?"

崔元功没有搭话，而是让葛敬先屏退家人，大厅只留下他、两个书吏和葛敬先。见葛敬先家人退出，崔元功一脸凝重地说：“葛庄主，今日元功来贵府，实在是冒着徇私枉法的风险来的。”见葛敬先一副疑惑的模样，崔元功接着说，“想必葛庄主也知道，葛家庄与唐家洼双方相互打杀一案惊动，朝廷，三位从京城下来的大人虽然名为朝廷三年一次的大挑而来省治苏州府，实则是受了朝廷的指令为断理葛家庄、唐家洼一案而来。能在京城天子脚下为官，岂是等闲之辈？三位大人住沛几日，为探究案情，走庄串户，已把案情大体的情况摸了个差不多。不过，个中细节他们还不甚明了。此案他们是非要查个水落石出才行的，不然他们无法向朝廷复命。既然要向朝廷复命，必然要形成奏章上报朝廷，所以，三位大人临去省治苏州府前，特意安排元功代他们处理此案，并希望在他们回沛时能看到详细的案情文书，以了结此案。”崔元功啜了一口茶，接着说，“其实此案的来龙去脉、个中细节，元功早已知悉。崔家庄、葛家庄同属本地原住民，曾祖父大人在世时就与贵庄葛敬玉庄主交情深厚。在跟山东外民的争斗中，崔家庄始终站在葛家庄一边，与贵庄一起共进退。俗语说‘美不美本乡的水，亲不亲本土的人’，山东外民对于你我来说就是外民，哪怕他们在这里住上百年，从内心来讲也比不上同为本土的咱们亲近。元功在葛家庄与这帮山东外民搏杀斗勇上无力帮忙，但在官司讼告上可尽些绵薄之力，以助葛庄主在大堂之上争得几分胜算。自案发以来，元功一直心痛本土被杀的二十几条活生生的汉子，憎恶山东外民的强势霸横，便一直思虑怎样才能以微薄之力，襄助葛家庄一把。今儿元功寒夜来贵府不为别事，只是想让葛庄主如实地把葛家庄与唐家洼斗杀的前因后果、细枝末节原原本本说出来，我让两个书吏笔录下来，待三位大人从省治回沛时，作为案情的事实依据呈于他们，以供他们审断此案。”

听罢崔元功所言，葛敬先一下跪在崔元功面前，一改先前称崔元功为孝廉的称呼道：“知县老爷少年才俊，人中豪杰。审剑一案理断英明，处置公当，名声远播。老爷身为本地人，葛家庄、唐家洼之间的仇怨，又岂能瞒得住知县老爷慧眼？知县老爷顶雪冒寒专为葛家庄的荣辱而来，葛某代本地土民拜谢知县老爷的庇护之恩，对老爷的指点和吩咐，葛某焉有不从之理。”

崔元功伸手扶起葛敬先，让他在椅子上坐了，道：“葛庄主，如此大礼元功承受不起，您慢慢说，我让书吏文字记录。”两个书吏便从背袋里掏出笔墨纸砚来。

于是，葛敬先就从那场下了两天两夜的大雨说起，说："雨大成灾，良田尽淹，庄村房舍危在旦夕。在这危急关口，濒湖而居的山东外民唐家洼、王家洼却把官府早先在边堤上预留好的泄水口给填堵上了，后经官府处断，宽限唐家洼、王家洼一个对时的时间，宽限一过立马扒堤放水，唐家洼、王家洼也是满口应承下来的，可期限过后他们依旧不扒堤。无奈葛家庄联合周边遭受水患的几个庄村的人前去找唐家洼人理论，唐家洼人不但不致歉，反而耍赖使横。无奈之下，葛家庄联合周边几个庄村，夜里强行扒堤放水。由此，唐家洼、王家洼对葛家庄恨之入骨。第二年春季的一天夜里，葛家庄正在为葛氏家族中一过世老人行送盘缠仪式，不想，在回去的路上遇上一帮人众，他们非但不让路，还口出不逊说是唐家洼老家来的人，若敢跟他们找茬，过后别怪唐家洼不客气。于是，就有年轻气盛的族人跟他们发生争吵，后来双方动了手，这帮人居然从马车上抽出了刀枪来，凭此可看出这帮人也绝非善民，最后双方各有受伤。后来唐家洼以此还把葛家庄告到了县衙。因双方都有人受伤，经官府调停，相互谅宥，各自疗伤。对官府的调停，唐家洼心有不服，并把这种不服变成了仇恨，记在了葛家庄头上。最让人愤恨的是，唐家洼伙同王家洼几个庄村竟然趁夜掘了葛氏祖坟，天下还有比掘人祖坟更恶毒的事吗。唐家洼、王家洼这般丧尽天良、毫无人性的做法，但凡有一点血性的人都不会忍下的。于是，在麦收的当口，我们葛家庄人在麦田里跟唐家洼人打了一架，因葛家庄人憋了一肚子的怒火，下手自然重了些，这一架虽然双方互有所伤，不过唐家洼在这一架上肯定是吃亏的，不然就没后来的事了。唐家洼人觉得他们吃了亏，于是，趁黑夜燃火烧了我们麦田，在我们葛家庄人都忙于灭火的时候，诡计多端的唐家洼人派了一众骑着马挥舞着砍刀的人从我们葛家庄背后冲了过来，我们葛家庄人忙着救火，不曾想到唐家洼人会行此一招，他们唐家洼人一阵猛冲猛砍，可怜葛家庄人一夜之间被杀七人，被刀砍、马踏伤了四十多人。葛家庄遭遇如此伤亡，虽然也报了官，却只报了烧田毁麦的事，隐瞒了死伤人的事，不为别的，就为复仇。怕的是把死伤人的事报了官，官府定会弹压双方，不让事态再往恶处发展，那时，葛家庄报仇的机会就很渺茫了。我们葛家庄一边跟唐家洼打着官司，一边准备报仇雪恨。于是，在一个雨夜，我们葛家庄联合彭家庄、姚家楼跨过边堤，往唐家洼冲了过去,谁曾想唐家洼人诡计多端,他们在边堤不远处早已挖下了宽壕深坑,并以湖草掩盖。一时间,冲在前面的人皆掉进壕沟内,这时,早有预谋的唐家洼人伙同王家洼、赵集庄、李家庄人众一并冲了过来,对掉进壕沟里的人棒砸刀砍的同时还施放弓箭。此一役葛家庄一方死二十一人，伤五十多人,是自和山东外民争斗以来,本地土民死伤最惨重的一次。”

葛敬先述说罢,又起身朝崔元功拜道:“葛家庄遭此大难,不光是葛家庄一家之耻辱,也是所有本土人的耻辱啊!还望崔知县看在咱们同属原住土民的份上,为葛家庄申冤雪耻,为所有本土人出气啊!”

崔元功满脸凝重，对葛敬先揖礼道:“葛庄主请放心，元功一定会尽力的。”然后,崔元功让书吏把葛敬先所叙述的笔录念了一遍,见没什么遗漏,让葛敬先在笔录上画了押。事情讲述已毕,葛敬先却还没有从刚才的哀伤中缓过来,抑制着内心的不甘与悲愤,说道:“咸丰年间葛家庄与唐团之间的那场秋夜之战,他们一下就杀死了我们葛家庄十九条青壮庄民,为此族兄葛敬玉庄主含悲饮辱忧郁而死,没想到二十年后的今天我们葛家庄及彭家庄、姚家楼一下子又被他们杀死二十一人,此仇不报,此冤不申,我葛敬先还有何脸面活在世上?”言罢,满脸泪水。

崔元功叹了一声说道:“葛庄主也不要太过自责，还应抖擞精神振作起来。依元功看来,葛家庄遭此大劫,一是唐家洼人的确奸诈歹毒、诡计多端,二是葛家庄谋划稍欠周密,有些轻敌所致。想想看,二十年前葛家庄十九条壮汉命丧唐团之手,是在什么情景之下?”

葛敬先答道:“到死葛某也不会忘啊!那是在一个月圆的仲秋夜发生的。谁也不会想到,就是在那样一个月明风清的夜里,葛家庄十九条鲜活的生命竟然尽丧唐团人之手。”

见时候不早,崔元功便起身告辞,因此行隐秘,葛敬先也不便相留,便躬身把崔元功送出大门外。此时大雪飘飞,满地银白,葛敬先一直看着崔元功一行三人消失在茫茫飞雪中方才返身回院。

第三十九章

第二天夜里，也是二更时分，崔元功带着两书吏来到了依湖而居的唐家洼。三人来到庄主唐守业院门前下了马，书吏上前敲大门并通告院内的人，说知县老爷来访。不一会儿，门被打开，庄主唐守业慌慌张张迎了出来，来到崔元功面前忙躬身施礼，道：“在下不知知县老爷寒夜光临敝舍，有失远迎，还望知县老爷见谅！”

崔元功说道：“唐兄不必如此称呼，也不必如此多礼，你我同属乡党，哪来那么多繁文缛节。”

唐守业一边引着崔元功往院里走，一边说道：“在下虽然愚钝，三纲五常的道理还是懂得的。”

唐守业引着崔元功来到上房屋内落座，又支使家人赶紧烧热水，给知县老爷解寒，自己则从屋外抱来一抱干柴，在屋内烧了给知县老爷取暖。没等唐守业问话，崔元功便开言道：“如此寒夜本来元功不想打扰唐庄主的，可事情有些紧急，思之再三，元功还是决定来见唐庄主，且此次是瞒了人们耳目而来。”见唐守业面现疑惑，便接着说道：“唐庄主应该知道，从京城下来的三位朝廷命官是为甚事来沛境的吧？”

唐守业答道：“大家都知道，三位朝廷命官来沛是奉旨为断理唐家洼、葛家庄之争而来。”

崔元功说道：“不错，三位大人是专为处断唐家洼、葛家庄纠纷而来。个中细节唐庄主也许不知道，三位大人奉朝廷之命，一是来省治苏州府主持三年一次的朝廷大挑;二是来沛处断唐家洼、葛家庄纷争。前几日,三位大人去了省治苏州府主持大挑之事,知县丁子宣患病未愈不能主政,承蒙三位大人抬爱,让元功暂且代理知县一职。三位大人在沛几日,轻车简从,下到沿湖一带微服私访,对唐家洼、葛家庄争斗的前因后果已基本查清。临走之前叮嘱元功,在三位大人苏州府主持罢大挑,回归沛县时,务必拿出一份有关唐家洼、葛家庄争斗的文书,好以此文书作为案件的定谳依据。并嘱咐,为了更全面更公正地反映当时的情况,此文书最好由事件的参与者、亲历者书写或提供。"崔元功叹了一声,接着说道,"这件事很是让元功为难,谁是事件的参与者?谁是事件的亲历者?不就是葛家庄、唐家洼还有彭家庄、姚家楼、王家洼、赵集庄、李家庄这几个庄村的庄民么?一边堤西,一边堤东,两边水火不容。这文书到底是让葛家庄人来提供还是让唐家洼人来提供,毫无疑问的是,谁来提供这份文书,谁就会占有先机,在讼告上处在了有利位置。"从唐守业的眼神里崔元功看出了惶恐和不安,便接着说道,"过去曾祖父大人在世时,常跟元功说起你们巨野、嘉祥、郓城人当年为避灾活命,扶老携幼、撇家舍业,一路艰辛来微山湖畔开荒拓地、安家立命,这是何等不易。那时你们唐团与葛家庄斗争激烈,崔家庄虽与葛家庄同属本地原住土民,但曾祖父大人私下仍对唐团团总唐守忠敬佩有加,对你们山东过来的土民心有好感,说山东人脾性耿直豪爽,重义气讲情义。如若不是顾忌葛家庄,如若你们唐团没与葛家庄结仇那么深,曾祖父大人早就来唐团拜访结交团总唐守忠了。多年过去,曾祖父大人和唐团总都已亡故,元功也一直为曾祖父大人生前未能跟唐团总交好为憾,元功为了结曾祖父生前心愿,决意不避葛家庄猜疑,跟唐庄主您结交,所以,在元功大婚之时,特下请柬给唐庄主,借此契机与唐庄主结识修好。"

听罢崔元功的话,唐守业忙起身对崔元功深深一揖,动情地说道:"承蒙知县大人曾祖父对我唐团及团总唐守忠的爱誉,若团总地下有知,也会甚感欣慰。知县大人对唐家洼的惠爱和友好,唐守业在此代唐家洼众乡亲恭谢了。"

崔元功朝唐守业摆了一下手,说道:"唐庄主不必多礼,咱们还是坐下说。"见唐守业坐下,便说道:"就唐家洼、葛家庄互斗一案,元功也是能写得的,事情的内里曲直,元功也是清楚的。三位大人一再要求让亲历者写,恐怕还是为了弄清事件的真相。此事很是让元功费心思,葛家庄与崔家庄同属沛境原住土民,素来和睦友好,按常理来说,元功小助葛家庄一把责无旁贷,义不容辞。按情理来说,唐家洼一众来沛境安家落脚曾是何等不易啊!如若输掉官司,受到官府惩罚,遭遣返回归原籍,那将是何等凄凉和不堪啊!那样的结果也绝非元功所希望的。思来想去,元功还是决定先来唐家洼找唐庄主商量此事,如若唐庄主有甚为难或者有甚不便,元功再另行酌办。"

这样明明白白对唐家洼有利的事不应承下来,岂不愚蠢到家了。唐守业闻言忙一下跪在崔元功面前,说:"唐守业代沿湖几个庄村众土民,感谢知县大人对我们的庇护及怜悯,大人的恩德我们将铭记于怀。"

崔元功让书吏从背袋里取出笔墨纸砚,两个书吏一个在桌前为唐守业掌灯,一个为唐守业研磨墨汁,于是,唐守业拿起毛笔,开始书写唐家洼与葛家庄争斗的前因后果。唐守业从去年三月那场下了两天两夜如瓢浇盆泼一般的大雨写起。写了大水围庄,危如累卵;写了葛家庄为戕害唐家洼及沿湖而居的几个庄村,于深更半夜聚众强行扒堤放水,致使包括唐家洼在内的几个沿湖而居的庄村护庄围堰被冲垮,家园被淹房舍尽毁。在大水退却以后,沿湖居住的几个庄村便开始了重建家园。山东巨野唐窑庄、王圩子、赵集、李庄听说从这四庄迁移并立足沛境的亲人遭了水灾,便募捐了钱物前来援助唐家洼、王家洼、赵集庄、李家庄重建家园。谁知这一班前来送钱送物的老家人路经葛家庄地界时,葛家庄人竟然聚众暴打他们,且还抢夺去几马车财物。虽然唐家洼报了官,葛家庄人却是铁嘴钢舌,居然反咬一口,说是巨野来的人先动的手,拒不承认劫了财物。因官府一时没有实证,事情便拖延下来,最后不了了之。葛家庄如此欺压唐家洼,如此嚣张跋扈,让唐家洼及另外几个庄村实在是忍无可忍,于是,唐家洼联合王家洼、赵集庄、李家庄在一个夜里,扒了葛家庄人的祖坟。葛家庄人不思己过,反而变本加厉报复唐家洼,在收麦前的一个晌午,葛家庄人在麦田伏击了唐家洼、王家洼庄民,致使唐家洼三死十七伤、王家洼两死十八伤。为了报仇,唐家洼没再选择报官,而是在麦收时节的一个夜里,点燃了葛家庄的麦田,又派了二十个精壮汉子,骑马操刀,趁葛家庄人在麦田救火时,从背后杀过去,算是为唐家洼、王家洼死伤的庄民报了仇。葛家庄人岂是吃亏之人,于是在一个雨夜,葛家庄人联合彭家庄、姚家楼一起越过界堤,往唐家洼冲了过来。因唐家洼、王家洼、赵集庄、李家庄重建家园时取土垫庄,曾在离边堤百步之外挖了一道沟壕,葛家庄一班人众却不知情,于是纷纷坠落壕沟里边,至于后来葛家庄一方出现了死伤,并非唐家洼一方所为,全因葛家庄一方坠沟人员相互踩踏所致。唐守业最后写道,现今唐家洼一方庄村民众整天惶惶不可终日,唯恐葛家庄人对唐家洼进行更大的报复,恳望官府为唐家洼及另几个山东移民庄村做主云云。

唐守业写罢,双手递到崔元功手上。崔元功看了一遍,见无差错,便让唐守业在所写文字的末尾写下了自己的名字并画押。

见时辰不早,崔元功便起身告辞,并嘱咐唐守业此次是隐秘来访及今夜两人所谈之事不可外扬。唐守业一边应承着,一边千恩万谢着把崔元功一行送出门外。

第四十章

朝廷委派的三位大臣在江苏省治苏州府主持完大挑一事后便马上返回沛县,继续审断葛家庄、唐家洼互伤一案。

朝廷限令三位大臣年前必须审断沛境土民互伤一案。天气越来越冷,微山湖已结下了厚冰。时日已不多,三位大臣深感此案的压力大和时间紧。三位大臣一到沛县县衙,忙传崔元功面见。崔元功来到三位朝廷钦差面前,行罢跪拜之礼,三位朝廷钦差便询问在他们离沛期间,葛家庄、唐家洼互伤一案的打探情况。崔元功便取出早先葛家庄庄主葛敬先、唐家洼庄主唐守业写好的互伤案的始末,双手递与三位朝廷钦差。三位大臣看罢喜出望外,连声夸赞崔元功年轻有为,初出茅庐就已崭露头角,是个可造之才。几个人正议事间,就听县衙外锣鼓喧天,喇叭声声,一衙役来报说是城南西圩子村裘姓少年,为感谢代知县崔元功为其申冤做主,特来县衙送金匾了。崔元功闻听此言便愀然作色,对衙役道:"真是小题大做,赶快撵走,大堂之上怎能随意弄这些虚浮的东西。"

三位大人不明就里,甚感好奇,便问怎么回事。县丞就把崔元功审剑一案详细说了一遍,三位大人听后,对崔元功的审断皆颔首称赞。翰林院侍讲学士卜尚农便说道:"这是好事啊!这说明咱们官府秉公办案,体恤民情,民众很拥戴啊!"于是,三位大人和崔元功一起走出衙门,迎接金匾。

衙门外,只见裘姓少年和他舅舅架着一幅写有"明镜高悬执法为民"八个大字的横幅金匾跪在那里,身边是一班敲锣打鼓的吹鼓手。崔元功紧走几步到了近前,拉起裘姓少年及他舅舅,让衙役接过金匾,对二人说道:“崔某只是秉公做了件小事,哪里担得起如此赞誉。”

那裘姓少年的舅舅说道:“知县老爷铁面无私断案如神,为小民伸张正义,深得民众之心,民众对知县老爷的赞颂,老爷您受之无愧。”

送走一班人,三位大人和崔元功返回衙内,三位大人褒扬了崔元功一番,并表示崔元功天生就是个仕官之材,只要稍加磨炼必成大器。

三位大人审看了葛家庄庄主葛敬先、唐家洼庄主唐守业各自写的互伤经过,深感震惊。先是唐家洼、王家洼人被葛家庄人在麦田伏击,唐家洼、王家洼被打死五人。后唐家洼一方报复葛家庄,先是烧葛家庄麦田,再背后偷袭,唐家洼一方打死葛家庄七人。葛家庄一方为报仇,于雨夜偷袭唐家洼,不料唐家洼一方挖下了沟壕御敌,这一下葛家庄一方被唐家洼一方打杀二十一人。前后相加双方共有三十三人被杀,死伤这么多人,恐怕在全国也属罕见。三位大人深感此案重大,一番议计后,决定对双方领头的人先审后押,并把此案详情奏禀朝廷。

大湖里结下厚冰,人们都可以在冰封的大湖里割枯苇湖草烧锅取暖了。有主事人就跟唐守业说,湖上能走人了,需提防葛家庄人过湖偷袭唐家洼。唐守业深思了一下说道:“现在三位朝廷命官为双方互伤案已经回到县衙,葛家庄人不会不知道,如此情景下葛家庄人怕是没这个胆量敢顶风作案。不过小心没有错,咱们还是要防着他们狗急跳墙,派人在湖沿上搭两个草庵子,夜里打更放哨,发现动静敲锣警报。”

葛家庄庄主葛敬先接到差役的传唤,说第二天县衙升堂开审葛家庄、唐家洼互伤一案,让葛敬先带人于第二天上午到县衙参加堂审。

是夜,东北风呼呼地刮着,雪花被风裹挟着打着旋飘舞,大地白茫茫一片。葛家庄葛家祠堂内,四十个精壮汉子神情肃穆地站在院中,祠堂台阶上站着庄主葛敬先、彭家庄彭庄主、姚家楼姚庄主。葛敬先满脸庄重,沉声说道:“兄弟爷们儿,今儿接到县衙的传唤,明儿县衙升堂断理葛家庄、唐家洼互斗一案。这次升堂,有三位朝廷钦差监审,崔家庄崔举子代理知县主审。三位钦差可不是一般人能比的,崔举子又才智过人,这次升堂怕是要有个了断了。即便崔举子念及咱们同属原住乡民,暗中偏袒咱葛家庄,咱们赢了官司,官府杀他唐家洼一人两人,又岂能够抵了咱们死去的二十一条兄弟爷们的

命？咱们就能安然接受这样的判决？”

众人齐声喊道：“不能，血债血还，人命人还。”

葛敬先点了点头接着说道：“此仇不报，血债不讨，咱们葛家庄还怎么在此地立足，怎么对得起先人？今晚是咱们报仇雪恨的最后一次机会了，为避人耳目，今晚你们四十个人从城南绕大圈，走冰过湖到唐家洼对面的湖里，找一苇草密处先藏匿起来，待到四更时分，悄悄过湖偷袭唐家洼。我与彭庄主、姚庄主带领众人先藏于边堤旁，一旦听到打杀声或者看见火光，我们就率众越堤过来接应你们。为避免伤亡，你们四十人尽量不要散了群，这样既能凝聚力量棒打一处，也能相互有个照应。我说的话大家可听明白了？”

众人齐声答道：“明白了。”

葛敬先扫了众人一眼，低沉着声音说道：“各位兄弟爷们儿请放心，万一有人身遭不测，你的父母就是我们三个庄村人的父母，你的家小就是我们三个庄村人的家小，热饭先紧他们吃，暖衣先紧他们穿，给你父母养老送终，将你儿小养大成人。”葛敬先说罢，让人拿来两个盛满了酒的酒葫芦，让一班人带上，大湖里耐不住冷时匀着喝上一口，以御风寒。一切安排停当，葛敬先朝一班人挥了下手道：“去吧，祝你们旗开得胜大功告成。”

四十个汉子排成两行，出了祠堂大院，消失在茫茫风雪中……

四更光景，四十个身披白布背刀端枪的汉子，从唐家洼对面的大湖里，踏冰悄悄摸了上来。也许是天寒地冷困意正酣，也许是以为天明县衙就要升堂断理放松了警惕，葛家庄四十个汉子分成两拨，轻手轻脚地摸到唐家洼人搭建的两个草庵子跟前时，草庵子里的人正鼾声如雷。见状，十几个人挺枪往草庵子里熟睡着的人狠狠扎去。草庵子里的人只是发出一阵沉闷的呜噜声，便哑了声音。紧接着，一班人悄悄往庄里摸去。不一会儿，有房屋着火，接着又有多处房屋着火，风助火势，火助风威，一时间唐家洼火光冲天，人的叫声哭声惨号声响成一片。待王家庄、赵集庄、李家庄人发现唐家洼出事，赶来打援时，来偷袭的人已经杳无踪影了。

四十个汉子一路烧杀奔到边堤前，葛敬先带着前来接应的人早已在唐家洼人挖的壕沟上搭了好几个长木梯，待四十个汉子踏着长梯过了壕沟，众人收起长梯越过边堤，快速返回了葛家庄。

天还没明，县衙门前的登闻鼓被敲得震天响。正在熟睡中的值守衙役听后，知道是有急事发生，便匆忙起身穿衣来到门外，问是什么人这个时辰敲鼓，又为何事鸣冤。鸣鼓人大声说："唐家洼夜里遭葛家庄人偷袭，死伤多人，房舍被烧多间，请官爷赶紧报禀知县老爷。"值守衙役听闻后，知道事情重大，赶紧去县衙官邸禀告知县老爷。

县衙官邸紧邻县府衙门，值守衙役叫醒知县老爷，并把唐家洼夜里遭葛家庄人偷袭，导致多人死伤以及多间房屋被烧毁的事报禀了知县老爷。崔元功闻听后，不敢怠慢，一边起床穿衣一边吩咐值守衙役去把众衙役叫起，衙门大堂内候命，自己则去了县丞府第叫起县丞，一起去官府客邸报禀三位朝廷钦差。

三位朝廷钦差听闻崔元功的禀报，很是气愤，怒道："真是一帮恶民，今天就要升堂审断了，夜里竟然又起祸端，这岂不是蔑视官府、犯上作乱吗？"三位钦差起身后，顾不得漱洗，让崔元功马上召集起府衙人员，赶赴现场勘查探访。

县衙一众官员衙役和三位朝廷钦差来到唐家洼时天已放亮，但见整个唐家洼烟雾腾腾，被大火烧过的房舍梁断屋塌，一片狼藉，哭天抢地的哀号声在庄里此起彼伏。庄民见官府来了人，便都围了过来，齐刷刷跪了一地，大声哭叫："青天大老爷，为俺唐家洼做主啊！"

正在和几个主事人商量事的唐守业，听闻知县和朝廷钦差来了庄上，赶紧赶了过来，来到众官员跟前一下跪在地上，放声大哭。崔元功让唐守业说说事情的经过。唐守业止住哀声说道："夜里四更光景，庄里突然燃起大火，庄人睡梦中被惊醒，纷纷跑出屋外，喊叫着救火，纷乱中一班人冲过来见人就杀，见屋就烧，待庄人知道遭人偷袭，群起反击时，这一班人直奔庄西去了。唐家洼众人紧紧追赶，追到沟壕边时，这一班人被沟壕对面的人放的木梯接应了过去，待我们想奔过去追赶，沟壕对过的人已把木梯抽了过去。昭昭日月，朗朗乾坤，葛家庄居然冲进唐家洼杀人放火，这次灾难致我唐家洼十二人被杀，其中有五人是老弱妇幼，二十二人重伤，被烧房舍二十六间。钦差大人您要为小民做主啊！"

崔元功问道："你凭什么证明这事是葛家庄人所为？"

唐守业答道："尽管是黑夜，葛家庄葛庄主的声音我唐守业还是能辨得出来的。葛庄主黑暗中曾对着唐家洼人大声叫嚷，'你们唐家洼人听着，血债血还,人命人还,这次如若杀够二十一人便罢,如若少了此数,改日再杀,一直杀到能抵上葛家庄失去的人命数'。"

听罢唐守业的话,三位钦差便让唐守业带着察看所烧房舍及死伤的庄民……

三位朝廷钦差和一众县衙官员衙役,在唐家洼勘查完烧杀现场,又让仵作查验了死伤人员的伤情,便返还县衙审理葛家庄、唐家洼互斗一案。

第四十一章

县衙升堂审案，代知县崔元功主审，三位钦差大臣端坐大堂一侧监审。葛家庄、唐家洼双方被衙役分隔开，在衙门外听召候审。与以往不同的是，这次升堂审案，知县老爷不是把当事双方一并叫到大堂之上让双方对质，而是一方一方地过堂。

葛家庄一方先被召唤到大堂。来到大堂，葛家庄葛庄主、彭家庄彭庄主、姚家楼姚庄主一班人齐齐跪下。崔元功并没有拍惊堂木，而是沉缓着声音问道："葛家庄庄主葛敬先来否？"

葛敬先答道："小民葛敬先在此，恭听青天大老爷明断。"

崔元功拿出葛敬先画过押的与唐家洼打杀的经过笔录，问道："葛敬先，此笔录是否属实？是否是你亲自画押？"

因为先前崔元功曾跟他说过，官府要以此笔录作为断案依据，现在听闻崔元功这样问，料想崔元功是在暗中袒护自己，便大声回道："此笔录句句为实，此押也是小民亲手所画。"

崔元功问道："葛敬先你说实话，昨晚唐家洼一案是不是你们葛家庄人所为？为什么昨夜偷袭唐家洼？"

听崔元功如此问自己，葛敬先想，既然崔举子让说实话，那就是提醒自己不必说假话，那就实话实说，于是，葛敬先说道："血债血还，人命人还，唐家洼一下杀死我葛家庄二十一人，此仇不报，我葛家庄人还有何脸面立足此地？好汉做事好汉当，昨晚夜袭唐家洼是俺葛家庄所为。"

崔元功听罢，让书吏把葛敬先所说的话用笔录了，念了一遍给葛敬先听了，见葛敬先没什么异议，便让葛敬先在笔录上画了押。然后说，为了葛家庄、唐家洼相安睦和，葛敬先、彭庄主、姚庄主暂且先在县衙待几日，议事磋商，其余人等可先回去。待葛家庄一班人退出了大堂，崔元功便让衙役先把葛敬先、彭庄主、姚庄主带下去，然后召唐家洼人上堂。

唐家洼庄主唐守业、王家洼庄主王立本、赵集庄赵庄主、李家庄李庄主一班人来到大堂，当堂跪下。崔元功问道：“唐家洼庄主唐守业来否？”

唐守业答道：“小民唐守业在此。”

崔元功拿出先前唐守业亲笔所写，并签字画押的唐家洼与葛家庄打杀笔录，问道：“唐守业，此书是否为你所写？上面是否为你签字画押？上面所说是否属实？”

因为先前崔元功曾跟他说过，官府审断唐家洼、葛家庄互伤一案，会以他所写为依据，听崔元功这样问自己，知道崔元功是在暗中庇护唐家洼，于是大声回道：“此书为小民所写，上面的签字画押也是小民所为，上面所述无一句谎言。”

崔元功说了一句：“好。”便让书吏把唐守业说话笔录拿给唐守业看，唐守业看罢，没甚异议。然后崔元功对唐家洼人说，为了唐家洼、葛家庄双方睦和，官府决定先让唐守业、王立本、赵庄主、李庄主暂且在县衙待几日，议事磋商，其余人等先回庄村。待唐家洼一班人退出大堂，崔元功便让衙役把唐守业、王立本、赵庄主、李庄主带了下去。

待人都退去，大堂上只剩下三位钦差大臣和崔元功四人，三位钦差一阵议计后，由翰林院侍讲学士卜尚农执笔，书写上报朝廷的奏折。

奏折写道：臣施庆梁、卜尚农、伏田成启奏：承皇上委派，内阁侍读学士施庆梁、翰林院侍讲学士卜尚农、通政使司副使伏田成三人，江苏省治主持完大挑事宜后，处置沛县境内土民互斗一案，现将互斗一案原委及拟定的结案意见，恭折呈报，仰祈圣鉴。沛境内土民互斗一案，原是当年山东团民与当地土民结仇积怨所致。去年三月，沛境大雨致灾，良田皆淹，汪洋一片。濒湖而居的原唐团，现更庄名为唐家洼，及王家洼、赵集庄、李家庄虽围堰护庄，仍岌岌可危。为保庄村不被水淹，唐家洼、王家洼两庄，将当年官府跑马定界时所筑边堤预留的防洪缺口堵死，居住上游的葛家庄、彭家庄、姚家楼自是不让，遂告至县衙，沛知县现场察看后，见唐家洼、王家洼两庄确实水情危重，便宽限两庄一天一夜时间，待时限一到，唐家洼、王家洼两庄应即刻扒堤泄水。时限过后，见唐家洼人仍不扒堤放水，葛家庄便联合临近几个庄村于黑夜强行扒开了缺口。致使唐家洼、王家洼几庄村护庄围堰被冲垮，庄村被淹。由此，唐家洼、葛家庄积怨更深。今年春，唐家洼、王家洼几个被淹庄村重建，原住地巨野唐窑庄、王圩子、赵集、李庄听闻迁移沛境的族人受灾，便募捐了钱物来沛援助族人重建家园。途中与葛家庄人相遇，双方先是争执后殴斗，致巨野人受伤，财物被抢。见老家来人被打财物被抢，唐家洼联合王家洼、赵集庄、李家庄于一夜晚，扒了葛家庄葛氏祖坟。为报扒祖坟之仇，葛家庄于唐家洼、王家洼人护送族人回巨野时，伏击唐家洼、王家洼庄民，致使唐家洼死三人，王家洼死二人，重伤十七人，轻伤十八人。为报此仇，唐家洼匿不告官，而是于夜晚放火燃着葛家庄麦田，并借葛家庄人救火之际，派人骑马操刀从葛家庄背后冲杀，此次葛家庄死七人，伤四十多人。同样，为报仇葛家庄人也不告官，于一雨夜，联合彭家庄、姚家楼偷袭唐家洼，为防备葛家庄寻仇，唐家洼在边堤己方一侧，挖下深壕宽沟并用苇草覆盖伪装，葛家庄前冲之人纷纷坠落沟壕，唐家洼人趁机对落入壕沟的葛家庄人进行打杀。此次葛家庄一方死二十一人，伤五十多人。就在传唤双方于翌日到县衙大堂审断互斗一案的夜里，葛家庄联合彭家庄、姚家楼派人隐匿于唐家洼对面的大湖苇草处，于寅时踏冰过湖杀奔唐家洼，此次唐家洼被杀十二人，二十二人重伤，被烧房屋二十六间。双方互斗共死亡四十五人，土民间互斗死伤人数如此之多，放之全国也属罕见。葛家庄、唐家洼双方互斗步步升级，如不加以重责，恐有酿成大祸之患。臣意蛇打七寸，杀贼杀王，葛家庄庄主葛敬先、唐家洼庄主唐守业、王家洼庄主王立本无视王法，无视人命，应依法严惩，处以极刑，以使斗狠乱民以此为戒。彭家庄庄主、姚家楼庄主、赵集庄庄主、李家庄庄主，助纣为虐，可发配边关。如此，双方皆受重创，永不敢言斗。另外，沛知县丁子宣患恙未能审理此案，此案审断中，沛孝廉崔元功立下汗马之功，其间又代理审断民案几宗，皆处断公道，为表彰其秉持正义，护法为国，拟请旨委以沛县知县一职。跪请皇上圣鉴，并予训示，内阁侍读学士施庆梁、翰林院侍讲学士卜尚农、通政合司副使伏田成谨奏。光绪三年十一月九日。

写好奏折，三位钦差启用六百里加急的方式，让驿兵以最快的速度把奏折传至京城。八天后，三位钦差接到皇上的圣旨。

圣旨写道：奉天承运，皇帝诏曰，三位爱卿上奏沛境山东团民与本地土民相互仇杀一案及拟定的结案意见，朕已览阅，准奏，冀希速断。为维安之见，可将徐州同知移驻该地，以资弹压之事。钦此。光绪三年十一月十三日。

三位钦差得皇上准奏圣旨，便即刻给徐州知府邵光远修书一封，令他速派知府同知带一千兵勇来沛县，进驻葛家庄、唐家洼两庄，以慑乱民，又令崔元功着手准备处斩葛敬先、唐守业、王立本事宜。

被拘县衙大牢里的葛敬先、唐守业怎么也没想到会被官府判了死罪。两人同拘在一个牢房，只是两个牢室只隔着一个通道，隔着圆木竖栏两人举目可望。两人自打进入牢室，就相互辱骂，除了吃饭睡觉，两人骂一阵歇一阵，歇一阵骂一阵。狱卒的呵斥责骂根本无用，如若不是崔元功有交代，恐怕狱卒会因不胜其烦痛打他们一顿。当狱卒有些幸灾乐祸地告知他们，再过两天就是他们的死期时，两个人根本就不相信。两天后的晚上，当狱卒给他们两人各送来一碗肥肉炖粉条、三个白面馍、一小壶老酒时，两人似乎意识到了什么，葛敬先问狱卒道："军爷，这算不算是断头饭？"

狱卒这一次没有露出过去的凶恶和厌烦，而是露出几分和善和怜悯说道："甭想那么多，能吃就吃点吧。"

葛敬先愣怔了好一会，突然抓起菜碗狠狠地摔在地上，一下扑到栏木上大声叫道："让崔元功来，我要见崔元功。"

唐守业也大叫道："我要见崔知县，即便死也要让他给我说清楚，让我死得心服口服。"

第四十二章

是夜,在刽子手廖七低矮的屋子里,知县崔元功正和刽子手廖七坐在一张破桌子前对饮。廖七那满是皱褶的脸喝得通红,崔元功拿起酒壶问廖七还喝不喝,廖七虽然是个粗人,酒未过瘾,可他还不糊涂,他知道在知县面前不能太过肆意,于是他摆着手说道:“老爷,小的不喝了,明儿还要干大活,可不敢喝酒误了大事。”见知县老爷放下酒壶,廖七接着问道:“老爷应该是无事不来俺这破烂屋,老爷您有甚吩咐,尽管说,俺廖七愿为老爷效犬马之劳。”

崔元功微微一笑,说道:“老爷来这里,实在是对你这一行好奇,随意为之,并无他意。不过老爷我有样东西让你看看。”崔元功说着,从身后拿出一黑布裹缠着的东西,待取开黑布,露出一柄带鞘长剑,崔元功把剑递给廖七,说道:“你看看这把剑如何?”

廖七接过长剑,在手上掂了掂,说道:“足够重,能使此剑的人定是臂力过人。”然后他抽出长剑,长剑在油灯下闪着暗黄色的冷光,他禁不住吸了一口气道:“此剑吃过血,是把利剑。”

崔元功说道:“此剑是一朋友所赠,说是锋利无比,我信疑参半,明儿就要问斩死囚,你不妨就拿此剑一试如何?”

廖七眨巴了几下眼,说道:“老爷的剑怎能用来斩杀囚犯啊!”

崔元功说道:“不妨,你的鬼头刀未必能比我这把剑锋利,毕竟我跟两个囚犯相识相熟素有交好,他们犯了死罪,明儿就要开刀问斩,别的我帮不了他们,只能帮他们死得痛快点。”

廖七似有所悟，把剑轻轻放在了桌子上说道：“老爷放心，明儿俺叫他一剑下去人头落地。”

凌晨时分，崔元功来到县衙大牢，走进关押葛敬先、唐守业的牢房。这一夜两人没有对骂，两人却是你一声我一声地咒骂崔元功。两人骂崔元功的话几乎相同，骂崔元功为了升官发财不讲信义，设奸计哄出他们的口供，骂崔元功拿他们的人头当仕官的敲门砖不得好死。

天快亮了，离死也越来越近了，骂累了的两人各自依在牢墙上，仰着脸，双眼无神地呆看着一处一动不动，以至于崔元功站在他们两人中间的过道里，他们都没有发现。

崔元功瞧了眼葛敬先又看了下唐守业，微微笑了笑，开口道：“葛庄主、唐庄主，在这里还舒适否？”

葛敬先、唐守业两人闻听崔元功说话，就像腚上突然被人扎了一锥子，一下站起来扑到木栏前。葛敬先怒道：“姓崔的，你如何要害我，置我于死劫？”

崔元功说道：“葛家庄、唐家洼双方互斗死亡四十五人，这般恶性互斗仇杀全国罕见，作为一庄之主，非但不去抑制事态发展，却火上添油，儿戏人命，拿你们两三个人的命以祭那么多枉死的人，还有甚可说的？”

葛敬先说道：“姓崔的，我葛家庄先庄主葛敬玉与崔家庄老庄主崔道仁素来睦好，当年葛家庄与唐团争界斗杀，老庄主对葛家庄一直心怀同情，常来葛家庄献计献策。虽然两位庄主已经故去，可葛家庄与崔家庄的友好一直延续至今。我葛家庄与唐家洼为宿仇，你也是知道的，为护庄护民，保全这一方原住土民的尊严，我葛家庄人付出了惨重代价，你作为此地原住人的子孙，居然说我儿戏人命，且以此为借口斩杀葛某，你是何居心，又良心何在？”

崔元功并不搭话，只是笑眯眯地看着葛敬先，任由他说，见葛敬先停顿下来，便扭头转向唐守业，微笑着问道：“唐庄主，你有何话说？”

唐守业说道：“崔孝廉，我唐家洼与崔家庄远无仇近无怨，唐某素来敬佩你八斗之才，通礼义廉耻信。当年我唐团与葛家庄也因斗杀死伤多人，官府也并无斩杀各庄主这种事，如今你用卑鄙手段诱哄供词，并竭力斩杀唐某，让唐某实在不明白，你何以对唐家洼怀有如此恶毒之心？”

崔元功听罢，冷笑一声，缓缓说道：“两位庄主是否还记得二十年前两庄因何事受到官府奖赏？”

葛敬先、唐守业两人想了一下，唐守业说道：“二十年前，我唐团曾杀过亡命捻匪，我唐团团总唐守忠曾亲手杀死捻匪头目皇甫河山，由此我唐团受到官府嘉奖。”

葛敬先也说道：“二十年前，我葛家庄曾捕杀有‘玉面狐狸’之称的捻匪皇甫章，官府对俺葛家庄褒奖有加。”

崔元功说道：“你们知道皇甫河山与皇甫章是何关系？”

葛敬先说道：“从姓氏上看，莫不是父子或者兄弟？”

唐守业冥思了一下，说道：“应该是父子，那时唐团于月夜抗击捻匪时，这捻匪头目皇甫河山曾赶一对男女逃生，那女人挺着肚子，看样子身怀有孕。捻匪头目对那男的称‘章儿’，让他为皇甫留一血脉，最后强行把一对男女推上马，赶马远去了。”

崔元功说道：“不错，他们的确是父子，皇甫父子虽然被你们葛家庄、唐团所杀，可他们的后人还活着，且活得非常好。”

听闻此言，葛敬先、唐守业两人几乎同时问道：“捻匪后人还活着？你怎么知道？他在哪儿？”

唐守业似乎意识到了什么，瞪着眼问崔元功道：“你不会是那捻匪之后吧？”

崔元功昂起头，哈哈大笑。

葛敬先、唐守业两人大叫：“你是捻匪之后，你是捻匪之后。”

崔元功沉声说道：“不错，我是皇甫之后。你们不是常把‘血债血还，人命人还’挂在嘴上吗？如今你们落在我的手上，来偿还我皇甫一族的人命血债，难道不是报应，不是天意吗？”

葛敬先、唐守业、王立本三人被斩杀于沛城菜市场。刑前为防止三位庄主胡乱叫骂，一大早知县崔元功就让狱卒给每个人的嘴里放了竹撑子，让其不能言语。刽子手廖七是用知县老爷崔元功的长剑斩杀了三人，三剑下去，三颗人头落地。

葛家庄一方彭家庄彭庄主、姚家楼姚庄主，唐家洼一方赵集庄赵庄主、李家庄李庄主被官府发配至环境极其恶劣、气候非常严寒、非常不宜人居的北方凄凉之地宁古塔做苦役。发配至此荒凉酷冷之地的人，多为朝廷重犯，虽暂且留下一条活命，可是能活着回乡的，百人里面不过一二。

官府派了一千官兵，在葛家庄驻兵五百，在唐家洼驻兵五百，以震慑弹压双方土民，一旦发现生乱起事者，轻则鞭笞，重则砍头。庄主被杀的杀，被发配的发配，又有官兵凶神恶煞般地监看着，哪个还敢乱说乱动？至此，葛家庄、唐家洼终止了相互斗杀，可双方的仇恨却像解不开的疙瘩，牢牢结在双方上至老人下至孩童的心里了。

这日，知县崔元功来到沛城有名的铸铁铺“旺兴炉”。铁匠耿三见县太爷来到铺子里，慌不迭地打躬作揖，问道：“敢问老爷来小民陋铺有何吩咐？”

崔元功就从身后拿出一把剑来，说道：“烦劳匠人把此剑炼化，铸成一坐佛。”

铁匠耿三双手接过长剑，仔细看了，说道：“这么好的剑，炼化铸一佛像，实在可惜了。”

崔元功说道：“铸吧，不可惜。”

耿三说道：“三天以后，铸好后我亲自给老爷送去。”

崔元功便说道：“不，现在就炼化，我在这里看着。”

铁匠耿三让伙计加了炭，拉大风箱。待炉膛里火光发出炽白的颜色，耿三看了看手中的长剑，有些不忍地把它投进了熔铁炉里。突然，熔铁炉里戗出一团浊红的烟雾，耿三似乎看到浊红的烟雾中有几个血淋淋的、面目狰狞的人头向自己扑过来。耿三一下蹿后几步，惊呼道：“血雾，这是血雾，知县老爷，此剑吃多了血啊……”

第四十三章

岁月如梭,时光荏苒。转眼间就到了民国二十七年(1938 年)。

咸丰年间,由巨野、嘉祥、郓城迁至江苏沛地,依湖而居的山东外来土民和当地原住土民因地界争斗厮杀结下仇恨。虽然已经过去八十多年,但双方的仇恨并没有随着时间的流逝而消弭,双方依旧相互仇视,以当年筑下的边堤为界,互不来往。

葛家庄葛广德在徐州念师范的儿子葛俊豪回来了。

葛俊豪是一连接到父亲的三封加急家信才回来的。他不是一个人回来的,还带回来一个女人。这女人一头披肩的波浪长发,脸上搽着脂粉,两条眉毛描得又黑又细又长，两只大眼左右瞟来瞟去，两片厚嘴唇抹得猩红猩红的,看上去就像刚生吃了一只活鸡一样。紫红色的绒布旗袍把腰身紧裹得前凸后翘,旗袍的颜色倒是和她猩红的嘴唇形成绝配,脚上穿着一双高跟皮鞋脚,一拐一歪地走在院子里,女人就蹙着双眉小声对葛俊豪嘟囔:“这是什么鬼地方。”

葛俊豪一手拎着箱子一手牵着女人,走到站在上房前的父母面前,先叫了声“爹,娘”,然后指了一下身旁的女人对爹娘介绍:“这是小玉。”接着他暗暗紧了紧女人的手,女人便掩嘴一笑,嗲声嗲气地叫了声“爹,娘”。

葛广德黑着脸,鼻孔里发出沉沉的一声“哼”,转身回了上房。葛广德夫人虽有些不情愿,但还是一边对儿子领回来的女人嘘寒问暖,一边吩咐管家有福带少爷去西厢房歇息。

葛广德是在听闻了日本人占领南京，并将一路北上占领徐州城，且站在院子里隐隐听到从微山湖东面传来隆隆炮声时，给儿子葛俊豪连发了三封家书，又打发了管家有福去徐州城找到儿子，紧催急促让他回家，儿子俊豪这才回来的。

葛广德知道，徐州城虽然不算大，可历来都是兵家必争之地。现在南京城已陷落，日本人一路北上，东面传来了炮声，怕是日本人也已攻至滕州、薛城、枣庄一带了。现在日本人势头正劲，一路势如破竹，滕州、薛城、枣庄离徐州不远，日本人南北夹击，徐州城陷落怕只是旦夕之间的事了。儿子俊豪在徐州城念师范，一旦徐州城陷落，城里的人岂不成了日本人砧板上的鱼肉？俊豪是自己的独子，还要靠他给葛府延续香火，他是葛府万贯家财的唯一继承人，如若他有个闪失，自己九泉之下怎么面见先人？这万贯家财又传给何人？想到这些，葛广德便心慌不安，心想不管怎么说，乡下毕竟比城里安全些，无论如何得让儿子俊豪回家。现在儿子回来了，并且还带回来一个妖精一般的女人，这让从小就被浸灌了孔孟之道的葛广德心里很是硌硬。可儿子带回来的这个女人，自己再怎么看不顺眼，心里再怎么不待见，为了儿子也只能选择隐忍了。

儿子俊豪倒没什么，儿子领来的叫小玉的女人，却对葛府表现出了诸多的不适应来。比如用几块青砖垒的茅厕蹲坑她觉得恶心，从井台上挑来的水她觉得不干净，从厨房大黑锅里烧出来的饭她难以下咽。每上一趟茅厕对她来说就是一次折磨，还没进茅厕她就会先吸上一口气，然后屏住呼吸蹲在粪坑的青砖上解手，如若憋不住了张嘴吸一口气，她会干哕好一阵子。

井是一个村的井，全村人公用一口水井，你用木桶他用陶罐上上下下打水，想想都觉得腌臜。从井台上挑来的水别说做饭煮汤了，就是洗脸洗手洗衣裳她都觉得反胃。用这样的井水在厨房大黑锅里烧的饭，让她实在难以下咽。更让她难以忍受的是洗澡，乡下没有洗澡堂，要想洗澡只有在大黑锅里烧了水，用水筲提到房子里，关上门倒在木盆里浇着洗，这哪里比得上在徐州城的大澡堂里洗得干净洗得畅快啊！尽管她忍着六七天才洗一回澡，可还是看得出葛俊豪的父亲葛广德很不高兴，原来葛俊豪父亲葛广德是嫌她洗澡洗得勤，既费了柴火又费了水。

生活上的不适，加上对这个老地主守旧、吝啬行为的不满，让这个叫小玉的女人心里很是烦闷和不快。当然,她不敢把这种情绪在一脸古板和威严的老地主面前显露出来,她只有在屋里,在自己男人葛俊豪面前发泄一番:“这乡下真不是人待的地方,这地儿我是真的住不惯,俊豪,咱们还是回城吧,哪怕咱在城里找一处狗窝藏了,也比待在这里强。”

葛俊豪听小玉这样说,就劝说道:“这乡下别说你住不惯,就是我也住不习惯了,可又有啥办法,现在日本人都成了杀人的禽兽,听从南京逃出来的人说,日本人占领南京后,奸淫烧杀,徐州城眼见就要落入日本人之手,城里的人纷纷外逃,好多人都是没有去处,盲目外逃,咱们至少还有个落脚之地,且衣食无忧,咱们现在回城,岂不是自投罗网。我的少奶奶,你就忍耐一下吧,等啥时候城里平安了,再回去也不迟。”

小玉就小嘴嘟成了喇叭状,扭着身体甩着手说:“这要等到个啥时候啊!”

葛俊豪轻轻一声叹,说:“啥时候能回城说不准,反正这个时候回不得。”

葛俊豪带回的女人小玉对葛俊豪父亲葛广德不满,葛广德对儿子带回来的这个女人更是看不惯。先不说小玉一身妖媚狐气的打扮以及平日里言谈举止都透出几分轻薄,让葛广德难以忍受的是,每每晚上从西厢房里传出的小玉那无遮无掩的“啊啊”的叫声。西厢房里头一回传出小玉这种叫声时,着实把葛广德老两口吓了一跳,他们不知道儿子和那个叫小玉的女人在西厢房里发生了什么,待葛广德仔细一听,细细一咂摸,方才悟出什么,狠狠一声骂:“先人的脸都给丢完了。”

小玉的叫声在黑夜里显得有些扎耳,以至于睡在后院的管家有福也被惊动了。有福有些慌张地来到葛广德窗前小声喊东家:“老爷,老爷,你听你听,少爷房里少奶奶是不是有啥病了啊!”

屋内葛广德就瓮声瓮气地说:“别管这两个牲口,睡你的觉去。”

夜里是这样,白天呢,葛俊豪和小玉闲着无事,就关着门在屋里嬉笑打闹,常常从屋里传出小玉脆生生甜腻腻的唱声:“海岛冰轮初转腾,见玉兔,玉兔又早东升。那冰轮离海岛,乾坤分外明,皓月当空,恰便似嫦娥离月宫……”

少爷俊豪和他带回家来的小玉,在府第弄出这般动静,自然成了村里人的笑谈。有人说少爷俊豪在州城不好好念书,在窑子里结识了小玉,仗着自己有钱,把小玉从窑子里赎了出来才带回家的。也有人说小玉是个戏子,少爷俊豪是因为听戏迷上了唱青衣的小玉,后来使着钱上,最终获得了小玉芳心。小玉到底是个窑姐,还是个唱青衣的戏子,没有人敢去少爷俊豪跟前证实,反正村里人有关小玉的所有闲言碎语,都非常鲜明地表明葛家少爷葛俊豪带回来的这个叫小玉的女人是个不正经的女人。

果不其然,国民党军队跟日本军队在台儿庄黑天黑地地打了一仗,国军在付出了惨痛的代价后,打死打伤日军万余人。骄横惯了的日军遭此挫败恼羞成怒,立马调集大批部队分多路围逼过来,打算围歼国军。为避日军锋芒,保全实力,国军往西部做战略撤退。几天后,位处台儿庄偏西南方向的徐州城沦陷,听说沛县县城里也来了日本兵。日本人进城后无恶不作,老百姓谈之色变,就是娃娃哭闹,只要大人说一声"日本鬼子来了",娃娃立马会噤住哭声。

当然,日本人的恶行也传到了葛府大院,葛广德暗自庆幸自己及早把儿子从徐州城叫了回来。葛俊豪也就跟小玉说:"乡下虽然不能跟城里比,可乡下安全啊,要是咱们还在城里的话,说不定早成了日本人刀下之鬼了,哦,女人恐怕会更惨,日本人会对女人先奸后杀。"

小玉对俊豪的话似乎有些不以为然,说:"日本人这样作恶那样作恶,咱们也只是听人说,日本人也是人吧,是人都会有人性吧,对平民老百姓真的不分青红皂白说杀就杀说砍就砍?俺还真就有点不信呢。"

葛俊豪就说:"别管咋说,小心没有过火的,能躲着日本人还是躲着他们好。"

小玉想想葛俊豪说的也是,啥也没有命重要。乡下虽然水不干净,地不干净,茅厕不干净,可毕竟没有日本人啊!俊豪的财主老爹虽然成天一副死了亲爹的模样,可对他儿子和自己还很是疼爱的,好吃好喝地供着不说,想要什么,只要在这一方能买得到,老财主都会支使管家出去买。唉,也别嫌好歹了,既来之则安之吧。城里终究会有安稳的那一天,一旦城里安稳,她就赶紧和俊豪一起回城里去。想想这些,小玉心里也就松快了许多。

第四十四章

福乐客栈的范掌柜，黎明时分被噩梦吓醒了。梦里，他被来自乡下崔家庄的店客崔兆雨给捅了，并且不是三两刀，而是十来刀。被捅了十来刀的身子如同一个漏瓢一般，通红的血汩汩往外冒。被噩梦惊醒的范掌柜，觉得这个不吉祥的噩梦全是这个叫崔兆雨的店客赖在店里不给钱惹的，崔兆雨不光好多天的店钱不给，还白吃了几顿饭。这个赌徒输得身上一文钱都没有了，还指望去翻本。再说现在城里驻了日本兵，谁还有闲心去赌钱。实在不能再忍了，无论如何得把他撵出去了。

崔兆雨两天没吃上饭了。

崔兆雨一大早就被福乐客栈范掌柜从大通铺上拽了起来。他在县城这家客栈住了十来天了，不光掏不出住店的钱，就是连一碗稀粥的钱也掏不出来，并且这两天还厚着脸皮讨要饭吃。见从这个乡下来的赌徒身上确实没一分钱可赚了，范掌柜毫不犹豫地拎起蜷缩在大通铺上的崔兆雨，让他马上滚蛋。

一夜饥肠辘辘，饿得睡不着觉的崔兆雨，黎明时分才囫囵着睡着了，突然被客栈掌柜拉起来，呵斥着让他滚蛋，崔兆雨一边眯瞪着惺忪的睡眼，一边哀求客栈掌柜："范掌柜，求求您再容俺几天吧，现在大街上有端着刺刀见人就杀的日本人呢，您现在撵俺出去，不是让俺去送死吗？"

范掌柜一边拉扯崔兆雨一边叱道："你死也要回你家里死或者去外边死，不能在俺这店里死。你再在俺店里住几天非饿死在这里不可。"

崔兆雨被矮胖的范掌柜拉扯着往门外走，见被赶走已不可逆转，就哀求范掌柜道："范掌柜，俺走、俺走，求求您，俺走之前再给俺一口饭吃吧。"

范掌柜一把把崔兆雨推出大门外叱道："俺都快揭不开锅了，哪来的饭给你吃。"说完便咣当关上了大门。

崔兆雨上身赤膊露臂只穿了个破烂的坎肩，下身只穿了件破烂的单裤。他放眼望去，过去熙来攘往、热热闹闹的街上行人稀少，即便有个行人，也是一副急急慌慌的模样。也难怪，一大清早的，又有日本兵驻在城里，谁还敢在街上随意走动。这个在乡下天不怕地不怕的赌徒崔兆雨，心里怕了、怯了。三月底四月初的早晨，依然冷气袭人，他蹲缩在一个墙角处抱着膀子，饥饿加上寒冷，让他止不住地瑟瑟发抖。

崔兆雨小名叫丑丑，他爹也算是老来得子，四十五六才有的他，且又是家里的一根独苗，爹娘对他娇惯得很。当地有一流传了很久的俗语——丑名好养活，崔兆雨的爹娘也就给他起了这个叫丑丑的小名。

先前丑丑的家道在崔家庄也是数一数二的大户，田地二三百亩，骡马成群，高堂大院。崔世才望子成龙，对儿子寄予厚望，且家境富殷，儿子十岁时便送去读私塾。从小娇生惯养的丑丑，哪受得了私塾老师严厉的管教，硬着头皮念了两个月的私塾后，无论老爹再怎么威逼哄劝，丑丑死活也不去念书了，崔世才无奈，便由了儿子的性子。

丑丑名字丑，人却不丑，要个有个要模样有模样。丑丑念书不是块料，斗蛐蛐、养鸟却样样玩得来。随着个头和年龄的增长，丑丑的玩趣也在增加，吃喝嫖赌样样沾。特别是进了几趟赌场，很快就迷上了赌博。崔世才一边训骂着儿子一边替儿子还赌债，虽然如从身上割肉一般，却还受得了。赌徒之间毫无情义二字，一分一厘都有可能争得面红耳赤，甚至拳脚相向。丑丑年轻气盛，好勇斗狠，常常在赌场上与人争执，有几回和别人动手，下手歹恶，把人打个半死。被打的人就让家人把自己抬到丑丑家，问丑丑爹是官了还是私了。官了是去官府报官，报官，丑丑就难逃牢狱之苦；私了自然是钱上说话，想脱牢狱之灾，那就要破财消灾。崔世才怎能让宝贝儿子入牢受苦，再心疼钱也得往外掏啊！崔世才一回回地没少为惹事的儿子往外掏钱。

纵然家有万贯，也搁不住丑丑这样败家，慢慢家道一年不如一年。崔世才虽然对儿子满心怒怨，怎奈儿大由不得爷，更何况被自己娇宠大的儿子是个性情暴戾的不肖逆子。有一天，儿子给人划拨了五十亩田地以抵赌债时，崔世才无论如何挺不住了，指着儿子骂了一句"孽子"便口吐鲜血，软瘫在地，一命呜呼。一年后丑丑的老母亲也患病而亡。

没了爹娘管束，丑丑就像一匹脱了缰绳的野马，成了妓院和赌场里的常客。两年的光景，丑丑把一个殷实的家底输了个精光，就连房子也输得不剩一间。败了家的丑丑一贫如洗，没有哪家爹娘愿意把女儿嫁给一个品行不端的败家子为妻，更没有哪个女子瞧得上这空有一副好皮囊却败家的人。丑丑成了崔家庄最让人瞧不起的穷汉。

自败了家，崔家庄没人再叫他大名崔兆雨，大人小孩明面上背地里都叫他丑丑。他尽管潦倒了，可自尊心还是有的，不管怎么说自己也是一个堂堂的大老爷们儿，明明自己有大名，庄上的大人小孩却偏偏叫自己小名，且这丑丑小名也不是那么好听，这真是落魄的凤凰不如鸡，虎落平阳被犬欺。终于有一天，丑丑忍不住了。那日，丑丑喝得两眼通红，手里攥着一把明晃晃的刀子，在庄里扯着喉咙骂街，说往后谁再叫他小名丑丑，他就杀谁全家，谁不信的话就出来试试。好鞋不踩臭狗屎，谁也不愿招惹这样一个人，更没有人出来试，从这以后没人再明里叫他小名丑丑了，面对面碰上都叫起他的大名崔兆雨。

崔兆雨蜷缩在墙角处，又冷又饿，浑身发抖。此时天已大亮，大街上也多了来去匆匆的行人和生意人的吆喝声"喝粥哟，包子哟"。听到粥和包子，两天没吃上饭的崔兆雨，肠胃禁不住一阵痉挛。这时，一队肩扛长枪，步伐齐整的日本兵，耀武扬威地踩着铺着青砖的街道从他面前走过，长枪上明晃晃的刺刀透出瘆人的寒光。街上行人如同老鼠遇猫一样，纷纷往大街两旁的房屋、胡同里躲避。看见人们为躲避日本兵那副张皇怕死的模样，崔兆雨禁不住轻轻笑出声来。崔兆雨自己发出的笑，却把自己给震了一下，他在心里自问：你是笑话那些人怕死吗？你自己不怕死吗？你敢去日本人跟前逞能？一股冷风吹来，崔兆雨禁不住打了一个寒战，随着身子瑟瑟发抖，空瘪的肚子发出咕噜噜的响声。此时的饥寒交迫使他不禁想到：我上无片瓦，下无立锥之地，上无老下无小，光棍一条无牵挂，老子我怕死？现在落得妓院撵赌场赶，活得还有啥意思，这样活还真不如死。两天没吃上饭，现在又被客栈掌柜拎鸡拎狗一般给扔在大街上，这样下去不被冻死也会被饿死。

不到穷途末路谁也不会去想死，崔兆雨想到了死，既然想到了死，怎么个死法就成了问题：等着饿死、冻死？娘的，也忒窝囊了吧；跳河？自己会凫水；上吊？也忒不光彩了吧。这样死不行，那样死不中，对不怕死却要考虑死的崔兆雨来说是一种折磨。忽然一个念头在他脑子里闪过，这个突如其来的念头，竟然让身体一直发冷的崔兆雨有了一股暖流流过的感觉。人们不是都怕日本兵吗？老子偏偏就去日本兵的住处要饭，日本兵要是打死老子，老子死得其所，也让世人瞧瞧老子虽然落魄，但是条不怕日本人的汉子；如若日本人讲究，给口饭吃，那岂不是一件好事？岂不是给自己往后混世增添了一把可以吹嘘的本钱？想到此处，崔兆雨觉得身上热头上也热，身上也来了一股劲，他站起身来，甩了甩胳膊伸了伸腿，挺着胸昂着头，甩着两条赤臂，往县政府方向走去。

崔兆雨老远就看见原先的县政府大门两旁站着两个日本兵，两个日本兵头戴钢盔，手里端着上有明晃晃刺刀的长枪，挺着身子站在大门两旁。在这个凉意袭人的清晨，一个大汉光着两条胳膊，走在行人稀少的大街上，很是有些扎眼。显然，两个站岗的日本兵也看到了崔兆雨，他们握紧了手中的长枪，用一种凶恶的、犀利的目光死死盯着朝他们走来的这个人。

见两个凶神恶煞般的日本兵手握长枪，死死地盯着自己，长枪上的刺刀透着瘆人的寒光，崔兆雨有些害怕了。开弓没有回头箭，崔兆雨心里清楚，如若这个时候自己发怵转头跑开，后面的日本兵一定会对自己开枪的。听人说日本兵的枪法百发百中，一打一个准，现在再怎么样也得硬着头皮上了。

崔兆雨强撑着来到县政府大门前。两个日本兵圆瞪着眼，挺着手中的长枪，对着崔兆雨大叫：“八嘎。”

崔兆雨虽然听不懂日本兵叫的是什么，可他知道日本兵一定是让他站住或者问他干什么。他连忙止住脚步朝两个日本兵打躬作揖。两个日本兵显然对眼前这个行为怪异的中国人没有耐性，一边呜里哇啦地叫着，一边拉枪栓。就在崔兆雨脸色煞白，等着挨日本人枪子的时候，从大门内走出一个人来。这人长得白白净净，梳着油亮亮的分头，上身穿一挺括的黑色西装，白衬衫红领带，下身穿了一条稍显肥大的日本绿色军裤，脚穿一双深腰的黑色马靴。这人和崔兆雨一照面，两人都同时一愣，那人斜眯着眼问道："你是崔家庄的丑丑吧？"

崔兆雨也认出那人是姚家楼姚地主的儿子姚少川，自己读那两个月的私塾时曾跟他和葛家庄的葛俊豪是在一起学习。此时此地两人相见，崔兆雨就像遇到了救星，抑制不住内心的激动，哆嗦着嘴唇说："你……你是姚……姚兄吧？俺是丑丑，俺是丑丑。"

姚少川便对两个站岗的日本兵摆了下手，两个日本兵便收回了枪。

姚少川上上下下打量了一阵崔兆雨，问："你怎么混成这一副模样，这儿是你来的地方吗？来这里找死吗？"

崔兆雨就露出一副可怜相，谎说："俺两天没吃上饭了，俺是实在没路走了，才冒死来这里的，不承想就碰到了姚兄您。姚兄您不是去日本留学去了吗，怎么在这儿了？"

姚少川道："我是去日本留学去了，学成后就跟着日本皇军回来了。你到这儿来想干什么？"

崔兆雨咽了口吐沫，说："俺实在是饿急了，俺想日本人再怎么厉害也得用些打杂扫地的人不是，俺就想到这儿找点事干，挣口饭吃，他们只要能赏俺一口饭吃，俺愿为他们效犬马之劳。"

姚少川略有所思地问："你见过葛家庄的葛俊豪吗，知道他在干什么吗？"

崔兆雨便摇了摇头答道："我没见过葛俊豪，倒是听人说他在徐州读师范呢。"

姚少川微微点了点头，然后头一甩对崔兆雨说了句："跟我来吧。"

崔兆雨随着姚少川来到一排面朝大门的正房大厅里，见几个日本兵叽里呱啦说着什么，见姚少川带进来一个中国人，其中一个双手拄着一把军刀的日本兵问道："少川君，这个人是干啥的？"

姚少川就用日本话说了一通。几个日本兵瞪着眼睛打量了崔兆雨一番。那手拄军刀的日本兵便呜里哇啦一阵日本话，姚少川对崔兆雨说道:"皇军说了,看你还行,可以留你为皇军做事,只要你对皇军忠心,保管你吃香的喝辣的。不过为了证明一下你对皇军的忠诚,你得献一个'投名状'上来,'投名状'你可知晓?"

崔兆雨一副神色自若的样子回姚少川:"不就是杀个人吗?"

姚少川问:"杀什么人知道吗?"

崔兆雨说:"当然是中国人。"

姚少川便在拄刀的日本兵跟前说了几句日语, 那日本兵手一扬,把手中的军刀朝崔兆雨扔了过来,崔兆雨慌忙两手接住。姚少川对崔兆雨说道:"去吧,快去快回。"

出了县政府大院的大门就是大街,大门外冷冷清清没有行人。也是,除了他崔兆雨谁,敢来日本兵站岗把门的地方。见远处有稀稀拉拉的人在街上匆匆行走,崔兆雨便提着刀往远处走去。

有几个上了年纪的老头老妇从崔兆雨身边走过, 崔兆雨没有动手;有两个孩童从身边跑过,崔兆雨没有动手;崔兆雨心里有些焦躁,这个下不了手,那个下不去手,你拿着刀干啥来了?崔兆雨狠下心,想,再见一个,无论什么人,都要举刀。也许是见他光着膀子提着刀,也许是见他满脸的杀气,人们都远远地避他。见这个样子,崔兆雨就想走进门面店里去杀人,他看准了街边一个馍馍店里有人,便提着刀往馍馍店走去。

崔兆雨走到馍馍店前,刚要进店,迎面从店里走出来一个手提柳条篮子的人,两人一照面,同时打了一个愣。崔兆雨一愣过后,咧嘴笑了,说:"范掌柜。"

福乐客栈范掌柜见崔兆雨手提一把明晃晃的长刀, 就有些胆寒,结结巴巴地说:"崔……崔兄弟,你……你这是干啥?"

崔兆雨在范掌柜脸前亮了亮军刀,咧了咧嘴说:"俺来杀人啊!"

范掌柜惊恐道:"崔……崔兄弟, 你可甭杀俺, 俺……俺那里紧着你吃住。"

崔兆雨阴阴一笑,说:"范掌柜,真的是不是冤家不聚头,今儿还就是你了。你甭怨俺杀你,是日本人让俺杀的,俺不杀你,日本人就得杀俺,要怨你就怨日本人吧。"

范掌柜不想啰嗦,想跑;崔兆雨也不想啰嗦,便举起了军刀。因为没杀过人,也因为肚子饿少了力气,崔兆雨对着范掌柜的脖子砍了三四刀,方才砍下范掌柜的人头,崔兆雨在范掌柜少了头的身上,把刀上的血迹擦净,然后拎起地上范掌柜的头颅,朝驻有日本兵的县政府方向走去。

第四十五章

林子安带着一百多名伤兵残将，先是在微山湖一处偏僻的苇草丛里蛰伏了七八天,后又挪到一个建在旷野、远离村庄的关帝庙里休养疗伤。眼见所带的食物、药物快用完了,尽管湖里的芦根、湖草也可充饥,可毕竟不是长久之计。多数伤员通过半个月的修整疗养,已好了许多,即便断了药也无大碍,但还有几个重伤号必须要吃药才行。现在摆在林子安面前最紧要的事是必须尽快弄到粮食和药品,让受伤的弟兄尽快痊愈,好宰杀日本鬼子,不辜负司令官对自己的嘱托。

瞧着挤作一团将要撤退的人马辎重，又看了看自己身边的一百多名伤兵残将,林子安一声喊:"弟兄们,咱们到微山湖养伤打游击去！"

林子安带着一百多名伤兵一路往西而去,为不招人耳目,他们在晚上花钱找了两个渔公和两条船,来来回回七八趟,把他们送过大湖,来到了微山湖西岸。

林子安带着众伤员,先在大湖岸边一长满芦苇茅草的僻静处安顿下来。这个地方倒是可以遮些风寒，但要是老天下雨却是挡不住雨水的。七八天后,林子安带着两个弟兄,化装成百姓模样,去外边寻找可以遮风挡雨的地方，顺便去湖西几个村庄打探一下情况。他先是在一个离庄子较远的旷野里,找到一个有院墙的关帝庙,虽然不是太大,一百多伤员住下有些挤,但毕竟能遮风挡雨。于是,林子安带着众人,在夜里,从大湖边转移到了这个关帝庙里。

通过几天的打探,林子安了解到,沿湖而居的几个村庄王家洼、唐家洼、赵集庄、李家庄,这些村庄西面筑有一大堤,当地人称做大边。据说此堤为清朝年间所筑。大堤以西有葛家庄、姚家楼、彭家庄三个村庄,这三个村庄西面还有一庄叫崔家庄。边堤两边的村庄从清朝时期就结下仇怨, 双方以堤为界,互不往来,相互敌视。

林子安一班人所住的关帝庙,正处在边堤西的葛家庄正东方向。边堤以西这些个村子,有两大富户,一个是葛家庄的地主葛广德,一个是姚家楼的地主姚文礼。两家家境富殷,物财丰厚。边堤东面沿湖的几个村子,多是些半渔半农的穷庄户人家,没有富裕大户。近几天又打探到,徐州城已沦陷,湖西沛县县城也已被日军占领, 并有日军驻防。还有就是堤东沿湖的这几个村子,有人参加了共产党,并有人数不详的共产党领导的游击队在湖里及几个村庄活动。

对于共产党领导的游击队,林子安根本就不放在心上,甚至有些不屑。他认为游击队只不过是小打小闹,成不了气候。所以他并不担心共产党领导的游击队会对他们产生威胁。他知道在对待抗日上,国共两党再怎么不和,共同抗敌的目标还是一致的。眼下最紧要的事就是赶紧筹措粮食和药品。林子安知道,现今国难当头,兵荒马乱,苦的是老百姓,穷的是老百姓,百姓饥寒交迫,从穷老百姓那里筹钱筹粮那是不可能的事。要想筹钱筹粮,还须去地主老财那里才行。葛家庄就在他们藏身处的正西边,离大堤也就三四里地的光景。姚家楼在葛家庄的北边,中间隔着一个彭家庄,离他们藏身的地方远一些。为了不暴露自己,林子安和几个老兵商量,先不惊动附近的村庄,特别是离关帝庙近的葛家庄,明天夜里,亲自带上几个弟兄先去姚家楼财主姚文礼家里募些钱粮,以解当下之急。

是夜,姚家楼财主姚文礼天还没黑就和家人吃罢晚饭,接着就让下人赶紧关上大门,插牢门闩,杠紧门杠。

现逢乱世,日本人都打到家门口了,人们成天活在恐惧中。小命说不定哪一会就没了,谁还有心思捣鼓庄稼地。穷鬼越来越穷,穷生盗心,大户人家树大招风,即便是本村的穷鬼,穷疯了饿疯了,也会干出杀人越货抢大户的事情。

待家人都已闭门熄灯,姚文礼又在院子里察看了一番方才回屋。他吹熄了油灯，黑暗中坐在床上，没一点睡意。姚文礼家是姚家楼的大户，姚文礼在城北也是有名的乡绅。姚文礼的爷爷在清咸丰年间就是姚家楼的庄主，因联合葛家庄庄主、彭家庄庄主和从山东巨野、嘉祥、郓城迁徙过来的客民争夺地界，闹出人命。后来朝廷下派官员审断弹压，方才平息双方的纷争。为严惩首要乱民，官府在斩杀了山东移民唐家洼庄主唐守业、王家洼庄主王立本、原住民葛家庄庄主葛敬先三人后，又把参与双方打杀的几个庄主，发配到北方酷冷之地宁古塔，其中就有姚文礼的爷爷姚庄主。两年后姚庄主客死异乡。

这些日子姚文礼的心一直悬着，他生怕在这乱世中家财不保，生怕穷鬼们穷极生恶抢财杀人。更让他担心、牵肠挂肚的是远在日本留学的儿子少川。儿子少川三年前去的日本，那时中国和日本一点打仗的迹象都没有，儿子少川刚过去一年，日本人就如同洪水猛兽一般打进来了。开战前还时常收到儿子的来信，自从中日开战，就再也没收到儿子的信了。早知道中日开战，说什么也不会让儿子出去的，况且去的又是敌对国家。现在中国和日本打得不可开交，身处日本的儿子少川处境怎么样，日本人会不会虐待甚至残害在那里留学的中国学生，儿子还能不能回中国？少川是姚文礼唯一的儿子，姚家传继香火、兴家立业全指望他。如今姚少川音信皆无，生死未知，怎能不让老财主姚文礼愁肠百结忧心如焚？

床的那端传来夫人轻轻的饮泣声。姚文礼知道夫人也跟他一样思念牵挂儿子，甚至比自己更甚。唉！女人心窄盛不下事。姚文礼便劝慰夫人，又像是在安慰自己：“甭胡思乱想了，生死有命，富贵在天，吉人自有天相，川儿不会有事的，天不早了，睡吧。”

姚文礼和衣坐在床上，不觉间就打起瞌睡。不知过了多久，他突然被院内的狗吠声惊醒，接着传来“腾、腾”两声重物落地的闷响，接着他听到一个人沉声呵斥狗的声音。姚文礼立马意识到这是有人翻墙入院了。他立时头发炸心发紧，心里绝望地哀呼“强盗来了”。

姚文礼坐在床上脑子里一片空白，不知如何是好。这时，就听外面的人一边轻轻敲着窗户一边小声叫道：“爹、娘，我是少川。”

姚文礼一激灵，使劲拍了拍自己的头，知道自己不是在梦中。没待他开言，窗外又传来小声叫喊：“爹、娘，开门，是您儿子少川回来了。”

夫人听得真切,一边起身一边催促姚文礼:“快开门,是儿子,是儿子回来了。”姚文礼忙翻身下床,点亮油灯,趿拉着鞋就去开门。门刚一打开,就从门外闪进两个人来。待来到灯前一看,夫人便一下扑过去抱住儿子大哭:“儿啊!”姚少川一边轻轻拍着母亲的背一边说:“娘,莫哭,莫哭。”

姚文礼抹了一把老泪,问儿子:“你是怎么回来的,受没受苦,咋深更半夜回来?”

姚少川说道:“爹,我是随大日本皇军一起过来的,现在在皇军队伍里做翻译官。”然后他指了指身后的一个高个子对父亲说,“这位是崔家庄崔世才的公子崔兆雨,我们在一处共事。”

姚文礼一惊,抬眼看了一下崔兆雨,前两日他曾听到传言,说是崔家庄的丑丑在县城手拿东洋刀,砍杀了一个客栈掌柜,提着人头作“投名状”去了日本人那里。

崔兆雨见姚文礼瞪着眼看自己,便朝姚文礼鞠了个躬,叫了声:“伯父好。”

崔家庄的崔世才,响当当的一个大财主,姚文礼岂能不知。一个远近闻名的败家子,且又在城里砍杀了人,谁不知晓。姚文礼见儿子不但为日本人做事,还跟这种败家的不肖之子混在一起,不安之中又有几分不快。他对儿子说道:“为日本人做事,那可是会让人骂汉奸的啊!”

姚少川便对父亲说:“爹,您没去过日本,不知道日本有多么强盛。能为日本人做事,那是儿子的荣幸。”

姚文礼一阵沉默后对儿子道:“既然这样, 何不大白天光光面面地回家?”

姚少川说:“据可靠情报,这一带有共产党游击队在活动,为了家人的安全,儿子不得不谨慎些。”

一旁的崔兆雨说道:“伯父请放心, 少川兄人机灵有才学, 很得皇军赏识,将来定能飞黄腾达。”

姚文礼轻轻吁了一口气,看着儿子说道:“我跟你娘不巴望你飞黄腾达,只巴望你能平安无事就好。”

姚少川一边回父亲“没事的,没事的”,一边说现在非常时期,不能在家久留,便跟父母告辞要回县城。

姚文礼似乎有好些话要对儿子说,见儿子要走,便瞧了一眼崔兆雨,又看了一眼儿子,神情郁悒地说道:"你们都是大人了,啥道理都明白了,尽管我老了,头脑迟钝了,我还是要嘱咐你们一句,祸因恶积,你们虽然为日本人做事,力到处能做些好事,还是尽量多做些。"

姚少川尽量掩饰着自己的不耐烦,一边心不在焉地应付着父亲的啰唆,一边安慰着抹泪的母亲,然后对父亲说:"爹,往后家里有事可让管家金龙去县城找我,夜里早关门户,别轻易给外人开门。"

在母亲殷殷的唤儿声中,姚少川和崔兆雨二人轻轻打开大门,往黑夜深处走去。

第四十六章

这日晚上,姚文礼只喝了一碗莲子羹,便在奉着先人牌位的供桌前燃香跪拜,祈望先人九泉之下庇佑跟着日本人干事的儿子少川平平安安。

自从儿子少川那日晚上偷偷回家一趟后,这些天,姚文礼心里一直乱糟糟的。听说日本人打进中国,一路烧杀掠夺攻进了南京,居然对南京进行了屠城,十分凶残和野蛮。儿子少川跟随这样的豺狼之师做事,怎能不让他担心,更何况是在帮日本人杀中国人。姚文礼心里更清楚,从大义上论,儿子少川这样做是在当汉奸,做投敌叛国的事,是最让人不齿,是会落下千古骂名的。

姚文礼跪在先人的牌位前,一边为儿子少川祈祷平安,一边胡思乱想,这时,大门传来了啪啪的响声。姚文礼想着是不是儿子少川趁黑夜又回家了,他忙起身出了屋门,刚要去开门,但转念一想,儿子少川说过,夜里不要轻易给人开门,他便有些犹豫。这时,管家金龙也听到了响声,来到院里,见姚文礼站在院中,便颤着音小声叫了声“老爷”。

姚文礼朝管家轻轻摇了下手,小声嘱咐道:“看看什么人敲门。”

管家金龙便应了一声,扛了木梯,轻轻搭在墙上,哆哆嗦嗦爬了上去,露出半个脑袋。虽然是黑夜,金龙还是影影绰绰瞧见墙外站着几个手拿长枪的人。金龙慌忙下了梯子,抖着腿对姚文礼说道:“老爷,门外有几个手拿长枪的人,还有两头毛驴。”

又一次响起拍门声时,姚文礼便小声对管家金龙说道:“开门吧。”

金龙就叫了声:"老爷……"

姚文礼叹了一声说:"人家手里有枪,他们要进来,是鬼是神咱都挡不住啊!"

金龙战战惶惶地走过去,开了大门。

几个手拿长枪的人随即进了院子。一个头领模样的人问:"姚文礼先生在吗?"

姚文礼道:"老夫便是。"

那人便抱拳施礼道:"我们是微山湖抗日游击队的人,黑天半夜来打扰老先生,还望见谅!"

姚文礼见来人说话客气,便说:"原来是抗日壮士,屋里请。"

一班人在上房客厅坐了下来,姚文礼问:"听长官口音,是此地人吧?"

那人说道:"我是夏桥人,姓夏,名中全。"

姚文礼问:"夏桥夏兆良你可认识?"

夏中全笑了笑说:"那正是家父。"

姚文礼露出惊讶的神情,说:"夏府在夏桥可谓名门望族,夏公兆良也是一方名士,老夫也是久仰其名。你出身书香名门,理应学文求仕,怎么领兵扛枪了?"

夏中全面色凝重道:"现在山河破碎,国难当头,要想不当亡国奴,要想赶走恶狼一样的日本人,非枪炮不可。"

姚文礼看看眼前的夏姓人,想想自己儿子,心里有一丝惭愧,脸上晃过一丝尴尬,为掩饰自己,忙说:"夏壮士的义举,老夫佩服!"姚文礼问站在夏中全身边的一个人道:"听这位壮士的口音是山东人啊!"

那人轻轻一笑,说道:"咱们是邻居,俺是堤东王家洼的。"

姚文礼闻言,愣怔了一下,"哦"了一声,没再言语。

夏中全沉吟了一下说道:"不瞒姚老先生,我们在芦荡里已经断粮两天了。前年闹水灾,去年闹蝗灾,我们知道寻常百姓人家缺粮断炊,所以,我们才寻到老先生门上,还望老先生给予帮助。"

姚文礼听出夏中全是来门上要粮的,心里便有许多不快,心想:话虽说得好听,可黑夜里拿着枪,牵着牲口上门要粮,让人给也得给,不给也得给,这跟打家劫舍有甚区别。最让他感到气愤的是,这些人中居然有边堤东王家洼的人。边东边西那可是世仇啊！如今仇家竟然扛着枪上门要粮来了。姚文礼心里虽然不悦，可依然做出一副慷慨的样子说："这两年连连遭灾，田地歉收，家中余粮也不多了。既然壮士来到老夫门上，老夫当倾力相帮，也算老夫为抗日稍尽绵薄之力。"言罢，对管家金龙吩咐道，"去开粮仓，让壮士们装粮。"

夏中全诚恳地说："待打走日本鬼子，我们会加倍还您的。"

不一会儿，有人进来说粮食已装好。夏中全起身抱拳，准备告辞。这时，院子里传来纷纷攘攘的吵闹声。夏中全、姚文礼正要走出去看个究竟，就见一个国军军官模样的人，被几个手持短枪的人簇拥着进了屋来。

姚文礼见那军官姿态傲慢，且透出一股霸气，便问道："请问长官，您从哪里来？"那军官说道："我们是国军，是从台儿庄下来的。"

姚文礼闻言，忙抱拳道："原来是抗日勇士，恕老夫未迎之罪。坐，请坐。"那军官抱拳还礼道："在下林子安，姚先生不必客气。"

一旁的夏中全朝林子安抱拳道："兄弟夏中全，台儿庄一仗你们打出了国威军威。"

林子安乜斜着眼看着夏中全，露出一种不屑的表情，说："你们是共产党游击队，怎么游击到百姓家来了？"

夏中全尽量以平和的语气说："我们是微湖抗日游击队的，现在队伍上缺粮，是来姚老先生这里借些粮食。"

林子安说："你们手里的家伙不是烧火棍吧？真抗日去找鬼子真刀真枪干去，没粮食到日本鬼子那里夺去，大湖里做缩头乌龟算什么抗日。"

夏中全见林子安如此盛气凌人，便也冷目相视，说道："我们知道国军跟日本鬼子真刀真枪地干，我们共产党也是决不含糊的。"

林子安说道："现在战火连天，百姓少粮，就是姚老先生家怕也余粮不多。既然抗日，依俺看还是少来扰民吧。"

夏中全一阵思量，对身后人说道："留下粮食，咱们走。"言罢，大步走了出去。

见共产党游击队已走，林子安吩咐手下："去，把他们强要的粮食给姚老先生搬回仓房。"然后对姚文礼说，"姚老先生是一方名绅，我们本来是来拜访您的，赶巧碰上共匪骚扰先生，要不是老先生相劝，我们非收拾这帮共匪不可。"

见姚文礼没接他的话茬，林子安干咳了两声说："实不瞒先生，台儿庄一役我们死伤众多，我是奉长官之命，带着一部分伤兵来微山湖疗伤的。我们到此地已半个多月了，现在粮食和药品都已用完了，百十号人得吃饭，得用药，我们脱离了大部队，没有了后勤保障，枪弹补给、粮食药品这都是难题啊！所以我们还要请姚老先生出手相助。"

姚文礼听罢，心里一声冷哼，不就是来要钱要粮吗，还请呢，不给你们能行吗。姚文礼虽这样想，面上依然一副平静的样子，他站起身，走进内室，不一会儿，从里边抱出来一个红木匣子，放在桌子上。待打开了盖子，木匣内亮灿灿的银圆炫人眼目。姚文礼说道："这是两千块大洋，是我家的全部银两，长官如若疑心老夫还有隐藏，可让手下搜检一下。"

林子安闻言，心里暗暗骂了一声老狐狸，心想这么一个远近有名的大户，竟说家里只有两千块的家底，哄三岁的小孩子啊！林子安哈哈一笑，说："哪里哪里，姚老先生慷慨解囊，我林某和弟兄们不会忘记的。待兄弟们伤愈，我带弟兄们多杀几个日本鬼子，多杀几个汉奸，以报姚老先生相助之恩。等抗战胜利，林某一定向政府报姚先生为慰军模范，说不定蒋委员长还会跟您握手呢。"林子安一边起身，一边朝姚文礼抱拳道，"夜已深，我们也就不打扰老先生了。来日方长，再来打扰老先生的时候还会有的。"言罢，带着士兵走出门去。

管家金龙关好大门，回到上房，在老东家面前嘟囔道："说别人是匪，我看他们才是匪呢。老爷，你又何必给他们钱呢，你不说有，他们还能强翻不成！"

姚文礼吁了一口长气道："你以为他们真不敢翻吗，这个乱世，他们开枪打死你都不算个事。"

管家金龙说："这帮走了，那帮来了，即便万贯家业，也经不住他们强要，这何时是个头啊！老爷，要不去县城告诉少爷一声吧，让少爷出手护护家。"

姚文礼一阵思虑后，对管家金龙摆了下手说："天不早了，你睡去吧。"

管家金龙应了一声，退出门去，然后给东家轻轻合上了门。

见管家走了出去，姚文礼一个人在屋里，静静地坐在椅子上。刚才所发生的事情，让他心里久久不能平复。晚上竟然有两拨扛枪的人上门来要钱要粮，其中一拨自称是共产党领导的微湖游击队的人里竟有边堤那边王家洼的人,是不是还有唐家洼的人也说不准。边堤那边王家洼、唐家洼的人是什么人啊,那可是跟边堤这边的人有深仇大恨哪！他们竟然扛着枪来门上要钱要粮来了。他们说是共产党游击队,说不准他们是打着别人的旗号,打家劫舍来了。仇家竟敢这样越界到这边来打劫,要不是处在这样的乱世,一定会掀起双方的一场血斗。虽然后来因为国军的到来,他们没能带走粮食,但也足以让姚文礼感到屈辱了。他们嘴上说话客气,可要真不给他们钱粮,怕是他们真能干出杀人越货的事来。让姚文礼感到不安的是,这帮人不会只来这一次就完事了,听那长官的话,往后还要来门上打扰,这是说,他们吃完粮花完钱还会来门上要的,这样下去何时是个头呢?那国军长官说了,等伤养好,就去打鬼子杀汉奸。儿子少川为日本人做事,那就是他们说的汉奸啊！到那时,他们知道自己就是汉奸的老爹,怕是儿子老子一并杀了也是可能的事。反过来说,如果他们杀了儿子少川,自己活着还有什么意思。

夫人知道姚文礼坐在客厅里,便在内室叫了声:“天不早了,别一个人瞎想了,睡吧。”姚文礼应了一声,依旧坐着没动。他接着想到,在这一片村庄,也就葛家庄的葛广德、姚家楼的自己算是大户了。既然这些人能上自己门上来要钱要粮,那也一定会去葛家庄葛广德家里要,自己不妨明儿去一趟葛广德那里打问一下，然后跟他商量商量往后该怎样应付这些人。有了这个想法,姚文礼心情稍微平缓了些,起身吹灭了油灯,回内室睡觉去了。

第二天,姚文礼早早吃过饭,便去了葛家庄。

葛广德刚起来洗漱完,正要吃早饭,见姚家楼的财主姚文礼来到门上,便一边招呼,一边往上房客厅里请。葛广德知道姚文礼这么早来门上,一定是有紧要事情,于是,两人一落座,葛广德便问:“姚兄这么早来兄弟门上,一定是有啥事情吧。”

姚文礼略一沉吟,小声问葛广德道:“这几日没啥生人来老弟门上吗？”

葛广德就有些疑惑,说:“生人来门上？没有哇。”

姚文礼叹了一声，便把两拨扛枪的人去他门上要钱要粮的事给葛广德说了一遍。葛广德听罢,也感到惊讶:“国军上门也就罢了,有王家洼人和唐家洼人的共产党游击队上门要钱要粮就欺人太甚了。夏桥就在湖东,离咱们这儿也不算太远，夏桥夏兆良的儿子应该知道咱们这个地方边里边外世代为仇，他竟带着咱们的仇家上门要钱要粮，这不是向咱们示威欺负咱们吗？”

葛广德说：“姚兄说得也是，还真得好好思量一下，如若他们来门上，该怎样去应付他们。”见姚文礼起身要走，葛广德一边对其来给自己通风报信说着道谢的话，一边吩咐家人套上马车送姚文礼回去。姚文礼不让送，葛广德执意让人送，见葛广德诚意诚心，姚文礼便不说什么了。

回到家的姚文礼，一个人闷在屋子里，越想越觉得有点不大对头。关帝庙就在葛家庄正东，如若国军伤兵真是住在关帝庙里养伤的话，为什么他们不去葛家庄葛广德家里要钱要粮，反而舍近求远来自己家要钱要粮？如若另一帮自称是共产党游击队的人，里面却有宿仇王家洼、唐家洼的人，他们莫不是有意来寻衅羞辱自己？那个叫林子安的国军说，待养好了伤，便去打日本人杀汉奸，他是不是话里有话，另有所指？莫不是他们知道了儿子少川给日本人做事，所以才来家里要钱要粮，并拐弯抹角地威胁自己？如若他们不知道儿子少川跟着日本人干，即便借王家洼、唐家洼人胆，怕他们也不敢越过边堤来门上找事。这样一想，姚文礼竟惊出了一身冷汗。姚文礼越思量越觉得这事对儿子少川和他们家不利，先前还一直犹豫要不要把这事告诉儿子，现在姚文礼已毫不迟疑地决定尽快把此事告知儿子，让儿子多加小心并尽力保护好这个家。于是，姚文礼把管家金龙叫过来，一阵叮咛嘱咐，让他去县城找少爷，告诉少爷家里所发生的事情。

第四十七章

林子安和一众弟兄在关帝庙和湖畔的苇丛间交替修整疗养。因为从姚家楼财主姚文礼处要了些粮食和钱,吃的问题暂且解决了,让林子安忧心焦躁的是几个重伤号没药可用了。眼下最紧要的是弄药医伤,尽快让受伤的弟兄痊愈,也好打鬼子。林子安便和几个老兵商量,决定派两个弟兄化装成百姓,去趟县城买药,顺便打探一下城里鬼子的情况。

天放亮的时候,丁二庆、侯老四接受了进城买药及打探敌情的任务。两人出了关帝庙,先去了对面的葛家庄,在一农户家里借了一辆独轮车,又买了十几颗大白菜,把短枪塞进白菜里装了车,又跟人借了两身破烂衣裳换上,两人装扮成一对卖菜的庄户兄弟,一路咯吱咯吱往县城走去。

两人一路紧走快行,来到了城门口,门口有日本人设置的关卡。尽管把守关卡的日伪兵对进出县城的人搜查得很严,但对两个穿着邋遢、形象猥琐的庄稼汉子并没太在意。一个日本兵拍了拍独轮车上的白菜,又伸手在丁二庆、侯老四二人身上搜索了一阵,发现手上有几个爬动的虱子时,便朝丁二庆、侯老四二人挥手大叫:"八嘎,开路,快快地开路。"

丁二庆、侯老四进了城里,找了一僻静处,从白菜里掏出短枪掖在怀里,把独轮车和白菜推到寄存处放好,便在城内侦察转悠。

两人跑了几个药铺,买了几包药。见已到晌午,便进了一家小酒馆。有多少天没吃过酒肉了,他们已经记不得了,要了两碗酒,两碗肉,张开大嘴吃肉,端起碗来喝酒。半下午的光景,眼涩舌硬的两人方才来到寄存处,取了独轮车和白菜，把几包药装在白菜下面。丁二庆从怀里摸出短枪说道："娘的，小鬼子查得紧，老子偏就不怕你，你不放过老子，老子也不放过你，今儿老子就跟你们干上了。"又红着眼睛问侯老四，"小四，你怕不怕小鬼子？"

侯老四大嘴一撇，说："老子怕个球，是你怕了吧。"

丁二庆便眼一瞪，道："谁怕谁狗熊！"

满肚的热酒烧起二人的豪气，二人同时把短枪掖进怀里，推起独轮车朝城门口走去。

把守关卡的日伪军盘查得依然很严。尽管两人豪气冲天，却也心里明白，这次进城是买药和打探情况的，不是杀鬼子闹事的，所以，两人和进城时一样，装出一副胆小怕事的猥琐模样。哪知两个日伪军端着刺刀，只几下便挑开了捆绑白菜的绳子，几包压在白菜下面的药，随着白菜的散落，一下全露了出来。一伪军从车上拿起一包药，在手上掂了掂，用鼻子嗅了嗅，又拿到两人面前晃了晃，问："这是啥东西？"

丁二庆就答："长官，这是给俺爹抓的药。"

伪军冷笑着说："你爹得的啥病啊，一下抓这么多的药，你们抓的啥金贵的药非得藏在白菜下面，看你们俩一副穷贼相，还有钱下馆子喝酒？"

侯老四也就一旁说："长官，俺们是良民，看在咱们都是中国人的份上，您就高抬贵手，在日本人跟前说说情，放俺们兄弟过去吧。"

这时，一旁的两个日本兵端着刺刀围了过来。丁二庆、侯老四知道躲不过去了，忙从怀里抽出短枪甩手就打。随着啪啪几声枪响，两个围上来的日本兵和两个伪军应声倒地，其他人惊慌间，丁二庆、侯老四两人从地上拎起药包，紧跑几步，跳入路壕，猫了腰，撒开腿往北疾跑。

两人跑了一阵，跃出路壕，回头一看，见一队人马向这边追来。两人知道是鬼子追来了，忙折进野地里，向前边的一个村庄奔去。

鬼子骑着快马很快就追近了。

丁二庆、侯老四一边往前跑，一边依着野地里的坟丘回身射击。快进村庄时，丁二庆"呀"的一声扑倒在地上。侯老四回转身，见丁二庆腿上中了子弹，忙伏身要背丁二庆。丁二庆推了侯老四一把，说："别管俺，你赶紧跑。"侯老四说："俺咋能撇下你一个人跑啊！"丁二庆急道："这个时候能跑一个是一个，不然咱俩都得完蛋。"言罢，回转身去，朝追来的鬼子射击。侯老四一咬牙,一跺脚,往村里跑去。将要拐进一个胡同时,侯老四回头看了一眼,只见丁二庆在开枪撂倒一个敌人的同时,被一骑着马的日本兵手起一刀,劈在了头上。

侯老四拐了两个胡同,进了一处圈骡马牲口的院子。院子里有口铡刀和一大堆铡过的草料。看样子,在这里铡草的人听到枪声,吓得躲了起来。情急之下侯老四便一头扎进那堆草料中,并把自己掩盖好。

不一会儿,几个日本兵和伪军进了院子,端着刺刀这里挑一下,那里戳一刀,惊得院内的牲口咩咩直叫唤。与饲养牲畜的大院一墙之隔的院子里,城北彭家庄财主彭开祥正缩在墙根处抖着身子,瞪圆了双眼,从墙缝里往自家牲口院里瞧。那几头骡马牲口可都是他创家立业的宝贝啊!要是让日本人给牵了去,那可就倒大霉了。尽管他也知道日本人杀人不眨眼,可他还是趴在墙缝上,哆嗦着身子,两眼舍不得离开受惊叫唤着的牲口。

彭开祥看到两个端着明晃晃刺刀的日本兵,在院子那堆草料中三戳两戳,竟戳出一个人来。在日本兵大喊大叫中,那个人拖着让刺刀捅伤的膀子和腿,从草料堆里站起来。马上,从外边跑进来一大群日本兵和伪军,他们和院内的日本兵一起挺着刺刀,团团把那个受伤的人围了起来,并夺下他手中的短枪。

这时,从外边进来一个日本军官和一个伪军军官模样的人,两人走到那受伤人的面前,伪军军官问道:“你是哪一队的,叫啥名字,有多少同伙?”那受伤的人没有回答伪军军官的问话,而是瞧着伪军军官说道:“看样子你是汉奸二鬼子吧,好好的中国人不做,偏偏当人家的狗干吗啊!”那伪军军官对受伤的人甩手就是一耳光,脱口骂了一句:“娘的,知道俺是谁吗?听说过崔兆雨这个名字吗?老子就是个杀人魔王,你他娘不老实的话,老子有法子收拾你。”

那日本军官凑上前,推开了崔兆雨,笑着在受伤的人肩上拍了拍,说:“好汉,佩服,只要你说出你的底细,愿意为大日本帝国服务,保你升官发财。”

受伤的人很是傲气地笑了下说道:“小鬼子你听着,俺行不更名,坐不改姓,俺叫侯老四,俺就是在台儿庄杀得你们人仰马翻的堂堂的国军。今天老子落在你们手上,是杀是剐随你们便,不过今天老子杀了几个鬼子和汉奸,死也够本了。"说罢仰头哈哈大笑。

见这人这般嚣张顽固，那日本军官便沉下脸来，对身旁的伪军军官道："崔队长,这人死啦死啦地。"

那姓崔的队长"嗨"了一声,走到草堆旁的铡刀前,用脚踢了踢,对那日本军官说："松山君,知道这是啥东西吗？"

那叫松山的日本军官围着铡转了一圈,摇了摇头。那姓崔的就把铡刀提了起来,大铡刀发出幽幽的寒光,他一脸谄笑,对那日本军官说："松山君,这个物件叫作铡。"

那叫松山的日本军官道："铡？这就是你们古代包公铡人的铡？"

那姓崔的呵呵一笑,说："松山君,这不是包公的铡,这是百姓用来给牲口铡草的铡。"他嘿嘿一笑接着说道,"不过铡人么,也是可以的。"

那叫松山的日本军官点了点头,嘴里"吆西"了两声,一指那被刺刀围着的受伤的侯老四说："八嘎,铡他！"几个日本兵马上一拥而上把侯老四摁在地上,架胳膊的架胳膊,架腿的架腿,把他放到了铡口里。侯老四一边挣扎着,一边扯着喉咙大骂："俺操你祖宗十八代,小鬼子,狗汉奸。"几个日本兵把他的脖子摁在铡口正中,一个日本兵双手攥着铡柄往下摁去,侯老四啊一声嚎叫,脖子只一道血印,头却没有铡落。日本兵一连几下,都没能铡下侯老四的头来。

铡口下的侯老四圆瞪着眼睛,血从嘴里和鼻子里流了出来,嘴一张一合似在怒骂,却发不出声来。一旁的崔兆雨哈哈大笑,他扬了扬手对那几个日本兵说道："这样铡不中,铡软东西要顺劲才行。"说着,他指了指竖在墙边的几捆高粱秸秆道："拿来一捆放在脖子上试试。

两个伪军从墙边拿了一捆高粱秸秆,放在了侯老四的脖子上,拿铡刀的日本兵又是一声喊,随着刀落,侯老四的人头落地,鲜血飞溅。

见人头被铡了下来,日本军官和姓崔的一起哈哈大笑,笑过后,日本军官问姓崔的："崔队长,这人说是国军,这一带会不会真的有国军？"

崔兆雨说道："松山君,皇军神勇无敌,威震四方,借国军他们胆子怕是他们也不敢待在这一带。您看这人和他那个同伙穿的衣服如此破烂,哪像国军,估计是打家劫舍的土匪。"

见日本军官不再言语,崔兆雨走到侯老四的头颅前,抬腿一脚狠狠往墙上踢去。院墙那边,墙缝前趴着的彭开祥,突见血淋淋的人头朝自己飞了过来,惊得手捂胸口,一下瘫在地上,随之一泡热尿尿在了裤子里。

天已近黑,两个县城买药的弟兄还没回来,再加上半下午的时候,有枪声隐隐约约从城北彭家庄方向传来,一丝不祥掠过林子安的心头。林子安料定两个弟兄一定凶多吉少,于是,亲自带领多人去彭家庄方向打探情况,寻找那两个买药的弟兄。

夜里,吓得晚饭都没吃的彭开祥正要上床睡觉,就听大门“嘭嘭”响了起来。他战战兢兢来到院里,抖着声问:“谁啊?”

门外有人道:“彭保长别怕,找你打问点事。”

彭开祥闻言,打开了大门,没等人问话,便说道:“你们是来找人的吧。”

见领头的那人点了点头,彭开祥便把自己下午看见的日本人杀人过程,一五一十地说了出来,并说自己佩服那人是条好汉,连同另一个死在村口的人,一并先盖在了牲口院内的草料下面,等人来找寻。

林子安听罢,忙让彭开祥打了灯笼,带自己去牲口院里。林子安扒开草堆,赫然现出丁二庆、侯老四两人血淋淋的尸首。众兄弟见状一下跪伏地上,林子安一声痛号:“我的兄弟啊……”霎时,满院一片啜泣之声。

林子安和众人把丁、侯二人的尸首抬到庄外,选了一处地势较高的地方掩埋了。他们向坟墓鞠躬敬礼,并一起大声发誓,一定要血债血还。林子安咬牙切齿道:“姓崔的,你个狗娘养的汉奸,这笔血账老子给你记下了。”

第四十八章

管家金龙在县城原国民县政府大院里找到少爷姚少川，就把家里发生的事及老爷嘱咐他的话说给了姚少川。姚少川听罢，喃喃道："我的身份没想到这么快就让他们知道了。"然后对管家说道，"你回吧，回去告诉老爷，别害怕，有他儿子在，没事的。"

送走了管家，姚少川心里既忧虑又兴奋。如果像管家金龙所说，自己的身份露了出去，那给家人一定会带来危险。他心里清楚，现在好多中国人恨汉奸甚于恨日本人，姚少川不禁为乡下的家人担忧起来。让他兴奋的是，微山湖边上不仅有从台儿庄战场下来的国民党军队在活动，还有共产党领导的游击队在活动。从大处想，他觉得如果把国民党的这支军队和共产党领导的游击队清剿干净，对日本皇军管制下的这一带的长治久安会大有好处。从小处想，把这两支武装铲除干净，也会消弭乡下家人的危机。于是，他决定把管家告诉他的事情，马上报告给驻沛日军最高长官松山一郎。

听了翻译官姚少川的汇报，松山一郎很是震惊。没想到在自己的眼皮子底下，竟然有国民党军队和共产党游击队在活动。因台儿庄一役国民党军队重创了日军，让日军伤亡惨重，日军上下对这支队伍恨之入骨，必欲除之而后快。于是，松山一郎派遣保安队队长崔兆雨，配合两名日本兵化装成乡下百姓，对在沿湖这一带活动的国民党军队和共产党游击队进行侦察，待摸清敌情后再制定计划，采取行动。

为了不让人认出自己，崔兆雨弄乱了头发，抹脏了脸，粘上了络腮胡子，穿了破烂衣裳。两个日本兵也穿得破破烂烂,脏兮兮的,完全一副穷苦老百姓的样子。经过几天的秘密侦察,他们摸清了情况。在城北乡下,葛家庄村东的关帝庙里,驻有国民党的伤兵一百多人,武器装备比较好。葛家庄正东的微山湖里,有共产党游击队活动,因这些人常以大湖为掩护,神出鬼没,所以人数不详,武器装备粗劣。

松山一郎听了崔兆雨的报告,思考了一会儿,决定先歼灭国军这一部分伤兵,因为共产党游击队装备低劣,不足为虑,且他们神出鬼没,难以寻踪,暂且不理会他们,待收拾完这一部国军再清剿他们也不迟。于是,松山一郎把制定的作战计划上报给日军驻徐州联队长野岛,为了此战万无一失,并请求增派些援兵过来。

日军驻徐州联队长野岛参加了台儿庄战役，日军伤亡之惨重让野岛恨透了这支国军部队。后来,国军这支部队安全撤退,这让疯狂扑过来,志在全歼这支国军的日军无威可发,无仇可报,着实让这一班豺狼之师很是郁闷和窝火。如今这支国军部队的一百多号伤兵就在他们的眼皮底下活动,这让急于寻仇的日军血脉偾张,亢奋异常。

这日凌晨,东边的天际刚刚显露出一丝微微的亮光,旷野里浮动着一层厚厚的、白白的雾霭,这层厚厚的雾霭把西面的葛家庄、东面的大边堤都给遮掩了起来,倒让处在旷野地里的关帝庙如同一座浮在云中的殿舍一般。在关帝庙外值班站岗的士兵冯二狗,披着一件烂大衣,趴伏在一处土堆上,困意绵绵,不停地磕头打盹。忽然,他一个激灵猛醒过来。几年的军队生涯,让他非常敏锐和警觉,即便是在睡梦中,只要有点风吹草动,也会立马醒来。为了更清醒些,他摇了几下头,揉了揉眼睛,伏着身子四下观望,目光扫视到西面时,就见正西方向影影绰绰有一长长的、扇形的、会移动的矮墙,往他们所在的关帝庙围了过来。他瞪大眼睛再看,见这堵会动的矮墙中,有一面膏药旗在晃动。他立马意识到了什么,慌忙抽出身下的长枪,朝那堵矮墙方向开了一枪。随着冯二狗这声枪响,立马引来如爆豆炸响般的枪声。

正在关帝庙里睡着的伤员队伍,在听到枪声的一瞬间,全都跃起身,抓起枪往门外冲。林子安一边指挥队伍往门外冲,一边大声吆喝轻伤号帮扶重伤号。众人冲出关帝庙,矮着身子观察着眼前的情况,子弹这时如雨滴一般嗖嗖从他们头顶飞过。这时,冯二狗猫着身子跑了过来,急促地对林子安说:“鬼子从西面围过来了。”听罢此言,林子安大声说:“撤,往东撤,前方大堤有一缺口,从缺口处往东撤,几个伤轻的跟我断后。”

林子安率众人一边往东撤退,一边还击身后追击的日军。日军原本想趁凌晨包围偷袭关帝庙中的国军,谁料想被国军发觉。凌晨的雾霭如同烟雾弹放出的烟雾,遮挡了日军的视线,要想对国军射击,必须蹲下或者趴下才能模模糊糊看到国军的身影,这样就影响了射击的精度和追击的速度。跟随日军的保安队队长崔兆雨,一边号叫着往前冲,一边大声对日军说:“前面就是大湖,他们往东面撤是死路一条,他们跑不掉的。”

东撤奔跑中,有三四个弟兄中弹,所幸并不严重。林子安率众越过边堤缺口,往大湖方向奔去,因有高高的大堤隔着,暂时躲开了日军的射击。这时,有士兵指着不远处的唐家洼对林子安说:“连长,咱们是不是先去那边村里暂避一下。”林子安听罢斥道:“胡说,咱们又不是三个五个,一百多号人去村里躲日本鬼子,不光躲不掉,还要连累老百姓。”那士兵就说:“往大湖里奔,咱们弟兄大多都不会水啊!”林子安就咬着牙说:“退到湖边再说,跟鬼子背水一战,掩护会水的弟兄往湖中苇丛里撤,能撤几个是几个,不会水的投湖也总比被日本鬼子抓住强。”

林子安率众退到大湖边,一边命令会水的弟兄赶紧凫水往大湖苇荡处游,一边率众趴伏在土堆上或者地凹处准备抗击日本兵。枪声越来越近,并且有喊声传来:“国军弟兄们,你们身后就是大湖,跑是跑不掉的,抵抗是死路一条。赶紧投降吧,皇军优待俘虏。”

林子安狠狠地骂了一声“狗汉奸”,接着沉声对弟兄们说:“弟兄们,看来今天是咱们为国战死的日子了,咱们死也不能让日本鬼子捉去给他们当活靶子练刺刀。谁打完最后一颗子弹,谁就转身投湖。”

日本兵装备精良,步枪、机枪疯狂地朝大湖岸边的国军扫射着,这让伏在地上的国军几乎抬不起头来。在这危急时刻,突然从大湖苇荡里划出十几条小船来。小船刚一靠岸,船上人就大声叫喊:“国军兄弟,我们是微湖抗日游击队的人,赶紧上船。”

见来了救兵,林子安招呼兄弟们赶紧上船。待大家都上了船,小船便快速往湖里划去。小船约莫离岸二十米,日本兵就冲到了岸边。因湖面上的雾气更重,小船很快就消失在茫茫的雾霭中。冲到岸边的日本兵眼见到嘴的鸭子居然往大湖里飞了，一边大声叫着，一边往湖里胡乱扫射。

没想到一场精心策划的围歼战居然打成这个样子，松山一郎气急败坏，一边黑沉着脸来回走动，一边不停地骂着“八嘎”。这时，保安队队长崔兆雨来到姚少川跟前说：“国军和共产党游击队能在这一带站住脚，一定跟这一溜靠近大湖的村庄有关联，不然他们没法子生存。今天这仗打成这样，松山队长心里一定很窝火，咱们何不就近去唐家洼、王家洼去察看一番，也好让松山队长消消气。”

姚少川听罢，点点头便在松山一郎跟前嘀咕了一阵，松山一郎听后，便手一挥，带着队伍朝唐家洼奔了过去。

因为一大早的枪声、爆炸声此起彼伏，唐家洼、王家洼两庄的人全都张张惶惶地跑出村子躲了起来。此次日本兵进村，见两村成了空村，便放火烧了几间房，又牵了几只猪羊便垂头丧气地返回县城。

日本兵偷袭驻扎在关帝庙里的国军不成，顺便烧了沿湖而居的唐家洼和王家洼两村，却对边堤以西的村庄没有侵扰。葛家庄、姚家楼、彭家庄几个村庄的庄民觉得这是唐家洼、王家洼应得的报应。人们知道了在这一方不光有日本兵，还有国军和共产党游击队。人们也知道了，姚家楼财主姚文礼在日本留学的儿子姚少川，跟着日本兵回到中国，并跟着日本兵驻扎在沛县县城。还有崔家庄过世了的财主崔世才那个败家的儿子丑丑，居然当上了保安队队长，给日本人办事。

对姚少川、崔兆雨两人给日本人做事，边堤以西的人心情是复杂的。身为中国人却帮日本人打中国人，毕竟是让人不齿的事。

这日半晌的光景，葛家庄葛广德家紧闭着的大门被敲得啪啪响，葛广德便让管家有福去瞧瞧。管家有福走到门前，从门缝里往外瞧，见是两个身穿长袍、一副教书先生模样的人站在外面，便问来人是谁。那两人便说是葛府少爷葛俊豪的学长，今儿来找学弟叙旧的。管家有福闻听后，马上反身去上房禀报老爷葛广德。葛广德听罢，便叫出儿子葛俊豪，让儿子去看看。

葛俊豪来到大门前，先是从门缝里看了看来人，见来人眼熟且又只是两个人，便开了大门。门外来人见开了大门，便满面笑容朝葛俊豪抱了抱拳道：“小弟俊豪，一向可好？”

葛俊豪也认出面前的两人，便高兴地叫了一声：“少川兄，兆雨兄，什么风把你们吹来了。”说罢,握住两人的手一起往院子里走。

三人来到上房,姚少川和崔兆雨二人就向葛广德边鞠躬边说:“伯父好!”

见父亲有些疑惑,葛俊豪便指着二人给父亲介绍:“这二位是我念私塾时的学长。”然后指着姚少川说,“这位是姚家楼的姚少川兄,父亲是姚家楼有名的财主姚文礼。”又指了崔兆雨说,“这位是崔家庄的崔兆雨兄,父亲是崔家庄的大户崔世才。”

同为庄村的大户,葛广德不光认识姚家楼的姚文礼、崔家庄的崔世才而且和他们很熟,但对他们的儿女所知甚少。他听说崔家庄的崔世才生了一个败家的儿子,不光气死了老爹,还输光了家业。听人说这两人在为日本人做事,看他们一身教书先生的打扮,倒不像是为日本人做事的样子啊,也许是人们胡传乱说吧,葛广德这样想。

一番礼过,姚少川、崔兆雨落了座。为尽礼仪,葛俊豪从西厢房叫出小玉,来上房给自己的两位学长道福问安。见小玉朱唇粉面袅袅婷婷,崔兆雨眼都直了。姚少川见崔兆雨有些失态,便拍了一下崔兆雨说:“俊豪学弟成婚的事你怎没告诉我啊?不然也带些礼物聊表心意。”崔兆雨回过神来道:“我确实不知道俊豪学弟成婚的事。”

葛俊豪一边让小玉回西厢房,一边说:“小玉是城里人,我本想体体面面、热热闹闹地把她娶回家来,可正逢乱世,日本人打了进来,又占领了县城,谁还敢大操大办啊,我跟小玉虽然成了一家人,可婚事并没办,待赶走了日本人,光复了国土,我再补办婚礼,到时候一定给两位学长送上大红请柬。”

葛广德问姚少川、崔兆雨二人:“二位贤侄,现在在哪里营生啊?”

姚少川笑了下说:“现在我和兆雨兄跟着大日本皇军做事。”

葛广德禁不住“哦”了一声。

姚少川见葛广德一副惊讶的表情,便笑了笑说:“不瞒伯父,今儿我们兄弟二人来贵府,一是来邀俊豪学弟去县城,跟我们俩一样,为大日本帝国做事,二是代皇军驻沛长官松山一郎请伯父出任葛家庄保长。”

葛广德闻言忙摆了摆手说:“我一辈子好清静,少问闲事惯了,再说我一年老体衰、行将就木之人,哪还有那个精力和气力去干保长啊。”

姚少川说:“伯父在葛家庄德高望重,依我之见,伯父还是接下保长一职为好，不过不急，伯父您可以考虑考虑再定也不迟。”

姚少川转身对葛俊豪说：“俊豪学弟，咱们一起共事怎么样？”

葛俊豪迟疑了一下说：“眼下俊豪还真不能应下兄的好意相邀。一是小玉身怀有孕，需人照料；二是父母年迈，我现在实在是脱不开身啊！”

一旁的崔兆雨就说：“弟妹怀有身孕，可以找人照料，二老也可以让下人伺候。”

葛俊豪道：“小玉从城里来到乡下，除了我，举目无亲，与人不熟。现在又不太平，她是一刻也离不开我。”

崔兆雨说：“那就带她一起去县城就是了。”

葛俊豪说：“二老怎么办？总不能把二老甩在家里吧，即便有下人伺候，作为父母唯一的儿子，我也放心不下他们啊！”

见葛俊豪这样说，崔兆雨狡黠地笑了笑说：“俊豪弟不想跟我们共事，浑身净是理由啊！”

葛俊豪忙说：“哪里啊，哪里啊！”

见气氛有些尴尬，姚少川便说：“家里既然有这般情况，我们也就不勉强俊豪弟了。”说着起身朝葛广德揖礼道，“伯父，县城里还有事情要办，我们得回了。今儿打扰您老人家了，愚侄所说的话，还望伯父思量思量。”

葛广德、葛俊豪父子诚意要留姚少川、崔兆雨二人吃罢饭再回，二人却执意要走。葛广德知道，这两人是得罪不起的主，便取出一百块大洋，一人五十，递给二人说：“既然二位贤侄不能吃饭回去，这是老夫的一点心意，二位贤侄不要嫌少，回去买杯薄酒吃。”

二人假意推却了一番便接了过来。

第四十九章

这是一个阴冷的上午，微山湖的上空，一团团灰云似块巨大无比的幕幛。圆圆的太阳,似一个沾满灰尘的玉米饼子贴在上面,懒慵慵地发出涩涩的光。一望无际的微山湖里,大片大片的苇荡在阵阵湖风的吹拂下,晃动着经历了一冬尚未散尽的芦花。旷阔的湖面,没有帆影和渔歌,芦苇荡里也不闻禽声和鸟鸣。如此静谧安详的微山湖,在这战乱时节的午前时刻,透出一种诡异的氛围。

此时,两艘插着膏药旗的汽艇噗噗噗地叫着,在大湖苇荡间游弋。行驶在前面的汽艇船艏上,驻扎沛城的日军中队长松山一郎、翻译官姚少川、保安队队长崔兆雨围在日军驻徐州联队队长野岛身边，野岛不时举起望远镜观察着。当汽艇行驶到一片苇荡时,突然轰一声响,从苇荡中冒出一团火光。随着火光倏忽消失,船艏上的野岛仰面倒下,手中的望远镜被抛得老远,松山一郎、姚少川、崔兆雨也都中弹倒下。崔兆雨倒在船艏,一边用手捂着耳朵,一边大叫“鸭枪,鸭枪”。日军的步枪、机枪齐朝芦荡开火。霎时间,枪声大作,苇荡中传来子弹嗖嗖的入水声和芦苇噼噼啪啪的断裂声。

一阵射击后,苇荡寂然无声,四周死一般的沉寂。日军面对这诡秘莫测的大湖,心惊胆战。看到船艏上中弹的联队长、中队长、翻译官、保安队长痛苦地号叫着,心存惊恐的日军忙调转船头,疾速驶离。

日军驻徐州联队队长野岛头部中弹,一命呜呼。日军驻沛中队长松山一郎头上被铁弹划开一道口子,险些丧命,翻译官姚少川被打伤了一条胳膊,保安队队长崔兆雨被打烂了一只耳朵。军医从几个人的伤口里取出的不是子弹而是铁砂，松山一郎直直地看着盘子里的铁砂，很是诧异。包着耳朵的崔兆雨便对松山一郎说："这是猎枪打出的子弹。这枪是近湖的人用来打湖里野鸭、野鸡的。这种枪长有三米，填充火药铁砂，射程约四十米。铁砂出膛为扇形，密而劲猛。"

头上缠着纱布的松山一郎一阵深思之后道："这么说，开枪的人一定是近湖的人干的？"

吊着胳膊的姚少川说道："会使这种枪的一定是近湖的人无疑，敢朝皇军开枪的不是国军就是共产党游击队。"

崔兆雨说："这一方，共产党游击队曾闹得欢，这些游击队多是些沿湖居住的穷鬼，唐家洼、王家洼人居多。他们手中没有多少硬家伙，鸭枪怕是他们最好的武器了。这次皇军遇袭，一定是他们干的，国军装备比游击队好，他们不会用鸭枪的。"

松山一郎切齿道："野岛君，我们大日本帝国军人的枪炮刺刀从来都不是吃素的，我会让中国人用十倍百倍的血来偿还血债，为你报仇。"

田姓在唐家洼属单门独户，唐家洼的田胜、田旺是一对孪生兄弟。两人十岁时父母双亡，成为孤儿。好在唐家洼人看兄弟俩可怜，你帮我帮的，扶助两兄弟长大成人。兄弟俩有二亩地种着，再到大湖里捞鱼摸虾，日子也过得去。兄弟俩自己动手做了一支鸭枪，闲时在微山湖里打些野鸭野鸡换点钱。

春月里，青黄不接，是穷人最难熬的时月。因日本人打到了家门口，人人惶然。田氏兄弟也和众村人一样，缩在家里不敢妄动。兄弟二人已经三天没开锅了，两人饿得有点撑不住了。

这日一大早，兄弟二人便备好火药、铁砂，扛上鸭枪，准备下湖打些猎物充饥。两人正要出门，忽然，村里叫喊声响成一片。兄弟俩愣神间，院子里就闯进来几个端着刺刀的日本兵。日本兵见田氏兄弟扛着一杆长枪，便呼啦围了上去，大声叫着夺下鸭枪。日本兵好奇地传看着这支长长的鸭枪，一日本兵高声叫着转身跑出院子。

不一会儿，那日本兵带来了中队长松山一郎、翻译官姚少川和保安队长崔兆雨。松山一郎走到近前，用手摸着鸭枪，仔细地看着，问姚少川、崔兆雨二人："这就是你们说的鸭枪？"

姚少川、崔兆雨二人点头称是。

松山一郎又拿过田氏兄弟盛火药、铁砂的牛皮袋子，伸手掏出几粒铁砂，在掌上看了看，问："真有那么大的威力？"

崔兆雨说："太君，此枪威力真的很大。"他转脸看了看浑身发抖的田氏兄弟，一脸谄媚地对松山一郎继续说，"太君，此枪威力大不大，让他二人试试就知道了。"

松山一郎点了点头说："好主意。"然后对姚少川扬了下头说："让他们演示一下。"

姚少川就用中国话对田氏兄弟说道："太君对这支鸭枪有兴趣，他让你们演示一下。"

松山一郎扔过火药、铁砂，田氏兄弟就哆哆嗦嗦地往枪管里填火药、铁砂。见填充好鸭枪，松山一郎便让士兵剥掉田胜的上衣，并在田胜的肚子上划了个圆圈。崔兆雨指着田胜的肚子对田旺说："太君是让你往这里放一枪。"

田氏兄弟听罢，扑腾一下跪在崔兆雨脚下，哭着求道："这位大叔，看在咱们都是中国人的份上，求求您给俺说说情，救救俺们兄弟吧。"

崔兆雨一脚把田氏兄弟踢倒，朝日本兵扬了下头，两个日本兵架起田胜拖到院子中央。松山一郎吼叫着，让跪在地上的田旺端起鸭枪。见田旺哭着不肯端平鸭枪，松山一郎抽出刀架在了田旺脖子上。一旁的姚少川就劝道："听太君的话，你们兄弟俩至少能活一个。"院子中央的田胜就对弟弟哭道："兄弟，你就打吧，不然咱一个也活不成。"田旺泪流满面，慢慢举起鸭枪。见田旺哆嗦着手，迟迟不扣扳机，松山一郎双手举起战刀，往田旺脖子上挥去，身首分离的一瞬间，田旺手指一紧，鸭枪"轰"的一声响，火光闪过，院中央的田胜一声惨叫，身子直往院墙飞去。松山一郎走过去，瞧了一眼满膛开花的田胜，手起刀落，割下田胜头颅，吩咐道："把两这个人头带回去，给野岛君当灵前祭品。"

王家洼的王万才，在王家洼是数一数二的大户。

这几日，儿媳患了伤寒，王万才虽然请了郎中煎了药。但三天过去了仍不见好转，王万才便打算请城里有"赛华佗"之称的李郎中。

天刚发亮，长工赵顺领了东家的嘱咐，套了马车，铺了苇席棉被，就出了门去城里请李郎中。刚出村就见邻村唐家洼燃起片片火光,有大人和小孩的哭喊呼叫声从唐家洼传来。待他停住马车举目前看时,就见一队人马朝王家洼这边奔来。当看清有一膏药样的旗子在这队人马上面扬着时,他不由得一声大叫"娘啊!",丢下马车,回身便跑。

赵顺跑回东家王万才家,上气不接下气喊东家:"老……老爷,日本人来了。"

王万才出了上房,见赵顺一副张皇模样,便斥道:"有啥大惊小怪的,慌个啥,日本人难道是恶鬼要吃人不成。"

不一会儿,村里鸡飞狗吠,小儿哭大人叫,乱成一片。王万才愣怔间,大门被踹开,接着跳进来三个日本兵。见日本兵端着上了刺刀的长枪向自己走过来,王万才忙朝日本兵打躬作揖。日本兵口里叫着"八嘎",举枪朝二人捅去,王万才和赵顺闷哼了一声便倒在地上缩成一团。上房内老妇人听见动静,踮着小脚刚到门前,便被日本兵一刺刀捅倒。日本兵进屋一阵乱挑乱翻后出了上房。偏房内,睡梦中的儿子被屋外的响动惊醒,慌忙穿上衣裳,刚要开门,门便被踹开,接着一把发着青光的刺刀顶住了他的胸脯,吓得他张嘴瞪眼,两腿发颤。日本兵一枪托把王万才儿子砸晕在地,接着三个日本兵进到里屋,一下挑开床上的被子,就见一个光腿赤臂、只穿着肚兜短裤的少妇缩在那里。日本兵一边淫笑着,口里叫着"花姑娘",一边脱了裤子朝床上扑去。身患伤寒的王万才儿媳叫骂着挣扎着,从头上拔下银簪,往身上的日本兵脸上刺去。日本兵"啊"一声叫,捂住眼睛,血立马从手指间汩汩流出。日本兵痛急而怒,起身举枪往床上王万才儿媳身上狠狠扎去。妻子的惨叫声唤醒了地上的丈夫,丈夫见日本兵用刺刀扎床上的妻子,便站起身抓起桌子上的瓷瓶,瓷瓶还没出手,两把刺刀已捅进他的胸膛……

李家庄在唐家洼北边。唐家洼、王家洼两庄烟火滚滚,哭声连天,惊动了李家庄人。李家庄人知道这两个庄子一定是进了日本鬼子,便都慌慌张张扶老携幼出了庄子往东边大湖边跑去。人们有的躲进苇丛,有的撑船躲进大湖里。

李家庄的李小安二十三四岁。十五岁时父母患病殁了,撇下他和一个六岁的妹妹小花。兄妹俩相依为命,李小安田里种粮湖里打鱼,妹妹在家里做饭,兄妹俩日子过得还算安稳。父母临终的时候,抓着李小安的手嘱咐他,好好照顾妹妹。李小安哭着答应父母,只要有一口吃的,也决不会饿着妹妹,只要有一块布,也决不会冻着妹妹。李小安是这样答应父母的,也是这样做的。田里的活再累,他也不让妹妹下地帮自己,有好吃的紧着妹妹吃,情愿自己穿得破破烂烂,也要让妹妹穿得周周正正、干干净净。妹妹十五了,他也不小了,他打算再过一年就给妹妹找个好人家把她嫁出去,再托媒人给自己找个女人成亲。

这日晚上,妹妹小花浑身发烫,且乱说胡话。李小安一夜守在妹妹身边,不时给妹妹喂点水。好熬歹熬熬到天露明,李小安就出了门去龙固集给妹妹抓药。

十一岁的李牛牛弟兄四个,他是老大。父亲在龙固集给一家大户当长工,平常不回家,弟兄四个全靠母亲拉扯长大。这日早上,村里突然乱了起来,人们都大呼小叫地说是日本鬼子来了,齐往大湖边跑。李牛牛母亲也抱着小的、拖着大的随着人流往湖边跑,李牛牛前日爬树摘桑葚,从树上往下跳崴了脚,他跟在母亲后边一跑一拐。他跑到一棵大紫花槐树下时,对母亲喊道:"娘,俺脚疼得很,跑不动了,您带着弟弟跑吧,俺爬这树上去躲日本人。"母亲见儿子真的是不能跑了,便大声嘱咐他躲到树上树叶稠的地方,别乱动。李牛牛一边答应着母亲,一边往树上爬去。

崔兆雨带着日本兵进了李家庄。庄子里见不到一个人影,俨然一个空庄。崔兆雨带着日本兵挨家挨户地搜,见鸡逮鸡,见鸭捉鸭,见粮装粮,然后放火烧屋。

崔兆雨带人又进了一个院子,几个日本兵正在院子里逮鸡,见崔兆雨从屋里抱出一个姑娘来。崔兆雨对几个正在逮鸡的日本兵喊道:"太君,太君,花姑娘,花姑娘。"几个日本兵见崔兆雨怀里抱着一个姑娘,便一起围了过来,抢过崔兆雨怀里的姑娘,放在地上,用刺刀挑开姑娘的衣裳,轮着往姑娘身上扑去……

几个日本兵发泄完,一把火点燃了屋子,几个日本兵嬉笑着扯胳膊的扯胳膊,扯腿的扯腿,一下把姑娘扔进了大火里……

李小安从龙固集给妹妹抓药回来,老远就看见庄子一片烟火,他知道事情不好,便撒腿往庄上奔。待回到庄里,看到房屋尽毁,眼前一片狼藉,不见一个人影。他忙跑进自己家,家里房屋被烧,不见妹妹踪影。他一边哭喊着妹妹,一边扑打还在燃着的火苗。这时,李牛牛从紫槐树上下来,一瘸一拐地来到李小安面前,把他在树上看到的情景给李小安说了。李小安听罢,跑进烟腾腾的屋中拼命地扒拉着,突然,李小安一声凄厉的哀号,从地上抱起来一具被烧焦了的尸体,蹒跚着走到院子里,一头栽到地上……

日军烧杀完唐家洼、王家洼、李家庄返回县城时,松山一郎让姚少川、崔兆雨带着,顺路去了一趟葛家庄葛广德府上,名为拜访,实为劝说葛广德出任葛家庄保长,并让他儿子出来为日本人效力。其间,姚少川、崔兆雨把日军烧杀唐家洼、王家洼、李家庄三村的过程给葛广德说了一下,并说了日本人本也想对边堤以西几个村庄立一下威的，是他们二人在松山一郎面前替边堤西的村庄极力求情才使得边堤以西免受血光之灾的。这次松山一郎亲自到门上,可见日本人对他还是很看重的。如若应下保长一职,能在日本人面前说上话,不光对个人家庭,对葛家庄甚至整个边堤以西的村庄,都是大有好处的。姚少川、崔兆雨又从他俩为日本人办事说起,说如若不是两人在日本人面前说得上话,怎么能保护得了边堤以西村庄不被侵害。

葛广德一阵思量后,对姚少川、崔兆雨二人说:“容老夫再思量思量,再给二位贤侄答复吧。”

崔兆雨见葛广德思前怕后的样子，便说:“伯父，您不是给我们二人答复,是要给日本皇军答复。”

姚少川把葛广德的话翻译给了松山一郎,松山一郎显出不耐烦,哇啦地说了句什么。姚少川便对葛广德说道:“伯父,太君说了,给您一天的时间考虑,明儿您应不应,要给皇军一句利索话。”

见葛广德没有言语,松山一郎狠狠瞪了葛广德一眼,举手一扬,带人走出了葛广德的大院。

夜里,葛广德家里陆陆续续来了好几个本村和邻村的主事人。有彭家庄主事人说姚家楼姚文礼的儿子、崔家庄崔世才的儿子崔兆雨带着日本人也找过他们,让他们出来做保长。葛广德也就把姚文礼的儿子姚少川和崔世才的儿子崔兆雨带日本兵来家的事,跟他们说了一遍。大家一致劝说葛广德,胳膊拧不过大腿,即便是不真心为日本人办事,还是应下来的好,不然惹恼了日本人,日本人发起狠来,怕是今天唐家洼、王家洼、李家庄的遭遇,就会是边堤以西几个村庄明日的下场。

看样子,这件事实在是没有回旋的余地了。葛广德和几个人便决定暂且应下日本人做保长,并盟誓绝不做中国人害中国人的事。

送走众人,葛广德就和儿子葛俊豪商量,问儿子是否答应姚少川、崔兆雨一起去县城为日本人办事的要求。葛俊豪嘴角露出一丝不屑,说:“我葛俊豪虽心无大志,可让我去与他们为伍当一个汉奸,我是决不会的。爹应下当保长就应下了,虽说为日本人当保长名声不太好听,但最起码还是为保全本庄本户委曲求全之举,若是儿子再随日本人干事,父子俩一同做汉奸,这个名声可不光彩啊!”

平时一副吊儿郎当模样的儿子居然说出这种话来,让葛广德多少有些惭怍并对儿子的话表示赞同。

葛广德应下了日本人当葛家庄保长的要求,对于儿子葛俊豪不能出去和他们一起共事,葛广德解释说,儿媳小玉已怀有身孕,小玉是城里长大的姑娘,来到乡下有很多不习惯,心情常常不好,只让俊豪一人伺候,一时也离不开俊豪,待儿媳小玉生下孩子再出来做事也不迟。

姚少川、崔兆雨二人知道葛广德是在耍滑头,可他毕竟应下了保长一职,也就没再提让葛俊豪出来和他们一起做事这个话题。

第五十章

不知不觉间秋天就到了，大湖里的苇草被涂上了一层淡淡的杏黄色。

先前驻扎在关帝庙中的林子安部，被日军偷袭，退到微山湖岸边，危急关头要不是共产党游击队出手相救，怕是会遭日军围歼。后来，林子安从共产党游击队的领导夏中全那里知道，西边二郎庙一带还有一支国民党的游击队在活动，领头的名叫刘怀仁。得到此消息，林子安心头一振，马上派人去了二郎庙，跟刘怀仁的游击队取得了联系，并计划两支队伍联合起来，对日军搞一次袭击。刘怀仁对联合行动不以为然，说打游击就是以保存实力为主，出击为次。这个当口袭击日军，无疑是以卵击石。

见刘怀仁这种态度，林子安除了私下狠狠骂几声“怂货”“怕死鬼”外，也是无可奈何。面对日军的扫荡，林子安带着队伍高粱地里躲，大湖里藏。百十号人的队伍很是耗粮，几个村里的大户人家的粮食被要得差不多了，就用起了银圆。有了银圆，就到老百姓家里去买粮食，后来，老百姓家里也没粮食卖了。再加上二郎庙的刘怀仁打着打游击的旗号，对这一带的村庄硬拿硬要，时间久了，在百姓中间就落了个“光游不击的刮民军”名号。此话传到林子安耳朵里，恼怒之余，想想自己的队伍也确实没什么作为，也觉羞愧。更让林子安感到羞愧和难堪的是，夏中全的微湖游击队倒是干得有声有色，他们居然用鸭枪干死了日军的联队队长野岛。他们大白天敢在闹市里杀汉奸，也曾在徐州至沛城的路段上埋地雷炸鬼子汽车。这支共产党游击队，在百姓口中个个是神枪手、飞毛腿。林子安意识到,若自己这支队伍再无作为,真就对不起百姓了。经过几天的思考和谋划,林子安决定对二郎庙的一个日伪据点进行一次袭击。

这是从台儿庄战场退下来的第一仗,只能胜,不能败。要让夏中全的游击队瞧瞧,我林子安不出手则已,一出手就端掉个鬼子据点。

选择袭击二郎庙鬼子据点,林子安是动了脑子的。一是二郎庙离边堤西的彭家庄七八里,处在彭家庄正西,袭敌顺手便罢,如不顺手,可以东撤到微山湖自保;二是被袭击的据点是刘怀仁游击队活动的区域,即便刘怀仁不出手相助,鬼子也会认为是刘怀仁的游击队干的,鬼子一定不会让他安生,定会找他报复,刘怀仁这个滑头将无宁日,到时刘怀仁不敢跟鬼子碰面也得碰了,除非向鬼子投降当汉奸;三是二郎庙据点里鬼子、伪军一共二十多人,距县城三十多里,打援的鬼子最快也要半个时辰才能赶到,尽管鬼子装备精良,又有炮楼作倚靠,百十号人的队伍半个时辰内拿下驻有二十来人的据点,还是有把握的。

一切谋划妥当,这日晚上,林子安带着队伍进入彭家庄,在村外一处树林里隐藏下来。夜半时分,林子安正要叫醒弟兄们准备行动,突然听见从二郎庙方向传来噼噼啪啪的枪声和爆炸声。林子安估摸,一定是刘怀仁和自己想到一块去了,近水楼台自己先干上了。一丝失落在林子安心头掠过,然后归于释然:毕竟刘怀仁这个胆小的家伙也敢跟鬼子真刀真枪地干了。

见有人先在二郎庙动手了,有一老兵在林子安面前说:"连长,看样子二郎庙有人先咱们一步干上了,二郎庙那边咱们还去不去?"

林子安想了想,说道:"这一定是刘怀仁干的,鬼子武器好,又有炮楼,凭刘怀仁那帮人怕是打到天亮也拿不下来。不管咋说,都是自己人,咱得支援他一下。再说,鬼子的枪好使,大米洋面好吃,打完后战利品谅他刘怀仁也不敢独吞。弟兄们,走!"

林子安带领队伍出了树林,往二郎庙据点方向奔去。走了约一半路程时,据点方向突然停了枪声,高高的炮楼燃起了熊熊大火。林子安禁不住小声自语道:"还真是小瞧了刘怀仁,没想到他能干得这么利落。"然后朝人群大声喊道,"弟兄们,快!慢了怕是凉水咱们也喝不上了。"士兵们便加快了脚步,往前急奔。

快近据点时，林子安见一队人马迎着自己的队伍跑来，便低声叫了声“卧倒”。那队人马似乎也发觉了前面有人,也停住了脚步,并传来哗哗啦啦的拉枪栓声。

双方一阵沉寂后,林子安喊道:“你们是哪一部的?”

对方回道:“我们是微湖游击队,你们是哪一部的?”

林子安喊道:“我们是国军四十二军一〇六团的，你们夏中全队长在吗?”

对方站出一人,说道:“俺是夏中全,对面是林子安连长吧。”

林子安也站起身来,朝夏中全走了过去。两人走近,握了下手,林子安说道:“我们这两天驻扎在彭家庄村外的树林里，今晚听见这边响起枪声,知道有人跟日本鬼子干上了。我想,在二郎庙能跟日本鬼子干上的,不是刘怀仁的游击队就是你们微湖游击队,考虑到日本鬼子武器好,又有炮楼掩护,不会那么容易打下来,所以俺就带人过来打援来了,没想到夏队长干得蛮利落的。”

夏中全说:“谢谢林连长前来打援,二郎庙这个据点,我们算计了好长时间了。这个据点的鬼子和汉奸奸淫烧杀,无恶不作,游击队刘怀仁部虽然在这一带活动,却一直不敢动这个据点,于是,我们就下决心干掉这儿。通过关系,我们做通了据点里边两个伪军的工作,里应外合把据点给端了。”

林子安听罢,连说:“干得好,干得好!”见夏中全身后的人都是手拿肩扛的,知道夏中全这次缴获了不少的战利品,便说道,“看样子夏队长这回可是发财了哈。”

夏中全明白林子安心里想什么，便对身后的人吩咐:“林连长跟咱们一样,在敌后打游击,都不容易。给林连长留下几箱弹药、几袋子粮食。”然后对林子安说道,“今晚这一仗,我们几乎耗光了所有的弹药,林连长,实在对不住,我们缺的是枪,枪就不给你们了,只能给你们这些了。”

林子安心里不悦,可也说不得什么,据点是人家打的,东西是人家从日本人那里抢来的,人家分给你是情分,不分给你是本分。日本人的“三八大盖”好使,林子安本想要几支日本人的枪,但夏中全都那样说了,自己还怎好开口提要枪的事。于是,林子安一副大度的样子说道:“夏队长的战利品,本不该要的，既然夏队长诚意相送，我也就不客气了。”

夏中全对林子安说道：“林连长，这里不可久留，咱们得赶紧撤退隐藏，为了安全起见，咱们兵分两路，分开撤离。”

林子安说了声“好”，带着队伍往正东彭家庄方向奔去，夏中全便带着队伍往东南方向奔去。

林子安带着队伍来到彭家庄庄外，心里越想越窝囊。多天的谋划，多天的准备，眼见到嘴的肥肉居然让一帮扛土枪抬土炮的共产党游击队给抢走了。林子安只觉得有股火气郁结在心里，这股火气让他不发不快，不泄不快。一个老兵问林子安道：“连长，日本鬼子据点被拔了，他们一定会追击报复的，咱们是不是撤到湖里去？”

林子安略一沉思，大手一挥，说道：“走，咱们去保长彭开祥那里，让这个老儿出点血去。”

彭家庄保长彭开祥在睡梦中被枪声、爆炸声惊醒。他缩在床上，心惊肉跳地听着从西面传来的枪声，他知道一定是中国人的队伍跟日本人干上了。听枪声是在二郎庙方向，那里有一支国民党的游击队活动，这枪声是不是日本人围剿国民党游击队也未可知。反正他不相信，那支只会到处打着抗日旗号到处敛钱的国民党游击队敢朝日本人动手。彭开祥正想间，就听自家大门嘭嘭作响。女人也被惊醒，一下抱住彭开祥说：“会不会是强盗？”彭开祥上下牙打着磕巴说：“莫……莫吱声，莫……莫吱声。”这时，就听得院子里腾腾几声响，接着是大门被推开的声音。彭开祥知道是有人翻过墙头，把大门打开了。他忙一边摸着黑穿衣裳，一边叫女人也赶紧穿上衣裳。

这时，有人在窗前往屋里喊道：“彭保长，甭害怕，我们是国军，今晚我们有事路过彭家庄，现在特来跟你叙谈叙谈。”

屋里的彭开祥听罢，知道是福不是祸，是祸躲不过，便哆哆嗦嗦点亮油灯，双腿打着颤开了屋门。见屋外站满了手里端着枪的士兵，便点头哈腰往屋里让：“壮士们辛苦，屋……屋里请，屋里请。”

一班人进了屋内，林子安坐到椅子上，对彭开祥说道：“咱们见过面，你是彭家庄的保长吧？是日本人让你干的吧，受人之托就要为人办事，咋样？跟着日本人混油水不少吧？”

彭开祥听眼前的国军军官这样说，更是吓得双腿打颤。他知道深更半夜这帮国军找上门来，一定不会有好事，他们把自己当成汉奸杀了也说不准。彭开祥擦了一把脑门上的冷汗，对着林子安又是鞠躬又是作揖，哆嗦着嘴说道：“壮……壮士，您听……听俺说，俺虽说是保长，可俺……俺压根就不愿接这个差事，可是，大家伙都劝俺，说如果不接这招，要是日本人派一个人来彭家庄当保长，还不知会把彭家庄折腾个啥样子。与其让外人来当保长，还不如本村人干，只要不丧良心，不做坏事，不帮日本人害自家人就中。俺自从当保长以来，没干过一件昧良心的事，不信您可以在村里打问打问。”

林子安冷冷一笑，说道：“你平日说过什么话，做过什么事，我们都一清二楚。你要是做下坏事还能活到今天？论说这日本人委任的保长算作汉奸也不为过。”林子安缓和了一下口气接着说道，“不过，据我们了解，你彭开祥还算不错，没做下过恶事。再说你曾帮我们收过两弟兄的尸首，我们心里有数。你跟姚家楼的姚文礼都是保长，哪天你见了姚文礼告诉他一声，让他劝说一下他那当汉奸的儿子，让他儿子悬崖勒马回头是岸，不然的话，会让他儿子死无葬身之地。”

彭开祥一边连连点头一边说：“一定传到，一定传到。”

林子安说：“早先听到二郎庙枪响了吗？”

彭开祥说：“听到了。”

林子安说：“知道咋回事吗？”见彭开祥面露疑惑，便接着说道：“早先二郎庙鬼子据点被我们给端掉了，二十多个鬼子，三十多个二鬼子都被俺们干死了。”

彭开祥听罢竖起拇指连连说：“真乃抗日豪杰、抗日壮士，国家有你们这样的英豪，何愁打不走日本鬼子。”

林子安说：“刚才一阵打杀，把我们的弹药消耗得差不多了，我们身处敌后，缺钱少粮，补充给养很困难，今晚我们来你家，一是来警示你一下，二是给你一个支持抗日的机会。”

彭开祥是个明白人，他知道，今晚如果自己不出些血，是过不了面前国军这道坎的，舍财保命、破财消灾是正道。彭开祥忙连连说道：“彭某明白，彭某明白。”起身去了内室。不一会儿，彭开祥怀里抱着一只沉甸甸的木匣子,从内室走了出来。他把木匣子放在桌子上,顺手打开木匣,木匣内亮灿灿的大洋十分炫目。彭开祥说道:"长官,这是两千块大洋,除了夫人的首饰,这是俺全部的家财了,现在俺拿出来给壮士们,去买些粮食和弹药,也算是俺对抗日尽点绵薄之力。如长官疑心俺另有私藏,可让手下搜检一下。"

林子安朝身旁的士兵使了个眼色,那士兵便走过去把盛着大洋的木匣子收了。林子安对彭开祥说道:"彭保长慷慨解囊资助国军,党国不会忘了你的。你身为日本人指定的保长,平日里可以利用这个身份,探听一下日本鬼子的动静,如有紧急情况,密告我们。待打走日本鬼子,不光不会因为你给日本人当过保长治罪你,俺定当报请政府,给你记功。"

彭开祥点头应道:"应该的,应该的,一定,一定,谢长官,谢长官!"

林子安起身说道:"我们刚打完二郎庙炮楼,这里不便久留,我们要走了,咱们后会有期。"说罢,带着士兵走出门去。

彭开祥回到内室,夫人就抱怨:"干吗一下就给了他们两千大洋,你说家里没钱,难不成他们还真翻咱家不成?"

彭开祥说道:"你以为他们不敢吗,不给他们,让他们翻出来,到那个时候能有咱们的好果子吃?现在日本人咱惹不起,这党国的兵咱也惹不起。真要是日本人被打回老家,国民政府一定会对那些投靠日本人的汉奸秋后算账的,这个时候咱拿出这些钱支援国军,还不是给自己买条后路。"

夫人听罢,闭口无声。

姚家楼姚文礼家的管家金龙是彭家庄人,在彭家庄是单门独户,家里有妻儿和老母亲。母亲从他七岁时就守寡,一直拉扯他长大成人,为他娶妻生子。金龙是个孝子,他知道母亲一辈子不容易,所以对母亲很是孝顺。这几日,母亲心口疼的毛病犯了,所以,金龙天天晚上回家给母亲煎药喂药,伺候母亲。

这晚夜半,金龙被枪声、爆炸声惊醒。他穿上衣裳,悄悄来到院子里,侧耳一听,枪声和爆炸声是从二郎庙方向传来的,他断定,一定是有队伍跟日本人干上了,至于是国军还是共产党游击队,他不敢确定。这夜半的枪声惊得他全无睡意,他站在院子里,看着漆黑的天空,支着耳朵听着二郎庙那边的动静。不一会儿,他听到一墙之隔的保长彭开祥家的大门被人敲得嘭嘭作响,他马上蹲伏在墙角处,屏住呼吸,不敢弄出一点动静。接下来,彭开祥和人在屋里的对话,他隐隐约约听了个大概,直到一队人走出彭开祥的家院,他才蹑手蹑脚回到屋里。

金龙完全是出于诚心维护东家，把晚上在自家墙角听到的国军跟彭家庄保长彭开祥说的话,原原本本地说给了东家姚家楼保长姚文礼,并提醒东家:“这帮国军敢端日本人的炮楼,也是不要命了。少东家又是日本人的翻译官,往后东家还须小心为好。”

姚文礼听罢管家的话,吃了一惊。让他没想到的是,彭家庄的彭开祥居然是一个脚踏两只船的主,一边干着保长替日本人办事,一边背地里和国军勾结,且还重金相助。国军夜里袭击二郎庙据点,说不准是他带的路呢。国民党历来都有“刮民党”之称,只要他们跟日本人斗下去,就会要粮要钱,从穷鬼们身上刮不到油水,唯有从像自己一样的大户家里要,给便罢,不给,要你脑袋也不在话下。要是他们在这一方做强做大,特别像他这样的大户,况且儿子又给日本人做事,一定不会有好果子吃。到时候,像彭开祥这样的滑头,背地里在国军那里使一下坏,自己怕是有两个脑袋也保不住啊！想到这里,姚文礼禁不住打了个寒战。

姚文礼自己去了一趟县城,在挂有“大日本皇军驻沛警备司令部”牌子的原沛县国民政府驻地,找到了儿子姚少川。姚文礼把管家金龙告诉他的事情,加上自己的臆测说给了儿子。姚少川听罢,感到事情重大,便立马向松山一郎报告。正在为二郎庙据点被端怒气冲天,却苦于找不到敌人的松山一郎听完姚少川的报告,咬着牙攥起拳头狠狠往桌子上砸去。

是夜,日本兵冲进了彭家庄,先拿保长彭开祥开刀。彭开祥一家五口尽遭杀戮。这晚正巧金龙住在了姚家楼东家家里没回,金龙媳妇听到保长家里传出惨叫声和日本人的说话声后,知道事情不妙,忙把躺在床上的婆婆抱下床,推到床底下,并嘱咐婆婆千万不要吭声,然后自己抱着孩子缩在院子角落一堆草垛后面。日本兵进了院子,没进屋子,直接放火烧屋。一时间,彭家庄哭喊声、惨叫声一片,接着,一处处燃着的房屋烟雾滚滚火光冲天,火势翻卷着炽红的浪花,把彭家庄变成了一片漫天横流的火海。

金龙母亲被大火烧死,金龙知道是因自己的嘴长,给彭家庄带来如此大的灾祸。他悔恨交加,躲在屋里,举起巴掌自己抽自己,嘴抽肿了,脸抽肿了,要不是还有妻儿在,他会毫不犹豫地选择去死。

东家姚文礼对管家金龙的遭遇深表同情, 便劝慰金龙:"都是彭开祥连累了大家,跟日本人斗,那不是拿着鸡蛋往石头上砸吗?人死不能复生,你也不要太难过,好在妻儿都没事,屋子烧了咱再盖,缺钱的话,你尽管说。"

金龙沉默无语,但直想扑过去掐死面前的这个东家。

第五十一章

彭家庄的遭遇,对边堤以西几个村庄的人震动很大。日本人的残暴让人们认识到,在日本人的眼里,他们跟边堤以东的村庄根本没什么两样,都是日本人待杀的鸡鸭、待宰的猪羊。

彭家庄的遭遇,让葛家庄保长葛广德很是震惊。他没想到日本人对彭家庄下手这么狠,灭了保长彭开祥一家不说,还烧了全庄,杀了那么多人。之后,日本人把全县各村庄保长召集在一起开会,会上,日军驻沛最高长官松山一郎拿彭家庄保长彭开祥为例,警告各村庄保长,凡是跟国军或者共产党游击队有勾结者,彭家庄彭开祥的下场就是他们的下场。葛广德心想,日本人心狠手辣,为了自己也为了整个葛家庄,往后还真得谨慎行事,小心对待日本人才好。

转眼就到了秋天。旧历八月十四这一天,保安队长崔兆雨带着几个手下来到葛家庄葛广德家里。他跟葛广德说,松山一郎决定,明日到边堤据点来慰问保安队队员及日本兵。为了表示日中亲善、军民同乐,需要葛家庄派几个干净年轻的女人,去据点劳军,为日本兵及保安队队员洗衣做饭。崔兆雨特别提出,要让学弟葛俊豪的媳妇小玉亲去据点,为松山一郎演唱几首歌曲,以表葛家庄民众对皇军的崇敬。

葛俊豪听罢,满心不快,黑着脸问崔兆雨道:“你听谁说的小玉会唱歌?是谁指派小玉去据点?”

崔兆雨咧嘴一笑说:“徐州‘满园春’最会唱曲的芮小玉,名冠州城,谁人不知？我虽然孤陋寡闻，可我在州城里还是有一两个朋友的。你问是谁指派弟妹去据点，那当然是我喽。这样慰劳皇军的机会，不是随便什么人都可以得到的。给松山一郎唱曲子，他要是高兴了，还会有亏吃？"

葛俊豪依旧黑着脸说："小玉已有五个月的身孕了，根本不能去据点，崔兄再找别人吧。"

崔兆雨脸一沉，说："我都已经在松山一郎面前说好了，说葛保长的儿媳是大城市的人，能歌善舞，松山一郎听后很是高兴，让我一定把弟妹带去献唱。如若弟妹不去，你让我在松山一郎跟前还混不混，再说弟妹过去只是唱唱小曲，又不是让她洗衣做饭，出力受累。"

见儿子还要跟崔兆雨争辩，一直坐在椅子上的葛广德便说道："就按崔队长说的办吧，明儿让小玉去据点，这样派别人家的女人去据点也好派一点。"

葛广德知道，这事是推不过去的。既然是崔兆雨这个二鬼子定了的事，谁也别想违拗，违拗的下场一定不会好。

听说要让自己去据点给日本人唱小曲，小玉先是说什么也不愿意去。对这个儿子带回家的女人一直都不待见的葛广德，儿啊乖啊地叫了一箩筐，利害情理讲了一大堆，就差没给小玉跪下了。儿子俊豪见状，便对小玉说："也就是过去唱几首曲子，给爹帮这一回忙吧，如果下回再有这样的事，不用你说，打我这儿也不会同意的。"见小玉眼里充满了怯意，葛俊豪说："不用怕，有啥事，我陪你。"

要女人去据点慰劳日本兵，为他们洗衣做饭，作为家人是担心的、不情愿的。可连保长怀有身孕的儿媳都去，被选派的人家心里再不乐意，也不好说什么。再加上保长葛广德大包大揽的话说了一大堆，并且亲自带着人去，还许下话说，他拿老命担保，不会出啥事的。

第二天，吃罢早饭，葛广德带着小玉和另五个妇女去了边堤上的据点。葛广德老远就看到据点前停着两辆日本人的军车，一旁有几个端着枪的人在望着他们。身后的几个女人都有些胆怯起来，有人小声嘟囔："要不咱回吧。"葛广德就说："孩子们别怕，有俺呢。这个时候咱们回头，那不是给自己招祸，给咱们葛家庄招祸吗？"

几个人来到据点前，就见姚少川、崔兆雨和几个日本兵站在那里。崔兆雨打量了一下葛广德身后的几个女人，对葛广德说："把这几个人留下，您回去忙去吧，等她们忙完这里的事，就让她们回家。”

葛广德忙说：“不忙、不忙，我随她们一起慰劳皇军。”

这时，一个日本兵粗暴地把他推到一边。姚少川对葛广德说：“伯父还是回去吧，皇军怎么能让你进去呢。”

崔兆雨则带着几个女人进了据点。

葛广德退了几步，然后坐在了地上，说：“俺在这儿等她们，一直等她们出来，俺带她们一起来的，俺也要带她们一起回。”

姚少川轻轻摇了摇头，对日本兵说了几句什么，便留下一个日本兵站岗，和其他几个日本兵回了据点炮楼。

不大一会儿，葛广德隐约听到炮楼里有女人的号叫，他一下站起身，刚好看到一个女人在炮楼门口一露面，便被人拽了回去。葛广德的心一下子提了上来。他迈腿就往里走，那站岗的日本兵一下把刺刀顶在了他的胸口，嘴里骂了一句“八嘎”，葛广德便朝那日本兵打躬作揖，哆嗦着嘴唇连连说道：“太君，行行好放俺过去，放俺过去。”一边求日本兵一边硬往里闯。日本兵被激怒了，举起枪托，狠狠往葛广德头上捣去，头上挨了重击的葛广德闷哼了一声，倒在地上。

不知过了多久，葛广德在哭声中被人摇晃着醒来。他睁眼看到几个头发凌乱、衣不遮体的女人正围坐在自己身边哭泣。他挣扎着坐起身来，问：“孩子，日本人对你们怎么了？”

几个女人饮泣着，你一句她一句地把事情经过给他说了。她们五个和小玉被崔兆雨带进炮楼，里面坐着七八个日军、六七个保安队队员，见她们几个进来，几个日军便都咧嘴笑着叫“花姑娘”。崔兆雨走到一个手拄军刀的日本人面前，点头哈腰地指着小玉对他说了些什么，那日本军官一边打量着小玉，一边嘴里说着“吆西”，接着叽里咕噜对姚少川说了几句，姚少川就对小玉说：“皇军让你唱几首曲子。”

小玉毕竟是城里出来的姑娘，眼下她心里虽然也害怕，但表面上还是镇定着，心里劝着自己不能慌张，待给这些让人厌恶的东西唱几首歌，就赶紧离开这个地方。小玉的歌声如燕语莺呼，婉转动听，听得一群人拍手叫好，嗷嗷怪叫。没等小玉把第二首歌唱完，那军官模样的日本人便站起身来，扔下手中的战刀，朝那些坐着的日本兵一摆手，就朝小玉扑了过去。那些个日本兵也朝另几位女人扑了过去。一时间,炮楼里面女人的哀求声、号叫声,日本兵的淫笑声响成一片。不一会儿,日本兵便撕烂了女人的衣裳,把她们一个个放倒在地上……

小玉被松山一郎拖到了一个小床边,她没有挣扎,也没有哀求号叫,当松山一郎扯掉她的衣裳,就要扑下去的瞬间,小玉突然两手死死抓住了松山一郎的阴囊,松山一郎立时停在那里,冷汗冒出,发不出声,满脸痛苦。一旁嬉笑着看热闹的崔兆雨发觉了松山一郎的异常,便走了过来,待看明白是怎么一回事时,抬起腿朝小玉头上踢了一脚,受到打击的小玉松开了双手。疼痛难忍的松山一郎一下缩在了地上,抬起手指着小玉,对崔兆雨咬牙切齿道:“良心大大地坏,死啦死啦的。”崔兆雨转身拿过松山一郎的战刀,双手握柄,照着小玉的下体狠狠捅了下去,随着一声瘆人的惨号,所有人禁不住打了个寒战……

听到这里,葛广德急忙问:“小玉呢,小玉呢?”有女人就给他指了指身后,葛广德扭过脸来,看到身后浑身是血、直挺挺躺在地上已经死去的小玉,只觉得眼前一黑,便昏了过去……

是夜,整个葛家庄沉浸在深深的哀恸之中,人们在一声声的哀号声里,度过了一个悲伤的不眠之夜。白天去据点的几个妇女,除了死去的小玉,另五个人像是商量好似的,两个上了吊,三个跳了河。

葛广德家西厢房里,儿子俊豪痴痴呆呆地守在小玉的尸首旁,不吃不喝不言语。葛广德是无脸劝慰儿子了,夫人在儿子跟前也说不出什么可以宽慰的话,只是陪在儿子跟前哭泣。

当村里像是中了邪一样,一家接着一家地传来哭叫声后,葛广德知道一定是那几个白天去据点的妇女,自觉无颜再活在世上,寻了短见。要不是自己上门让人去,怎会惹出这桩子事;要不是自己坚持,儿子也不会让小玉去的;要不是自己大包大揽的话说了一大堆,人家哪个会去?加上小玉肚里的孩子,七条人命啊!悔恨和痛苦交织在一起,就像一截木桩一下一下撞击着他的胸膛,使他疼痛不已,坐卧不安。他撑起身子,下了床,找出笔墨纸砚,凑到灯下写道:

俊豪吾儿:

爹昏拙无能,没能保护好小玉,致使吾儿永失至爱,致使乡邻永失亲人。

爹深感罪孽深重,无颜苟活世间,决心一死向乡亲父老谢罪。吾儿切记,今日之祸,全因日本人暴残、汉奸作伥所致。现今山河破碎,国蒙浩难,皮之不存毛将焉附?我葛家庄蒙此灾难,也属必然。爹死后,吾儿可将家产变卖,除留够养母之资外,其余银钱,全助杀日本人、灭汉奸之抗日武装,为小玉报仇,为葛家庄人报仇,为爹雪恨!

爹广德绝书

1938年8月16日

葛家庄的遭遇,让边堤以西的民众在震动和惊惧中醒悟过来。血淋淋的事实让他们知道,在残暴如野兽一般的日本鬼子眼里,哪里有什么边西边东之分。在他们眼里,占领区的中国民众根本就是任他们随意侮辱糟蹋的对象,是他们手上任意宰杀的羔羊。日本鬼子以及汉奸对边堤以西、边堤以东村庄的残暴行径,激起了边堤两边庄稼汉子们的血性,有些汉子就去投奔了抗日队伍。

县城月满楼妓院的鸨母吴妈,是从爷爷辈移民沛境的山东人。这两天,对吴妈来说,真的是好事连连。先是有一山东口音的年轻人来到月满楼,一口一个姑姑地找她认亲,说是她老家一个拐七拐八亲戚家的孩子,来投奔她混口饭吃。吴妈怎么想也没想起来还有这么一门亲戚,就干脆不去费那个心思了,既然他投奔自己,又说了一堆自己都记不得的亲戚的姓氏名号,且还一口一个姑姑叫得那个亲那个甜,自己也权且认下了这个亲戚。可多一人就多一份饭,多一人就多一份开支,况且这人又是一个大老爷们。吴妈本想把他撵走的,可年轻人说,他来这里只干活不要工钱,只要管口饭吃就行。吴妈问年轻人会不会点啥手艺,年轻人就说自己跟人学过烧菜,会些厨艺。见年轻人这样说,吴妈心里很是乐意。来这地方的,啥人都有,有省事的,也有惹事的,院子里有个年轻力壮的人,关键时候也能镇一下场子;有时来了有头有脸的人物,也可让他烧水提壶;平日里打扫打扫院子,出门买些杂物都能用得着。于是,费了一阵脑筋也没捋清啥亲戚的吴妈,便收留了这个年轻人。年轻人说自己姓李,月满楼的人便都叫他小李子。这小李子没说假话,的确会做菜,煎炒烹炸都拿得出手,特别是烹制的香辣鲤鱼更是让人赞不绝口。鲤鱼当然是用微山湖四个鼻孔且体大肥美的大鲤鱼。这小李子做出来的鲤鱼,口感细嫩,咸、鲜、辣几种口味兼而有之。月满楼来了重要的客人,吴妈就让小李子下厨做这道香辣鲤鱼招待客人,客人品尝后都赞不绝口。美人加美味,因了这道香辣鲤鱼,月满楼引来了不少有钱有势的人。保安队大队长崔兆雨更是嘴馋这道菜,每一回来满月楼都要让小李子做给他吃。小李子嘴甜,见到崔兆雨笑脸相迎,一口一个“崔队长”,一来二去跟崔兆雨就熟了,很得崔兆雨待见。因了这道香辣鲤鱼,崔兆雨来满月楼的次数明显比过去多了,乐得吴妈成天合不拢嘴,对小李子“侄儿,侄儿”叫得如亲娘家侄子一般。

另一件让吴妈乐意的事是,这两天,一个自称姓葛的大家少爷黏上了这里的头牌白凤凤。白凤凤可是保安大队长崔兆雨独占的花魁,这少爷居然敢去保安队大队长嘴里抢食,胆子也真够大的。吴妈说:“崔队长可是日本人跟前的红人,是个杀人不眨眼的狠角,你招惹他的女人,不想活了咋的?这月满楼里好姑娘有的是,你何必去找这个麻烦?”

那葛少爷说自己家财万贯,爹是一庄之主,根本不怕什么鸟队长,说着便从随身的挎包里掏出二十块光洋,放到了吴妈手里,说:“这二十块大洋是我孝敬您的。姓崔的跟白凤凤再好,毕竟不是他的媳妇,再说人家白凤凤做这一行,也是为了生计。只要您能玉成好事,定会重谢。至于姓崔的那里,他不会时时刻刻待在这里吧,只要我们俩不碰面,不就行了吗?”

吴妈看得出来这是一个不惜钱的主,月满楼能碰上这么一位出手阔绰的大客户不容易。姓崔的跟这位少爷相比,就是一个恶棍无赖,他霸占着白凤凤,很少给钱,有时还从白凤凤那里要钱。尽管吴妈和白凤凤心里都不乐意,可面对这个恶横的保安队队长,谁又敢得罪他呢。吴妈沉吟了一下,说:“他时时刻刻待在这儿倒不至于,不过他给凤凤姑娘许下愿,要赎凤凤姑娘并要娶她为妻的,要是在这儿让他碰上你跟凤凤姑娘相好,他不光饶不了你,就是俺跟凤凤姑娘两个人也不得安生。姓崔的几天没来了,今儿说不准就会来的,俺劝你还是先避避吧。”

葛少爷听吴妈这样说便道:“吴妈放心,我会见机行事的,假如有啥事,我自己一人揽过。”

吴妈就说:“那你可要小心一些,别给俺惹出乱子来。”

白凤凤识人无数,形形色色的人她见得多了。面对眼前这个身材有些瘦弱,还有点学生模样的男人,她心里是有些不屑的。因为背后有崔队长这个靠山,她甚至对葛少爷有些冷漠。她倒要看看这个瘦弱的男人凭什么本事敢招惹崔队长。当葛少爷从挎包里拿出二百块大洋摆在桌子上,并对她说了句"这二百块大洋,是我送给你的"时,白凤凤就像冬天雪地里堆成的一个雪人突然遇到了光和热。白凤凤态度温和了许多,对面前的葛少爷说:"俺的情况吴妈怕是告诉你了吧,如若你是图一时之欢,俺可以答应你,如若是长久相好,万万不可。那样的话,不光你会没命,俺也会没命的。崔队长几天没来了,说不准他一会儿就到呢。"

葛少爷笑了下说:"白姑娘不必慌张,我来你这里,是想借你这个地方跟崔大队长认识一下,结交一下他这个朋友。在城里,谁不知道白姑娘是崔队长的人,谁不知道他三天两头就往月满楼跑。我也是估摸崔队长今儿要来这儿,才在白姑娘这里等他的。如若今天他真的来了……"葛少爷的话还没说完,楼下就传来吴妈的高声叫喊:"凤啊!崔大队长来了。"

白凤凤闻言,神色慌乱,手足无措,连声叫苦:"这可咋办?"

葛少爷一脸平静,说:"别怕,你先去套间躲一下,我跟崔队长先认识一下。"说着把白凤凤推进了套间,并关上了套间门,叮嘱里边的白凤凤,外面有啥动静都不要出来。

葛少爷安排好白凤凤,便从怀里拽出一把明晃晃的匕首,闪身到门后。这时,崔兆雨已来到楼上,一边推门一边说:"心肝宝贝,咋没下楼去迎我啊!"就在他跨进门的一瞬间,葛少爷手持匕首,狠狠地朝崔兆雨扎了过去。崔兆雨惊惶得一声"啊",本能地侧了一下身子,匕首贴着他的肋间穿过,划烂了他的衣裳,划破了他的皮肉。葛少爷又猛刺了几下,都让崔兆雨躲过。就在葛少爷再次刺过去的时候,崔兆雨快速掏出挎着的盒子枪,一下顶住了葛少爷的脑门。就在葛少爷愣怔间,崔兆雨左手快速捏住了葛少爷拿匕首的手腕,用力一拧,葛少爷手中的匕首当啷一声落在了地上。

崔兆雨见要刺杀自己的人居然是葛俊豪,便冷冷地笑骂道:"娘的,就你这身板,还想跟老子玩这一套,活够了是不是,老子早就看你不顺眼了,今儿既然你上门送死来了,老子也就成全你。"

葛俊豪破口大骂:“姓崔的,你这个认贼作父的狗汉奸,帮着鬼子残害中国人,你会遭报应的。”

崔兆雨嘿嘿一笑，用枪点着葛俊豪的头说道:“本来老子是想一枪敲了你的,可皇军的大狼狗现在还饿着,老子只好把你送去喂狗了。不知道你身上这点肉够不够三条狼狗吃。”说着他朝楼下大声喊,“小李子,给老子送根绳子上来。”楼下就传来小李子一声应承。

不一会儿,小李子手里拿了根绳子上了楼。崔兆雨接过绳子并把葛俊豪撂在地上,动手绑葛俊豪。崔兆雨正忙间,小李子从身后抽出一把明晃晃的菜刀,迅猛地朝跪在葛俊豪身上的崔兆雨头上劈去。立马,半个菜刀嵌进了崔兆雨的脑袋,想看个究竟的崔兆雨,只转了半个脸,便一下朝地上栽去。地上的葛俊豪翻身起来,捡起地上的匕首,一下坐在崔兆雨身上,朝身下的崔兆雨一阵乱捅。这时,套间里的白凤凤手里攥着一把剪刀冲了出来,她来到崔兆雨跟前,举起剪刀没命地朝崔兆雨的下身狠狠插去,一边插一边骂:“碎了你个没人性的狗汉奸。”

见崔兆雨满身窟窿没了动静,葛俊豪方才起身。葛俊豪朝那叫小李子的人跪了下去,道:“这位大哥,谢谢救命之恩。这个狗汉奸是我的仇人,我盯他好些天了,无奈我身小力弱,要不是大哥相救,我定死在他手上了。”

小李子说:“这狗东西也是俺的仇人,俺在这里做事,就是寻机会宰这个狗日的哩。”

小李子又说:“兄弟,这儿不可久留了,咱得赶紧跑了,不然一会儿让日本人知道了,咱可就跑不了了。”正要往外走,白凤凤叫住了二人,说:“这狗汉奸死在了俺的房间里,你们走了,俺可咋办?”

小李子说:“白姑娘,这个时候,咱们只有各奔前程,自求多福了。”

白凤凤说:“你们在俺屋里杀了这个恶人，你们一走了之，鬼子找到这儿,能饶了俺吗?你们这样把一烂摊子甩给俺一个弱女子,你们还是男人吗?要走咱们一起走!”

听白凤凤这样说,小李子和葛少爷两人一时沉默了。少顷,小李子道:“白姑娘,俺们这一去也是不知凶吉,不知生死。”

白凤凤坚定地说:“无论死活,俺愿意一起走。”

这时葛少爷道:“事不宜迟，咱们得快点离开这儿，她要是落到鬼子手上,还能有个好?她既然执意要跟咱们走,就带上她吧。”

小李子点了头,说:“白姑娘,你身上有血,赶快换身衣裳。”白凤凤就去了套间。小李子又对葛少爷说:“俺去下边换下衣裳,顺便也给你拿身俺的衣裳换了再走。”说罢便下了楼。

少顷,白凤凤换好了衣裳从套间出来,小李子也拿来了衣裳,让葛俊豪换上,又帮他擦去了手上脸上的血迹,便关上房门,三人一起下楼。

一直站在楼下的吴妈,似乎猜到了什么,脸色发白,浑身哆嗦,看着小李子和葛少爷、白凤凤三人吓得说不出话来。小李子对吴妈笑了笑说:“崔队长在上面睡觉呢!姑姑您先甭打扰他,俺们三人先走了,姑姑您多保重,来日再来回报姑姑。”说罢,三人就朝门外走去。

三人出了城门,小李子提议,为了安全,三人得分开走。白凤凤便眼里含泪道:“你们分开走了,这兵荒马乱的,俺一个弱女子上哪儿去呢?”

因为小玉的惨死，这个时候葛少爷心里装不下任何一个女人，他实在经不起另一个女人跟了自己后再经磨难、再遭不测。于是他对小李子说:“这位大哥,俺家里刚经历了一场灾难,家父、妻子两人死在了鬼子手里,家里有一摊子事待俺处理,俺也无心顾怜其他事了,您就带白姑娘一起走吧。”

小李子沉默了一下,对白凤凤说:“白姑娘,俺可是要投军去的。”

白凤凤说道:“俺也愿意去投军,杀鬼子杀汉奸。”

这时,葛俊豪从挎包里掏出十几块大洋塞到小李子手里,说道:“大哥,拿着路上用,我叫葛俊豪,城北葛家庄人。”

小李子说:“俺知道,你媳妇和老爹都是死在鬼子和姓崔的手上的。”

葛俊豪有些惊奇,问道:“您怎么知道的?”

小李子说道:“俺家也在城北,俺是李家庄人,俺叫李小安。”

葛俊豪道:“我知道了，大哥妹妹也是让日本鬼子和这个姓崔的给害的。”

李小安唉了一声就说:“兄弟,咱们不能磨蹭了,跑晚了日本鬼子知道咱杀了姓崔的,他们追上来,咱可就跑不了了。”

葛俊豪朝李小安深深鞠了一躬,说道:“我不管什么边里边外,从此以后你我就是过命的兄弟,你就是我的大哥。往后有时机,咱们兄弟再在一起杀鬼子杀汉奸。"

李小安拍了一下葛俊豪,说:"好,咱们往后就是亲兄弟。兄弟多加小心,后会有期。"说罢,两人挥手作别,李小安牵起白凤凤的手快速离去……

保安队长崔兆雨被人杀死在了妓院里,这事如同风过旷野,很快传扬到了县城的旮旮旯旯。他的死大快人心,太让人解恨了。一时间,除了县城的日军和汉奸,人们为了庆贺这个恶人的死,把县城的散酒都买脱销了。要不是害怕日本人,怕是整个县城都会像过年一样燃放鞭炮。

崔兆雨的死,对松山一郎无疑是一拳重击。沛城的治安及下面各个村庄的稳定,还有捕杀抗日分子,崔兆雨功不可没,说崔兆雨是他的左膀右臂也不为过。如今,崔兆雨死了,并且是被人在自己眼皮子底下杀死的,松山一郎的愤怒被彻底激了起来,他紫涨着脸,咬牙切齿,在屋里来回走着。

姚少川双手垂立,在一旁站着。对崔兆雨的惨死,他有一种兔死狐悲的惶恐,好一会儿他才对松山一郎小声说道:"松山君,崔队长的死已经传遍了县城,越是这个时候您越要冷静,眼下最要紧的是要为崔队长报仇,这样才能挽回大日本帝国皇军的尊严。"

松山一郎停下脚步,看着姚少川说:"少川君,说一下你的想法。"

姚少川沉吟了一下说:"松山君,崔队长的死绝对不会是月满楼鸨母说的那样,是为了一个妓女争风吃醋被杀的,况且其中有一人为葛家庄的葛俊豪。葛俊豪我是了解的,他生性胆小怕事,体单力薄,即便是因他媳妇小玉的事,谅他也没这个胆量敢来县城里杀崔队长,况且他一富家子弟,好色之徒,女人对他来说如衣服。他才不会为一个女人舍命来报仇的。"他停顿了一下接着说道,"倒是那一个说不清道不明的叫小李子的人,一定是真正刺杀崔队长的人。那姓白的妓女也一定是他们的底细。如此周密的刺杀行动,以及二郎庙据点遭袭,也只有共产党的游击队或者国民党的游击队干得出来,这帮乌合之众是越来越猖狂了。"

松山一郎低头沉思了一下说:"葛家庄葛广德的儿子葛俊豪参与其中,说明了什么?"

姚少川说:"眼下共产党的游击队和国民党的游击队闹得欢,葛家庄一定脱不了干系。葛广德的儿子葛俊豪能参与其中，说明葛家庄早就与这些抗日游击队有勾连了。既然葛家庄的葛俊豪参与了刺杀崔队长，咱们就没必要给葛家庄留情面了，为了给崔队长报仇，也为了威慑那些乌合之众和别的村庄，必须要教训一下葛家庄。”

第二天凌晨，驻沛日军乘三辆汽车，悄悄在葛家庄西村口停下来。日军先从村西住户开始，往房屋上泼洒汽油，然后放火烧村。

正在睡梦中的葛家庄人，突然被枪声、哭叫声、火烧房屋的噼啪声惊醒。人们知道，是日本鬼子进村了，慌得衣裳顾不得穿，鞋子顾不得穿，纷纷背老携幼夺门而逃。因为枪声、火势是从村子西面过来的，人们都向东边大堤微山湖方向跑。

村口的葛本申一家四口刚惊慌失措地跑出门，就被几把刺刀活活刺死。葛庆林一家五口刚跑出门，在一阵枪声中无一活命。葛庆生带着妻子儿女刚跑到村口，被身后飞来的子弹全部撂倒，无一生还。

唐家洼的唐连文常年行走江湖，靠摆摊卖鼠药、耍些拳脚养家糊口，眼下战火连天，日本人横行，命都难保了，哪还有地摊能摆。这日，一直从西边蚌埠往家赶的他，天刚有一丝亮时，已经来到了葛家庄通往东边大堤的土路上，穿过葛家庄越过大堤，就是唐家洼了。因葛家庄和唐家洼结有世仇，向来不睦，相互仇视，所以，唐连文选在一大早人还没起床的时间路经葛家庄。就在他走到庄子一半的时候，突然身后火光冲天、枪声大作，接着是人的哭声、喊声、叫声响成一片。有枪子“嗖嗖”从头顶上飞过。唐连文不知就里，惊慌万分，一下跳到路沟里边，伏在沟里不敢动弹。

少顷，就见整个葛家庄乱了起来，有人光着身子口里喊着“鬼子来了，鬼子烧村了”，皆拼了命地往东边大堤方向跑去。唐连文见状忙起身随着人流往村外跑。将要跑出村时，就见从一家大门里蹒蹒跚跚走出一年老妇人，老妇人怀里抱着一个幼童，老妇人年老体衰又是小脚，抱着幼童艰难地挪动着步子，幼童受到惊吓，在老妇怀里哇哇大哭。老妇人落在后边，日本鬼子撵上来，不用去想也知道是个什么结果。见此情景，唐连文心生恻隐，忙回身转过去，接过老妇人怀里的幼童，又一伏身背起老妇人往前跑去……

逃出葛家庄的人们本以为跑过大堤就安全了，以为进庄杀人放火的日本鬼子不会赶尽杀绝,哪知道日本鬼子和汉奸一路追杀了过来,人们便又朝东边的大湖跑去。见日本鬼子和汉奸越过大堤朝这边追来,已经到了大湖岸边,无路可逃的葛家庄人在恐惧和绝望中哀号一片。这时,从大湖苇荡里快速划出十六七条小船,直奔岸边的葛家庄人而来。船刚一靠岸,船上的人便大声招呼:“葛家庄的老少爷们儿,先让妇女小孩子上,快点,快点!”待人们全上了船,十几条小船如箭一般往大湖中的苇荡扎去。待躲进苇荡一处浅滩上,人们才知道,这里已经躲了唐家洼的人。遭受过日本鬼子和汉奸残害的唐家洼人,知道日本鬼子毫无人性,清早他们听到对过儿葛家庄枪响声、哭叫声一片,便知道是鬼子进村了。有人去大堤上一看,见葛家庄一片火海,很多人朝大堤方向跑来,时刻提防着日本鬼子的唐家洼人,忙敲锣招呼全村人去大湖暂避一时。于是,全村十几条船一起出动,把全村人运到了大湖苇荡中的一处浅滩上。当逃命到大湖边的葛家庄人眼见前是大湖、后有鬼子,都绝望大哭时,躲在大湖里的唐家洼人毫不迟疑地把船划出苇荡,朝葛家庄人聚集的岸边迅疾划了过去。

葛家庄人是在傍晚时分回庄的。面对惨死的亲人和被烧的、烟火未熄的房屋,整个葛家庄诅咒日本鬼子和汉奸的怒号声和哭声响成一片。

唐连文是用一辆独轮车把老妇人和幼童送回葛家庄的。那时,老妇人的儿子葛本民和媳妇正跪在被烧毁的家院前一边哀号一边扒拉着烧毁的房屋。

那夜寅时,葛本民媳妇浑身发烫,乱说胡话。葛本民见媳妇病得不轻,忙起来找了辆独轮车,把年幼的儿子交给年迈的老母亲,便推上媳妇,去了十几里外的二郎庙,找姓马的郎中给媳妇看病。待媳妇在马郎中家里服了药,又静养了一个时辰,病情好转了,葛本民方才推着媳妇往回返。等晌午回到家,眼前的一切让葛本民和媳妇傻眼了。庄子烧毁了,老娘和儿子也不见了。听说是日本鬼子和汉奸来村里放火杀人,老娘年迈,儿子幼小,跑,跑不动,躲,无处躲,葛本民知道老娘和幼儿一定遭遇了不测,一定被埋在了被烧塌了的屋里。所以,葛本民和媳妇一边号哭一边扒拉自家被烧毁的房屋。

正扒拉着,见一个汉子推着一辆独轮车来到跟前,葛本民一看,车上坐着的不正是自家的老娘和儿子吗。葛本民和媳妇立马扑了过去,抱住老娘、儿子大哭。葛本民的老娘把孙子递给儿媳妇,让儿子扶自己从独轮车上下来后,指着唐连文对儿子和媳妇道:“恁老娘和恁儿子的命都是这个恩人救下的。”说着先自跪了下去,葛本民和媳妇也一下跪在唐连文面前,一边嘭嘭磕头,一边大呼:“恩人哪……”

第五十二章

一场凛冽的北风裹挟着冰凉的雨丝,把大地吹了个透凉。待风止雨停,一夜之间,小河、湖里都结了层薄冰。冬天就这样说到就到了。

自从上一次计划打二郎庙据点,最后让共产党游击队抢了先后,林子安心里一直有个疙瘩。林子安对共党游击队除内心有些许赞佩外,更多的是不服气,并对自己这帮队伍一直没能干场大的事情而心里烦躁和不安。眼见冬天到了,要是再无所作为,那真是上愧对长官的嘱托,下愧对百姓的期待。

林子安经过细致侦察,最后和几个老兵研究决定,端掉边堤上这个作恶多端、对游击队威胁很大的鬼子据点。通过实地侦察,林子安发觉边堤东有李家庄、唐家洼、王家洼、赵集庄四村,距离边堤百步开外,有一条连在一起的沟壕,据说是过去为了防范边堤西的仇家攻庄所挖。鬼子据点正处在唐家洼正西,于是,林子安计划借助村外的沟壕做掩护,在夜间,从唐家洼村西面的沟壕处挖洞,一直挖到鬼子据点下面,然后放上炸药,炸掉据点,这样既安全又保险。

对林子安的这个计划,士兵们齐声称好。为了不再让共产党游击队抢了先,林子安决计连夜就挖洞。于是,趁着黑夜,林子安带着队伍,以沟壕做掩护,摸到唐家洼村西。林子安校准了据点的方向,士兵们开始挖土掏洞,夜静时开始,黎明前退出,一切都在悄无声息中紧张有序地进行着。

第三天,黎明时分,土洞终于掏到据点下端。林子安让士兵在土洞的终端放置了三个炸药包,又放置了捆扎好的三捆手榴弹,待检查完毕,随着林子安一个下砍的手势,士兵点燃了炸药包的引线,拉动了拴在手榴弹拉环上的绳子。接着,几声沉闷的轰声响起,就见边堤上的炮楼像一个疯汉一样,跃了两跃,轰然倒下。林子安带领士兵朝边堤上冲去。

据点被炸得房倒楼塌, 一片狼藉。士兵们一边搜索是否还有活着的敌人,一边扒拉着废墟找寻鬼子的枪支弹药。这时,从炮楼一旁被炸塌了一半的房子里,摇摇晃晃走出来三个血头血脸的保安队员,三个保安队员见一帮士兵正在忙活,便一下跪在了地上,朝跟前的士兵一边磕头一边求饶:“兄弟饶命,兄弟饶命。看在都是中国人的份上,饶俺们一命。”

林子安照着三个保安队员一人踢了一脚,骂道:“娘的,这个时候知道自己是中国人了,早他娘的干啥去了。”

有士兵朝林子安喊道:“连长,这儿有两个日本鬼子还活着。”

林子安忙走了过去, 见地上被扒开的废墟里有两个日本兵面朝上躺在那儿,瞪着眼张着大嘴喘气。林子安吩咐士兵:“让卫生员看看,如果还有救的话,把这两个鬼子带走当俘虏。”

这时,有人对林子安说道:“连长,边堤两边好像都有人群朝这边来了。”

林子安举目看时,就见边堤东西两边,各有一拨人,手里都拿着东西朝大堤奔来。仔细看时,见是庄民拿着铁镐、抓钩、棍棒朝大堤跑来。林子安知道,一定是庄民们听到据点的爆炸声,知道是自家的队伍打据点了,赶来打援来了。边堤两边的庄民,在边堤下面证实了是国军的队伍打了据点,便一起欢呼着奔上边堤。看到地上跪着的三个保安队员和两个躺在地上的日本鬼子时,两边的庄民不由分说举起手中的家什,狠狠朝保安队员和日本鬼子砸去。林子安见状拦着嚷着“别打死他们,让他们当俘虏”,早已被愤怒和仇恨塞满胸膛的人们哪还听得进去,一阵狂砸乱捣,三个保安队员和两个日本鬼子早已不成人样了。砸死了日本鬼子和保安队员,不知谁喊了一声:“杀鬼子,杀汉奸,中国必胜!”立时,边堤两边的庄民众口一词,齐声高喊:“杀鬼子,杀汉奸,中国必胜!”

这是边堤两边的庄民自结仇以来,第一次,双方都手持家什会在一起,没有相互打杀,且一致对外的聚头。

林子安往高处一站,大声对众人说道:"边堤两边的乡亲们,鬼子据点被炸,怕是县城里的鬼子一会儿就会赶来打援。大家伙赶紧回去,召集乡亲们暂且躲一躲避一避,以免遭日本鬼子报复。现在国难当头,乡亲们要以大局为重,摒弃前嫌一致对敌。在国家存亡的关口,任何仇恨都抵不了国恨。覆巢之下安有完卵,日本鬼子烧了堤东,也烧了堤西,为啥?因为两边的人都是中国人。这个时候,两家是继续积仇,还是一致对外打鬼子杀汉奸,哪头轻哪头重,乡亲们掂量一下。"说罢,林子安朝众人扬手道,"这儿不可久留,乡亲们赶紧回吧。"

见边堤两边的庄民各自散去,林子安从地上捡起一面日军的膏药旗,蹲下蘸着日本兵的血,在旗子的空白处写了几行字:

松山一郎,这事是俺们国军第四十二军一〇六团干的,想报仇找俺们,找手无寸铁的百姓报仇,那是孬种。

写罢,把膏药旗扔在了面目全非的日本兵身上,然后朝众人喊了一声"撤",便带众人朝堤东撤去。

太阳刚一出来,接到边堤据点被炸消息的松山一郎,忙带领日军坐着铁甲战车赶到边堤据点。看到已是一片废墟的据点,松山一郎脸色铁青,一言不发,他从士兵的尸体上捡起写满了字的国旗,让翻译官姚少川念给他听。姚少川念完后,松山一郎发出一声恶狼似的咆哮"八嘎"。

林子安见弟兄们都已经痊愈,便跟几个老兵商量,堂堂国军,窝在湖区东躲西藏地打游击,总是有用不上力、使不开劲的感觉。想想跟日本鬼子战场上相搏,那个血脉偾张,那个壮怀激烈,那才叫一个过瘾。于是,林子安把打算找大部队归队的想法给几个老兵说了。林子安这一说,战场上浴血奋战惯了的几个老兵,都说跟林子安有同感,很是赞成林子安归队的想法。

如果不是汉奸保安队队长崔兆雨在城里大白天被人杀死,也许林子安在炸了边堤上的据点后,就带着队伍悄无声息地撤出湖区,去找大部队去了。林子安认为,自己没去杀汉奸崔兆雨,二郎庙的刘怀仁更没那个胆量大白天去城里日本人的眼皮子底下杀汉奸。这事除了共产党领导的微湖游击队敢做,别人是没胆做的。你共产党的游击队能端掉鬼子据点,敢杀汉奸,我堂堂国军岂能不如你。林子安想,要是在这方面输给共产党的游击队,那实在有损国军名声，给国军丢脸。林子安就盘算了一个计划，决定临撤走前再大干一场，以壮国军的声威。

姚家楼的地主姚文礼，自打知道儿子跟着日本人当翻译官，就知道自己的命运是跟儿子拴在了一起，儿子的命运跟日本人拴在了一起，那他也就跟日本人拴在一起了。

姚文礼为了儿子在日本人跟前更得宠，不时去县城给日本人送钱、送粮、送物，以表忠心。二郎庙据点被端，也是他第一时间去县城告的密，致使彭家庄人遭难，保长彭开祥一家五口被杀，管家金龙母亲被烧死。八月十五中秋节前，姚文礼又亲自去县城给日本人送去两千斤粮食，两头宰杀好的大肥猪，以示慰问。姚文礼从早先的遮遮掩掩，到现在光明正大地当起了汉奸。这些，林子安都打探得清清楚楚。

林子安带着队伍在一个大清早去了姚家楼。

林子安命令弟兄们围住姚文礼的院子，自己带了几个兄弟走了进去。此时，姚文礼刚洗漱完，正要吃早饭，见林子安带着几个国军士兵进了院子，便掩饰着内心的慌张，装出一副笑脸，一边对林子安打躬，一边说："林长官，啥风把您吹到敝舍，老夫有失远迎，还望林长官见谅！屋里请，屋里请。"

几个人进了上房客厅，待落座后姚文礼问："长官这么早来老夫家里，是不是有啥紧要事需要老夫帮忙？若老夫能做到，定会竭力而为。"

林子安微微一笑道："好，那我也就不拐弯抹角了。我们今天来姚保长门上，是想让姚保长您把在县城给日本人当翻译官的儿子叫回家，我们想见见他。"

姚文礼听罢，脸色一暗，心头一紧，说："俗话说儿大不由爷，他做啥事，哪是俺能管得住的。再说，他在日本人跟前身不由己，干啥，去哪里，哪能由着他。若是犬子有冒犯长官的地方，俺就去当面训诫他。"

林子安说："姚保长不必多想，实不相瞒，我们见他，是想托付他为我们办一件事。"见姚文礼满脸疑惑，林子安又说，"姚保长是个明白人，现在中国贫穷孱弱，我们这一班子残兵败将，整日东躲西藏，弟兄们也都厌了。我思考再三，决定跟日本人谈和，这引见之人就非姚翻译莫属了。"

姚文礼闻言，心中一喜，说："林长官能识时务，实为豪杰。据老夫观察，日本人对忠诚于他们的中国人,决不慢待。这件事俺一定会嘱咐少川,让他尽力从中说和。”

林子安说:“我们今天就想见姚翻译,姚保长可以修书一封,让姚翻译回来一趟,我们面谈。”

姚文礼有些犹豫,说:“这么仓促,日本人会不会多虑?”

林子安说:“你就说老夫人身体有恙,想见儿子,让他回家一趟。其他话不说,信可以让管家送去。”

姚文礼一阵迟疑后,还是拿出笔墨纸砚,按林子安的意思,给儿子写了封家信。信上写道:

少川吾儿:

母亲患病,思儿心切,望儿见信后回家一趟。另,儿可从县城带一医生来,为母问切。

林子安拿过书信,看了一遍,见没什么漏洞,便还给了姚文礼。姚文礼叫过管家金龙,嘱咐他去城里给少爷送信,在递给金龙书信的时候,姚文礼悄悄在金龙手上捏了一下,说:“现在战乱时期,到处都不平和,回的路上让少爷小心一些。”管家金龙点头应了。

为防有变,林子安又派了一个叫徐小三的士兵,扮成村夫模样,随管家金龙一同骑马去县城。

姚少川看了管家金龙送来的家书,便马上到松山一郎那里,请求回村看母。松山一郎即刻派了军医和七八个日本兵,开车随姚少川去姚家楼探母。

不多时,姚少川驱车进了姚家楼,来到自家门前,跳下车,带着日本军医进了院子。刚踏进大门,就听上房里传来父亲一声大喊“别进来,快跑!”,姚少川一个激灵,刚要反身,随着上房内一声枪响,院内院外、房顶上枪声大作,在密集的弹雨中,几个日本兵和姚少川便哀号着或前扑或后仰,往地上倒去。

上房内,姚文礼已被林子安一枪击毙。这时,一名老兵进来报告,来的鬼子和姚少川已被全歼。那老兵接着说:“这次伏击咱们干得漂亮,城里鬼子知道姚少川一班人遭伏击,定会来姚家楼烧杀报复。咱们应该组织庄民躲避一下。”

林子安思忖了一下道:“咱们不妨和小鬼子大玩一把。”见老兵不解,林子安接着说道,“咱可以让人去县城松山一郎那里报丧，就说是姚翻译母亲病重不治殁了。松山一郎定会带人前来吊丧,咱们在这里设下伏兵,为万无一失,派人去二郎庙联络刘怀仁,只要这边枪声一响,让他们配合咱们前后夹击,干掉松山一郎也不成问题。”

老兵闻言连声叫好,不过对刘怀仁方面不是很放心。林子安就说道:“既然是来吊丧,日本鬼子不会来多少人,况且咱们又准备充分,让刘怀仁配合咱们,实在是想让他们露下脸,给他们一次壮壮声威的机会。他要是明白的话,是不会放弃这次赚便宜摘桃子的机会的。”

老兵对林子安的提议很是赞同。林子安一边派人挨家挨户督促庄民撤离姚家楼,一边派士兵徐小三再扮成村夫模样,和管家金龙去县城松山一郎那里报丧。毕竟是件大事情,林子安对管家金龙有点不放心,便把他叫到面前,陈其利害,晓以大义,让他办好这件事。金龙就把姚文礼告密日本人,致使彭家庄遭难,老母亲也在这次事件中被日本人烧死的事给林子安说了,说早就恨透了当了汉奸的东家,恨透了日本鬼子。林子安听罢,拍了拍金龙,说:“今天这仇俺给你报。”

去二郎庙联络刘怀仁的士兵回来报告林子安，刘怀仁爽快地答应了林子安的要求,并表示一定带领兄弟全力以赴,支持林子安的这次行动。

县城日军守备指挥部里,松山一郎接到士兵的报告,说半上午时姚家楼方向有枪声响起,松山一郎疑心陡起。正疑虑间,士兵报告,翻译姚少川家的管家前来报丧,松山一郎即刻让士兵把人带进来。管家金龙来到松山一郎面前说明了来意,松山一郎则瞪着双眼,在金龙、徐小三两人脸上扫来扫去。松山一郎见金龙脸色慌张,双腿发颤,便走过去一拍金龙膀子,说:“是老太太死了,还是少爷死了?”

金龙满脸恐慌,随口答道:“少……少爷,不是……是老太太死了。”

松山一郎嘿嘿一阵笑后,脸色立变,叫道:“来人,带他们到说实话的地方去。”马上,几个日本兵扑上来,架着二人拖了出去。

刑讯室里,管家金龙挨了几鞭子便什么都说了。士兵徐小三面对日本兵的鞭笞、铁烙、老虎凳守口如瓶,当日本兵将一根烧红了的细铁丝捅向他的尿道时,他终于挺不住了,只不过为了唬鬼子,他把不到二百人的队伍夸大到五百人。

松山一郎听了报告,着实吃了一惊,真没想到,在后方占领区,在自己眼皮底下,竟然活动着五百人的国民党军队,而且是参加了台儿庄之战,隶属孙连仲第二集团军的一〇六团。如此重要情况松山一郎不敢怠慢,马上电告日军驻徐州司令部。司令部令松山一郎倾全部兵力奔袭姚家楼,援军随后就到,务求全歼此股敌人。

松山一郎马上集合队伍,直奔姚家楼。

晌午时分,天空灰蒙蒙得似块巨大无比的碾盘,慢慢往下压来。姚家楼在凛冽的寒风中更显萧索和沉寂。徐小三和管家金龙久去未归,让林子安有种不祥的预感。为防意外,林子安立即调整作战部署,把埋伏在姚文礼院子前后的士兵,全部布置到村西口房上、沟壕、草垛、巷口设伏。刚布置停当,就见一队枪上挂着膏药旗的日本兵从南边顺官道直奔姚家楼而来。

日本兵走到村口,慢了下来。骑在马上的松山一郎举起望远镜朝村里看了一阵,一挥手,日本兵便展开战斗队形,端着枪向村里冲去。见鬼子逼近,埋伏在房上的林子安对身边的士兵小声道:"枪口全对准骑马拿望远镜的家伙,听我命令。"

当日本兵距离埋伏点二十来米时,林子安喊一声"打",霎时间枪声、手榴弹爆炸声响成一片。枪林弹雨中,马上的松山一郎身中数弹,栽下马来。突遭袭击的日本兵见松山一郎中弹倒地,卧在地上一阵还击后,便架起松山一郎,拖着伤亡的士兵往后退去。日本兵退至村口,松山一郎只说了句"待援……杀光……"便气绝身亡。

没了指挥官的日军并没乱了阵脚,他们一边往村里射击,一边架起山炮进行轰击。见鬼子不进攻,只是打枪开炮,有老兵就对林子安说:"小鬼子只打枪开炮,并不进攻,看样子是小鬼子的指挥官让咱干掉了,咱是不是趁小鬼子群龙无首,出击一下?"

林子安说:"鬼子武器好,训练有素,等刘怀仁的队伍从鬼子后面放枪时,咱们再出击。"林子安在和日本兵对峙中焦虑地等待着刘怀仁的到来。

约莫一个时辰过去了,见刘怀仁还没有动静,老兵不无忧虑道:"刘怀仁迟迟不见动静,怕是临阵生怯了吧。"

林子安也怀疑道:"小鬼子再怎么凶,毕竟咱们前后夹击,即便不能全胜,也会打退鬼子。他们总不会胆小到连和小鬼子干一仗的勇气也没有吧?

莫不是他们想让鬼子消耗消耗再出手？”

天色暗了下来，乌沉沉的云层中开始落下细碎的雪粒来，继而，漫天雪花飘洒下来。霎时间田野和房屋被淹没在大雪之中。日本兵已停止了枪击炮轰。摸到前面观察的士兵回来报告，停止打枪开炮的日本兵并没撤走。老兵就说：“小鬼子既不打也不退，一定是在等待援兵。”

林子安一阵沉思后，说：“撤。”林子安话音刚落，炮弹便犹如受惊的群鸟，呼啸着飞扑而来。一时间，姚家楼在猛烈的轰击中崩裂震颤。林子安头被炸伤，二三十个兄弟被炸身亡，身边的老兵一边让人给林子安包扎一边说：“看样子小鬼子的援兵到了，并且人还不少。”林子安骂道：“咱没等来刘怀仁，倒把鬼子援兵等来了。”

林子安让人草草包扎了一下，便指挥队伍往村东撤。这时，日本兵停止了轰击，号叫着往村里冲来。林子安带着队伍快撤到村东口时，突然前面枪声骤起，几个兄弟倒了下去，老兵大声道：“连长，咱们进湖的路让鬼子给堵死了。”林子安决然道：“弟兄们，冲出去！”言罢，率先往前冲去。

日本兵猛烈的火力再次压住了林子安和队伍的冲击。林子安腿部中弹倒在地上，身边几个士兵也都受了伤。子弹越来越密集，日本兵的号叫声越来越近，让林子安感到绝望的是士兵们的子弹打光了。林子安瞧着伤亡过半的队伍，愤然道：“看来这一关咱们是过不去了，弟兄们，记住，阴间地府咱们再一起跟小鬼子干，弟兄们上刺刀！”

正当林子安率兵要跟鬼子以死相拼的关头，突然，十几颗手榴弹在敌群里炸开了花。紧接着，枪声喊杀声在敌后响成一片，霎时间，敌人阵脚大乱。一支队伍冲杀过来。

生死关头，援兵天降，林子安精神大振，一下坐了起来，见冲过来的援兵竟然是夏中全带领的共产党微湖游击队。夏中全一边指挥战斗，一边让人把林子安架上担架，说道：“林连长，赶紧带弟兄们往湖里撤，湖边有我们十几只船，我们先在这里顶着。”

林子安躺在担架上叮嘱：“不要恋战，一到湖里，马上回船接应你们。”

有夏中全的队伍抵挡着，林子安一班人很快撤到湖边，上了夏中全锚在湖边的船……

夏中全率领队伍边打边撤，撤到湖边时，西北风骤起，狂风飞雪使得顶风对敌的夏中全队伍无法正常瞄枪射击，日本兵则顺风顺势压了过来。

林子安一班人乘船来到大湖深处一浅滩上的夏中全队伍驻地，急慌慌下了船，林子安赶紧让人调转船头去接应夏中全。这时，骤起的狂风呼啸着，吹得枯了的苇荡伏腰塌背，刮得湖水浪涛汹涌，船只起伏如叶，摇荡欲覆，无法前行。林子安听着西边激烈的枪声，怆然泪下，仰天大喊："天啊，夏兄弟……"

狂风似剑，飞雪如刀，顶风应敌的队伍根本睁不开眼。夏中全见情势危急，大喊一声："同志们，脱裤子，下湖。"大家便都脱了裤子举在头上，跳进湖里，往湖水深处蹚去。冲到湖边的日本兵往湖里开枪，不时有人中弹倒在水里。

湖水冰冷刺骨，寒气入髓，人们磕巴着牙骨艰难地在湖水中挪动着。夏中全见水中的战友挪不动了，便一边打着手势一边打着寒噤用力喊道："往……往一起聚，十……十人抱一起，取……取暖，等……等船。"

天色黑了下来，日本兵见敌人消失在湖中，便一阵胡乱扫射后收兵回城。

狂风持续到大半夜方才停下来。雪停日出时，湖面早被厚冰封住。林子安被人架着，带着队伍踏着冰雪往西寻去。他在晨曦中发现了冰面上十几堆紧紧相拥已冻成冰垛子的共产党游击队战士，在一片哭泣声中，林子安慢慢跪了下去，泣不成声："夏兄弟，真没想到，危难关头，是你们微湖游击队救了我们，放心吧兄弟，我林子安会为你们报仇，会替兄弟们多杀鬼子的。"

这时，大湖里聚拢了边堤两边的庄民，庄民们被眼前的情景惊住了，继而两边的庄民朝冰垛子跪了下来。待起来时，两边庄村里的年轻人来到林子安面前，纷纷要求加入队伍，抗日杀敌。

林子安扫视了一下众人，对自己兄弟，也是对边堤两边的庄民大声说道："从今天起，咱们这支队伍就叫微湖游击队。微湖游击队的兄弟们虽然死了，可他们的魂还在这里，有我们在，微湖游击队这杆旗就永远不会倒。"林子安转身对着已化作冰垛子的、拥在一起的微湖游击队队员仰头大喊："夏兄弟，愿您和弟兄们在天之灵保佑我微湖游击队多杀鬼子汉奸。弟兄们，你们安息吧！"

后 记

中国人安土重迁，鲁人此等意识尤甚。原因多是人口和土地不成比例地增长造成的饥馑和社会动荡，或者是遭遇无法抗拒的天灾、战乱。人多地少，无以活命，人们只有背井离乡讨生活。“悲歌可以当泣，远望可以当归。思念故乡，郁郁累累。欲归家无人，欲渡河无船。心思不能言，肠中车轮转”，汉乐府里的这首《悲歌行》，反映了中国人数千年以来形成的并一直延续至今的安土重迁的情结。

我喜欢翻阅一些史志类的书籍，且爱好探究一些陈年旧事。小时候，常从父辈们那里听到，北从山东鱼台，南至江苏铜山，南北长达百多里地，依微山湖而居的村庄民众，都是从山东巨野、郓城、嘉祥迁徙过来的。当时年幼，不以为意。稍大些，知道了濒湖而居的我们与相距不远的当地原住民有“边里”“边外”之分，且相距咫尺却来往极少，这就让我有了探究的欲望。

很长一段时间，我极为关注和故乡微山湖西岸相关的所谓的“稗官野史",为此,我曾一度趴在故纸堆里查阅了不少关于此地的史料,也曾不惧苦累和麻烦,东奔西跑地询问一些老者。它浓郁的传奇色彩,在湖畔人口口相传的演绎中,变得越来越跌宕起伏,越来越惊心动魄,越来越让我愁肠百结。

早就听说过那次悲壮的大迁徙,我无法想象我的先人们从巨野地到微山湖畔,在绵延几百里的土路上,老弱妇孺,人哀畜叫,一路艰辛地跋涉,那该是怎样的惨凄景象;我无法想象我的先人们在落脚微山湖畔初始时的困顿和艰难。

在老人们一边吸着老烟袋一边慢吞吞的叙述中,我懵懵懂懂地知道,打老家鲁西平原迁过来的"客民"们,沿微山湖西岸一溜散居,自清末以降,形成了几十上百个庄子,称为"边里"。从老辈人吞云吐雾的嘴里,我记住了许多遥远而陌生的词:湖团、团总唐守忠、庄主葛敬玉、疯子海央、玉面狐狸、跑马拉边……一直以来,我都有一种要用手中的笔把这些记叙下来的强烈冲动。

我在一本民国年间石印的旧县志里,意外地觅到了《湖团志》的专辑。 志载:"咸丰元年,河决于丰县,下游铜、沛等邑汇为大泽。居民均逃外地。咸丰五年,河决于兰仪,郓城、巨野诸县首当其冲,灾民聚于徐州境。时,铜、沛两县水面,半已涸为淤地,山东灾民结棚其间,垦淤为田,选出团总,持械自卫。咸丰十年,铜、沛外逃之民归,见其田地为外民所占,遂起争执。以致双方械斗击杀,斫伤人命……"

我沉浸在史志记载的情景中,仿佛置身于一百八十多年前的微山湖畔,由此,我的叙述终于可以顺理成章地开始了……

我的叙述是艰难的。个人的学养所限，以及对一百多年前先人的那场大迁徙历史碎片化的了解，给我的文字表达带来了很大的难度。怎样完整地展现那段壮阔的史事，成为横在我面前的一道栏板。几经落笔、推倒、重来，甚至写下一两万字仍不满意，再推倒。我知道，要想用纪实的手法去表现那段历史，自己所掌握的史料还远远不够。如若用一些虚构的手法来叙述那段历史，无疑是对先人的大不敬和对那段历史的亵渎。思之再三，我决定用文学的方式去拼接我手上的那些历史碎片，顺着这条思路，我的叙述才算稳妥了些。

很长很长的时间里，我沉浸在我的叙述里不能自拔。我仿佛穿越了时空，来到了一百多年前的微山湖畔，见到了我的先人们，我跟他们一起拓荒，一起拼杀，一起去官府打官司。其间，我会为一场械斗的胜利而雀跃欢呼，也会为一场阴谋后先人的死亡而泪流满面……

这是一段辛酸迁徙史，这是一段拓荒建家史。

八十多年前的那场旷日持久的抗日战争，是正义与邪恶、光明与黑暗、生存与死亡的大决战。面对穷凶极恶的侵略者，中华儿女不屈不挠、浴血奋战，最终打败了日本帝国主义侵略者，捍卫了中华民族，铸就了战争史上的奇观。

随着台儿庄战役的结束，中国军队的战略转移，徐州以北的大片国土很快沦陷，地处微山湖畔的欢城、沛城、夏镇及下属的各庄人们，皆惨死在日寇的铁蹄之下。日寇在占领区奸淫烧杀，无恶不作，制造了一起又一起惨案，湖畔生灵涂炭，尸骨遍野，家园满目焦土，千疮百孔。

据史料记载，1938 年 5 月的一天，湖东夏镇三千多百姓，遭到日本鬼子的抢掠奸淫,受尽侮辱。同一天,驻夏镇日军联队队长绿岛,在乘汽艇巡察大湖,图谋寻找抗日武装时,被隐藏在苇荡中的游击队员用鸭枪放倒,日本军医几经救治也没能活命。日寇为报复,在火葬绿岛的时候,抓来一杨姓和一朱姓百姓,在焚烧绿岛的柴堆前,砍下两人的头颅,用这种惨无人道的方式来祭奠他们的头目。这就是当时震惊微山湖畔的"朱(猪)杨(羊)大祭"。

1938年8月的一天,驻沛境敬安的日寇四人下村捉逮鸡鸭,由汪楼村开始一路往北,经北刘庄、孙楼、李坝庄,收获颇丰。日寇进到毛庄,见一农妇,兽性大发,强行侮辱。恰毛庄隐藏有共产党游击队,为救百姓,游击队员遂朝敌开枪。毙敌三人,一人逃脱。当天晚上,驻沛日军出动二百多人,对毛庄、李坝庄等七个村庄进行疯狂报复,一时间,大火染红了整个天空,几个村庄在大火中烧了整整一夜。毛庄、李坝庄在内的七个村庄,在日寇的"三光"政策中,成了消失的村庄。

面对侵略者的野蛮行径,湖畔人民并没有被吓倒。共产党领导的微湖游击队和其他抗日武装同仇敌忾,以大湖为依托,通过游击战、破袭战,杀汉奸、炸炮楼,谱写了一曲曲可歌可泣的抗日救亡之歌。

清咸丰年间,由巨野、郓城、嘉祥等地迁到微山湖畔的外来民,与湖西一带原住民结下了世仇,虽经百年,仍相互为敌,互不来往。可在一场场血淋淋的屠杀面前,双方深刻认识到"厦之将倾,燕巢安存"这一道理。在日寇的淫威面前,双方摒弃前嫌,放下百年恩怨,同生死,共进退,用鲜血写下了一曲团结一心、互帮互助、共同对敌的壮歌。

这是一段御敌卫国史,这是一段为国牺牲史。

流水岁月，逝者如斯。

有时候历史不仅仅是故纸堆里的“旧事”，当年跑马定界划出的“大边”早已荡然无迹，如今更无“边里”“边外”之说，取而代之的是装饰华丽的居民楼和招牌林立的商业街。这里每年都有几次相当热闹的庙会，人们和睦相处，一派祥和。

知否？知否？咸丰年间，那为“边”而争、而伤、而亡的“故人”们！

如今，祖国昌盛，国富民强，山河无恙，岁月静好。当年被外敌烧杀抢掠的村庄，早已是楼房幢幢，鲜花盛开，人们安居乐业，生活幸福。

衷心感谢微山县宣传部、县文联的领导对此书的指导、关心和支持。

感谢著名文化学者侯仰军先生百忙之中为此书倾情撰序。

感谢著名画家国家先生为此书精美插图。

2020 年 9 月 10 日